Das Buch

England im 19. Jahrhundert. Marian wächst behütet auf Schloss Landhydrock Hall in Cornwall auf. Seit Jahren liebt sie den Nachbarssohn Matthew Denbury. Doch er heiratet eine andere, und so folgt Marian ihrer Freundin Olivia auf die Mittelmeerinsel Malta. Dort lernt sie den mittellosen Maler Benedict kennen und verliebt sich in ihn. Als Olivia plötzlich spurlos verschwindet, sieht Marian sich mit einer Mordanklage konfrontiert. Mit Benedicts Hilfe gelingt ihr eine abenteuerliche Flucht zurück nach Cornwall, doch muss Marian dort feststellen, dass Benedict sich nur für ihr Erbe interessiert. Und als sie ihre Jugendliebe wiedertrifft, gerät Marian in einen Zwiespalt des Herzens – und schließlich in tödliche Gefahr!

Die Autorin

Rebecca Michéle, 1963 in Rottweil in Baden-Württemberg geboren, ist gelernte Arzthelferin. Seit 2000 widmet sie sich ganz und gar dem Schreiben von Liebesromanen. Während zahlreicher Englandaufenthalte recherchierte sie die Hintergründe und Schauplätze ihrer historischen Liebesromane. Rebecca Michéle lebt in Kirchheim unter Teck.

Von Rebecca Michéle sind in unserem Hause bereits erschienen:

Der Schatz in den Highlands
Königin für neun Tage

Rebecca Michéle

Rückkehr nach Cornwall

Roman

Ullstein

Besuchen Sie uns im Internet:
www.ullstein-taschenbuch.de

Umwelthinweis:
Dieses Buch wurde auf chlor- und säurefreiem Papier gedruckt.

Ungekürzte Ausgabe im Ullstein Taschenbuch
1. Auflage Dezember 2006

Umschlaggestaltung: Büro Hamburg
Titelabbildung: © Alan Ayers
Druck und Bindearbeiten: Ebner & Spiegel, Ulm
Printed in Germany
ISBN-13: 978-3-548-26606-0
ISBN-10: 3-548-26606-1

I

Ich liebte Matthew Denbury von dem Tag an, als wir uns zum ersten Mal begegneten. Ich war damals etwa sieben oder acht Jahre alt, als die Denburys uns auf Landhydrock Hall besuchten. Matthew, sieben Jahre älter, war schon beinahe ein junger Mann. Ernst, als sei ich kein Kind, sondern bereits eine junge Dame, beugte er sich über meine Hand und deutete einen Kuss an. »Sehr erfreut, deine Bekanntschaft zu machen, Marian«, sagte er, und ich kicherte verlegen, als er meine Hand wieder freigab. Seine grünen Augen blickten freundlich, und ich war glücklich, beim Tee, den wir im Garten einnahmen, neben ihm sitzen zu dürfen.

»Das sind also die neuen Besitzer von Boventon Castle«, hörte ich später meine Mutter zu Vater sagen. »Es scheint eine sehr nette Familie zu sein. Ich freue mich, sie als Nachbarn zu haben. Wir werden sie in Zukunft wohl häufig sehen.«

Am nächsten Tag saß ich in der Küche bei Mrs. Fiddick, die Köchin und Wirtschafterin in einer Person war, und naschte von dem süßen Teig, aus dem sie köstliche Nusskekse formte.

»Was wissen Sie über die Denburys?«, fragte ich neugierig.

Mrs. Fiddick schlug spielerisch nach meiner Hand. »Du sollst nicht so viel naschen, sonst hast du nachher wieder keinen Hunger.«

»Wer sind die Denburys? Woher kommen sie?«, beharrte ich und steckte mir noch schnell ein Stück Teig in den Mund, als Mrs. Fiddick sich umdrehte, um nach dem Feuer im Ofen zu sehen. »Ich weiß, dass hier unten in der Küche über alles geredet wird, was in Cornwall passiert.«

Mrs. Fiddick sah mich streng an. »Du kleiner Naseweis! Die Denburys sind nach dem Tod des vorigen Besitzers in Boventon Castle eingezogen, weil dieser keine Erben hatte. Somit fiel das Schloss an einen entfernten Cousin, eben Lord Denbury.«

»Und wo kommen sie nun her?« Mein Wissensdurst war lange noch nicht gestillt.

»Man sagt, sie stammen aus Dorset. Mehr weiß ich nicht. Es wäre deiner Mutter gar nicht recht, dass du dir hier den Dienstbotenklatsch anhörst. Außerdem muss ich mich jetzt sputen, damit alles zur Teezeit fertig ist. Also, raus mit dir!«

Ich lachte, stibitzte noch einen fertigen warmen Keks und trollte mich.

Auf dem Korridor zum Esszimmer traf ich William, meinen Bruder. Obwohl er nur zwei Jahre älter war als ich, benahm er sich gerne von oben herab, so auch heute. »Ach, hier steckst du wieder, Marian. Mutter sucht dich. Du sollst sofort in ihr Arbeitszimmer kommen.« Er war schon an der Ecke, als er mir über die Schulter hinweg zurief: »Du weißt, dass Vater es nicht möchte, dass wir uns im Dienstbotentrakt aufhalten.«

»Ja, ja«, murrte ich. Solange ich denken konnte, liebte ich die weitläufigen Räume des Wirtschaftsbereichs von Landhydrock Hall. Ganz besonders hatte es mir die Küche angetan. Sie war hoch wie ein Ballsaal mit einem verglasten, spitz zulaufenden Dach, in dem die Fenster über eine spezielle Vorrichtung geöffnet werden konnten. Ich saß gerne an dem riesigen Tisch und spielte mit den Dingen, die sich in den Schubladen befanden. Ganz nebenbei hatte ich bemerkt, dass die Küche der Raum des Hauses war, in dem man als Erster erfuhr, was in der Umgebung geschah. Solange ich ein Kind war, hatten mich meine Eltern gewähren lassen, auch Mrs. Fiddick hieß mich jederzeit willkommen.

Aber seit dem letzten Jahr wünschten meine Eltern, dass ich meinen vertrauten Umgang mit dem Personal einschränkte, das heißt, hauptsächlich mein Vater wünschte es. »Marian, es gibt eine strenge Trennung zwischen Herrschaft und Dienerschaft. Das Personal von Landhydrock Hall ist beinahe wie eine große Familie, aber es ist nicht *unsere* Familie. Wir dürfen in keiner Situation vergessen, dass der Name Elkham einer der ältesten im ganzen Königreich ist.«

Meine Mutter nickte zwar, aber sie sagte kein Wort. Lediglich der Blick, den sie mit Vater tauschte, verriet mir, dass sie nicht seiner Meinung war. Zwei Menschen konnten charakterlich kaum unterschiedlicher sein als unsere Eltern. Dabei waren sie einander in solch zärtlicher Liebe zugetan, wie sie nicht inniger sein könnte. Dennoch verging kaum ein Tag, an dem ihre beiden Dickköpfe nicht aufeinander prallten und sie nicht heftig miteinander diskutierten. Natürlich vermieden sie einen Streit vor uns Kindern. Trotzdem blieb es mir nicht verborgen, dass Mutter und Vater recht unterschiedliche Lebensanschauungen hatten. Meine Mutter war eine stolze und sehr schöne Frau. Für mich war sie alterslos, ihrer Figur sah man nicht an, dass sie mehreren Kindern das Leben geschenkt hatte. Vater stand ihrem Stolz in nichts nach, wobei er jedoch auf eine strenge Trennung zwischen *oben* und *unten* achtete. Oben, das waren wir, die Familie – unten, das war das Personal, das auf einem so großen Besitz wie Landhydrock Hall sehr zahlreich war. Rein äußerlich bestand zwischen unseren Eltern eine große Ähnlichkeit. Beide waren sie groß und schlank mit dunklen, lockigen Haaren. Während die Augen meiner Mutter in einem sanften Braun schimmerten, sprühten aus Vaters stahlblauen Augen oft genug die Funken.

Deutlich erinnere ich mich an eine Auseinandersetzung, die ich heimlich belauscht hatte.

»Jedes Haus, das etwas auf sich hält, beschäftigt einen Butler. Wir können und wir werden dem in nichts nachstehen!«, hatte Vater gesagt.

»Ach, und nur weil in sämtlichen Nachbarhäusern ein solcher Kauz, der aussieht, als habe er einen Stock verschluckt, lautlos herumschleicht, müssen auch wir einen einstellen?« Meine Mutter lachte laut auf. »Wir haben genügend Personal, und Kate ist in ihrer Rolle als Empfangsdame perfekt. Ich bin vollauf mit ihr zufrieden.«

Doch Vater beharrte auf seinem Entschluss: »Meine Entscheidung ist gefallen, liebe Cellie, und ich habe mich auf meiner letzten Londonreise bereits nach einer geeigneten Person umgesehen. Nächste Woche wird der Mann hier eintreffen.«

Meine Mutter murrte zwar noch etwas, schlussendlich gab sie aber nach.

So zog Dobson in das Schloss ein. Zuvor hatte er viele Jahre einem Parlamentsabgeordneten in der Stadt gedient und ging in seiner neuen Stellung als Butler sofort mit Leib und Seele auf. Mir war Dobson immer etwas unheimlich. In seinem dunklen Anzug mit der gestreiften Weste und dem steifen Kragen wirkte er wie ein Beerdigungsunternehmer, und er schlich auf lautlosen Sohlen durch die Räume. Nie wusste man, aus welcher Ecke er urplötzlich auftauchte und mit seiner näselnden Stimme einen Besucher meldete. Obwohl Mutter gegen die Anstellung Dobsons gewesen war, behandelte sie ihn stets höflich und ganz so, wie es der Herrin eines großen Besitzes anstand.

Ich liebte unser Haus. Landhydrock Hall war ein großes und sehr altes Gebäude. Seine heutigen Mauern waren im 16. Jahrhundert in Form eines großen E erbaut worden, damals geschah das häufig zu Ehren der großen Königin Elizabeth. Bereits im 11. Jahrhundert hatte an gleicher Stelle ein Kloster gestanden, das durch einen Brand vernichtet worden war. Einzig die kleine normannische Kirche, die in nordöstlicher Richtung an Landhydrock grenzte, zeugte noch von den vergangenen religiösen Zeiten.

Unter den sorgsamen Händen meiner Eltern blühte und gedieh Landhydrock Hall. Mochten Mutter und Vater in vielen Dingen auch unterschiedlicher Meinung sein, in einem waren sie sich absolut einig: Ihre Herzen hingen an Landhydrock Hall, und sie taten alles, um uns Kindern ein gemütliches Heim zu bescheren. So war die Ehe meiner Eltern in allen Bereichen ein Vorbild für mich, und ich war überzeugt, dass ich ein ebensolch glückliches und erfülltes Leben führen würde, wenn ich erst verheiratet war.

Zwischen meinen Eltern und Lord und Lady Denbury entwickelte sich bald eine gute Freundschaft. Die Familien besuchten sich oft gegenseitig, wobei ich jedes Mal dem Wiedersehen mit Matthew entgegenfieberte.

Obwohl er älter war, behandelte er mich nie wie ein kleines Mädchen. Wenn ich ihm etwas erzählte, so hörte er mir ernst und aufmerksam zu und gab mir so manchen Ratschlag, ohne dabei belehrend zu wirken. Einmal flocht er mir einen Kranz aus Gänseblümchen und setzte ihn auf mein Haar. »Jetzt siehst du aus wie eine Königin. Meine Königin.«

Ich lachte, ergriff seine Hand, und gemeinsam rannten wir über die Wiese. Obwohl ich noch so jung war, wusste ich genau, dass Matthew Denbury der Mann war, den ich eines Tages heiraten würde.

»Landhydrock Hall ist der schönste Platz auf Erden«, sagte meine Mutter oft, und ich teilte ihre Meinung.

Die Pächter und Bewohner der umliegenden Dörfer nannten unser Heim nur *das Schloss*, obwohl Landhydrock Hall eher ein ländliches Herrenhaus war, allerdings eines der elegantesten und größten in ganz Ost-Cornwall, das vielen Pächtern Lohn und Brot gab. Mein Vater, Lord Simon Elkham, leitete das Anwesen, wobei ihm ein tüchtiger Verwalter zur Seite stand, denn Vater hatte einen Sitz im Oberhaus, was seine regelmäßige Anwesenheit in London erforderlich machte, wo wir auch ein Stadthaus besaßen. Ich selbst war noch nie in der Stadt gewesen, es zog mich aber auch nichts nach London. Ich liebte die Beschaulichkeit des Landlebens, obwohl es allein schon aus dem Grund, dass wir fünf Geschwister waren, in Landhydrock Hall selten ruhig zuging. Für die damalige Zeit waren wir dennoch keine große Familie, zehn, manchmal auch zwölf Kinder waren keine Seltenheit. Zu unserem Haushalt gehörte Nanny Granger, die sich um die Kleinen kümmerte, und Tante Kate, die eigentlich gar nicht unsere richtige Tante war, sondern eine langjährige Freundin meiner Mutter. Solange ich denken konnte, lebte sie im Schloss, und wir Kinder liebten sie zärtlich.

Bis wir alt genug waren, in das Mädchenpensionat oder nach Eton zu gehen, wurden wir von Kate und Mutter selbst unterrichtet. Auch das war ein Streitpunkt zwischen unseren Eltern gewesen, denn Vater hatte darauf gepocht, für uns Kinder eine Gouvernante einzustellen.

»Die Kinder brauchen keine Person, die durch äußere Umstände dazu gezwungen ist, sich ihren Lebensunterhalt selbst zu verdienen und deswegen ihre Arbeit nur widerwillig macht«, hatte Mutter argumentiert. »Von mir aus können unsere Kinder auf die Schule in Helland oder in Bodmin gehen.«

»Auf eine öffentliche Schule? Niemals! Die Nachkommen der Elkhams setzen sich nicht mit dem einfachen Volk auf dieselbe Bank!«, hatte Vater gewettert.

Meine jüngere Schwester Rosanna und ich lauschten gespannt hinter der Tür, wussten aber nicht, ob die Aussicht, eine strenge und sauertöpfische Erzieherin zu erhalten oder eine öffentliche Schule zu besuchen, uns mehr beunruhigte.

»Mein lieber Simon, ich glaube, es ist an der Zeit, dich wieder an etwas zu erinnern, was du nur allzu gerne vergisst.« Die Stimme von Mutter hatte zuckersüß geklungen, dennoch schwang ein Unterton mit, der sich stets einschlich, wenn Vater sich zu sehr in seinem Standesdünkel verlor. Ein Charakterzug, der meiner Mutter völlig fremd war. Auch dieses Mal trug Mutters Bemerkung Früchte.

»Nun gut, du und Kate könnt die Kinder unterrichten, bis die Mädchen auf das Pensionat und die Jungen nach Eton gehen werden.«

So fungierte Tante Kate als unsere Erzieherin, war aber viel mehr unsere Freundin. Sie war etwas älter als meine Mutter und hatte nie geheiratet. Ihr Äußeres war wenig attraktiv, aber das war völlig gleichgültig, denn in ihrer Brust schlug ein gutes Herz, und sie liebte uns Kinder zärtlich.

Überhaupt glich unser Haushalt wenig dem eines typischen kinderreichen Haushalts im ausgehenden 19. Jahrhundert, war es doch allgemein üblich, dass man Kinder zwar sah, aber nicht hörte, und diese sich fast ausschließlich in den Kinderzimmern aufhielten. Die besaßen wir zwar auch, trotzdem stand uns das ganze Schloss zum Spielen zur Verfügung und bot herrliche Verstecke. Morgens und mittags aßen wir mit Nanny und Tante Kate, am Abend aber bestanden unsere Eltern darauf, das Dinner gemeinsam mit uns einzunehmen. Dabei herrschte in dem großen Speisezimmer stets eine ausgelassene Stimmung, alle sprachen durcheinander und berichteten von den Erlebnissen des Tages. Auch Tante Kate saß mit am Tisch. Sie war diejenige, die uns Einhalt gebot, wenn wir zu laut wurden oder die Kleinen mehr mit ihrem Essen spielten, als dass sie die Speisen zu sich nahmen.

Mein Vater musste oft nach London reisen, und manchmal begleitete Mutter ihn. Meine Eltern mochten nie lange getrennt sein. Dann blieben wir Kinder in der Obhut von Nanny Granger und Tante Kate. Wir waren fünf Geschwister und bewohnten ein ganzes Stockwerk in Landhydrock für uns allein. Nanny Granger war zwar schon recht betagt, kam aber ihren Aufgaben gewissenhaft nach. Ich glaube, wenn es hätte sein müssen, hätte sie ein ihr anvertrautes Baby mit bloßen Händen aus den Pranken eines Löwen gerissen. Ich wusste nicht, wie sie mit Vornamen hieß, aber das war egal. Für uns war sie immer nur *Nanny*. In ihrem geräumigen Zimmer stand stets eine Kinderwiege, in einem angrenzenden Raum hatte sie für sich und die Kinder ein eigenes Badezimmer. Mein älterer Bruder William besuchte, wie alle Jungen vergangener Generationen von Elkhams, ab seinem zwölften Geburtstag das Internat in Eton. Rosanna und Diana waren drei, beziehungsweise sechs Jahre jünger als ich, Derek ein Jahr. Nie werde ich die Zeit im Jahre 1883 vergessen, als unsere jüngste Schwester Sarah an Typhus erkrankte und nur wenige Tage nach Ausbruch der ersten Krankheitszeichen starb. Sie war nur zwei Jahre alt geworden. Wir Geschwister durften damals nicht zu ihr ins Zimmer, denn zu Sarahs Erkrankung kam noch die Gefahr der Ansteckung für alle Bewohner. Doch Mutter wich nicht von ihrem Bett und war bei ihr, als Sarah ihren letzten Atemzug tat. In dieser Zeit gab es nur eine Person, die die Trauer, die das Herz von Mutter umschloss, durchbrechen konnte: Tante Kate.

»Wir haben früher zusammen die Schulbank gedrückt«, verriet mir Tante Kate einmal kichernd. »Deine Mutter war keine sehr fleißige Schülerin, aber du darfst ihr nicht verraten, dass ich dir das erzählt habe.«

Ich nickte, doch etwas anderes beschäftigte mich viel mehr. »Dann hat Mama eine öffentliche Schule besucht?«, fragte ich erstaunt.

Nun gab es seit längerer Zeit in England die Schulpflicht, seit einigen Jahren wurde für öffentliche Schulen auch kein Schuldgeld mehr erhoben, trotzdem mutete es mich seltsam an, dass eine Lady aus dem Adelsstand nicht in einer Privatschule erzogen worden sein sollte.

Kaum hatte ich die Frage gestellt, begann Kate hektisch die vor ihr liegenden Bücher wahllos hin und her zu schieben. Sie mied meinen Blick und war sichtlich nervös, als sie abrupt das Thema wechselte: »Hast du eigentlich deine Hausaufgaben schon gemacht? Du solltest doch einen Aufsatz über den Status Indiens im Commonwealth schreiben.« Damit war für sie das Thema erledigt, und ich wusste, es war zwecklos, weitere Fragen zu stellen.

So widmete ich mich seufzend der Geschichte Indiens, obwohl ich viel lieber mehr über die Kindheit meiner Mutter erfahren hätte.

Wenn man, so wie ich, behütet und von Eltern und Geschwistern zärtlich geliebt, frei von jeglichen Sorgen in ländlicher Abgeschiedenheit auf einem herrschaftlichen Schloss aufwächst, dann hat man keine Vorstellungen, was für Widrigkeiten die Zukunft für einen bereithalten kann. Mein Leben verlief in den folgenden Jahren in geregelten Bahnen, und mit vierzehn brach ich in gespannter Erwartung in das Pensionat auf. Die Schule lag am Rand der Stadt Barnstable in der Nachbargrafschaft Devon, also nicht weit von Cornwall entfernt. Das Pensionat war in einem georgianischen Gebäude mit Säulenvorbau untergebracht. Die Schülerinnen stammten durchweg aus adligen Familien, und ich fand schnell Freundinnen. Neben den allgemein wichtigen Fächern wurden wir auch in Musik, Literatur, Tanz und im richtigen Verhalten auf gesellschaftlichem Parkett unterrichtet.

Ich war gerne in der Schule, freute mich aber stets auf die Ferien, die ich in Landhydrock Hall verbrachte, denn dann traf ich Matthew Denbury. Er studierte zwischenzeitlich in Oxford und kam ebenfalls nur in den Ferien nach Cornwall. Durch die enge Freundschaft unserer Eltern sahen wir uns beinahe jedes Wochenende. Wenn es das Wetter zuließ, ritten wir aus oder spielten Tennis, bei Regen lauschte ich gerne Matthews Berichten über seine Erlebnisse an der Universität. Erzählte Matthew von seiner Arbeit oder von Vorkommnissen auf seinem Besitz, so hing ich wie gebannt an seinen Lippen und lauschte seiner warmen und tiefen Stimme. In seiner Gegenwart fühlte ich mich reifer und erwachsener. Oft wünschte ich mir, die Zeit einfach mit einem Rädchen weiterdrehen zu können, damit ich endlich alt genug sein würde, um Matthew zu heiraten.

Der Besitz der Denburys lag am Ufer des Flusses Tamar im Südosten der Grafschaft. Von der Hauptstraße führte ein langer, gewundener Weg zu dem alten Herrenhaus, gesäumt von meterhohen blühenden Hecken und Bäumen, deren Kronen sich über der Straße vereinigten und so einen dichten, grünen Tunnel bildeten. Einst hatte Boventon Castle seinen Namen zu Recht getragen, denn es war eine zinnenbewehrte Burg gewesen, erbaut unter normannischer Herrschaft. Doch es waren unzählige Umbauarbeiten erfolgt, die aus der mittelalterlichen Burg ein wohnliches Herrenhaus gemacht hatten. Trotzdem war jeder Besucher, der Boventon Castle zum ersten Mal sah, von seiner Wehrhaftigkeit und schlichten Eleganz beeindruckt. Der normannische Turm war erhalten geblieben, um ihn herum waren moderne Gebäude um einen kopfsteingepflasterten Innenhof angeordnet.

Ich liebte das alte Gemäuer. Als Matthew und ich noch jünger waren, spielten wir oft darin Verstecken. Dabei lernte ich jeden Winkel des Hauses kennen. Bald wurde ein ganz besonderer Platz zu meinem liebsten Aufenthaltsort. Die unteren Gärten von Boventon Castle grenzten an den Tamar und damit auch an England. Wie jeder Einwohner Cornwalls wusste ich, dass der Fluss die natürliche Grenze zwischen den zwei Grafschaften Cornwall und Devon bildete. Allerdings sagten die Einheimischen seit Jahrhunderten: »Dort drüben liegt England«, und nicht: »Dort liegt Devon«, wenn sie über den Tamar deuteten.

An einer steil zum Fluss abfallenden Stelle stand eine kleine Kapelle, neben der ich eines Tages eine hölzerne Gedenktafel entdeckte. Nur mit Mühe konnte ich entziffern, was darauf stand:

In Erinnerung an Sir Richard Trelawny, der an dieser Stelle in den Fluss sprang und damit nicht nur sein Leben, sondern das ganze Königreich rettete.

Matthew erklärte mir, was es mit Sir Richard auf sich hatte: »Es war vor vielen Jahrhunderten während der Rosenkriege. Sir Richard war dem Hause Lancaster, der roten Rose, treu ergeben. Dann aber dominierten die Yorks, die in ihrem Wappen die weiße Rose führten. Nach einer Schlacht wurde Richard verfolgt, bis er hier zum Fluss kam. Entsetzt stellte er fest, dass die Häscher ihn bereits von drei Seiten umzingelt hatten. So blieb ihm nur der wagemutige Sprung in den Tamar. Es gelang ihm tatsächlich, das andere Ufer zu erreichen, dabei verlor er allerdings seinen Hut. Als seine Verfolger diesen auf dem Wasser treiben sahen, nahmen sie an, Sir Richard sei ertrunken, und zogen ab. Richard indes floh nach Frankreich, wo er sich Henry Tudor anschloss und in dessen Gefolge nach England zurückkehrte. Als Henry König wurde und Sir Richard diesen Besitz hier erhielt, ließ Richard als Dank für seine Rettung eine Kapelle errichten. Genau an der Stelle, an der er einst in den Fluss gesprungen war.«

Ich liebte diese Geschichte. Sie war so wunderbar tragisch, führte aber doch zu einem glücklichen Ende. So war ich gerne bei der Kapelle und glücklich, wenn Matthew an meiner Seite auf einer Bank saß und wir schweigend nach England hinübersahen.

Ein anderes Erlebnis ist mir ebenso eindringlich im Gedächtnis geblieben. Es war in dem Sommer, bevor mein letztes Jahr im Pensionat anbrach. Matthew und ich waren ausgeritten und kehrten erst kurz vor der Teezeit nach Landhydrock Hall zurück.

Ich wusste, meine Mutter und Lady Denbury würden im Salon bestimmt schon auf uns warten, darum streifte ich in der inneren Halle meine Handschuhe ab. »Ich ziehe mich rasch um«, grinste ich und sah an meinem staubbedeckten Reitkleid hinab. »So kann ich meiner Mutter unmöglich vor die Augen treten.«

»Hm …«, murmelte Matthew und starrte gedankenverloren auf das lebensgroße Portrait meiner Großmutter, welches über dem kleinen Kamin in der inneren Halle hing.

Betrat man das Schloss durch den Haupteingang, so kam man in die größere Halle, wo man von Dobson empfangen wurde. Besucher der unteren Gesellschaftsklassen, wie zum Beispiel Pächter oder Kaufleute, hatten hier zu warten, bis ihre Ankunft gemeldet worden war. Höher gestellte Personen führte der Butler in die gemütlichere innere Halle, in der für die Besucher bequeme Sessel zum Ausruhen und auf der Anrichte stets Erfrischungen bereitstanden. Der kleine Raum wurde von dem Bild über dem Kamin dominiert. Ich liebte das Portrait. Leider hatte ich meine Großmutter nie kennen gelernt; sie starb, bevor meine Eltern heirateten. Aber man hatte mich, die älteste Tochter, nach ihr benannt: *Marian*. Das Ölgemälde zeigte eine noch attraktive Frau mit edel geschnittenen Gesichtszügen und offen blickenden Augen, in denen jedoch ein umflorter Ausdruck lag. Die Ähnlichkeit mit meiner Mutter war unverkennbar. Ich wusste kaum etwas über meine Großeltern. Abraham Elkham, Marians Ehemann, war einst bei einer Kutschfahrt ums Leben gekommen. Mein Vater war noch ein Kind, als er schon den Titel *Lord Elkham* erbte. Bis zu ihrem frühen Tod hatte Marian Elkham alle Fäden auf Landhydrock Hall fest in der Hand gehalten.

Zu meiner Verwunderung stand Matthew immer noch vor dem Portrait meiner Großmutter, als ich zwanzig Minuten später gewaschen, gekämmt und umgezogen in die Halle zurückkam. Sein Reitdress war staubig, seine Haare zerzaust, so konnte er unmöglich zum Tee im Salon erscheinen!

»Matthew, hast du die Zeit vergessen?«, mahnte ich ihn. »Wir werden ungeduldig erwartet.«

Matthew drehte sich um und schaute mich an, als würde er mich zum ersten Mal sehen. In seinen Augen lag ein Ausdruck grenzenlosen Erstaunens. In seiner typischen Art zog er die Brauen zusammen, dass sich über seiner Nasenwurzel drei Falten bildeten. Seine grünen Augen schauten nachdenklich. »War Lady Marian Elkham eigentlich die Mutter deiner Mutter oder deines Vaters?«, fragte er plötzlich und richtete seinen Blick wieder auf das Bild.

»Ähem … das weiß ich nicht …« Mich überraschte die Frage. Tatsächlich hatte ich mir nie darüber Gedanken gemacht. »Ich denke, dass sie die Mutter meiner Mutter war. Die Ähnlichkeit ist doch deutlich zu sehen«, fuhr ich fort.

Nachdenklich fuhr sich Matthew durch sein kurzes, rotblondes Haar, das dadurch noch mehr in alle Richtungen abstand. »Das dachte ich bisher auch, aber ihr Name lautete *Marian Elkham,* so wie der Name deines Vaters und dessen Vaters zuvor. Lady Marian *muss* folglich die Ehefrau von Abraham Elkham und die Mutter deines Vaters gewesen sein. Dagegen spricht allerdings die Ähnlichkeit mit Lady Celeste, deiner Mutter.«

Verwirrt strich ich mir über die Stirn. Matthews Worte waren logisch, eigentlich konnte es nur eine Erklärung dafür geben: Vater hatte eine Frau geheiratet – meine Mutter –, die seiner Mutter sehr ähnlich war. Ich wandte mich zum Gehen. »Ich werde meine Eltern fragen. Sie haben mir ohnehin kaum etwas von der Frau, deren Namen ich trage, erzählt.«

»Das würde ich lieber nicht tun.« Matthews strenger Ton ließ mich am Fuß der geschwungenen Treppe innehalten. »Marian, vergiss einfach, was ich eben gesagt habe. Manchmal ist es besser, nicht in der Vergangenheit herumzustochern. So, jetzt muss ich mich aber rasch umkleiden. Wenn du so freundlich wärst, mich noch einen Augenblick bei den Damen zu entschuldigen?« Mit großen Schritten stürmte er an mir vorbei, die Treppe in den Gästetrakt hinauf.

Sehnsuchtsvoll sah ich seiner schlanken Gestalt mit den breiten Schultern und schmalen Hüften nach. Bald würde ich keine Schülerin mehr sein, und Matthew würde mir seine Liebe erklären können. Ach, ich wünschte, das folgende Jahr möge wie im Sturm verfliegen! Matthews Worte hatten jedoch meine Neugierde geweckt, und ich wusste, dass ich so bald wie möglich meine Mutter in einem ruhigen Moment über Lady Marian befragen würde.

Da meine Eltern drei Tage später nach London reisten, kam es zu einem solchen Gespräch nicht mehr. So oft es ihr möglich war, begleitete Mutter unseren Vater in die Stadt.

»Du weißt, Marian, dass wir es nicht ertragen können, länger als ein paar Tage voneinander getrennt zu sein«, bemerkte Vater und drückte Mutter zärtlich an sich. Eine solche Demonstration von Gefühlen war unüblich und wäre bei den meisten Damen des Adels Grund für heftigen Tadel gewesen, daher tauschten meine Eltern nur vor den Augen von uns Kindern Zärtlichkeiten aus. Weil sie in vielen Bereichen anders als andere Menschen waren, liebte ich meine Eltern besonders.

Auch wenn Mutter die Trennung von uns Kindern nicht leicht fiel, wusste sie uns doch bei Tante Kate und Nanny

Granger in den besten Händen. Vater und Mutter reisten immer mit der Kutsche, denn Mutter lehnte es strikt ab, die Eisenbahn zu benutzen. »Kein Mensch bekommt mich in ein solches metallenes, stinkendes Gefährt«, sagte sie und war zu keinem Meinungswandel bereit. Lieber nahm sie es in Kauf, mit der Kutsche mehrere Tage unterwegs zu sein und zwischendurch Rast in Gasthäusern machen zu müssen. Wenn Vater allein nach London reiste und dabei den Zug benutzte, stand Mutter tausend Ängste aus. Ebenso wurde ich stets von unserem Kutscher in das Pensionat gebracht und zu den Ferien wieder von ihm abgeholt. Obwohl einige andere Mädchen durchaus selbstständig mit der Bahn reisten, war es mir streng untersagt worden. Warum das so war, darüber hatte ich nie nachgedacht. Wenn man jung ist, nimmt man Tatsachen, die das ganze Leben schon so waren, als gegeben hin und kommt nicht auf den Gedanken, sie zu hinterfragen.

So war es Tante Kate, der ich von Matthews Frage, wessen Mutter Lady Marian Elkham gewesen war, berichtete.

Ihre Reaktion erinnerte mich an die Situation, als wir über den gemeinsamen Schulbesuch gesprochen hatten. Fahrig strichen Tante Kates Hände über ihren Rock, obwohl keine Falte an der falschen Stelle lag. »Das musst du deine Mutter selbst fragen, Marian«, stotterte sie.

»Aber Tante Kate, du warst schon in diesem Haus, lange bevor ich geboren wurde! Hast du meine Großmutter vielleicht sogar gekannt?«

Die tiefe Röte, die sich von ihrem Hals aus über das ganze Gesicht ergoss, sagte mir, dass ich dabei war, in ein Wespennest zu stechen. Gab es hier vielleicht ein Geheimnis, von dem ich und meine Geschwister nichts wussten? Eine innere Stimme riet mir, die Sache auf sich beruhen zu lassen, denn manchmal war es nicht gut, Dinge zu entdecken, die besser unentdeckt geblieben wären.

»Marian, ich möchte dich nicht anlügen, denn wenn man einmal lügt, verstrickt man sich immer mehr in ein Netz, aus dem es eines Tages kein Entrinnen mehr gibt.« Tante Kates

Stimme war leise, aber bestimmt, und ich erkannte, wie ernst es ihr mit diesen Worten war. »Darum bitte ich dich: Frag nicht weiter, denn du wirst von mir keine Antwort erhalten. Aber ich werde mit deiner Mutter darüber sprechen, sie wird entscheiden, was zu tun ist.«

Kates Worte versetzen mich in eine viel größere Unruhe, als es jede Wahrheit gekonnt hätte.

Zum Weihnachtsfest waren wir nach Boventon Castle eingeladen worden, und das alte, ehrwürdige Haus war bis unters Dach voll mit Gästen. Der ganze ostkornische Landadel war der Einladung der Denburys gefolgt, und so wurde zwei Tage lang gegessen, getrunken, gefeiert und getanzt. Erst am Abend des letzten Feiertags hatte ich die Möglichkeit, kurz mit Matthew unter vier Augen zu sprechen.

»Erinnerst du dich noch daran, dass du wissen wolltest, wessen Mutter Lady Marian war?«, fragte ich ihn. Matthew nickte. »Es ist seltsam, aber niemand möchte darüber sprechen. Vielleicht weiß deine Mutter Näheres?«

Matthew wich meinem Blick aus, etwas, das er nie zuvor getan hatte. »Sie weiß nichts«, sagte er, und instinktiv wusste ich, dass er log. »Komm, lass uns wieder zu den anderen gehen, sie haben bestimmt schon mit dem Scharadenspiel begonnen.«

Es blieb mir nichts anderes übrig, als Matthew in den Salon zu folgen. Die Gelegenheit für ein weiteres Gespräch mit ihm oder auch mit Lady Denbury ergab sich nicht. Ich erwähnte die Angelegenheit meinem Bruder William gegenüber, aber er lachte mich nur aus, als ich andeutete, hier vielleicht einem Familiengeheimnis auf der Spur zu sein.

»Marian, Marian, deine Fantasie besitzt Flügel und fliegt mit dir davon. Wir sind eine völlig normale Familie, da ist es doch völlig gleichgültig, wessen Mutter unsere Großmutter war. Hauptsache, sie hat existiert, denn sonst wären unsere Eltern nicht auf der Welt, und wir folglich auch nicht.«

So war William – stets nüchtern, sachlich und in seinen Gedanken klar strukturiert. Fantasie war für ihn eine sinnlose Eigenschaft hungriger Künstler. In dieser Beziehung war er wie Vater, wobei unsere Mutter sich oft in Tagträumen verlieren konnte. Dann saß sie meist in dem kleinen, entzückenden Innenhof von Landhydrock Hall, Pantrys Court genannt, der im Sommer voll von blauen und violetten Hortensien war. Es war eine Oase der Ruhe, und wir alle wussten, dass Mutter nicht gestört werden wollte, wenn sie im Liegestuhl ruhte und das Gesicht der Sonne zuwandte.

Eines Tages, es war Ostern und ich war für eine Woche nach Landhydrock Hall gekommen, stand ich am Fenster im oberen Stockwerk und sah meine Mutter in Pantrys Court. Auf ihrem Schoß lag ein Buch, aber sie las nicht darin, sondern hatte die Augen geschlossen. Schnell lief ich über die Dienstbotentreppe, die den Frauen vorbehalten war, nach unten und betrat den Innenhof durch die niedrige Pforte. Das Personal in Landhydrock Hall war streng nach Geschlechtern getrennt, so hatten Frauen und Männer jeweils ihre eigenen Ein- und Ausgänge wie auch gesonderte Treppenhäuser zu den Räumen, in denen sie ihre Arbeit zu verrichten hatten. Die einzige Ausnahme war Dobson, der als Butler die Oberaufsicht über das ganze Personal hatte und alle Gänge, Flure und Treppen benutzte.

Meine Mutter hatte nicht geschlafen und mich, als ich mich ihr zögernd näherte, gleich bemerkt. »Marian, komm, setz dich zu mir«, forderte sie mich auf und rückte ein Stück zur Seite, so dass ich mich auf der Kante des Liegestuhls niederließ.

»Mama, darf ich dich etwas fragen?«

Meine Mutter lächelte, dabei bildeten sich in den Augenwinkeln winzige Fältchen, das einzige Attribut, das mich daran erinnerte, dass sie die vierzig bereits überschritten hatte. »Alles was du möchtest, meine Kleine.«

Obwohl ich es sonst nicht mochte, als *Kleine* bezeichnet zu werden, fühlte ich mich in diesem Moment meiner Mutter sehr nahe. Zwei Fragen brannten mir auf der Seele. »Im Juli ist doch wieder das Picknick auf Boventon Castle. Nun werde ich nächsten Monat achtzehn, und im Sommer verlasse ich die Schule. Könnte ich da nicht …«

»… am Ball teilnehmen?« Mutter hatte mir meinen sehnlichsten Wunsch von den Augen abgelesen.

Das Gartenfest der Denburys war ein fester Bestandteil unseres Landlebens. Adlige Familien von nah und fern fanden sich ein, und Lady Denbury hatte die Tradition auch nach dem Tod ihres Mannes vor zwei Jahren aufrecht erhalten. Am nachmittäglichen Picknick nahmen auch die Kinder teil, aber am Abend, wenn der Ball stattfand, wurden sie zu Bett geschickt. Noch im letzten Jahr gehörte auch ich dazu, derweil mein Bruder William sich bereits unter die Tanzenden reihen durfte. Wir *Kinder* schlichen uns zwar später zu dem Guckloch, von dem aus man die ganze Halle überblicken konnte, aber es war nicht das Gleiche, von einem Versteck aus die Damen und Herren in ihren eleganten Roben zu bewundern, wie selbst dabei zu sein. Ich bin sicher, Mutter wusste, dass ich seit Jahren durch das Guckloch zusah, aber sie erwähnte es nie.

»Ach Mama, ich würde so gerne einmal tanzen! Schließlich haben wir es in der Schule gelernt.«

Mutter lächelte und strich mir leicht übers Haar. »Ich sehe, so langsam wirst du erwachsen, Marian. Ja, du darfst dieses Jahr zum Ball aufbleiben, aber nur, wenn dein Schulabschluss unseren Vorstellungen entspricht.«

Ich umarmte meine Mutter so stürmisch, dass wir beide beinahe vom Liegestuhl gefallen wären. »Wegen der Prüfungen brauchst du dir keine Gedanken zu machen, Mama. Ich bin eine gute Schülerin.«

»Das weiß ich, mein Kind. Nun, dann wirst du auch ein Ballkleid brauchen. Ich werde dir eines nach Vorlage eines deiner Kleider schneidern lassen. Was hältst du von den Farben Weiß und Grün?«

Ich beteuerte, dass mir das sehr gut gefallen würde. Endlich, endlich würde ich nicht mehr das kleine Mädchen sein, das beim Picknick bei den Kindern saß und mit ihnen zu Bett geschickt wurde. Endlich würde auch ich tanzen können! Wer mein Partner sein würde, stand außer Frage. Sicher wartete Matthew schon lange darauf, seine Hände um meine Hüften zu legen und mit mir übers Parkett zu schweben. Ich beschloss, in den nächsten Wochen noch fleißig die gängigsten Tanzschritte zu üben, denn ich hatte beobachtet, dass Matthew ein guter Tänzer war. Auf keinen Fall wollte ich mich in seinen Armen blamieren! Mein Herz war von solcher Vorfreude erfüllt, dass ich beinahe meine zweite Frage vergessen hätte. Erst als Mutter mich daran erinnerte, wurden meine Gedanken von dem bevorstehenden Ball abgelenkt.

»Was hast du noch auf dem Herzen, Marian?«

»Meine Großmutter Marian, nach der ihr mich benannt habt ... ist sie eigentlich deine oder Vaters Mutter gewesen?«

Mich überraschte die Wandlung, die im Gesicht meiner Mutter vor sich ging. Ihr eben noch offener Blick wurde überschattet, und sie senkte rasch die Augen. Ich sah, wie ihre Hände leicht zitterten, obwohl sie bemüht war, diese schnell hinter ihrem Rücken zu verstecken. Erneut spürte ich, dass Lady Marian Elkham ein Geheimnis umgab, ein Geheimnis, das man vor uns Kindern verbarg.

»Sie war ... Simons Mutter«, antwortete Mutter schließlich.

Wie bei Matthew war ich sicher, dass es nicht die ganze Wahrheit war. Nein, ich glaubte nicht, dass Mama mich belog, dennoch befriedigte mich ihre Antwort nicht. »Was ist mit deinen Eltern? Ich weiß nur, dass sie nicht mehr am Leben sind.«

Noch immer sah meine Mutter mich nicht an, als sie schnell sagte: »Meine Mutter starb bei der Geburt ihres zweiten Kindes, das ebenfalls nicht überlebte. Mein Vater wanderte nach Amerika aus, und ich habe nie wieder etwas von ihm gehört.« Sie erhob sich, klappte das Buch zusammen und legte es zur

Seite. »Aber jetzt muss ich in mein Zimmer, es warten einige Briefe darauf, beantwortet zu werden.«

Ich sah meiner Mutter nach, als sie Pantrys Court verließ. Leider wusste ich nicht, wie und wo ich mehr über meine Großmutter erfahren konnte, denn es gab in Landhydrock Hall keine Familienchronik oder einen Stammbaum. Ein weiterer Punkt, in dem sich unsere Familie von anderen unterschied. In Boventon Castle hing in der Halle ein großer, kunstvoll gemalter, farbiger Stammbaum, der die Familienmitglieder der Denburys seit dem 16. Jahrhundert lückenlos aufführte. Unten endete eine Linie bei Matthews Onkel, der ja kinderlos gestorben war, und ein neuer Zweig für Matthews Eltern ragte nach links. Matthews Name stand bereits in zierlicher Schrift auf dem Stammbaum, und der Platz daneben wartete darauf, mit einem weiblichen Namen gefüllt zu werden. *Marian Denbury* – zuckersüß klang dieser Name in meinen Ohren. Beim Gedanken an Matthew vergaß ich meine Großmutter, denn die Vorfreude auf meinen ersten Ball überstrahlte alles andere.

Tags darauf packte ich meine Sachen und brach zu meinen letzten Monaten im Pensionat auf.

Das alles geschah in jener Zeit, in der ich unbeschwert die Tage genoss. Ich hing meinen Träumen von Matthew nach und dachte, das Schicksal hätte mich auf die Sonnenseite des Lebens gestellt. Die ganze Welt erschien mir licht und strahlend. In den letzten Tagen, die ich in dem eleganten Mädchenpensionat verbrachte, konnte ich nicht ahnen, wie grundlegend sich bald alles ändern sollte. Selbst wenn es möglich gewesen wäre, durch ein Fenster einen Blick in die Zukunft zu werfen, hätte ich an den folgenden Geschehnissen nichts ändern können.

Meine Freundinnen und ich genossen die letzten Tage unserer Schulzeit, bevor wir uns in eine für uns alle glanzvoll sich darbietende Zukunft verabschiedeten. Die Prüfungen waren vorüber, und ich hatte als eine der Besten abgeschnitten. Nun warteten wir mit einem lachenden, aber auch einem weinenden Auge auf den Tag der Abreise. Manche Mädchen würde ich bestimmt vermissen, hatten wir in den letzten Jahren doch nicht nur den Schlafsaal miteinander geteilt. Andererseits freute ich mich auf zu Hause und auf meine Eltern. Und ich freute mich auf das Wiedersehen mit Matthew. Wir hatten uns seit Weihnachten nicht mehr gesehen, und jetzt kehrte kein kleines Mädchen, sondern eine junge Frau aus dem Pensionat nach Cornwall zurück.

Matthew … Wie immer, wenn ich an ihn dachte, wenn sein Bild vor meinem geistigen Auge auftauchte, durchzog mich ein warmes, angenehmes Gefühl. Matthew gehörte zu meinem Leben wie die Luft zum Atmen. Bald, sehr bald schon würde ich seine Frau sein …

Es war nicht wichtig, dass er mich bisher nicht mit Komplimenten überschüttet hatte, es nicht bemerkte, wenn ich ein neues Kleid trug oder ein buntes Band in meine Haare geflochten war. Viel wichtiger als diese Äußerlichkeiten war das Vertrauen, das zwischen uns bestand. Matthew machte aus seinen Gefühlen kein Geheimnis, ich wusste stets, in welcher Stimmung er sich befand. Und jetzt durfte ich beim alljährlichen Gartenfest auf Boventon Castle zum ersten Mal am abendlichen Ball teilnehmen und das Kleid tragen, das Mutter mir für diesen Anlass extra hatte nähen lassen.

»Marian, träumst du? Ich habe dich bereits zweimal gerufen!«, riss mich eine laute Stimme aus meinen Gedanken. Emilys Hand legte sich auf meine Schulter. »Wir sitzen alle draußen im Garten. Möchtest du dich nicht zu uns gesellen?« Emily war ein hübsches Mädchen, einzig ihre etwas spitze Nase störte ein wenig die Harmonie ihres fein geschnittenen Gesichts.

Schnell stand ich auf und folgte Emily in den Garten. Der Tag war zu schön, um ihn in einem abgedunkelten Zimmer zu verbringen.

Unter zwei großen Apfelbäumen saßen meine Freundinnen: Amalia, Bernadette und Victoria. Ich ließ mich neben Emily auf den ausgebreiteten Decken nieder und griff nach einem Glas Zitronenlimonade. In den Zweigen über uns zwitscherten die Vögel. Ihr Gesang mischte sich mit dem Murmeln des Baches, der sich wenige Meter neben uns durch die Obstwiesen schlängelte.

»Wir sprachen gerade darüber, dass wir uns im Herbst alle in London wiedersehen werden«, klärte mich Victoria auf. »Meine Mutter schrieb in ihrem letzten Brief, dass ich eine ganze Anzahl von neuen Kleidern für die Saison erhalten werde. Ach, ich bin schon furchtbar aufgeregt!«

Ich lachte laut auf. »Ich weiß nicht, ob es sonderlich erstrebenswert ist, als Debütantin in London herumgereicht zu werden. Das ist ja beinahe wie auf einem Sklavenmarkt und dient einzig und allein dem Zweck, uns so gut wie möglich zu verheiraten.«

Victoria knuffte mich spielerisch in die Seite. »Warum solch kritische Worte, Marian? Sieh es doch mal so: Eine Saison in London bedeutet ein immerwährendes Fest. Wir werden in die ersten Häuser eingeladen, jeden Abend eine Dinnerparty und an den Wochenenden Bälle. Ich jedenfalls freue mich, so lange zu tanzen, bis die Sohlen meiner Schuhe durchgescheuert sind.«

»Also ich finde, Marian hat nicht ganz Unrecht. Ich werde mich jedenfalls nicht mit jemandem verheiraten, nur weil er vielleicht einen Titel trägt und unermesslich reich ist. Meine Zukunft stelle ich mir anders vor«, sagte Bernadette, die schon immer eine gewisse Unabhängigkeit an den Tag gelegt hatte.

»Das Beste an London ist, dass wir alle wieder zusammen sein werden«, warf Amalia ein. »Obwohl ich wahrlich glücklich bin, dass die Lernerei nun ein Ende hat, ist es ein komisches Gefühl, euch künftig nicht mehr täglich zu sehen und nicht mehr mitten in der Nacht von Emilys Schnarchen aufzuwachen.«

»Ich schnarche nicht!«, schnaubte Emily und verdrehte die Augen. »Ja, ihr werdet mir auch fehlen, aber ich werde in London nicht dabei sein ...« Sie brach ab, senkte den Kopf, und ihre Wangen färbten sich rosa.

»Warum nicht?« Die Mitteilung überraschte uns alle.

»Ich … Es ist nicht nötig, zu debütieren, denn ich …« Sie gab sich einen Ruck, holte tief Luft und patzte heraus: »Ich habe mich an Weihnachten verlobt und werde im September heiraten!«

Die Mitteilung, die Monarchie in England wäre abgeschafft worden, hätte uns nicht mehr verblüffen können. Emily war immer ruhig und zurückhaltend gewesen, hatte es nicht verstanden, ihre Schönheit zur Geltung zu bringen und ihre gute Figur mit den richtigen Kleidern zu unterstreichen. Ausgerechnet Emily, die Schüchternste und Stillste von uns sollte als Erste heiraten!

»Wer ist er?«

»Wo hast du ihn kennen gelernt?«

»Sieht er gut aus und ist er charmant?«

»Ist er reich?«

Die letzte Frage stammte von Amalia, die immer schon die praktischste in unserem Quintett gewesen war. Sie stammte aus einem vermögenden Haus bei Exeter und war der festen Meinung, dass ein Mangel an Geld jede noch so romantisch begonnene Liebe schon im Keim ersticken würde.

Emily nickte mit strahlenden Augen. »Er ist ein Freund meines Bruders und verbrachte mehrmals die Ferien in unserem Haus. Meine und seine Eltern haben zugestimmt.«

Emilys Bruder studierte im Cambrigde und wurde von ihr schwärmerisch verehrt.

»Warum heiratet ihr schon so bald?«, fragte Victoria und runzelte die Stirn. »Warum genießt du nicht noch eine Saison die aufregenden Attraktionen Londons? Wenn du erst eine brave und tugendsame Ehefrau bist, ist es mit solcher Ausgelassenheit vorbei. Nein, für mich wäre das nichts! Ich möchte mein Leben erst genießen und etwas von der Welt sehen, bevor ich mich in das Joch der Ehe begebe.«

Die folgende Stunde wurde über die Vor- und Nachteile der Ehe diskutiert, wobei ich immer stiller wurde. Die Nachricht, dass Emily in wenigen Wochen zum Altar schreiten würde, hatte mich überrascht. Ich hatte immer geglaubt, ich würde die Erste aus unserem Kreis sein und alle meine Freundinnen als Brautjungfern zu meiner Hochzeit einladen. Dass mir Emily nun zuvorgekommen war, machte mich neidisch. Mit ihrer Neuigkeit stand sie im Mittelpunkt des Interesses, alle wollten ganz genau über den Bräutigam Bescheid wissen. Wahrscheinlich war das der Grund, warum ich nun unüberlegt herausplatzte: »Ich werde wahrscheinlich auch nicht nach London kommen, denn auch ich werde bald heiraten!«

Mit dieser Bemerkung war ich der ungeteilten Aufmerksamkeit meiner Freundinnen sicher. Die gleichen Fragen, mit denen wir noch kurz zuvor Emily gelöchert hatten, schwirrten nun mir um die Ohren. Bereitwillig gab ich Auskunft. »Sein Name ist Matthew Denbury, und er ist sieben Jahre älter als ich. Da sein Vater vor zwei Jahren gestorben ist, ist er der Besitzer von Boventon Castle im Südosten Cornwalls.«

»Also ein guter Fang«, nickte Amalia wohlwollend. »Marian Elkham, du bist wie Emily eine Heimlichtuerin! Wann habt ihr euch verlobt?«

Nun war es an mir zu erröten. »Äh … also wenn ich ehrlich bin, so sind wir noch nicht verlobt«, musste ich gestehen. »Aber es ist nur eine Frage der Zeit, bis er um meine Hand anhält. Matthew ist ein Ehrenmann und wartet, bis ich die Schule verlassen habe, also erwachsen bin.«

»Er hat dich noch gar nicht gefragt, ob du seine Frau werden willst? Woher willst du dann wissen, dass er dich heiraten will?« Victoria musterte mich mit großen, erstaunten Augen, dass mir mulmig wurde. Vielleicht war ich einen Schritt zu weit gegangen?

»Ich kenne Matthew fast mein ganzes Leben lang«, unternahm ich den schwachen Versuch einer Verteidigung. »Er hat in Oxford studiert, aber seit sein Vater gestorben ist, widmet er sich ganz der Verwaltung des Besitzes. Matthew kommt uns, wenn ich in den Ferien daheim bin, regelmäßig in Landhydrock besuchen, dann reiten wir zusammen aus. Wir können über alles sprechen, ich habe vor ihm keinerlei Geheimnisse.«

Bernadette hob seufzend die Schultern. »Manchmal ist es ganz gut, den Männern nicht alles zu offenbaren. Sie lieben Frauen, die geheimnisvoll sind, denn dann können sie diese Frauen ergründen. Mein Bruder sagt immer, es gäbe auf dieser Welt nichts Langweiligeres als Frauen, die einem Mann gleich alles über sich erzählen.«

Ich erhob mich mit einem Ruck. »Ich habe jetzt genug von euren Unkenrufen. Zwischen Matthew und mir besteht ein unsichtbares Band, unser beider Seelen sind seit Jahren miteinander vereint. Aber das ist etwas, von dem ihr nichts versteht!« Ohne den Freundinnen noch einen Blick zu schenken, ging ich über die Wiese ins Haus zurück.

Bernadettes Worte klangen mir in den Ohren nach und hatten meine empfindlichste Stelle getroffen. Alles, was ich über das Verhältnis zwischen Matthew und mir gesagt hatte, entsprach der Wahrheit. War ich in seiner Nähe, so wurden meine Knie weich wie Pudding und meine Hände zitterten, wenn ich ihm Tee einschenkte. Das musste doch Liebe sein, oder? Zwar hatte Matthew mit mir nie über die Zukunft gesprochen, aber ich zweifelte keinen Moment daran, dass er meine Vorstellungen teilte. Warum sonst hätte er sich all die Jahre so intensiv mit mir beschäftigen sollen? Meine Eltern würden mir keine Steine in den Weg legen, dessen war ich sicher. Matthew sah nicht nur gut aus, sondern er stammte auch aus einem guten Haus und verfügte über hohes Ansehen. Mit Lady Denbury verstand ich mich ebenfalls gut, sie würde mich sicher als Schwiegertochter willkommen heißen. Nein, nein, dass Matthew bisher nicht von Liebe und Heirat gesprochen hatte, lag nur daran, dass ich noch zu jung war. Den leisen Zweifel an seiner Zuneigung, den Bernadettes Worte in mir geweckt hatten, verdrängte ich geschickt. Und so fieberte ich dem Tag des Balles auf Boventon Castle entgegen.

II

Die letzten Stunden im Pensionat waren angebrochen. Überall wurde gepackt und nach den Dingen gesucht, die uns in den letzten Jahren in der Schule das Gefühl von Heimat gegeben hatten. Morgen würde ich nach Landhydrock Hall fahren, zurück nach Hause und zurück zu Matthew, um dann nie wieder aus Cornwall fortzugehen. In unserem Schlafsaal summte es wie in einem Bienenstock, Kleider und Röcke flogen hin und her, Koffer und Taschen lagen wild durcheinander auf dem Fußboden und den Betten.

»Wo ist die Dose?«, hörte ich Emily jammern. Mit hochrotem Gesicht kroch sie auf allen vieren unter ihrem Bett herum, tastend fuhren ihre Hände über jeden Zentimeter des Fußbodens.

Ich ließ mich neben ihr in die Hocke nieder. »Kann ich dir helfen? Hast du etwas verloren?«

Zitternd strich sich Emily eine Haarsträhne aus dem Gesicht. Kleine Schweißperlen standen auf ihrer Stirn, obwohl es im Schlafsaal kühl war. »Ich kann die Schnupftabakdose nicht finden! Dabei bin ich mir sicher, sie gestern auf meinen Nachtisch gelegt zu haben.«

Am Vortag waren wir Mädchen gemeinsam in der Stadt gewesen, um kleine Geschenke und Mitbringsel für unsere Lieben zu kaufen. Ich hatte für meine Eltern und Geschwister Kleinigkeiten erworben und für Matthew den Gedichtband *The Wanderings of Oisin* von William Butler Yeats, denn ich wusste, dass er den irischen Literaten sehr mochte. Emily hatte eine silberne Schnupftabakdose für ihren Verlobten gekauft, was nicht ohne eine stichelnde Bemerkung von Bernadette geblieben war: »Also, ich würde einem Mann nichts schenken, selbst wenn er Geburtstag hat oder Weihnachten ist, solange er nicht mein Ehemann ist. Es ist die Aufgabe der Männer, uns Frauen mit Geschenken zu verwöhnen.«

Emily hatte ihr nur einen schrägen Blick zugeworfen und geschwiegen. Und jetzt war das Geschenk für ihren Verlobten verschwunden. Im gleichen Moment, als Bernadette den Raum betrat, fuhr Emily wie von einer Nadel gestochen in die Höhe, stemmte die Hände in die Seiten und schrie die Freundin mit funkelnden Augen an: »Wo hast du sie versteckt? Gib sie sofort wieder her, oder ich werde dich als gemeine Diebin melden!«

Im Schlafsaal wurde es mucksmäuschenstill. Alle Blicke richteten sich auf Emily, die wie eine Rachegöttin vor Bernadette stand, die ihrerseits verwirrt von einer zur anderen blickte.

»Wovon sprichst du?«, fragte sie, und ich glaubte Bernadette, dass sie wirklich nichts über den Verbleib der silbernen Dose wusste.

Überhaupt war Emily bereits gestern fahrig und aufgeregt gewesen, gar nicht so, wie wir sie kannten. Ihr Gesicht war gerötet, die Bewegungen hektisch, und immer wieder hatte sie sich über die Stirn gestrichen und dabei die Augenlider fest zusammengepresst, als habe sie starke Kopfschmerzen. Beim Frühstück hatte ich beobachtet, wie sich Emily häufig am Nacken kratzte, mir aber weiter keine Gedanken darüber gemacht. Wahrscheinlich hatte sie einen Mückenstich. Doch jetzt sorgte ich mich um die Freundin. Die sonst so sanfte und zurückhaltende Emily war kurz davor, Bernadette gegenüber handgreiflich zu werden.

»Gib mir sofort die Dose wieder, du Biest!« Emilys Stimme überschlug sich, und sie machte einen Schritt auf Bernadette zu.

Mit einem Satz war ich an ihrer Seite und legte fest meinen Arm um ihre Schultern. »Es wird sich alles klären, und wir werden die Dose bestimmt finden«, versuchte ich Emily zu beruhigen. »Wir werden alle nach ihr suchen, und ich bin sicher, sie ist nur zwischen irgendwelche Sachen gerutscht. Schließlich hat eine Schnupftabakdose keine Beine, mit denen sie fortlaufen kann«, versuchte ich zu scherzen.

Emily sah mich aus großen, fiebrig glänzenden Augen an. »Marian … mir ist so komisch … so schlecht …«

Rasch legte ich eine Hand auf ihre Stirn und zog sie schnell wieder zurück. Du meine Güte, sie war ja glühend heiß. »Du bist krank!«

Im selben Moment sackte Emily wie ein nasser Sack in meinen Armen zusammen. Sofort waren Bernadette und Victoria zur Stelle.

»Wir müssen sie in die Krankenstation bringen«, sagte Victoria und umfasste Emilys Hüfte.

Bernadette und ich taten es ihr gleich, und gemeinsam schafften wir es, die Freundin über die Wendeltreppe zwei Stockwerke höher zu tragen. Nun stand auch mir der Schweiß auf der Stirn, was einerseits von der körperlichen Anstrengung, andererseits aber auch von der Sorge um Emily kam. Hoffentlich war sie nicht ernsthaft krank, denn ihre Hochzeit sollte in wenigen Wochen stattfinden.

Kaum hatten wir die Tür zum Krankenzimmer geöffnet, eilte auch schon eine Schwester auf uns zu. Mit sorgenvollem Gesicht nahm sie Emily auf die Arme, als wöge sie nicht mehr als eine Feder, und legte sie in ein Bett. Dabei fiel mein Blick auf Emilys Nacken, und ich bemerkte zwei blassrote Flecken, die bereits blutig gekratzt waren. Die Stellen sahen gar nicht aus wie Mückenstiche. Im hinteren Teil des Raumes entdeckte ich den Arzt, der bei Krankheitsfällen aus der Stadt in die Schule kam. Er beugte sich mit besorgtem Gesicht über ein Bett, in dem eine jüngere Schülerin lag. Es beruhigte mich zu wissen, dass ein Arzt im Haus war.

»Es ist gut, ihr könnt jetzt gehen«, wies uns die Schwester mit kühler Stimme an. »Wir werden uns um das Mädchen kümmern.«

»Was fehlt ihr? Wie es aussieht, hat sie sich erkältet, und das im Hochsommer«, bemerkte Victoria.

»Ja, ja, bestimmt …« Die Schwester beachtete uns nicht weiter, so blieb uns nichts anderes übrig, als in den Schlafsaal zurückzukehren.

»Hoffentlich kann Emily morgen abreisen«, gab ich meine Bedenken preis. »Es muss schrecklich sein, ganz allein in der Schule zu bleiben, wenn alle anderen fort sind.«

»Nun, zumindest hat Emily auf der Krankenstation Gesellschaft. Habt ihr das andere Mädchen auch gesehen?«, sagte Victoria.

Schweigend widmete ich mich wieder dem Packen, während meine Gedanken um Emily kreisten. Die Flecken in ihrem Nacken gefielen mir gar nicht, wenn ich auch nicht wusste, was sie bedeuteten. Doch meine Ungewissheit sollte nicht lange anhalten.

Es war eine Stunde vor dem Abendessen, als uns eine Lehrerin befahl, sofort in die Halle herunterzukommen. Verwundert sahen wir uns an. Traditionsgemäß fand die Abschiedsansprache der Direktorin immer am letzten Tag nach dem Frühstück statt. Aus allen Klassen strömten die Mädchen in die Halle, alle tuschelten miteinander und ergingen sich in Mutmaßungen, was die unübliche Zusammenkunft zu bedeuten hatte.

Nachdem wir uns gesetzt hatten, trat das gesamte Lehrerkollegium auf das Podium, allen voran Mrs. Chiverton, unsere grauhaarige Direktorin. Sie hob die Hände, sofort verstummte das Murmeln und das Scharren Dutzender von Füßen.

»Meine lieben Mädchen, ich weiß, dass ihr euch alle darauf freut, morgen in die Ferien zu fahren. Für einige von euch sollte es auch ein Abschied für immer sein, denn ihr habt eure Schulzeit beendet und tretet nun hinaus in die Zukunft.«

Victoria runzelte die Stirn und knuffte mich in die Seite. »*Sollte*? Was meint sie damit?«, raunte sie.

Mrs. Chiverton seufzte kurz, dann fuhr sie mit ruhiger Stimme fort: »Leider sind einige der Schülerinnen erkrankt. Da die Krankheit sehr ansteckend ist, müssen wir vorsichtig sein. Ich habe vorhin ein langes Gespräch mit Doktor Phillmore gehabt und muss euch mitteilen, dass die Schule unter Quarantäne gestellt worden ist und in der nächsten Zeit keiner das Haus verlassen oder betreten darf.«

Ein Aufschrei ging durch die Reihen, auch ich riss fassungslos die Augen auf. Das durfte nicht wahr sein! Wegen ein paar harmlosen Fällen von Erkältung wollte man uns hier festhalten?

Eine andere Schülerin sprach das aus, was ich dachte: »Wie lange, Mrs. Chiverton? Wann können wir heimreisen? Um welche Krankheit handelt es sich überhaupt?«

Die Direktorin ließ ihren Blick über die aufgeregten Mädchen schweifen. Sie sah dabei so kummervoll aus, dass schlagartig alle Zwischenrufe verstummten. »Es sind die Pocken. Die schwarzen Pocken. Wir wollen und können es euch nicht verheimlichen, denn ihr sollt wissen, wie ernst die Lage ist. Wie Doktor Phillmore mir sagte, treten die ersten Krankheitsanzeichen ungefähr sieben bis vierzehn Tage nach der Ansteckung auf. Da wir nicht wissen, wie viele von euch bereits infiziert sind, müssen wir mit einer Quarantäne von mindestens zwei Wochen rechnen.«

Zwei Wochen! Genau heute in zwei Wochen würde das Picknick und der Ball bei den Denburys stattfinden! Dann musste ich daheim sein! Auf jeden Fall! Ich konnte unmöglich meinen ersten Ball versäumen, wozu hatte ich mich schließlich in den letzten Wochen auf die Tänze in Matthews Armen vorbereitet?

Wie egoistisch mein Denken war, in dem es sich nur darum drehte, dass ich um nichts in der Welt einen Ball versäumen wollte, wurde mir erst klar, als Bernadette mit erstickter Stimme fragte: »Mrs. Chiverton, die Mädchen, die erkrankt sind … Emily und die anderen … werden sie wieder gesund werden?«

Für einen Augenblick presste die Direktorin die Lippen fest aufeinander, dann sagte sie leise: »Das kann nicht mit Bestimmtheit gesagt werden. Doktor Phillmore tut, was er kann, aber uns bleibt nur, zu beten und zu hoffen, dass Gott diesen Kelch an uns vorübergehen lassen wird.« Nach einer kurzen Pause, in der jeder Schülerin die Betroffenheit ins Gesicht geschrieben stand, erklärte Mrs. Chiverton, noch am Abend würden die Familien der Mädchen per Telegraph oder Boten darüber informiert, dass morgen niemand heimkehren würde.

Schweigend stieg ich zwischen Victoria und Bernadette die Treppe zum Schlafsaal hinauf. In unser aller Augen war die Angst davor zu lesen, wer wohl noch infiziert sein könnte. War ich auch betroffen? Bisher fühlte ich mich gut, es gab keinerlei Anzeichen von Fieber, Kopf- und Gliederschmerzen. Trotzdem suchte ich an diesem Abend, als ich mich auskleidete, meinen Körper nach kleinen roten Stellen ab. Es beruhigte mich jedoch keineswegs, dass ich nicht fündig wurde, denn die Pocken waren tückisch und konnten jederzeit ausbrechen.

Während der nächsten Woche beobachteten wir uns alle mit Argusaugen. Kratzte sich ein Mädchen, so rückten wir sofort ein Stück von ihr ab. Hatte sie sich infiziert? Breiteten sich auf ihrem Körper bereits die todbringenden Pusteln aus? Obwohl Mrs. Chiverton und die Lehrerinnen bemüht waren, unseren Tagesablauf wie gewohnt zu gestalten, war niemand in den Unterrichtsstunden sonderlich aufmerksam. Warum sollten wir noch lernen? Schließlich lag die Abschlussprüfung bereits hinter uns. So dachte auch ich und erkannte nicht, dass es lediglich dazu diente, unsere Gedanken in andere Bahnen zu lenken.

Aus unserem Schlafsaal erkrankte zum Glück niemand mehr, aber vier Mädchen der unteren Jahrgänge wurden in die Krankenstation gebracht. Da es uns streng untersagt war, auch nur das Stockwerk zu betreten, tröpfelten nur spärlich Nachrichten über den Zustand der Erkrankten durch. Wenigstens lebte Emily noch, was laut Doktor Phillmore an ein kleines Wunder grenzte, denn sie litt an einer sehr schweren Form der schwarzen Pocken.

»Ihr ganzes Gesicht soll mit Pusteln übersät sein! Wenn sie überlebt, wird sie für immer entstellt sein«, flüsterte mir Bernadette zu.

»Woher willst du das wissen?«, fuhr ich sie unfreundlich an. »Du bist ja nur neidisch, dass Emily bereits einen Verlobten hat und du nicht!«

Beleidigt wandte sich Bernadette ab, sofort taten mir meine harschen Worte Leid. Aber unser aller Nerven lagen blank, über uns schwebte die Klinge des Sensenmanns.

Überglücklich erhielt ich einen Brief meiner Eltern. An Ort und Stelle riss ich den Umschlag auf und las:

... Wir sind alle in Gedanken bei dir, mein liebes Kind. Täglich wird in der Kirche gebetet, und ich bin sicher, dass Gott kein zweites Mal so grausam sein kann ..., schrieb meine Mutter unter anderem. Ich wusste, sie spielte damit auf den Tod meiner Schwester Sarah an. Schnell überflog ich den Brief nach einer Bemerkung über Matthew Denbury, aber leider erwähnte ihn Mutter mit keinem Wort. Der Tag des Picknicks rückte immer näher, und meine Traurigkeit, das Ereignis zu versäumen, wurde immer größer. Ich war sicher, dass sich Matthew mir an diesem Tag erklären würde, und ich würde mit Freuden »ja« sagen. Ihm selbst schreiben konnte ich nicht, denn wir durften keine Briefe versenden, an ihnen hätten Pockenviren haften können. So blieb mir nichts anderes übrig, als von einem Tag auf den anderen zu hoffen, dass die schreckliche Krankheit bald vorübergehen möge.

Zwei Mädchen starben nach wenigen Tagen, aber Emily überlebte. Es waren auf den Tag genau dreizehn Tage, nachdem sie zusammengebrochen war, als sie in ein anderes Zimmer verlegt wurde. Die akute Gefahr war vorüber. Die Krankenschwester ließ nach mir rufen, und es freute mich zu hören, dass Emily nach mir gefragt hatte.

»Aber nur fünf Minuten«, mahnte die Schwester und schob mich in das Zimmer. Ich erschrak, als ich Emily in den weißen

Laken liegen sah. Für einen Augenblick dachte ich, ich hätte ein Totenzimmer betreten, so bleich und eingefallen lag ihr schmales Gesicht in den Kissen.

Doch dann sah Emily mich an, und ihre Lippen verzogen sich zu einem schwachen Lächeln. »Marian … wie schön …« Ihre Stimme war nicht mehr als ein Wispern.

Ich trat näher und bemühte mich, mir mein Entsetzen nicht anmerken zu lassen. Bernadette hatte leider Recht behalten. Auf Emilys sonst zarter Gesichtshaut reihte sich eine verkrustete Pustel an die andere, inmitten dieser Kraterlandschaft ragte ihr Nase viel spitzer als sonst in die Höhe. Aber sie lebte! Das allein zählte.

Ich ergriff ihre Hand und drückte sie fest. »Geht es dir besser?«, fragte ich mit belegter Stimme.

Emily nickte. »Ich fühle mich so schwach und schrecklich müde, aber die Schmerzen sind verschwunden. Die Schwester meint, dass ich in drei, vier Wochen langsam wieder aufstehen kann.«

Ich streichelte ihre Hand, dann merkte ich, dass Emily eingeschlafen war. Leise, um sie nicht zu wecken, verließ ich das Zimmer. Arme Emily! Würde ihr Verlobter sie auch mit den Narben noch lieben? Es war der Charakter, der zählte, und nicht ein hübsches Äußeres, und Emily war dieselbe geblieben.

Während ich durch die Gänge in den Schlafsaal zurückging, dachte ich an Matthew, der das Schöne und Edle, das Vollkommene liebte. Die Pferde in den Stallungen von Boventon Castle waren von edelster Art, ohne Makel oder Fehlbildungen. Matthew kleidete sich stets nach der neuesten Mode, selbst wenn er die Felder inspizierte, war seine Krawatte penibel genau gebunden, und kein Schmutzfleck zeigte sich auf seiner Jacke. Manche Menschen hätten Matthew Denbury vielleicht als Dandy bezeichnet, aber ich kannte ihn so genau, dass ich wusste, dass es seiner Lebenseinstellung entsprach, in jeglicher Situation korrekt gekleidet zu sein. Für Matthew gehörten Schönheit und Vollkommenheit zu den höchsten Gütern der Erde. Ich war gewiss nicht eitel, aber ich wusste, dass mein Äußeres recht ansprechend war. Da meine Eltern beide dunkelhaarig waren, hatte auch ich beinahe schwarzes Haar, dass hier und da kastanienrot aufblitzte, wenn die Sonne im richtigen Winkel auf mein Haupt fiel. Ich war schlank, zwar nicht sehr groß, aber an den richtigen Stellen gerundet. Das Einzige, das mich störte, waren die Sommersprossen, die sich auf meinem Nasenrücken wie Farbspritzer verteilten. Obwohl ich peinlich genau darauf achtete, mich nicht unnötig der Sonne auszusetzen, kehrten sie doch jedes Frühjahr wieder.

Vor zwei Jahren hatte Matthew einmal zu mir gesagt: »Schaue ich in dein Gesicht, so sehe ich dort eine Lebensfreude, die beneidenswert ist. Marian, hör niemals auf zu lachen und fröhlich zu sein.«

Da Matthew die Sommersprossen offenbar nicht störten, hatte ich mich mit ihnen abgefunden. Was, wenn ich nun auch erkrankt und für immer entstellt gewesen wäre wie Emily? Würde Matthew mich dann immer noch anziehend finden?

Meine süßen Träume von Matthew wurden jäh unterbrochen, als ein jüngeres Mädchen so heftig um die Ecke gerannt kam, dass sie mit voller Wucht gegen mich prallte.

»Hoppla!«, rief ich und griff Halt suchend nach der Wand, um nicht zu stürzen. »Kannst du nicht aufpassen?«

Das Mädchen sah mich mit großen Augen an und keuchte atemlos: »Die Quarantäne ist vorüber, wir können endlich abreisen!«

Sie wollte schnell davoneilen, ich konnte sie gerade noch am Ärmel festhalten. »Wer sagt das? Ist das nicht nur ein Gerücht?«

»Alle sagen es. Jetzt lass mich los, ich muss sofort anfangen zu packen!«

Eine Sekunde später war sie um die Ecke verschwunden, und mein Herz begann aufgeregt zu pochen. Schnell lief ich zum Büro von Mrs. Chiverton und klopfte an. Da keine Antwort erfolgte, trat ich unaufgefordert ein. Mrs. Chiverton lief in ihrem Büro aufgeregt auf und ab, zwei Lehrerinnen waren bei ihr. Offenbar hatte sie mein Klopfen überhört, denn als sie mich sah, blieb sie erstaunt stehen. »Marian, was möchtest du?«

»Ich hörte, dass wir heimreisen dürfen«, platzte ich heraus.

Mrs. Chiverton nickte. »Doktor Phillmore hat die Quarantäne aufgehoben. Es sind dreizehn Tage seit der letzten Erkrankung vergangen, somit ist mit keiner weiteren Ansteckung mehr zu rechnen. Ich werde veranlassen, dass eure Familien morgen informiert werden, damit man euch abholen kann.«

Morgen! Ich presste beide Hände auf meine Brust, um mein heftig schlagendes Herz zu beruhigen. Morgen war der Ball bei den Denburys! Wenn meine Eltern morgen das Telegramm erhielten und gleich den Wagen schickten, konnte ich frühestens in zwei Tagen zu Hause sein. Das war zu spät, viel zu spät!

»Mrs. Chiverton, ich muss sofort abreisen. Noch heute.«

Sie runzelte die Stirn und sah mich mit dem strengen Blick an, den alle Schülerinnen des Pensionats fürchteten, verhieß er doch nichts Gutes. »Wie stellst du dir das vor? Die Schule kann dir unmöglich eine Kutsche zur Verfügung stellen. Nein, Marian Elkham, du wirst wie alle anderen warten müssen, bis deine Eltern deine Abholung veranlassen.« Mrs. Chiverton wandte sich zu Miss Potts, der Lehrerin für Musik und bildende Künste, und sagte etwas zu ihr. Ihre Haltung zeigte, dass sie das Gespräch für beendet betrachtete, aber so einfach wollte ich nicht aufgeben.

»Vielleicht kann mich ein Wagen in die Stadt zum Bahnhof bringen«, beharrte ich. »Es ist doch möglich, dass heute noch ein Zug nach Cornwall geht.«

Mrs. Chiverton wandte ihre Aufmerksamkeit wieder mir zu. »Du willst mit der Eisenbahn fahren?« So, wie sie das aussprach, hörte es sich an, als hätte ich gerade vorgeschlagen, zum Mond fliegen zu wollen. »Das ist ausgeschlossen! Keines meiner Mädchen reist allein. Die Mädchen, die mit dem Zug fahren, werden wie immer von einer Lehrerin begleitet. Aber frühestens übermorgen, vorher kann ich niemanden entbehren.«

»Aber Mrs. Chiverton, ich kann durchaus allein …«

»Marian, du scheinst deine gute Erziehung zu vergessen!«, wies sie mich scharf zurecht. »Solange du in diesem Haus bist, unterstehst du meiner Aufsicht und wirst dich meinen Wünschen fügen. Und jetzt geh, wir haben wichtige Dinge zu besprechen.«

So leicht gab ich mich nicht geschlagen, denn der morgige Ball erschien mir wichtiger als irgendetwas anderes zuvor in meinem Leben. »Haben nicht Sie, Mrs. Chiverton, und unsere Lehrerinnen …«, ich nickte kurz in Richtung von Miss Potts und ihrer Kollegin, »uns immer gelehrt, selbstständig nicht nur im Denken, sondern auch im Handeln zu sein? Zudem – meine Schulzeit ist beendet, es ist an der Zeit, in ein eigenständiges Leben zu treten. Auch das waren Ihre Worte. Ich denke, ich bin alt genug, um allein mit der Eisenbahn zu fahren. Was sollte dabei schon geschehen?« Meine Worte klangen überzeugter, als ich mich selbst fühlte. Mein Vater hatte mich einmal im Zug nach Barnstable begleitet, weil eine Achse unserer Reisekutsche gebrochen war. Damals hatte meine Mutter große Sorgen ausgestanden, denn sie lehnte die Eisenbahn vehement ab, aber wir kamen unbeschadet an, und Vater kam auch jedes Mal wieder gesund und munter zurück nach Landhydrock Hall. Einzig der Gedanke, die ganze Nacht allein unterwegs zu sein, bereitete mir ein wenig Unbehagen, das ich Mrs. Chiverton aber auf keinen Fall zeigen wollte. Herausfordernd stand ich vor ihr und harrte ihrer Entscheidung.

Schließlich seufzte sie laut auf und sagte: »Nun gut, ich kann dich ja schlecht einschließen, obwohl ich noch immer die Verantwortung für dich trage. Daran ändert auch dein Abschluss nichts. Solange du im Pensionat bist, bin ich für dein Wohl verantwortlich.«

»Richtig, solange ich *in* der Schule bin«, konterte ich.

Es war offensichtlich, dass Mrs. Chiverton von den Ereignissen der letzten Wochen erschöpft war. »Ich werde veranlassen, dass man herausfindet, ob heute Abend noch ein Zug nach Plymouth geht. Dort wirst du nach Bodmin umsteigen müssen.«

»Das ist kein Problem«, erklärte ich großspurig. Das Geld für die Fahrkarte besaß ich, auf Bahnhöfen gab es Bedienstete, die mir sicher den richtigen Weg weisen würden. Dankbar senkte ich den Kopf. »Es ist von großer Wichtigkeit, dass ich morgen zu Hause bin, Mrs. Chiverton. Wenn diese außergewöhnliche Situation nicht vorliegen würde, hätte ich es niemals gewagt, Ihnen solche Umstände zu bereiten.«

Die Direktorin winkte mit der Hand ab. »Du kannst jetzt gehen, um zu packen. Ich nehme an, du wirst nur ein leichtes Gepäck mitnehmen und den Rest abholen lassen?« Ich nickte. »Sollte es heute noch eine Verbindung geben, dann wird dich der Schuldiener rechtzeitig abholen und dich mit dem kleinen Wagen zum Bahnhof bringen.«

Damit war ich entlassen und rannte aufgeregt in den Schlafsaal zurück. Im Stillen bat ich Gott, mich unter allen Umständen rechtzeitig zum Ball in Cornwall ankommen zu lassen.

Ich hatte Glück. Um zehn Uhr am Abend fuhr der letzte Zug von Barnstable nach Plymouth. Dort würde ich allerdings zwei Stunden auf einen Anschluss nach Bodmin warten müssen.

Der Abschied von meinen Freundinnen war kurz, aber herzlich. Wir versprachen, einander regelmäßig zu schreiben.

»Und vielleicht sehen wir uns doch im Herbst in London?«, bemerkte Bernadette augenzwinkernd. »Immer daran denken, Marian: Je unerreichbarer du für einen Mann bist, desto mehr Interesse wird er an dir zeigen.«

»Alte Unke!« Ich zwickte sie freundschaftlich in den Oberarm.

Als ich in den Wagen stieg, der mich zum Bahnhof brachte, musste ich ein paar Tränen unterdrücken. Meine Schulzeit, vier Jahre meines Lebens, ging nun zu Ende. Würde ich die Menschen, die mir in dieser Zeit lieb geworden waren, jemals wiedersehen? Aber dann dachte ich an Landhydrock Hall, an meine Eltern und Geschwister – und vor allen Dingen an Matthew. Schon morgen würde ich ihn sehen, mit ihm scherzen und plaudern, mich mit ihm im Kreis auf der Tanzfläche drehen … Was waren dagegen ein paar Schulfreundinnen?

Obwohl ich während der Fahrt kein Auge zutat, fühlte ich mich kein bisschen müde, als der Zug bei Sonnenaufgang in Bodmin einfuhr. Eine berauschende Erregung hatte sich meiner bemächtigt. Das Morgengrauen versprach einen weiteren schönen Sommertag. Ich konnte mich gut an ein Picknick auf Boventon Castle erinnern, an dem es den ganzen Tag geregnet hatte. Aber die Denburys hatten sich dadurch nicht den Spaß verderben lassen. Kurzerhand hatte man Decken und Kissen auf dem Boden in der großen Halle ausgebreitet und dort das Picknick abgehalten. Wenn jedoch die Sonne schien, dann machte es viel mehr Spaß, draußen auf den Wiesen unter den alten Bäumen zu sitzen und zu speisen.

Am Bahnhof von Bodmin steuerte ich eine Mietdroschke an.

Zu meiner Erleichterung erkannte mich der Kutscher. »Miss Marian!«, rief er erstaunt. »Sie hier zu so früher Stunde?« Dienstbeflissen nahm er meinen Koffer und legte ihn ins Gepäcknetz.

»Ich muss so schnell wie möglich nach Landhydrock Hall«, sagte ich und stieg so schnell ein, dass der Kutscher keine Möglichkeit hatte, mir helfend den Arm zu reichen.

»So benimmt sich keine Dame«, klang Vaters Stimme in meinen Ohren. Ich lächelte. Vater und seine zum Teil antiquierten Ansichten, ein ewiger Streitpunkt zwischen ihm und Mutter. Trotzdem hätte ich ihn nicht anders haben wollen, auf keinen Fall!

Nie zuvor war mir die Fahrt von Bodmin nach Landhydrock Hall so lang vorgekommen, dabei waren es nur sechs Meilen. Als die Kutsche endlich die schmale Brücke passierte und die lange, steile Auffahrt zum Schloss hinaufrumpelte, lehnte ich mich weit aus dem Fenster. Das Morgenlicht spiegelte sich in den Fenstern des wuchtigen steinernen Torhauses, das wie ein kleines Miniaturschloss wirkte, denn es hatte links und rechts zwei zinnenbewehrte Türme und war aus grauem Granit gebaut. Landhydrock Hall! Mein Herz öffnete sich. Endlich war ich wieder daheim!

Die Kutsche hielt vor dem Torhaus.

Schnell sprang ich hinaus und rief dem Kutscher zu: »Bitte warten Sie, ich schicke gleich jemanden mit dem Geld.«

Ein Blick auf meine Uhr, die in Form einer Brosche an meinem Ausschnitt hing, zeigte mir, dass es kurz vor acht war. Ich hatte Glück, meine Eltern waren bestimmt noch nicht nach Boventon Castle aufgebrochen, aber lange würde es bis zur Abfahrt nicht mehr dauern.

Mit einem Ruck öffnete ich die Eingangstür und prallte gegen Dobson, unseren distinguierten Butler. Als ich bemerkte, dass er mich völlig konsterniert anstarrte, musste ich lächeln. »Guten Morgen, Dobson. Vor dem Torhaus wartet eine Mietdroschke. Bitte sorgen Sie dafür, dass der Kutscher für die Fahrt entlohnt wird.«

Ich kümmerte mich nicht weiter um Dobson, war ich doch sicher, dass er meiner Anweisung unverzüglich Folge leisten würde. Ich streifte meine Handschuhe ab und warf sie zusammen mit meinem Umhang achtlos auf einen Stuhl in der Halle. Zwei Stufen auf einmal nehmend, lief ich in den ersten Stock hinauf, wandte mich nach links und öffnete die Tür zum Morgenzimmer. Wie ich erwartet hatte, saßen meine Eltern noch beim Frühstück, das stets in diesem Zimmer eingenommen wurde. »Hallo, hier bin ich!«, rief ich lachend.

Meine Mutter sprang auf. Jegliche Farbe wich aus ihrem Gesicht. »Marian! Wo kommst du her? Geht es dir gut? Ist die schreckliche Krankheit vorbei?« Sie breitete die Arme aus, und ich warf mich ungeachtet meiner staubigen Reisekleidung an ihre Brust.

Mein Vater räusperte sich. »Wir erhielten noch keine Nachricht aus Barnstable, dass die Quarantäne aufgehoben worden ist. Wer hat dich hergebracht?«

Ich löste mich aus Mutters Armen und trat einen Schritt zurück. »Gestern hob Mrs. Chiverton die Quarantäne auf. Ich wollte keine Stunde länger warten und habe mich sofort auf den Weg gemacht. Ich bin … mit dem Zug gefahren.«

Meine Mutter schrie leise auf und wurde noch blasser. »Aber Kind … du weißt doch …«

Ich winkte ab. »Mama, es ist mir ja nichts geschehen. Hier, sieh her, ich bin gesund und munter!« Spielerisch tänzelte ich durchs Zimmer und drehte mich im Kreis. »Wann fahrt ihr nach Boventon Castle? Heute ist das Picknick und der Ball! Das wollte ich auf keinen Fall versäumen, freue ich mich doch seit Monaten auf diesen Tag. Ach, ich muss unbedingt ein Bad nehmen, so kann ich auf keinen Fall fahren. Mama, wärst du so nett, einem Mädchen zu klingeln, dass sie mir das Badewasser einlässt? Ihr wartet doch auf mich, ja? Ich verspreche auch, mich ganz schrecklich zu beeilen.« Ich redete wie ein Wasserfall und bemerkte erst, als ich schon an der Tür war, wie ernst Mutters Gesichtsausdruck geworden war.

»Marian, wir müssen dir etwas sagen …«

Ein Schauer lief über meinen Rücken. »Ist etwas mit Matthew? Es geht ihm doch gut, oder? Ist er krank?«

»Nein, nein, es geht ihm gut«, versicherte Vater. »Aber …«

Ich lachte und winkte ab. »Das ist die Hauptsache. Jetzt muss ich mich aber sputen, denn sonst fahrt ihr noch ohne mich ab.«

Alles andere hatte Zeit bis später, jetzt galt es, dass ich mich badete und hübsch anzog. Matthew und ich hatten uns sieben Monate lang nicht mehr gesehen, für ihn wollte ich so schön wie möglich aussehen. Und er würde bemerken, dass ich längst kein Kind mehr war.

Das Badezimmer lag zwischen den Räumen meiner Eltern. Außer diesem Bad hatte nur noch Nanny eines bei den Kinderzimmern. Als ich den Raum betrat, traf ich auf Rosanna, die sich kritisch im Spiegel musterte.

»Marian! Was machst denn du hier? Wir haben dich nicht erwartet.«

»Was für eine freundliche Begrüßung, Schwesterchen«, rief ich lachend. »Nun aber raus hier, ich muss mich für das Picknick und den Ball heute Abend richten.«

Rosanna verzog das Gesicht zu einem schiefen Grinsen. »Wenn du nicht rechtzeitig gekommen wärst, hätte ich an deiner Stelle am Ball teilgenommen.«

»Du? Dazu bist du noch viel zu jung!«

Trotzig schob Rosanna die Unterlippe nach vorne und nuschelte: »Bin ich nicht. Ich hatte Mama beinahe so weit, es ist ja schließlich ein Platz für ein Elkham-Mädchen reserviert worden. Du hast mir jetzt den ganzen Tag verdorben, denn nun wird man mich zusammen mit den Kleinen ins Bett schicken.«

»Ein Los, das ich die letzten Jahre mit euch habe teilen müssen.« Schmunzelnd begann ich, mir die Bluse aufzuknöpfen.

Ein Dienstmädchen betrat das Bad, knickste und drehte die Wasserhähne auf. In das einlaufende Wasser gab sie eine Essenz, die sofort einen betörenden Duft nach Rosenblüten verströmte. Dann legte sie Holzscheite in den kleinen Kamin und entfachte die Glut.

Ich streifte den Rock ab, bis ich im Unterkleid dastand, dann ließ ich meine Hand prüfend in das warme Wasser gleiten. »Lass mich jetzt allein, Rosanna«, bat ich meine Schwester. »Wenn du möchtest, kannst du mir nachher beim Aufstecken des Haares helfen.«

»Mach ich gerne«, antwortete Rosanna und sah mich wieder freundlich an. »Ich bin froh, dass du wieder zu Hause bist. Wir hatten alle furchtbare Angst, du könntest auch die Pocken bekommen. Ich verzichte gerne auf den Ball, Hauptsache, du bist gesund.«

Liebevoll hauchte ich ihr einen Kuss auf die Wange. Natürlich gab es unter uns fünf Geschwistern immer mal die eine oder andere Meinungsverschiedenheit, aber wir stritten nie heftig miteinander, dazu liebten wir uns zu sehr.

Eine Stunde später ging ich sauber gewaschen, das Haar aufgesteckt und mein Ballkleid in einer Leinenhülle verpackt, nach unten. Ein Blick in den Spiegel hatte mir gezeigt, dass ich mit der Frisur älter und reifer aussah. Nichts erinnerte mehr an das Schulmädchen mit den Zöpfen, das ich noch gestern gewesen war.

»Er wird dich lieben«, flüsterte ich meinem Spiegelbild zu.

Wie üblich fuhren wir Kinder in einer Kutsche, die Eltern in einer anderen. Ich wollte mich gerade zwischen Derek und Rosanna auf den Sitz quetschen, als meine Mutter rief: »Marian, vielleicht möchtest du mit uns fahren?« Dabei sah sie mich so streng an, dass es mir mulmig wurde. Bestimmt würde sie mir eine Strafpredigt wegen meiner eigenmächtigen Reise halten, und darauf verspürte ich nicht die geringste Lust.

»Bitte Mama, lass mich mit den Geschwistern fahren. Ich möchte doch wissen, was in Landhydrock in den letzten Monaten geschehen ist.«

Meine Mutter öffnete den Mund und wollte etwas entgegnen, da legte sich Vaters Hand auf ihren Arm.

»Lass sie«, konnte ich ihn hören. »Vielleicht ist es besser so.«

Mutter schenkte mir noch einen Blick, der mir besorgt erschien, dann stieg sie in die Kutsche. Kaum hatten sich die Pferde in Bewegung gesetzt, vergaß ich sofort wieder, dass sie mir etwas hatte sagen wollen. Nichts und niemand würde mir den heutigen Tag verderben! Dazu war ich viel zu glücklich. Ich plauderte mit den Geschwistern, erzählte aus der Schule und natürlich auch von der schrecklichen Krankheit. Ich hatte das Gefühl, dass ich die Erinnerung an die letzten zwei nervenaufreibenden Wochen mit jeder Meile, die wir durch die liebliche Sommerlandschaft in Richtung Boventon Castle zurücklegten, abstreifte. Mir wurde beschwingter ums Herz, in wenigen Stunden würde ich Matthew wiedersehen!

Die Kutschen hielten vor dem niedrigen Tor von Boventon Castle. Noch bevor ich ausgestiegen war, suchten meine Augen nach Matthew, konnten ihn aber nicht entdecken. Auf den Wiesen rund ums Haus tummelten sich Dutzende von Gästen und bedienten sich von den vielfältigen Speisen und Getränken, die auf langen Tischen angeboten wurden. Rosanna und Derek stürmten auch sofort los, um sich einen Teller mit Schokoladenpudding und Clotted Cream zu sichern.

»Ihnen wird wieder schlecht werden«, murmelte meine Mutter und strich ihren Rock glatt.

Vater lachte. »Das ist dann ihr Problem. Irgendwann werden sie von selbst lernen, maßvoll zu essen.«

Ich spannte meinen Sonnenschirm auf und spazierte über die Wiese. Hier und da wurde ich freundlich gegrüßt und erwiderte den Gruß mit einem Kopfnicken oder ein paar höflichen Worten. Ich hatte jetzt keine Ruhe für eine längere Plauderei, denn ich suchte Matthew. Mrs. Denbury entdeckte ich im Kreis mehrerer älterer Damen, doch von ihrem Sohn fehlte jede Spur. Verflixt, Matthew war doch hoffentlich nicht verhindert? Er war bisher jedes Jahr beim Picknick dabei gewesen, stellte das Gartenfest doch *den* gesellschaftlichen Höhepunkt des Sommers in Cornwall dar.

Dann sah ich ihn, und mein Herz tat einen Sprung! Er war schlicht, aber äußerst elegant gekleidet. Die grüne Weste harmonierte mit der Farbe seiner Augen, sein rotblondes kurzes Haar lag wie ein glänzender Helm um seinen Kopf. Matthew Denbury war ein äußerst attraktiver Mann, fast meinte ich, er sei in den letzten Monaten noch attraktiver geworden. Er plauderte mit einem Ehepaar, dass mir flüchtig bekannt war. Ich unterdrückte meinen Drang, quer über die Wiese zu der kleinen Gruppe zu eilen, stattdessen schlenderte ich scheinbar uninteressiert über den Kiesweg in Matthews Richtung. Aus den Augenwinkeln beobachtete ich ihn. Erst jetzt bemerkte ich die junge Frau an seiner Seite. Neidvoll musste ich mir eingestehen, dass ich selten ein schöneres Mädchen gesehen hatte. Ihre Gestalt war klein und grazil, biegsam wie eine Weidenrute im Wind. Platinblondes Haar umrahmte ein herzförmiges Gesicht, an dem alles makellos war. Es schien mir, als hätte ein Bildhauer ihr Antlitz nach der Vorgabe eines Malers geschaffen – der Abstand ihrer mandelförmigen Augen war perfekt wie die kleine, schmale Nase und der Mund mit den rosigen Lippen, die in vollständiger Harmonie zueinander standen. Ein Stich der Eifersucht bohrte sich unter meine Haut. Wer war sie? Warum kannte ich sie nicht, und – vor allen Dingen! – warum tat sie so vertraut mit Matthew?

Jetzt hatte er mich entdeckt und winkte mir erfreut zu. Sofort waren alle meine Bedenken zerstreut, denn Matthews Augen leuchteten bei meinem Anblick auf.

»Marian! Wie schön, dich zu sehen. Als meine Mutter und ich hörten, bei euch in der Schule seien die Pocken ausgebrochen, waren wir sehr besorgt.«

Warum hast du mir dann nicht geschrieben?, fragte mein Herz, meine Lippen sagten jedoch: »Ja, es war eine schreckliche Zeit, aber ich habe sie zum Glück unbeschadet überstanden. Eine meiner Freundinnen war erkrankt, aber sie hat überlebt.« Ich erwähnte nicht, dass Emilys Gesicht mit Narben verunstaltet war, wusste ich doch, dass Matthew Gespräche über Krankheiten nicht sonderlich schätzte.

Der Mann, der neben Matthew stand, sagte interessiert: »Die Pocken! In der heutigen Zeit! Erzählen Sie mir doch Einzelheiten über den Krankheitsverlauf, Miss Elkham.«

Sogleich wurde er von Matthew unterbrochen: »Es ist heute ein zu schöner Tag, um über solch düstere Dinge zu sprechen. Marian, ich habe versäumt, dir Hannah Boscawen vorzustellen. Hannah, das ist Marian Elkham.«

Hannah Boscawen streckte mir ihre behandschuhte Hand hin, ihr Druck war kaum stärker als der Flügelschlag eines Spatzes. Erst jetzt merkte ich, dass ich meine Handschuhe in der Kutsche liegen gelassen hatte, und kam mir schrecklich plump und ordinär vor.

Hannahs Augenbrauen schossen auch sofort in die Höhe, als ihr Blick auf meine bloßen Hände fiel, aber sie sagte freundlich, und ihre Stimme schien wie süßer Nektar über ihre roten Lippen zu fließen: »Marian Elkham, ich hoffe, wir werden Freundinnen. Matthew hat mir schon so viel von Ihnen erzählt. Er spricht von Ihnen wie von einer Schwester, die er leider nie gehabt hat.« Besitzergreifend hängte sie sich bei Matthew ein und bedachte ihn mit einem mitleidigen Blick, als sei es ein halber Weltuntergang, keine Geschwister zu haben.

Schwester? Das Wort dröhnte in meinen Ohren. Plötzlich fröstelte ich trotz der warmen Sonne.

»Marian, ist dir kalt?« Matthew hatte mein Schaudern bemerkt und wich unwillkürlich einen Schritt zurück. »Hoffentlich trägst du nicht doch etwas von dieser Krankheit in dir? Die Direktorin hat euch Schülerinnen hoffentlich erst nach einer gründlichen Untersuchung abreisen lassen, oder? Man kann ja nie wissen ...«

Hastig versicherte ich, dass ich vollkommen gesund war und verabschiedete mich mit der Ausrede, nach meinen jüngeren Schwestern sehen zu müssen. Langsam, als wären meine Beine aus Holz, ging ich davon und spürte Hannah Boscawens kritischen Blick in meinem Rücken.

In meinen Verstand bohrte sich eine Gewissheit, wie sich der Stachel eines Insekts durch die Haut bohrt, und versprühte ein Gift, das mein Gefühl nicht wahrhaben wollte. Mit keinem Wort, mit keiner Geste hatte Matthew zu erkennen gegeben, dass diese Hannah mehr als eine flüchtige Bekannte für ihn war. Wie oft hatte ich mich schon bei ihm eingehängt, was hatte das schon zu bedeuten? Matthew Denbury war eben ein Mann, der dem weiblichen Geschlecht gegenüber höflich und aufmerksam war.

Obwohl ich mir das immer wieder einredete, hatte der Tag ein Stück seiner Schönheit verloren. Ich verspürte auch keinen Hunger, so dass ich nur lustlos an einem Glas Früchtepunsch nippte. Die Pockenerkrankung im Pensionat hatte sich in Cornwall herumgesprochen, so dass ich immer wieder Fragen danach beantworten musste. Das half mir, meine Gedanken nicht ständig um Matthew und Hannah kreisen zu lassen, die inzwischen beide meinem Blick entschwunden waren.

Heute Abend beim Ball werde ich mit ihm sprechen können, sagte ich mir. Während unseres gemeinsamen Tanzes wird uns niemand stören!

Quälend langsam vergingen die Stunden, die sonst immer viel zu schnell vorübergegangen waren. Doch heute wurde ich nicht ins Bett geschickt. Endlich war es an der Zeit, dass sich die Damen für den Ball vorbereiteten. Statt eines Dinners würde es nur leichte Speisen vom Büfett geben, denn während des Picknicks war bereits gut gespeist worden. Obwohl ich seit dem Vortag nichts mehr gegessen hatte, schnürte sich meine Kehle bei dem Gedanken an Essen zu. Das bohrende Gefühl in meinem Magen kam aber nicht vom Hunger. Instinktiv spürte ich, dass dieser Tag nicht so enden würde, wie ich ihn mir in meinen Träumen ausgemalt hatte.

Für die Gäste stand in Boventon Castle ein ganzer Flügel zur Verfügung, in dem man sich für den Ball umkleiden konnte. In den Räumen roch es nach Puder und schweren Parfüms. Überall lagen elegante und aufwändig gearbeitete Ballkleider herum, dazwischen bemühten sich Zofen, den Damen in die Roben zu helfen. In Ermangelung einer eigenen Zofe half mir meine Mutter, mich anzukleiden. Heute sah ich zum ersten Mal mein Kleid. Es war aus weißem Georgette mit grünen Paspelierungen gearbeitet und wunderschön.

Mutter schnürte mir das Mieder nur so fest, dass ich noch gut atmen konnte. »Ich halte nichts davon, dass wir Frauen uns dermaßen einschnüren, dass wir kaum Luft holen können«, sagte sie, während sie mir half, von oben in das Kleid zu steigen. Nachdem sie die Haken und Ösen am Rücken geschlossen hatte, trat sie einen Schritt zurück und musterte mich kritisch. Deutlich konnte ich den Stolz in ihren Augen erkennen.

»Du siehst bezaubernd aus, Marian.«

Ich warf einen Blick in den Spiegel. Die Farben schmeichelten meiner hellen Haut, das Grün spiegelte die Farbe meiner Augen wider, leider leuchteten meine Sommersprossen wie Farbkleckse in meinem Gesicht.

»Es ist wunderschön«, sagte ich.

Meine Mutter berührte mich leicht am Arm. »Fühlst du dich nicht wohl, Kind? Du bist so blass.« Sie zögerte, und ich merkte, dass sie mir noch etwas sagen wollte.

Schnell versicherte ich, dass mir nichts fehlen würde. Dann half ich ihr, sich anzukleiden, denn in Landhydrock Hall ging Kate meiner Mutter zur Hand. Sie hatte nie eine eigene Zofe besessen.

Die große Halle war mit grünen Zweigen und Dutzenden von blühenden Hortensien geschmückt. Auf dem für diesen Anlass errichteten Podium stimmten die Musiker der Kapelle ihre Instrumente. Mein Blick irrte nach Matthew suchend durch die Menge, ich konnte ihn aber nirgends entdecken.

Stattdessen winkte Mrs. Denbury mir zu. »Marian, hast du deine Tanzkarte schon? Nein? So, da ist sie. Bestimmt gibt es schon viele Herren, die sich darin eintragen möchten.«

Ich dankte, erwähnte aber nicht, dass mich bisher keiner der Anwesenden um einen Tanz gebeten hatte. Es gab auch nur einen Mann, mit dem ich tanzen wollte. Ich sah auf der Karte, dass zur Eröffnung ein Walzer auf dem Programm stand und wünschte mir, diesen mit Matthew zu tanzen. Dabei würde ich ihm nahe sein, seine Hand auf meiner Hüfte spüren und seine Augen direkt vor meinen …

»Marian, Ihr Kleid ist entzückend!«, riss mich Hannah Boscawens Stimme aus meinen Träumen. »Ich darf doch Marian zu Ihnen sagen, nicht wahr? Bitte nennen Sie mich Hannah.«

Ich lächelte sie unverbindlich an und gab meine Zustimmung. Neidvoll musste ich zugeben, dass das türkisfarbene Kleid, welches ihre alabasterweißen, sanft gerundeten Schultern frei ließ, ihre Schönheit perfekt unterstrich.

Hannah blickte grübelnd auf ihre Tanzkarte. »Ach, es gibt so viele Herren, die mich um einen Tanz gebeten haben. Wie soll ich sie nur alle unterbringen? Meine Karte ist schon beinahe voll!«

Es gelang mir, einen Blick auf ihr Kärtchen zu erhaschen – und ich erstarrte! Hinter dem ersten Tanz, dem Walzer, stand Matthews Name, ebenso wie bei rund einem Dutzend weiterer Tänze. Verschämt verbarg ich meine Karte hinter dem Rücken. Hannah sollte auf keinen Fall sehen, dass dort noch kein einziger Name stand.

»Ich sehe gerade, dass soeben eine Nachbarin eingetroffen ist. Sie entschuldigen mich, ich muss sie begrüßen«, sagte ich schnell und ließ Hannah einfach stehen. Einen Moment länger in ihrer Gesellschaft und es wäre um meine Selbstbeherrschung geschehen gewesen.

Was dann kurz vor der Balleröffnung geschah, kam nicht wirklich überraschend. Wenn man jedoch den Gedanken an das Unabänderliche von sich schiebt, ihn irgendwo ganz hinten im Kopf versteckt, dann ist der Moment der Wahrheit bitter und schmerzhaft.

Matthew Denbury stieg auf das Podium und bedeutete den Gästen, dass er etwas sagen wollte. Als es in der Halle ruhig geworden war, setzte er mit seiner wohl klingenden Stimme an: »Meine lieben Freunde und Nachbarn, es ist meiner Mutter, Lady Denbury, und mir eine große Freude, Sie alle heute hier begrüßen zu dürfen. Ich möchte auch gar keine lange Rede halten, denn ich weiß, wie sehr Sie sich darauf freuen, das Tanzbein zu schwingen. Aber es gibt eine Neuigkeit, für deren Verkündung ich mir keinen besseren Rahmen als den heutigen Abend vorstellen kann.« Er lächelte und streckte seine Hand nach Hannah aus. Mit geröteten Wangen, die Augen schüchtern gesenkt, trat sie neben Matthew aufs Podium. »Vor drei Tagen bat ich die liebreizende Miss Boscawen um ihre Hand. Sie hat zu meiner Freude und Erleichterung zugestimmt. Somit feiern wir heute Abend unsere Verlobung.«

Nur für die Dauer eines Augenaufschlags herrschte Stille, dann erklangen Hochrufe.

»Herzlichen Glückwunsch!«

»Auf das junge Paar – hoch sollen sie leben!«

»Matthew, du bist mir ja ein ganz Heimlicher! Davon habe ich nichts geahnt.«

Matthew und Hannah schüttelten zahllose Hände, beide strahlten vor Glück. In meinen Ohren summte es und mir war furchtbar kalt. Fröstelnd schlug ich die Arme um den Oberkörper, dabei merkte ich, wie sehr ich zitterte.

Ich weiß nicht, wie ich es schaffte, mit ruhigen Schritten in den Garten zu gehen. In meinem Innern tobte ein Sturm, und ich konnte nicht verstehen, warum der Vollmond immer noch hell und klar am Himmel stand, wo doch gerade die ganze Welt um mich herum in Trümmer zerbrochen war.

Ich merkte erst, dass ich zum Fluss gelaufen war, als ich vor der Kapelle stand. In sanftem Licht schimmerten die Buchstaben der Gedenktafel für Richard Trelawny. An dieser Stelle war er in den Fluss gesprungen und von seinen Verfolgern für tot gehalten worden. Ich trat näher an die Böschung heran. Das Mondlicht glitzerte auf den sanften Wellen des Tamar. Das Meer war nicht weit, und durch die Flut war der Fluss an dieser Stelle mehrere Meter tief. Ich konnte nicht schwimmen. Ich hatte einmal gehört, Ertrinken sei ein sanfter Tod, fast ohne Schmerzen. Ich ging noch einen Schritt weiter und dann noch einen. Die Musik aus dem Schloss drang gedämpft an meine Ohren. Dort oben wurde ausgelassen getanzt, sie feierten Matthews Verlobung mit einer anderen Frau … Ein paar lose Steine bröckelten unter meinen Füßen ab und rollten den Abhang hinunter. Nur noch einen Schritt …

»Kein Mann auf dieser Welt ist es wert, sein Leben für ihn fortzuwerfen.«

Erschrocken wirbelte ich herum. An der Seite der Kapelle lehnte eine Gestalt, das Gesicht lag im Schatten. Nur an der Stimme hatte ich erkannt, dass es ein Mann sein musste.

»Was wollen Sie hier? Gehen Sie fort und lassen Sie mich allein!«

Er lachte leise auf. »Gut, es ist Ihr Leben, Sie können damit machen, was Sie wollen. Vielleicht sollten Sie aber bedenken, dass Sie sich bei dem Sturz möglicherweise nicht das Genick brechen oder im Fluss ertrinken. Sie könnten überleben, aber so schwer verletzt sein, dass Sie den Rest Ihres Lebens im Rollstuhl verbringen werden.«

»Wer zum Teufel sind Sie?« Wütend stampfte ich mit dem Fuß auf, dabei taumelte ich und verlor beinahe den Halt. Eben noch hatte ich mich in die Tiefe stürzen wollen, doch jetzt ruderte ich mit den Armen, und es gelang mir, auf sicheren Grund zu springen. Keuchend blickte ich wieder zur Kapelle. Der Schatten war verschwunden.

»Hallo! Wo sind Sie?«, rief ich in die Dunkelheit. Ich war sicher, mir den Mann nicht eingebildet zu haben. Er war sehr real gewesen. Doch wohin war er verschwunden? Hatte es sich um einen der Gäste gehandelt? Allerdings hatte ich die Stimme, von einem ungewohnten Akzent gefärbt, nicht erkannt. Ein Engländer war es bestimmt nicht gewesen.

»Komm, Marian, lass uns hineingehen.« Plötzlich war Mutter an meiner Seite.

Ich hatte sie nicht kommen hören. Hastig fragte ich: »Hast du den Mann gesehen?«

»Welchen Mann? Hier ist niemand außer dir und mir.« Ruhig und bestimmt drang die Stimme meiner Mutter durch den dichten Nebel, der meinen Kopf umgab. Wie in Trance ließ ich mich von ihr an die Hand nehmen und folgte ihr. Beim alten Taubenschlag zog mich Mutter auf eine Bank, und ich ließ es zu, dass sie meinen Kopf an ihrer Brust barg.

»Ach Kind, ich wollte es dir bereits heute Morgen sagen. Die Gerüchte über diese Verbindung drangen bereits letzte Woche nach Landhydrock Hall. Hätte ich es bloß gleich getan. Ich wusste doch, welche Gefühle du für Matthew Denbury hegst.«

Meine Augen brannten, aber ich würde hier und jetzt nicht weinen, vielleicht später, wenn ich allein war. »Wer ist diese Hannah Boscawen? Warum haben wir sie nie zuvor gesehen?« Meine Stimme war erstaunlich ruhig.

»Soviel ich weiß, ist sie eine Großcousine zweiten Grades. Sie kommt aus St. Ives und weilt schon seit einigen Wochen auf Boventon, mehr weiß ich leider nicht über die junge Frau.«

Mit einem Ruck richtete ich mich auf. »Aber Matthew kann sie unmöglich lieben! Wahrscheinlich wurde die Ehe zwischen seiner Mutter und Hannahs Eltern vereinbart, das geschieht ja oft unter Verwandten. Meinst du nicht auch, Mama?« Verzweifelt klammerte ich mich an diesen Gedanken wie ein Schiffbrüchiger an einen Strohhalm.

»Kind, Kind, es tut mir so Leid, aber denkst du nicht, dass Matthew erwachsen genug ist, seine Entscheidungen selbst zu fällen? Er hat auf mich nie den Eindruck gemacht, dass er sich etwas vorschreiben lässt.«

Ein neuer Gedanke schoss mir durch den Kopf: »Er weiß ja gar nicht, wie sehr ich ihn liebe! Ich habe ihn immer wie einen Bruder behandelt, woher soll er wissen, was ich für ihn empfinde? Ich werde es ihm sofort sagen, dann kann er diese Hannah nicht mehr heiraten.« Schnell sprang ich auf, aber Mutters Hand klammerte sich wie eine Stahlklammer um mein Handgelenk.

»Marian, bewahre dir deinen Stolz! Du wirst weder etwas sagen noch etwas tun. Ich gebe zu, dein Vater und ich hätten es gerne gesehen, wenn es zwischen dir und Matthew eine Verbindung gegeben hätte, aber das Schicksal hat anders entschieden.« Der Druck ihrer Hand verstärkte sich. »Matthew Denbury hat sich dir gegenüber doch keine … Vertraulichkeiten herausgenommen? Marian, euer Beisammensein war doch immer frei von jeglichem Zweifel? Hat er dir jemals etwas versprochen?«

Ich errötete, was Mutter aber in der Dunkelheit nicht sehen konnte. »Nein, Mama, Matthew hat sich immer anständig und korrekt verhalten.« Leider, fügte ich in Gedanken hinzu. Unwillkürlich erinnerte ich mich an meine Schulfreundin Bernadette, die mich davor gewarnt hatte, einem Mann zu deutlich meine Gefühle zu zeigen. Krampfhaft überlegte ich, ob ich Matthew jemals offenbart hatte, was ich für ihn empfand. Nein, das hatte ich nicht, folglich bestand auch kein Grund, mich zu schämen.

»Es wird kühl, lass uns hineingehen«, sagte Mutter, obwohl die Nacht angenehm mild war.

»Mama, ich möchte mich zurückziehen. Du verstehst sicher, dass mir jetzt nicht der Sinn nach fröhlichem Tanzvergnügen steht.« Dabei hatte ich mich so sehr auf meinen ersten Ball gefreut, dachte ich bitter.

»Marian, ich verstehe dich. Es wird für dich abgedroschen und hohl klingen, wenn ich sage, dass du dich eines Tages wieder verlieben und mit einem wehmütigen Lächeln an deine heutigen Gefühle denken wirst. Du bist so jung. Genieße diese Zeit …«

»Ich liebe Matthew«, unterbrach ich sie schroff, »daran wird sich niemals etwas ändern. Aber du brauchst dir keine Sorgen zu machen, dass ich meinen Stolz und meinen Stand vergesse. Ich werde keinem Mann nachlaufen, der mich nicht will. Ich werde mein Herz niemals wieder einem Mann schenken.«

Ich wusste, dass es Mutter nur gut mit mir meinte, aber wie konnte ich erwarten, dass sie verstand, welcher Gefühlssturm in meinem Innern tobte? Sie und Vater liebten sich zärtlich, sicher hatte Mutter niemals die Schmerzen einer verlorenen Liebe erleben müssen. In diesem Moment fühlte ich mich nicht nur von ihr und Matthew, sondern von der ganzen Welt unverstanden.

III

Am nächsten Morgen ging ich nicht zum Frühstück hinunter. Die ganze Nacht hatte ich in Erinnerung an die unzähligen Begegnungen und gemeinsamen Erlebnisse mit Matthew wach gelegen: Wie wir zusammen über die Felder galoppiert waren, ich immer eine Nasenlänge voraus, wobei ich wusste, dass Matthew mich meistens gewinnen ließ. Als wir noch jünger waren, hatten wir versucht, mit den Händen im Bach Forellen zu fangen; auch erinnerte ich mich an geruhsame Nachmittage im Garten, an denen mir Matthew von seinen Erlebnissen in Oxford erzählte. Konnte ich mich wirklich so in ihm getäuscht haben? Hatten unsere zahlreichen Gemeinsamkeiten für Matthew nie dieselbe Bedeutung wie für mich gehabt?

Rosanna brachte mir ein Tablett mit Toast, Butter und starkem, süßem Tee ins Gästezimmer. »Mama sagt, du fühlst dich nicht wohl, aber sie meint, du musst versuchen, etwas zu essen, bevor wir nach Hause fahren. Sonst wird es dir von dem Schaukeln der Kutsche noch schlecht.«

Ich dankte ihr. Tatsächlich verspürte ich großen Hunger, wenngleich auch keinen Appetit.

Es war für mich ein peinlicher Moment, als ich mich von Matthew verabschieden musste. Hannah Boscawen hatte sich besitzergreifend an seinen Arm gehängt, ganz so, als wäre sie schon seine Frau und Herrin von Boventon Castle. Höflich küsste ich Lady Denbury auf die Wange, bedankte mich für die Einladung und versicherte, es sei ein wunderschönes Fest gewesen. Als Matthew mir die Hand gab, durchfuhr mich ein heißer Strahl. Am liebsten hätte ich mich an Ort und Stelle in seine Arme geworfen und ihn angefleht, nicht die kühle, unnahbar wirkende Hannah zu heiraten. *Ich* war die richtige

Frau für ihn, teilte seine Vorlieben und Abneigungen, *ich* allein würde ihn glücklich machen können …

»Auf Wiedersehen, Marian. Ich denke, dass wir uns nun öfters sehen werden«, brachte mich Hannahs Stimme in die Realität zurück.

»Gut möglich«, murmelte ich vage und stieg in die bereits wartende Kutsche. Ich wusste nicht, wie ich es ertragen sollte, künftig Matthew und Hannah als Paar zu begegnen und freundschaftlichen Kontakt mit ihnen zu pflegen.

Hatte sich der Vortag noch im schönsten Sonnenschein gezeigt, so passte sich jetzt das Wetter meiner Stimmung an. Je näher wir Landhydrock Hall kamen, desto mehr trübte sich der Himmel ein, und es begann zu tröpfeln. Bei unserer Ankunft regnete es kräftig. Der diensteifrige Dobson erwartete uns mit einem großen Regenschirm und führte erst meine Eltern ins Haus, dann quetschten wir Kinder uns zu zweit und zu dritt unter den Schirm.

»Der Tee wird sofort im Salon serviert, Mylady«, sagte Dobson und zog sich unauffällig zurück.

Nach dem Tee ging ich in mein Zimmer, um meine Sachen auszupacken, die ein Diener heute Vormittag aus dem Pensionat geholt hatte. Solche Tätigkeiten blieben stets uns Kindern überlassen. Mutter war der Meinung, es schade uns nicht, wenn wir unsere Zimmer selbst in Ordnung hielten. Selbstverständlich gab es für die groben Arbeiten Hausmädchen, aber meine persönlichen Gegenstände hatte ich schon immer selbst aufgeräumt. »Natürlich haben wir genügend Personal, das hinter euch her räumen könnte, aber nur so lernt ihr Ordentlichkeit, Sauberkeit und die Arbeit der Dienstmädchen schätzen.« Wie gesagt, wir waren kein gewöhnlicher Haushalt. Eine Hannah Boscawen hatte in ihrem Leben bestimmt noch nie einen Finger krumm gemacht.

Wehmütig hielt ich das kleine Büchlein von Yeats in der Hand und starrte auf den dunkelblauen Ledereinband. Nun würde ich es Matthew nicht mehr geben können. Wir würden nicht gemeinsam Yeats lyrisch verfasste Betrachtungen über das heidnische Irland lesen. Ich warf das Buch so heftig an die Wand, dass der Einband aufplatzte. Dann merkte ich, wie mir Tränen über die Wangen liefen. Zum ersten Mal seit dem unglückseligen gestrigen Abend weinte ich. Es war, als seien in mir alle Schleusen geöffnet worden, und ich konnte gar nicht mehr damit aufhören. In der Nacht hatte ich versucht, Wut oder Zorn für Matthew zu empfinden, weil er mich jahrelang hinters Licht geführt und im Glauben belassen hatte, wir würden einmal heiraten. Wenn ich allerdings ehrlich zu mir selbst war, so stimmte das nicht. Niemals hatte sich Matthew mir gegenüber anders verhalten, als es zum Beispiel mein Bruder William tat. Nie hatte er von Liebe oder einer gemeinsamen Zukunft gesprochen, auch hatte er nie versucht, mich zu küssen oder auf sonstige Art zärtlich zu sein. Wir waren gute Kameraden gewesen, nicht mehr und nicht weniger. Es gab nichts, was ich Matthew hätte vorwerfen können.

Eine Woche lang ließ mich Mutter mit meinem Schmerz allein, dann kam sie in mein Zimmer, setzte sich zu mir auf die Bettkante und sagte streng: »Marian, es ist jetzt an der Zeit, mit deinem Selbstmitleid aufzuhören. Gut, dein junges Herz ist verletzt, aber das ist nicht der Weltuntergang. Ich erwarte von dir, dass du ab sofort wieder am häuslichen Leben teilnimmst.«

Ich schob meine zitternde Unterlippe vor, erneut liefen mir die Tränen über die Wangen. »Aber Mama … das kannst du nicht verstehen … ich …«

»Ich verstehe dich sehr gut, mein Kind. Gerade deswegen ist jetzt Schluss mit diesem Theater. Du wirst heute Abend mit uns am Esstisch sitzen, und wir möchten alle keine Trauermiene mehr von dir sehen. Hast du verstanden?«

Mit einem lauten Schluchzer drehte ich mich auf den Bauch und barg mein Gesicht im Kissen. Wie konnte Mutter nur so herzlos und streng sein? Mein Leben war vorbei. Wie konnte sie verlangen, dass ich so tat, als wäre nichts geschehen? Meine Zuneigung für Mutter bekam einen Riss, ich fühlte mich von ihr unverstanden und ungerecht behandelt. Dennoch stand ich auf und nahm am gemeinsamen Abendessen teil. Keine Träne lief mir über die Wangen, aber ich beteiligte mich auch nicht an den lebhaften Tischgesprächen. Trotzig aß und trank ich, mehr konnten meine Eltern nicht von mir erwarten.

Aufgrund meiner gesellschaftlichen Stellung hatte ich mir nie Gedanken darüber gemacht, was ich nach der Schule anfangen sollte. Einen Mann heiraten, Kinder bekommen und einem herrschaftlichen Haus vorstehen – das waren die üblichen Aussichten für ein Mädchen meiner Gesellschaftsschicht. Für mich hatte dieser Mann immer Matthews Züge getragen, doch diese Zukunftsperspektive war nun für immer und ewig vorbei. Darum überraschte es mich nicht, als meine Eltern sagten: »Marian, der August ist nun bald um. Wir sollten über dein Debüt in London nachdenken. Hast du nicht erwähnt, dass deine Schulfreundinnen auch in der Stadt sein werden?«

Wahrscheinlich wäre die Aussicht, in Kürze nach London zu reisen, für alle anderen Mädchen in meinem Alter eine große Freude gewesen, für mich jedoch war der Gedanke daran nur lästig. »Ich lege keinen Wert darauf, auf den Heiratsmarkt geschickt zu werden«, antwortete ich patzig.

»Marian, wie redest du mit deinen Eltern!« Vater sah mich zornig an. »Du bist die älteste Tochter der Familie, folglich hast du die Verpflichtung, dich in der Öffentlichkeit zu zeigen und unseren Namen entsprechend zu repräsentieren.«

Bla, bla, bla …, schoss es mir durch den Kopf, ich hütete mich jedoch, etwas zu sagen. Ach, wenn mich alle doch nur in Ruhe ließen!

Aber so leicht gaben meine Eltern nicht auf.

»Simon, wir sollten für Marians Situation Verständnis haben«, sagte Mutter mit sanfter Stimme. »Sie ist in einem Alter, in dem man grundsätzlich gegen die Wünsche und Ansichten der Eltern rebelliert. Das ist völlig normal.« Mutter legte einen Arm um meine Schultern. »Du solltest nach London gehen, um mal etwas anderes als unser beschauliches Landleben kennen zu lernen. Du wirst sehen, es wird dir in der Stadt so sehr gefallen, dass du gar nicht mehr nach Landhydrock zurückkehren willst.«

Ihre letzte Bemerkung klang scherzhaft, entlockte mir aber nur ein müdes Lächeln. »Ich bin hier glücklich und möchte nicht fortgehen. Vielleicht kann ich dir ja bei der Betreuung der Alten und Kranken helfen, Mama?«

Beim Gedanken, in London auf meine Freundinnen aus der Schule, allen voran die spitzzüngige Bernadette, zu treffen, schüttelte ich mich wie ein nasser Hund. Sicher würde sie sich sofort nach meinem *Verlobten* erkundigen und sich darüber lustig machen, dass sich ihre Unkenrufe bewahrheitet hatten.

Meine Mutter seufzte und erhob sich. »Nun gut, wir werden dich nicht zwingen, und ich würde mich freuen, wenn du mich öfters auf den Gängen ins Dorf begleiten würdest. Vielleicht ist es auch besser, wenn du zunächst nicht abreist, denn in London würdest du die Hochzeit in Boventon Castle versäumen.«

Wie von einer Nadel gestochen fuhr ich in die Höhe. »Wann ist denn das große Ereignis?«

Meine Eltern wechselten einen kurzen Blick. Irrte ich mich, oder zwinkerte Mutter Vater verschwörerisch zu?

»In vier Wochen. Selbstverständlich werden wir ein neues Kleid anfertigen lassen müssen, denn Hannah Boscawen möchte, dass du als eine ihre Brautjungfern fungierst. Du hast doch nichts dagegen? Ich habe in deinem Namen bereits zugesagt, Marian, denn das ist eine große Ehre für unsere Familie. Ein Aufenthalt in London wäre jetzt in der Tat nicht ratsam, nicht wahr, Simon? Matthew Denbury könnte es als persönliche Beleidigung auffassen, wenn unsere Familie nicht vollständig bei der Hochzeit anwesend ist.«

»Ganz Recht, Cellie«, stimmte Vater zu. »Ich bin überzeugt, Marian wird als Brautjungfer ganz entzückend aussehen.«

Während des Gesprächs hatte ich ein Taschentuch in meinen Händen zerknüllt. Jetzt zerrten meine Finger so heftig daran, dass die Spitze mit einem lauten Geräusch riss. »Mama … Vater … ich möchte nach London fahren und mein Debüt geben. Ich denke, die Vorbereitungen sind bis in zwei Wochen zu schaffen, damit ich dann sofort reisen kann. Ich bin überzeugt, Matthew und diese … diese Hannah werden auch ohne mein Beisein in den Hafen der Ehe segeln.«

Meine Mutter unterdrückte ein Schmunzeln, und ich begann, ihr Spiel zu durchschauen. Es war keinesfalls unbedingt notwendig, dass ich an der Hochzeit teilnahm.

»Nun, Marian, du sollst das tun, woran du Freude hast. Dein Debüt jetzt zu geben, wird für dich sicher aufregend sein, da du deine Freundinnen aus der Schule an deiner Seite haben wirst. Die Hochzeit auf Boventon Castle allerdings …«

»Wisst ihr, was mir die Hochzeit ist? Völlig gleichgültig! Von mir aus kann Matthew heiraten, wen und wann er will, aber ohne mich!« Mühsam um Fassung ringend, verließ ich das Zimmer. Mein klopfendes Herz strafte meine Worte Lügen. Die Vorstellung, neben Matthew in der Kirche zu stehen, wenn er eine andere Frau zu der seinen machte, erschreckte mich mehr als das gesellschaftliche Parkett in London oder Bernadettes spitze Bemerkungen. Nun wollte ich nur noch fort. Fort von Landhydrock Hall, fort von Cornwall und fort von Matthew Denbury.

Ich wäre kein junges Mädchen von achtzehn Jahren gewesen, wenn mich London mit seiner hektischen Betriebsamkeit und Eleganz nicht binnen weniger Tage in seinen Bann gezogen hätte. Mit wie viel Trotz und Ablehnung war ich in die Stadt gekommen, einzig aus dem Grund, Matthews und Hannahs Hochzeit zu entfliehen. Doch jetzt konnten sich meine Augen nicht satt sehen an den breiten, mit Bäumen gesäumten Straßen, in deren Mitte ein Pferdebus dem nächsten folgte, voll gestopft mit Menschen aus jeglichen Gesellschaftsschichten. Es gab bezaubernde kleine Geschäfte, in deren Schaufenstern all das ausgestellt lag, was ein Frauenherz höher schlagen ließ, aber auch große, elegante Kaufhäuser, in denen dienstbeflissene Angestellte jede Kundin wie die Königin höchstpersönlich behandelten und ihr Erfrischungen anboten. Und erst die Untergrundbahn! Vor rund dreißig Jahren war in London die erste unterirdische Verkehrsverbindung der Welt geschaffen worden. Man hatte dazu die alte Kanalisation der riesigen Stadt aus- und umgebaut. Im letzten Jahr wurde das System elektrifiziert, und seitdem verkehrte zwischen den Stadtteilen Banks und Stockwell regelmäßig eine Bahn, die ganz ohne Pferde oder Kohlen fuhr.

»Auf keinen Fall erlaube ich, dass du mit diesem Zug fährst!«, begehrte meine Mutter auf, als ich den Wunsch äußerte, dieses außergewöhnliche Fortbewegungsmittel näher in Augenschein nehmen zu wollen.

»Aber Mama, was ist denn schon dabei? Täglich fahren Tausende von Menschen quer durch London!«

»Deine Mutter hat Recht, Marian. Für ein Mädchen deines Standes ist es völlig indiskutabel, sich Seite an Seite mit den schmutzigen Menschen in den engen Zug zu quetschen«, erhielt Mutter unerwartete Zustimmung von meinem Vater. »Es gibt in dieser so genannten U-Bahn nicht einmal eine erste Klasse!«

Natürlich hatten meine Eltern mich nach London begleitet, ebenso wie mein Bruder William. Zum ersten Mal betrat ich unser Stadthaus am Grosvenor Square, das mir jedoch durch zahlreiche Schilderungen meiner Eltern beinahe so vertraut wie Landhydrock Hall war. Der Grosvenor Square war einer der ältesten Plätze in Mayfair, um den im frühen 18. Jahrhundert große herrschaftliche Häuser im georgianischen Stil erbaut worden waren. Die Häuser glichen sich äußerlich wie ein Ei dem anderen. Unser Haus war nicht besonders breit, reckte sich aber fünf Stockwerke in die Höhe. Das Souterrain, in dem sich die Küche und Wirtschaftsräume befanden, betrat man über einen separaten Zugang direkt von der Straße aus, so dass nur Besucher an die elegante Eingangstür klopften. Auch Dobson hatte uns in die Stadt begleitet.

»Es ist unmöglich, in London ohne einen Butler zu residieren«, hatte mein Vater gesagt. »Cellie, denk an die zahlreichen Einladungen, die unsere Tochter erwarten. Wir können die Kärtchen doch nicht von einer Dienstmagd in Empfang nehmen lassen!«

Dobson bezog eines der drei freien Dachkämmerchen. Einzig die Köchin und eine Magd wohnten ständig im Untergeschoss. Das genügte, um das Haus in Ordnung zu halten, wenn niemand von der Familie in der Stadt war. Das erforderliche Personal, das nun, da wir vier Personen waren, benötigt wurde, hatte Vater über eine Agentur engagiert.

William würde nur zwei Wochen in London bleiben und dann nach Eton fahren, wo sein neues Schuljahr begann. Da die Schule vor den Toren der Stadt lag, kannte William London bereits, und die Stadt war für ihn daher nicht so reizvoll wie für mich. Ich saugte alle neuen Eindrücke wie ein Schwamm in mich auf.

Für meine Einführung in die Gesellschaft war es notwendig, eine entsprechende Dame zu finden. Zwar verfügte meine Mutter über alles, was dazu nötig war, aber der Erfolg des Debüts eines Mädchens vom Land war größer, wenn dieses von einer bekannten Persönlichkeit der Stadt eingeführt wurde. Meine Eltern nahmen Kontakt mit Lady Ashridge auf, der Frau eines Parlamentsabgeordneten, mit dem mein Vater seit Jahren freundschaftlich verkehrte.

Lady Ashridge selbst hatte nie einer Tochter das Debüt ermöglichen können, denn sie hatte nur vier Söhnen das Leben geschenkt, von denen alle bereits verheiratet waren. »Es ist der Stolz jeder Frau, gesunde und kräftige Söhne zu haben, aber manchmal hätte ich schon einen Jungen gegen ein kleines, süßes Mädchen eingetauscht«, seufzte sie. Dabei verrieten die Lachfältchen in ihren Augenwinkeln, dass sie die Bemerkung keineswegs ernst meinte.

Lady Ashridge war mir vom ersten Moment an sympathisch. Sie war deutlich älter als meine Mutter, korpulent und etwas behäbig. Mein erster offizieller Auftritt auf dem Londoner Parkett fand in ihrem Haus statt – ein intimes Abendessen mit *nur* dreißig geladenen Gästen. Mir flogen die Namen geradezu um die Ohren, und ich war sicher, mir niemals alle merken zu können. Nach diesem Dinner wurden nun regelmäßig Karten mit Einladungen zum Tee in unserem Haus abgegeben. Darunter war auch eine Karte meiner Schulfreundin Bernadette. Neben den üblichen Formalitäten hatte sie in ihrer steilen Schrift hinzugefügt: *Du Treulose! Bist schon über eine Woche in der Stadt und hast dich bisher nicht bei mir gemeldet …*

Ich wusste, dass ich einer weiteren Begegnung mit Bernadette nicht würde ausweichen können, und so suchte ich sie am Nachmittag im Hause ihrer Eltern auf. Als mich der Butler in den Salon führte, sah ich zu meiner Freude, dass auch Victoria anwesend war. Bei meinem Erscheinen sprangen beide Mädchen auf und umarmten mich herzlich.

»Endlich bekommt man dich zu Gesicht, Marian«, tadelte Bernadette. »Ich war überrascht zu hören, dass du in London bist. Wolltest du nicht wie Emily in diesem Herbst hei…«

»Hast du schon gehört, dass Bernadette studieren wird?«, unterbrach Victoria sie mit lauter Stimme und sah mich durchdringend an.

»Studieren? Aber wie denn das?«, fing ich den Ball, den Victoria mir zugespielt hatte, geschickt auf. »Ich meine, wie ist denn das möglich? Und deine Eltern haben das erlaubt?«

Nun, es gab zwar seit einigen Jahren kleinere Universitäten in Cambrigde und Oxford, die Frauen offen standen. Dass eine Adlige aus gutem Haus studieren würde, war jedoch unvorstellbar.

Bernadette zog unbekümmert die Schultern hoch. »Vater war entsetzt und hat es mir verboten, und Mama hat bitterlich geweint und sich gefragt, was sie in meiner Erziehung wohl falsch gemacht hätte. Aber schlussendlich habe ich mich durchgesetzt, und meine Eltern haben eingesehen, dass ich kein Kind mehr bin und ohnehin mache, was ich will.« Trotzig schob sie die Unterlippe vor. »Sie bestanden jedoch darauf, dass ich die Saison in London mitmache. Wahrscheinlich hoffen sie, dass ich mich verliebe und darüber die verrückte Idee, Juristin zu werden, vergesse. Aber da haben sie sich getäuscht.«

»Du willst Jura studieren?« Ich hätte nicht verblüffter sein können, wenn mir die Freundin gesagt hätte, sie wolle zu einer Nordpolexpedition aufbrechen. Die Rechtsprechung in diesem Land war den Männern vorbehalten. »Was willst du später damit anfangen? Kein Anwaltsbüro wird eine Frau einstellen!«

Bevor Bernadette antwortete, schenkte sie Tee ein und bot von den Gurkensandwiches an, dann sagte sie: »Auf Englands Thron sitzt eine Frau. Sie ist die bedeutendste Königin, die die Welt jemals gesehen hat, einmal abgesehen von Königin Elisabeth, aber das ist schon Jahrhunderte her. Die Rolle der Frau in der Gesellschaft wird sich ändern, sehr bald schon. Und ich werde nicht nur dabei sein, wenn wir Frauen uns gegen die Selbstherrlichkeit der Männer auflehnen werden, sondern ich werde diesen Durchbruch tatkräftig unterstützen.«

Ich wechselte einen Blick mit Victoria, die nur hilflos mit den Schultern zuckte. Von Bernadette ging eine Entschlossenheit aus, die mir beinahe Angst machte. Gut, sie war schon immer ein Mädchen gewesen, das genau wusste, was es wollte. Aber studieren? In eine Männerdomäne einbrechen und versuchen, ein jahrhundertealtes System auf den Kopf zu stellen? Ging das nicht ein wenig zu weit?

»Hast du schon einen Verehrer gefunden, Victoria?«, wechselte ich das Thema, und die folgende Stunde tauschten wir uns über unsere Erfahrungen mit den jungen Herren aus, die wir in London kennen gelernt hatten. Victoria hatte ebenso wenig wie ich Interesse daran, einem Mann ernsthafte Hoffnungen zu machen. Ich war dankbar, dass der Nachmittag vorüberging, ohne dass das Gespräch auf Matthew Denbury kam. Als es Zeit war, mich zu verabschieden, umarmte ich die Freundinnen zärtlich.

»Wir sehen uns beim großen Ball im St.-James-Palast«, sagte Victoria. »Die Königin wird ebenfalls anwesend sein. Du meine Güte, wie bin ich aufgeregt!«

Bevor ich an diesem Abend einschlief, ließ ich den Nachmittag noch einmal Revue passieren. Bernadette würde bald eine Studentin sein und nach Oxford gehen. Ganz allein und so weit von zu Hause fort! Ein wenig beneidete ich sie um diesen Mut. Obwohl ich mich in London wohl fühlte, freute ich mich wieder auf Landhydrock Hall. Auch war ich in der Stadt nicht allein – meine Eltern waren ja bei mir. William war gestern nach Eton gereist. Trotzdem vermisste ich meine Geschwister, Tante Kate und den unverwechselbaren Duft nach Korn und Meer, den es so nur in Cornwall gab.

Über Langeweile konnte ich mich nicht beklagen. Eine Einladung jagte die nächste – Nachmittagstees in den Salons adliger Damen, Dinnerpartys und natürlich ein- oder zweimal in der Woche ein festlicher Ball. Anders als beim Ball auf Boventon Castle blieb nun meine Tanzkarte nicht leer, im Gegenteil. Heute denke ich, dass ich damals in Cornwall mit meinem ganzen Denken und Handeln auf Matthew Denbury fixiert war und somit auch eine Art Ablehnung nach außen ausstrahlte, dass kein Mann es wagte, mich anzusprechen. Hier in London war mein Herz bei weitem noch nicht frei von dem Schmerz, Matthew auf ewig verloren zu haben, aber er war weit fort, und ich hatte beschlossen, mich zu amüsieren. Binnen einer Woche hatte ich zwei hartnäckige Verehrer angezogen: Justin Chandler und Stephen Farragut. Justin war der zweitälteste

Sohn einer alten Familie aus Lancastershire, zudem engagierte er sich in der Politik und würde irgendwann den Wahlkreis seines Vaters übernehmen. Stephen war der einzige Sohn und Erbe seines Vaters Lord Farragut; die Familie verfügte über ausgedehnte Ländereien in Dorset. Beide Männer waren in den Mittzwanzigern, von einem ansprechenden Äußeren und verfügten über vollendete Umgangsformen.

»Ach, Miss Marian, wann werden Sie mir die Ehre zu einem Spaziergang im Hyde Park geben?«, seufzte Justin und sah mich schmachtend an. Dabei hatte ich gerade zweimal mit ihm getanzt.

»Wenn es der Zufall will, dann werden wir uns begegnen«, antwortete ich leichthin.

Stephen ließ mir nach dem Abend, an dem wir uns vorgestellt worden waren und nur wenige Worte miteinander gewechselt hatten, durch einen Boten Blumen schicken. Auf der beigefügten Karte versicherte er mir seine Zuneigung, die er bei unserer nächsten Begegnung mündlich bestätigte: »Miss Marian, es mag in Ihren Ohren vermessen klingen, aber als ich Sie zum ersten Mal erblickte, wusste ich, dass sie die einzige Frau sind, die mein künftiges Leben mit Licht und Sonne erfüllen kann.«

Scheinbar verlegen senkte ich den Kopf und klimperte mit den Wimpern. Ja, ich hatte das Kokettieren schnell gelernt, und ich müsste lügen, wenn ich behauptete, diese Komplimente würden meinem angekratzten Selbstbewusstsein nicht schmeicheln.

Lady Ashridge hatte mich über die Spielregeln des Debüts eines jungen Mädchens zur Genüge unterwiesen, so dass ich wusste, dass vieles nur leeres Gerede war. »Es ist nicht ausgeschlossen, dass eine junge Dame während ihrer ersten Saison in London ihren zukünftigen Ehemann kennen lernt, aber es wäre falsch, sein einziges Denken und Handeln auf dieses Ziel hin auszurichten«, hatte sie erklärt. »Marian, ich schätze Sie als eine sehr verständige Frau ein, die nicht gleich auf den Erstbesten hereinfallen wird.«

»Sie können beruhigt sein, Mylady, ich habe nicht vor, mich kopflos in eine Verbindung zu stürzen«, antwortete ich bestimmt. »Ich habe überhaupt nicht vor, mich zu verheiraten.« Nein, ich hatte einmal mein Herz an einen Mann verschenkt, der meine Gefühle mit Füßen getreten hatte. Ein zweites Mal würde mir das nicht passieren. Mit dem Thema Liebe hatte ich abgeschlossen.

So war ich Stephen und Justin gegenüber höflich und freundlich. Ich flirtete jedoch nicht mit ihnen und hoffte, sie würden bald das Interesse an mir verlieren. Sie ließen sich durch mein Verhalten jedoch nicht abschrecken, und so gab es bald kaum einen Ball, an dem ich teilnahm, auf dem nicht mindestens einer von ihnen ebenfalls anwesend war. Ich schmunzelte, wenn ich sah, wie Justin und Stephen versuchten, sich gegenseitig auszustechen.

Unwillkürlich dachte ich an Bernadette, die meinte, dass wir Frauen für Männer besonders interessant wären, wenn wir ihnen nicht sofort unsere Sympathie zeigten. »Es weckt ihren Jagdinstinkt, denn im Grunde leben die Männer in der Tiefe ihres Herzens immer noch in der Steinzeit. Sie wollen erobern und nicht die Eroberten sein.«

Vielleicht hatte die Freundin sogar Recht. Matthew Denbury musste gespürt haben, wie wichtig er für mich war, und er hatte mich nicht gewollt. Ich machte mir weder aus Justin noch aus Stephen etwas, konnte darum ganz ungezwungen mit ihnen umgehen, und sie klebten an mir wie die Kletten. Ich seufzte. War das Leben eigentlich immer so kompliziert?

Tagsüber war Vater oft im Parlament oder bei wichtigen Sitzungen. Wenn ich einen Nachmittag nicht einer Einladung Folge leisten musste, zeigte mir Mutter die Sehenswürdigkeiten Londons, oder wir schlenderten durch die zahlreichen Geschäfte. Wir kauften nicht viel ein, allein die vielen Angebote zu sehen und zu bestaunen, war Freude genug. An einem Tag besuchten wir den Tower, und ich war fasziniert von den alten, geschichtsträchtigen Gebäuden. Nach einer ausgiebigen Besichtigung der riesigen Waffensammlung im White Tower gönnten wir uns eine Tasse Tee, der an einem Stand neben dem Tower Green ausgeschenkt wurde. Die Sonne schien warm, und wir nahmen an einem der zierlichen weißen Tischchen Platz. Meine Mutter nippte langsam an dem Tee, dabei schweifte ihr Blick zu den Zinnen des White Tower hinauf. Die Sonne fiel auf ihr dunkles Haar, und zum ersten Mal entdeckte ich silberne Fäden in ihren Locken. Ich schluckte. Die Zeit ging an niemandem spurlos vorüber, auch wenn Mutter für mich alterslos war. Ich bemerkte ihren versonnenen, beinahe wehmütigen Blick und hatte den Eindruck, dass sie meine Anwesenheit vergessen hatte. Nie zuvor hatte ich sie in einer solch sentimentalen Stimmung erlebt.

»Mutter?«, flüsterte ich und berührte leicht ihre Hand.

Sie zuckte unter der Berührung zusammen und sah mich mit einem Blick an, als wäre sie aus einem Traum erwacht. Dann lächelte sie und wirkte ungemein glücklich. »Verzeih mir, Kind, aber ich wurde von Erinnerungen überwältigt. Weißt du, dass es genau an dieser Stelle war, wo dein Vater mir die erste Liebeserklärung gemacht hat?«

Interessiert beugte ich mich vor. »Hier in London? Wo hast du Vater eigentlich kennen gelernt? Ihr habt uns Kinder nie etwas über euch erzählt.«

Mutter lehnte sich entspannt zurück, das Lächeln erreichte ihre Augen und ließ sie in einem beinahe überirdischen Glanz erstrahlen. »Nun, vielleicht war das Wort *Liebeserklärung* etwas hoch gegriffen, aber wenn man deinen Vater früher gekannt hat, so war damals sein Verhalten mir gegenüber schon außergewöhnlich.« Sie machte eine Pause und sah mich plötzlich ernst an. »Marian, ich wünsche mir so sehr, dass du auch so glücklich wirst, wie es dein Vater und ich sind.«

»Wo habt ihr euch denn nun zum ersten Mal getroffen?«, drängte ich. »War es Liebe auf den ersten Blick?«

Mutter lachte so laut auf, dass sich vorbeigehende Besucher erstaunt zu uns umdrehten. Sofort senkte sie die Stimme und flüsterte, wobei ihr der Schalk aus den Augen sprach: »Ach je, eine Dame lacht nicht laut in der Öffentlichkeit. Kind, Kind, du solltest dir an mir kein Beispiel nehmen. Dein Vater und ich kannten uns bereits seit der Kindheit. Ich wuchs im Dorf auf, er war schon früh der Herr auf Landhydrock Hall, obwohl er selbst noch ein Kind war. Als meine Mutter starb, holte mich Lady Marian Elkham als ihre Gesellschafterin ins Schloss. Damals war ich erst sechzehn Jahre alt. In den folgenden Jahren lernten Simon und ich uns besser kennen und schließlich lieben. Und so blieb ich auch nach Lady Marians Tod.«

»Woran ist Großmutter eigentlich gestorben? Sie kann doch noch nicht alt gewesen sein?«

Von einem Augenblick zum anderen veränderte sich das Gesicht meiner Mutter. Der Glanz in ihren Augen erlosch, und sie presste die Lippen fest aufeinander. Sie stand so schnell auf, dass sie dabei an den Tisch stieß und ihre Teetasse beinahe umkippte. »Es ist schon spät, Marian, wir müssen gehen. Du hast sicher nicht vergessen, dass du heute Abend zu dem Ball bei den Henleys eingeladen bist.«

»Mama, was ist denn …«, versuchte ich sie zurückzuhalten, aber meine Mutter ging so schnell zum Ausgang des Towers, dass ich Mühe hatte, mit ihr Schritt zu halten. Wieder war das Gespräch auf meine Großmutter Marian Elkham gekommen, und wieder wurde das Thema gewechselt, ganz so, als könnte man etwas entdecken, was besser unentdeckt blieb. Ich kannte meine Mutter jedoch gut genug, um zu wissen, dass es sinnlos war, weiter in sie zu dringen. Auch Vater war mir bisher erfolgreich ausgewichen, und William interessierte diese geheimnisvolle Angelegenheit nicht. Meine jüngeren Geschwister wollte ich damit nicht belasten, sie würden ohnehin nichts wissen wollen.

Der nachmittägliche Ausflug endete für mich mit der Erkenntnis, dass es in unserer Familie ein Geheimnis gab, und ich wollte dieses unter allen Umständen aufdecken.

Ich war vier Wochen in London, als Olivia Grimston in mein Leben trat. Die Zeit war wie im Fluge vergangen. Über die Stadt legten sich nun schon die ersten Morgennebel, die sich manchmal den ganzen Tag lang nicht lichteten. Vermischt mit den Ausstößen tausender Schornsteine und Fabrikkamine war die Luft oft zum Schneiden dick und machte Aufenthalte im Freien zu keinem besonderen Vergnügen.

An diesem Nachmittag hatte Lady Elderford zum Tee in ihren Salon geladen. Ihr Haus war im Vergleich zu unserem riesig, allein der Salon hatte die Ausmaße unserer langen Galerie in Landhydrock Hall, die wir für Bälle nutzten. Als ich eintraf, stach mir Olivia sofort ins Auge, weil sie so gar nicht in die elegante und hochnäsige Gesellschaft passen wollte. In schlichtes Dunkelblau gekleidet, das mausbraune Haar straff nach hinten gekämmt, saß sie auf einem Stuhl in der hinteren Ecke des Salons. Auf ihren Knien balancierte sie einen Teller mit einem Stück Kuchen, während sie mit einer Hand versuchte, die zierliche Teetasse an den Mund zu führen, ohne dass der Kuchenteller hinunterrutschte. Ich sah sofort, dass dieser sich gefährlich neigte und sprang schnell zu ihr. Gerade noch gelang es mir, den Teller aufzufangen, bevor er in Scherben auf dem Parkett zerschellt wäre. Der Kuchen allerdings lag am Boden. Rasch blickte ich mich um. Niemand schien den kleinen Vorfall bemerkt zu haben. Mit meinem Taschentuch nahm ich die Krümel auf und steckte sie, in Ermangelung einer anderen Entsorgungsmöglichkeit, einfach in meine Rocktasche.

»Danke.« Olivia Grimstons Stimme war leise, ich hatte das Wort mehr von ihren Lippen abgelesen, als dass ich es gehört hatte. Ihr rechtes Augenlid zuckte leicht, sie war sichtlich nervös.

Ungefragt nahm ich auf dem freien Stuhl neben ihr Platz. »Ich habe auch immer Probleme damit, gleichzeitig Tee zu trinken und Kuchen zu essen. Da fährt in London eine elektrische Bahn viele Meter unter der Erde, aber niemand schafft es, etwas zu erfinden, dass den Damen die Teller nicht von den Knien rutschen.«

Offenbar hatte ich die richtigen Worte gefunden, denn über Olivias Gesicht huschte ein Lächeln.

»Sie sind sehr freundlich. Oh, verzeihen Sie, ich habe mich noch nicht vorgestellt. Olivia Grimston.« Sie streckte mir ihre schmale, zartgliedrige Hand entgegen, die ich herzlich drückte.

»Marian Elkham aus Cornwall. Ich habe Sie noch nie in dem Kreis gesehen. Sind Sie neu in der Stadt?«, fragte ich direkt.

Eine leichte Röte überzog ihre Wangen. »Man merkt es sofort, nicht wahr?«

»Aber nein, sicher nicht.«

»Es ist nett, dass Sie mich zu beruhigen versuchen, Marian. Ich darf Sie doch Marian nennen, nicht wahr? Ich weiß, dass ich nicht in eine solche Gesellschaft passe. Ich wurde dafür weder geboren noch erzogen. Aber jetzt …« Abrupt brach sie ab und senkte den Kopf.

Ich fragte mich, wie alt sie wohl sei. In ihren Augen lag ein Ausdruck, der sie älter und reifer erscheinen ließ, ihre Haltung zeugte jedoch von wenig Selbstsicherheit. Spontan legte ich meine Hand auf die ihrige. »Die Leute hier sind alle ganz nett. Nun ja, die meisten wenigstens …« Ich lächelte sie aufmunternd an. »Ein heruntergefallenes Stück Kuchen ist doch wirklich kein Grund, den Kopf hängen zu lassen.«

Leicht hoben sich Olivias Mundwinkel, was ihr schmales Gesicht sofort lieblicher erscheinen ließ. »Sie müssen mich für schrecklich provinziell halten. Nun, das bin ich auch, denn ich war vorher noch nie in London.«

»Ich auch nicht«, platzte ich heraus. Es erstaunte mich selbst, wie vertraut ich mit Olivia sprach, kannten wir uns doch erst seit wenigen Minuten. Sie hatte aber etwas an sich, was mich rührte.

Erstaunt sah mich Olivia aus ihren wasserblauen Augen an. »Das kann ich kaum glauben! Sie wirken so sicher, als hätten

Sie Ihr ganzes Leben in einer solchen … Gesellschaft verbracht.« Sie machte eine umfassende Handbewegung. »Ich hingegen …«

»Debütierst du auch?« Unwillkürlich rutschte mir das *du* über die Lippen, aber es war, als spürte ich schon an diesem schicksalhaften Nachmittag, dass Olivia in meinem künftigen Leben eine wichtige Rolle spielen sollte.

Sie schüttelte den Kopf, spöttisch verzog sich ihr Mund. »Ich wurde nie offiziell in die Gesellschaft eingeführt. Mein Aufenthalt in London ist nur vorübergehend, bis ich zu meinem Mann reisen werde.«

»Dein Mann?« Verblüfft richtete ich mich auf. Es schien mir unmöglich, dass dieses zarte und schüchterne Ding bereits verheiratet war!

»Ach Marian, hier bist du, ich suche dich schon überall. Es wird Zeit zu gehen. Du musst dich noch für den Ball umziehen.«

Selten kam mir das Auftauchen meiner Mutter ungelegener als in diesem Moment. Olivia Grimston interessierte mich, interessierte mich sogar sehr! Schnell gab ich ihr meine Karte. »Ich würde mich freuen, wenn du mich morgen zum Tee besuchen würdest.« Ich zwinkerte ihr verstohlen zu. »Wir werden auch ganz allein sein und die Teller auf einem Tisch abstellen können.«

Sie lächelte und versicherte, gerne zu kommen.

In den folgenden Tagen wurden Olivia und ich Freundinnen. Ich erfuhr, dass sie in einem kleinen Dorf in Sussex als einzige Tochter des Pfarrers aufgewachsen war. Vor drei Monaten war nun ihr Vater gestorben. Da die Pfründe der Kirche gehörte und ihr Vater von seinem kargen Gehalt nie die Möglichkeit gehabt hatte, Rücklagen zu bilden, standen Olivia und ihre Mutter vor dem Nichts.

»Der neue Pfarrer traf bereits vier Tage nach der Beerdigung mit seiner Frau und vier Kindern im Dorf ein, so mussten Mutter und ich unverzüglich das kleine Häuschen räumen. Es gibt keine Verwandten, zu denen wir hätten gehen können, so nahmen wir das Angebot der Familie Grimston an, vorerst bei ihnen zu wohnen.«

Die Grimstons waren die reichste Kaufmannsfamilie der ganzen Gegend. Sie hatten Olivias Vater gerne als Geistlichen in ihrem Haus begrüßt und sahen es als ihre christliche Pflicht an, Olivia und ihre Mutter aufzunehmen. Roger Grimston war der dritte Sohn und in seiner Jugend in die Armee eingetreten, wo er rasch Karriere gemacht hatte. Seit vier Jahren war er als Captain eines Regiments auf der Mittelmeerinsel Malta stationiert. Olivia lebte kaum zwei Wochen bei der Familie Grimston, als Roger für einen Urlaub nach Hause kam. Er ging bereits auf die vierzig zu, war aber immer noch unverheiratet. Bereits nach wenigen Tagen machte er Olivia den Hof. Als er ihr einen Heiratsantrag machte, nahm sie ohne zu zögern an.

»Ich hatte ja keine Erfahrung mit Männern, und es war ein beschämendes Gefühl, von der Gutmütigkeit Fremder abhängig zu sein, wenngleich Mutter und ich kleinere Arbeiten im Haushalt übernahmen. Roger war sehr freundlich und zuvorkommend, und als er mich bat, seine Frau zu werden, meinte meine Mutter, dass mir auf dieser Welt nichts Besseres geschehen konnte.«

»Meinte deine Mutter?«, wiederholte ich erstaunt. »Und du? Liebst du ihn?«

Sie zuckte mit den Schultern. Diese Geste hatte etwas so Hilfloses an sich, dass sich Mitleid in mir regte.

»Er war sehr freundlich, und er sieht gut aus. Wenn ich mit Roger zusammen war, dann gab er mir das Gefühl, mich ernst zu nehmen und wichtig zu sein. Wichtig für ihn. Er machte mir Komplimente und hörte mir zu. Außerdem – was hatte ich denn für eine andere Wahl? Mutter und ich konnten nicht für immer bei den Grimston wohnen bleiben. Nach Vaters Tod wollte ich ursprünglich nach London gehen, um Arbeit in einer Fabrik zu finden, aber es gibt viel zu viele Menschen, die arbeiten wollen, und viel zu wenige Stellen. Nun bot sich die Möglichkeit, dass meine Mutter bei den Grimstons bleiben konnte, jetzt gehört sie quasi zur Familie. Du musst wissen, Marian, dass Mutter seit Jahren an einem quälenden Husten leidet, der sie manche Tage ans Bett fesselt.«

»Und die Grimstons? Waren sie mit der Wahl ihres Sohnes einverstanden?«, fragte ich gespannt. »Das alles muss ja unheimlich schnell vor sich gegangen sein.«

»Zuerst nicht, aber dann sagten sie sich wohl, die Tochter eines Landpfarrers ist wohl besser als gar keine Schwiegertochter. Schließlich ist Roger nicht mehr der Jüngste, zudem nur der dritte Sohn und in der Armee. Mein Ruf ist untadelig, auch meine Bildung fand Gnade vor den strengen Augen von Mrs. Grimston. Außerdem werde ich bald zu Roger nach Malta reisen, um dort an seiner Seite zu leben. Deshalb bin ich in London, um Vorbereitungen für die Reise zu treffen.«

Ich lehnte mich zurück und verschränkte die Arme vor der Brust. »Du hast mir noch nicht auf die Frage geantwortet, ob du deinen Mann liebst.«

»Liebe? Ich habe nie darüber nachgedacht, was das Wort genau bedeutet. Roger ist freundlich und aufmerksam. Die Zeit, sich richtig kennen zu lernen, war viel zu kurz, denn er musste bereits zwei Tage nach unserer Hochzeit nach Malta zurück. So wurde ich von Mrs. Grimston nach London geschickt, um mir eine entsprechende Garderobe für das Mittelmeerklima zu besorgen.«

»Wann wirst du nach Malta reisen?«

»In fünf Wochen. Aber ich werde nicht mit dem Schiff von Tillbury aus fahren, denn eine Seereise über den Atlantik kann im Herbst sehr unangenehm sein. Deswegen fahre ich durch Frankreich nach Marseille und von dort erst mit einem Schiff nach Malta. Das Mittelmeer soll auch im Dezember relativ ruhig sein.«

Trotz aller logischen Erklärungen beschlich mich das Gefühl, dass Olivia alles andere als glücklich war und sich davor fürchtete, bald eine Reise durch halb Europa anzutreten. Darum fragte ich: »Du wirst doch nicht allein reisen, oder?«

»Nicht die ganze Strecke. Mrs. Grimston fand ein älteres Ehepaar, dass ebenfalls nach Marseille reist, um dort ihre Tochter mit Mann und Kindern zu besuchen. Nur auf dem Schiff von Frankreich nach Malta werde ich auf mich allein gestellt sein. Ach, ich wünschte, meine Schwiegermutter hätte nicht so bald jemanden gefunden, denn ich hätte unmöglich allein nach Marseille reisen können.« Plötzlich wirkte Olivia bedrückt, beinahe schwermütig.

Schnell setzte ich mich neben sie und legte einen Arm um ihre Schultern. »Es ist die Aufregung vor der Reise auf eine dir unbekannte Insel und in ein anderes Klima, die dir Furcht bereitet. Du hast Roger Grimston schließlich geheiratet, es ist doch nur natürlich, dass eine Frau an der Seite ihres Mannes ist.«

Dankbar drückte Olivia meine Hand. »Es tut so gut, mit dir zu sprechen, Marian. Ich wünschte, du würdest mit nach Malta kommen.«

Die ersten Familien verließen London, um sich vor dem Winter auf ihre Landsitze zurückzuziehen. Auch meine Eltern begannen mit den Vorbereitungen für unsere Heimreise.

»Mama, können wir noch so lange bleiben, bis Olivia ebenfalls abreist?«, bat ich. »Sie kennt doch außer der sauertöpfischen Cousine von Mrs. Grimston, bei der sie wohnt, kaum jemanden in der Stadt.«

Meine Mutter stimmte zu. »Wir sind länger in London geblieben, als ich es gedacht hätte. Offenbar hast auch du deinen Spaß gehabt, nicht wahr, Marian?« Ich stimmte ihr lachend zu, und sie fuhr fort: »Du hast mindestens zwei Männerherzen gebrochen, ganz schön für dein Debüt.«

Ich lachte laut. Nur gut, dass Vater diesen Satz nicht gehört hatte. Aber so war meine Mutter – sie sprach stets aus, was sie dachte.

»Ich bin sicher, ich werde weder von Justin noch von Stephen jemals wieder ein Wort hören.«

»Diese Olivia ist ein seltsames Mädchen«, wechselte meine Mutter plötzlich das Thema. »Sehr höflich und gut erzogen, aber immer so zurückhaltend, als würde sie etwas bedrücken.«

»Sie fürchtet sich vor dem neuen Leben, in das sie bald aufbrechen wird«, sagte ich. »Also, ich wäre auch bedrückt, wenn ich England verlassen müsste, um irgendwo in der Fremde zu leben.« Ich hatte meiner Mutter von der plötzlichen Heirat Olivias mit Roger Grimston erzählt, und dass die beiden kaum Zeit gehabt hatten, einander richtig kennen zu lernen.

»Wir fahren also nach Landhydrock Hall, wenn deine Freundin abreist. Wie freue ich mich auf daheim und auf deine Geschwister«, rief Mutter lachend und drückte mich an sich.

Ich teilte ihre Gefühle, wenngleich ich wusste, dass es in Cornwall unumgänglich sein würde, Matthew Denbury und seiner Frau zu begegnen. Eine Londoner Zeitung hatte im September einen kurzen Artikel über die Hochzeit veröffentlicht. Es war kein Bild abgedruckt, der Text sprach jedoch von einer *strahlenden und glücklichen Braut, die ideale Ergänzung zu dem edlen und eleganten Bräutigam*. Traurig hatte ich die Zeitung zur Seite gelegt. Nun war Matthew unwiderruflich der Mann einer anderen und für mich verloren.

In den Stunden, die ich mit Olivia verbrachte, lebte sie auf. Sie verlor zwar nie ganz ihre Schüchternheit, aber ihre Wangen bekamen Farbe und ihre Augen leuchteten, wenn wir einen besonders schönen Stoff in der Auslage eines Geschäftes entdeckten. Nur wenn die Rede auf die bevorstehende Reise kam, legte sich ein Schatten über ihr Gesicht. Es war offensichtlich, dass sie den Gedanken, England zu verlassen, weit von sich schob. Derweil kam der Tag des Abschieds immer näher. Noch zweimal hatte Olivia davon gesprochen, wie schön es wäre, würde ich sie nach Malta begleiten. Ich hatte lachend geantwortet: »Du weißt, dass das unmöglich ist! Dein Ehemann würde sich bedanken, wenn seine frisch angetraute Frau eine Freundin mit ins Haus bringt.«

»Ach, Roger schreibt in seinen Briefen, dass er oft tagelang nicht zu Hause sein wird und dann in der Kaserne schläft. Deine Anwesenheit würde mir die Zeit der Eingewöhnung erleichtern, da bin ich mir sicher.«

Was zuerst nur eine leicht dahingesagte Bemerkung gewesen war, wurde bei Olivia bald zu einer fixen Idee. Sie wollte wirklich, dass ich sie begleitete! So gern ich sie auch hatte, aber diese Möglichkeit zog ich nicht in Betracht. Ich verspürte keine Lust, England zu verlassen. Olivia war mit ihren beinahe zweiundzwanzig Jahren alt genug, um sich dem Leben allein zu stellen. Sie war eine verheiratete Frau, und ihr Platz war an der Seite ihres Mannes, auch wenn dieser am anderen Ende von Europa war. Schließlich handelte es sich bei Malta nicht um ein exotisches Ziel irgendwo in der Karibik, sondern um eine unter britischer Herrschaft stehende zivilisierte Insel, auf der Tausende von Engländern lebten. Das britische Commonwealth umspannte die ganze Welt, ich dachte an die unzähligen Frauen, die ihren Männern nach Indien folgten. In Indien gab es Dschungel, unheimliche dunkelhäutige Menschen, wilde Tiere und tödliche Krankheiten. Was war dagegen schon Malta?

»Olivia, du solltest dem Leben nicht so ängstlich gegenüberstehen«, sagte ich daher streng, als sie wieder einmal davon sprach, ich solle sie begleiten. »Ja, noch vor hundert Jahren war eine solche Reise mit Gefahren verbunden, heute jedoch nicht mehr. Du fährst in Begleitung mit dem Schiff nach Calais hinüber, von dort mit der Eisenbahn in den Süden Frankreichs, gehst dann auf ein Schiff und wirst in La Valletta von deinem Ehemann in die Arme geschlossen. Das ist nun wirklich nicht besonders aufregend.« Ich hatte bewusst so bestimmt gesprochen, denn Olivia musste erwachsen werden.

Meine ernsten Worte trieben ihr die Tränen in die Augen. »So, wie du es sagst, hört sich alles ganz einfach an. Wenn du an meiner Seite wärst, hätte ich auch gar keine Angst mehr.«

Ich seufzte und rollte mit den Augen, konnte Olivia aber nicht ernsthaft böse sein. Trotzdem war es ausgeschlossen, eine derartige Reise in Betracht zu ziehen, abgesehen davon, dass meine Eltern es mir niemals erlaubt hätten.

Zwei Wochen bevor Olivia nach Dover aufbrechen musste, zeigte sich der November noch einmal von seiner schönsten Seite. Das Laub der Bäume im Hyde Park schillerte in bunten Farben, Eichhörnchen huschten nach Nahrung suchend über die Wiesen, und die Sonne wärmte zwar nicht mehr, machte aber einen Aufenthalt im Freien angenehm. Olivia hatte am Nachmittag einen letzten Anprobetermin bei der Schneiderin für zwei elegante Abendkleider, aber wir nutzen das schöne Wetter, um vorher einen Spaziergang zu machen.

Ich hatte in den letzten Tagen über die Insel Malta, die seit vielen Jahrzehnten eine britische Kronkolonie war, viel gelesen. »Die Malteser riefen uns um Hilfe an, als im letzten Jahrhundert Kaiser Napoleon auf seinem Ägyptenfeldzug die Inselgruppe besetzte«, versuchte ich Olivia etwas von der Geschichte ihrer neuen Heimat nahe zu bringen. Ich wunderte mich über ihr Desinteresse, einzig über das Klima hatte sie sich informiert, um sich entsprechend einzukleiden. »Weißt du, dass es Lord Nelson war, der die Franzosen zum Rückzug zwang?« In Olivias Gesicht suchte ich nach einer Regung, aber es blieb unbewegt.

»Ach, Nelson? Wie schön«, murmelte sie geistesabwesend. Ihre Wangen waren unnatürlich bleich, ihre Augen glänzten, als hätte sie Fieber.

»Olivia, bist du krank? Vielleicht sollten wir nach Hause zurückkehren, die Anprobe hat noch ein paar Tage Zeit.«

Sie schüttelte so heftig den Kopf, dass sich eine Haarsträhne aus ihrer Frisur löste und ihr über die Augen fiel. Sie wischte sie nicht fort. »Nein, nein, ich muss es hinter mich bringen.« Vertraut hängte sie sich bei mir ein. »Bitte, erzähl mir mehr. Ich bewundere dich, wie sehr du dich für etwas begeistern kannst, und wünschte, ich könnte auch so sein wie du. Wenn man dich reden hört, könnte man meinen, du wärst diejenige, die auf die große Reise geht ...«

Ich seufzte leise und setzte meine Schilderung über den Pariser Frieden, in dessen Folge Malta zur britischen Kronkolonie wurde, fort. Olivia wirkte wirklich nicht wie eine glückliche junge Frau, die in Kürze mit ihrem Ehemann vereint sein würde. Erneut fragte ich mich, warum sie diesen Roger Grimston überhaupt geheiratet hatte. Wir lebten doch nicht mehr im Mittelalter, sondern im neunzehnten Jahrhundert! Olivia war gebildet und gut erzogen, sie hätte ohne weiteres eine Anstellung als Erzieherin oder Lehrerin finden und ihren Lebensunterhalt selbst verdienen können. Also, wenn ich jemals in die Bedrängnis kommen sollte, Geld verdienen zu müssen, dann würde ich ...

»Mein Gott, was ist denn hier los?«, unterbrach Olivia meine Gedanken.

Im gleichen Moment hörte auch ich den Lärm. Am Rande der Serpentine, dem großen See im Hyde Park, hatte sich ein Menschenauflauf gebildet, der laut schrie und sang, dabei mit Trommeln, Pfeifen und sonstigen Instrumenten einen Höllenlärm veranstaltete. Beim Näherkommen sah ich, dass es sich ausschließlich um Frauen handelte. Frauen jeglichen Alters und, wie ich an der Kleidung erkannte, aus verschiedenen Gesellschaftsschichten.

»Fort mit dem Männermonopol!«, schrie eine junge Frau mit schmalem Gesicht. »Wir fordern gleiches Recht für alle!«

Transparente mit den Aufschriften *Mehr Rechte für die Frauen* oder *Gleiche Löhne für gleiche Arbeit* schossen in die Höhe.

Fasziniert waren Olivia und ich stehen geblieben. Bisher hatte ich von solchen Demonstrationen nur gehört, aber noch keine miterlebt. In den Augen der rund vier Dutzend Frauen brannte ein Feuer, von dem ein Funken auf mich überzuspringen schien, denn am liebsten hätte ich ebenfalls ein Plakat geschwenkt.

»Lass uns fortgehen.« Olivia zupfte an meinem Ärmel, ihre Augen waren angstvoll geweitet.

»Warum? Ich finde es sehr interessant. Da … schau …« Ich deutete auf ein Transparent, auf dem in dunkelroten Buchstaben *Öffnet alle Universitäten für die Frauen!* stand. Im gleichen Moment erkannte ich die Trägerin. »Bernadette!«, rief ich, schüttelte Olivia ab und eilte zu den Demonstrierenden.

Als Bernadette mich erkannte, schüttelte sie ungläubig den Kopf. »Marian, dich hätte ich hier am wenigsten erwartet. Aber es ist schön, dass du dich unserer Sache anschließen willst«, rief sie mit leuchtenden Augen, und ehe ich mich versah, hatte sie mir das Plakat in die Hände gedrückt.

Ich lachte. »Es ist reiner Zufall, dass ich im Park bin. Aber warum setzt du dich für Studienplätze für Frauen ein? Ich dachte eigentlich, du bist schon längst an der Universität.«

»Das bin ich auch und bin dort sehr glücklich. Aus diesem Grund möchte ich, dass allen Frauen die Möglichkeit gegeben wird, ihr Wissen zu erweitern und ihr Leben selbst in die Hand zu nehmen. Ah, Marian, ich muss dir jemanden vorstellen.« Bernadette zog mich zu der Frau, die weiterhin lautstark die Abschaffung des Männermonopols forderte. »Das ist Emmeline Pankhurst, unsere Vorsitzende.«

Die Frau mit dem aparten Gesicht sah mich mit flammenden Augen an, ich konnte mich kaum ihrem Blick entziehen, der mich völlig in seinen Bann zog. »Das hier ist nur ein kleiner, ein ganz kleiner Schritt, aber es ist ein Anfang. Eines Tages werden wir Frauen nicht nur wählen, sondern selbst im Parlament sitzen.« Dann drehte sie sich um und lief, laut Parolen rufend, an die Spitze der Gruppe.

Nun musste ich doch ein Lächeln unterdrücken und raunte Bernadette zu: »Vielleicht denkt sie auch, England wird irgendwann eine Premierministerin haben. Was für eine lächerliche Vorstellung!«

Kaum hatte ich den Satz beendet, verdüsterte sich Bernadettes Gesicht. »Du wirst schon sehen, was wir erreichen werden. Überall im ganzen Land gibt es Frauenbewegungen. Wir werden …«

Plötzlich ging alles ganz schnell. Ich hatte ebenso wenig wie Bernadette und Emmeline Pankhurst das Herannahen Dutzender von Polizisten bemerkt, die nun einen Kreis um uns geschlossen hatten. Wir sahen in grimmige und hasserfüllte Männergesichter.

»Jetzt gibt es Ärger«, raunte Bernadette mir zu. »Wenn du die Möglichkeit dazu hast, dann lauf! Renn, so schnell wie du kannst.«

»Ihr seid alle verhaftet!«, schrie ein Polizist, und wie auf Kommando zückten alle ihre Gummiknüppel. »Leistet keinen Widerstand, denn wir werden keine Rücksicht darauf nehmen, dass ihr Frauen seid. Ihr wollt doch wie Männer behandelt werden, oder?«

Ich weiß bis heute nicht, ob eine der Frauen versucht hat zu fliehen oder warum die Polizisten plötzlich begannen, auf uns einzuschlagen. Ein Gummiknüppel traf mich schmerzhaft an der rechten Schulter. Ich ließ das Plakat fallen und riss schützend beide Arme über meinen Kopf. Aus den Augenwinkeln sah ich, wie Emmeline Pankhurst zu Boden ging, sie blutete aus dem Mundwinkel.

Im nächsten Moment traf mich ein weiterer Schlag, ich strauchelte und fiel vornüber auf das Pflaster. »Aufhören!«, keuchte ich. »So hört doch auf!« Um mich herum waren Schreie und Beschimpfungen zu hören, ein harter Griff umklammerte meinen Oberarm, und ich wurde wieder auf die Beine gezogen.

»Komm schnell, weg von hier.«

Ich glaubte zu träumen, denn ich sah in die Augen von Matthew Denbury. »Matthew … was in aller Welt …« Ich taumelte und sank an Matthews Brust, er umschlang mich mit beiden Armen. Obwohl die Situation alles andere als romantisch war, roch ich sein herbes Rasierwasser und fühlte mich unendlich glücklich. Dann erhielt ich einen so starken Schlag auf den Hinterkopf, dass ich meinte, mein Schädel würde explodieren, und alles um mich herum versank in schwarzer Dunkelheit.

»Ich hätte niemals gedacht, dass ich meine Tochter, meine eigene Tochter, bei der Polizei abholen muss! Ich habe immer gedacht, ich hätte meine Kinder anständig erzogen, doch kaum kehrt man ihnen den Rücken, findet man sie in einer Gruppe von Frauenrechtlerinnen wieder!«

Nie zuvor in meinem Leben hatte ich meinen Vater dermaßen wütend erlebt. Er hatte uns Kinder niemals geschlagen, doch jetzt war er kurz davor, mir eine ordentliche Tracht Prügel zu verabreichen.

»Papa, ich sagte bereits, dass ich aus Zufall da hineingeraten bin …«, begann ich einen erneuten Versuch der Verteidigung.

Meine Mutter saß schweigend in einem Sessel, offenbar wartete sie, bis sich Vater ausgetobt hatte, denn dass auch sie mir einige Worte zu sagen hatte, konnte ich von ihrem Gesicht ablesen.

Es war ebenfalls Zufall gewesen, dass sich Matthew Denbury in London aufgehalten und einen Spaziergang im Hyde Park unternommen hatte. Der Frauendemonstration hatte er einige Minuten lang schmunzelnd zugesehen, ernst nahm Matthew die Forderungen von ein paar verrückten Weibern, wie er es nannte, nicht. Dann aber hatte er mich in der Gruppe erkannt und verfolgt, wie die Situation eskalierte. Zwar war es Matthew gelungen, an meine Seite zu eilen, er konnte aber nicht verhindern, dass ich niedergeschlagen und verhaftet worden war. So schnell er konnte, informierte Matthew meine Eltern. Seine Aussage und eine Kaution meines Vaters überzeugten die Behörde, dass ich nicht zu den Frauenrechtlerinnen gehörte, sondern nur aus Zufall in die ganze Sache geraten war.

»Wo ist Olivia?«, fragte ich schließlich. Ich hatte sie über den ganzen Ereignissen völlig vergessen.

»Deine Freundin war klüger als du, Marian«, mahnte meine Mutter mit strenger Stimme. »Sie ist weggelaufen, als die Polizei kam. Wie konnte das nur geschehen?«

Weggelaufen und mich im Stich gelassen …, dachte ich bitter. Ja, so war Olivia, sie fürchtete sich vor allem und jedem und ganz speziell vor dem Leben an sich. Wenn es mir die letzten Tage auch geschmeichelt hatte, von ihr als eine Art Beschützerin angesehen zu werden, so fühlte ich mich jetzt von ihr enttäuscht. Ich hätte eine Freundin in einer solch brenzligen Situation niemals allein gelassen. »Ich möchte mich bei Matthew bedanken. Ist er noch hier?«, fragte ich schließlich.

»Ja, er und seine Frau, die es übrigens beide sehr bedauert haben, dass wir nicht bei ihrer Hochzeit gewesen sind. Du musst ihnen noch gratulieren, Marian«, mahnte mein Vater.

Ich senkte den Kopf, damit er das Zucken um meine Mundwinkel nicht bemerkte. In dem kurzen Moment, als ich in Matthews Armen lag, war es mir gewesen, als sei die ganze Welt nun wieder in Ordnung. Er war wie ein strahlender Romanheld im richtigen Augenblick erschienen und hatte versucht, mich zu retten. Warum mussten meine Eltern mich nur daran erinnern, dass Matthew Denbury der Mann einer anderen war?

»Du kannst noch heute deine Sachen packen, wir reisen morgen nach Cornwall«, sagte Vater nun in einem Tonfall, der keinen Widerspruch duldete.

Langsam erhob ich mich, in meinem Hinterkopf pochte es, und ich griff, Halt suchend, nach der Stuhllehne.

Sofort war meine Mutter an meiner Seite. »Simon, Marian ist krank. Vielleicht sollten wir noch ein paar Tage warten, sie könnte auch eine Gehirnerschütterung haben. Schließlich war sie einige Zeit bewusstlos.«

Knurrend drehte sich mein Vater zu mir um und sah mir streng ins Gesicht. »Meinetwegen, drei Tage. Aber du wirst in dieser Zeit das Haus nicht verlassen, Tochter. Hast du das verstanden?« Ich nickte und senkte schuldbewusst den Kopf. »Und jetzt gehst du in den Salon und bedankst dich bei Matthew Denbury und seiner Frau.«

»Wieso bei Hannah? *Sie* war im Park gar nicht dabei gewesen!«, begehrte ich auf.

»Du wirst tun, was ich dir sage!«

»Ja, Vater.«

Matthew Denbury erhob sich, als ich den Salon betrat, während Hannah auf dem Sofa sitzen blieb.

»Matthew, ich danke dir, dass du sofort meine Eltern informiert hast«, sagte ich hastig und versuchte, ihm nicht direkt in die Augen zu schauen, denn dann wäre es mit meiner Selbstbeherrschung vorbei gewesen. »Es war sehr mutig von dir, dich mitten in das Gerangel zu begeben, um mich zu retten.«

»Das würde Matthew für jede Frau tun!«, kicherte Hannah laut, und ich musste mich zwingen, sie nicht mit einem giftigen Blick zu bedenken.

Stattdessen gab ich meiner Stimme einen zuckersüßen Klang und sagte: »Meinen herzlichen Glückwunsch zu eurer Vermählung, Matthew … Hannah … Meine Eltern und ich bedauern, nicht in Cornwall gewesen zu sein, aber die Saison in London … ihr versteht?«

»Aber natürlich, Marian, so ein Debüt geht nun mal vor.« Hannah stand auf und hakte sich vertraut bei mir unter. Am liebsten hätte ich ihren Arm fortgestoßen. »*Ich* hatte das ja nicht nötig, denn gleich nach der ersten Begegnung mit Matthew wusste ich, das ist der Mann, den ich heiraten werde. Und ihm ging es ebenso, nicht war, Matti?«

Matti! Du meine Güte, wie konnte man den Namen dermaßen verunstalten?

Aber Matthew schien es nicht das Geringste auszumachen, liebevoll sah er seine Frau an. »Ich lass euch beide jetzt allein, ihr habt sicher viel zu besprechen. Außerdem habe ich dringende Geschäfte in der Stadt zu erledigen.« Er verneigte sich kurz vor mir. »Marian, dein Vater sagte, dass wir gemeinsam nach Cornwall reisen werden. Wie schön.«

Als er gegangen war, blieb mir nichts anderes übrig, als Hannah mit Tee und den Apfeltörtchen zu bewirten, die ein Mädchen zwischenzeitlich gebracht hatte. Während ich einschenkte, plapperte Hannah von den Einkäufen, die sie die letzten Tage in London getätigt hatte. Ich hörte ihr kaum zu, denn ich dachte an Matthew. Irgendwie kam er mir verändert vor. Unstet, fahrig, beinahe als hätte er Sorgen, aber das war unmöglich. Dennoch war in seinen Augen ein nervöses Flackern gewesen, das ich früher nie an ihm bemerkt hatte. Gestaltete sich die Ehe mit Hannah vielleicht nicht ganz so glücklich, wie er es sich erhofft hatte? Mein Herz tat einen kleinen Sprung, und ich schämte mich dafür. Natürlich wollte ich nicht, dass Matthew unglücklich war, trotzdem konnte ich ein kleines Gefühl der Genugtuung nicht unterdrücken, als ich dachte, dass, hätte er *mich* geheiratet, bestimmt nichts seine Unbekümmertheit getrübt hätte. »Entschuldigung, was hast du gesagt?«, sagte ich schnell, als Hannah an meinem Ärmel zupfte und mich fragend anschaute.

»Ich sagte, darum sind wir ja jetzt noch in die Stadt gekommen, bevor das Reisen für mich zu beschwerlich wird. Noch sieht man es ja nicht, aber bald …« Hannah kicherte verschämt, und ich ließ beinahe die Teekanne fallen, als mir bewusst wurde, was Hannah mir soeben mitgeteilt hatte.

»Du bekommst ein Kind? Wie kannst du dir so sicher sein, ihr seid gerade mal sechs Wochen verheiratet!«

Verschwörerisch blinzelte mir Hannah zu, die leichte Röte ihrer Wangen passte nicht zu dem wissenden Ausdruck in ihren Augen. »Liebe Marian, du wirst jetzt vielleicht schockiert sein, aber um ein Kind zu bekommen, muss man nicht unbedingt verheiratet sein. Ich meine, um *das* zu tun, was nötig ist, um schwanger zu werden. Matthew und ich, wir lieben uns so sehr und wir wollten sowieso heiraten, also haben wir nicht gewartet, bis …«

»Danke, ich weiß, was du meinst«, unterbrach ich sie barsch. Ich war an den Intimitäten ihrer Beziehung wirklich nicht interessiert.

Hannah schien meine ablehnende Haltung nicht zu stören. »Es ist schön, dass du mit uns nach Hause fährst. Wir werden uns künftig oft sehen, nicht wahr? Mindestens einmal in der Woche, darauf bestehe ich! Wenn meine Schwangerschaft weiter fortgeschritten ist, musst du natürlich nach Boventon Castle kommen. Du kannst sicher ein paar Wochen bei uns bleiben. Weißt du, ich kenne ja kaum jemanden. Auch Matthew wird sich freuen, du bist ja fast wie eine kleine Schwester für ihn …«

Verzweifelt versuchte ich, meine Ohren vor ihrem Redefluss zu verschließen, aber ihre durchdringende, hohe Stimme kannte keine Gnade. Unvorstellbar, Hannah Denbury künftig regelmäßig zu sehen und mitzuerleben, wie sie Matthews Kind bekam, wie sie Matthew liebte und er sie mit Aufmerksamkeiten überschüttete. Unvorstellbar, in Matthews Nähe und trotzdem meilenweit von ihm entfernt zu sein …

Ich stand so schnell auf, dass meine Serviette auf den Boden fiel. »Hannah, du entschuldigst mich für einen Moment?« Ich wartete ihre Antwort nicht ab und eilte in das Schlafzimmer meiner Mutter. Ohne anzuklopfen stürmte ich hinein und hatte Glück, sie anzutreffen, denn sie stand vor dem geöffneten Kleiderschrank und hatte bereits mit dem Packen begonnen. »Mama, ich werde Olivia Grimston nach Malta begleiten«, platzte ich heraus. »Versuch nicht, mich vom Gegenteil zu überzeugen. Mein Entschluss steht fest!«

IV

Mein ganzes Leben lang kannte ich die raue Küste Cornwalls mit ihren schroffen Klippen und kleinen Sandbuchten, verborgenen Kavernen und todbringenden Felsnadeln, an denen schon so manches Schiff zerschellt war. Ich kannte das Geräusch der Brandung, wenn der aufgewühlte Atlantik seine meterhohen Wellen an die Klippen warf und das Wasser mal grau, grün oder blau schimmerte. Wie anders bot sich mir nun das Mittelmeer dar! Obwohl bereits November, war hier an der Südküste Frankreichs nichts von dem nahenden Winter zu spüren. Die Sonne schien warm, das azurblaue Meer lag wie ein blank polierter Spiegel vor den Hafenanlagen von Marseille.

Wir waren drei Tage vor Abfahrt des Schiffes in der Stadt eingetroffen und hatten ein Hotelzimmer genommen, von dessen Fenster aus sich mir der grandiose Blick über den Hafen von Marseille bot.

»Marian, kannst du dir vorstellen, dass wir morgen schon auf hoher See sein werden? Hoffentlich werde ich nicht seekrank, ich habe noch nie eine Seereise gemacht.«

Mühsam riss ich mich von dem Ausblick los. »Das Mittelmeer ist vollkommen ruhig, Olivia. Auch ich kenne die See nur von ein paar Ausfahrten auf kornischen Fischkuttern. Ist es nicht unheimlich aufregend hier?«

Olivia sah mich strahlend an. »Ich bin ja so glücklich, dass du mich begleitest. Weißt du, Marian, wenn du bei mir bist, dann habe ich keine Angst mehr. Du bist so stark, so mutig, so …«

»Genug der Blumen!«, winkte ich verlegen ab. Tatsächlich war ich inzwischen ebenfalls glücklich über meine Entscheidung, Olivia auf der Reise zu ihrem Mann zu begleiten. Hatte ich in London den Wunsch mehr aus Trotz geäußert, so wusste ich jetzt, dass es die beste Idee gewesen war, die ich seit langem gehabt hatte.

Natürlich waren meine Eltern zuerst nicht damit einverstanden gewesen, mich reisen zu lassen. Zwar hatte Olivia immer wieder geäußert, wie schön es wäre, wenn ich sie begleitete, aber schließlich fuhr sie zu ihrem Ehemann und die Kosten wurden von ihren Schwiegereltern übernommen.

»Dein Mann wird nicht sehr erfreut sein, wenn du einfach eine Freundin mitbringst«, wandte ich ein, nachdem ich Olivia meinen Entschluss mitgeteilt hatte. »Vielleicht war es doch etwas voreilig von mir.«

Auf einmal entwickelte Olivia eine Lebhaftigkeit, wie ich sie nie zuvor an ihr erlebt hatte. Noch am gleichen Tag sandte sie ein Telegramm nach Malta zu Roger Grimston, gleichzeitig schickte sie ihren Schwiegereltern einen Brief per Eilboten. Von beiden Seiten kam eine positive Antwort, so dass jetzt nur noch meine Eltern überzeugt werden mussten.

Während mein Vater meinte, eine solche Reise würde ein wichtiger Schritt in meiner Entwicklung sein, war Mutter strikt dagegen. »Allein die lange Zugfahrt quer durch Frankreich! Simon, was kann dabei alles geschehen!«

»Ach Mama, Olivia und ich sind nicht allein, du hast das Ehepaar Bell kennen gelernt. Sie machen auf mich einen sehr seriösen Eindruck und werden Olivia und mich keinen Moment aus den Augen lassen. Und was soll uns auf dem Schiff geschehen?«

»Marian hat Recht. Ich habe Erkundigungen über Captain Grimston eingeholt. Er bewohnt in La Valletta ein großes Haus und hat die besten Referenzen. Was hältst du davon, Celeste, wenn wir im Frühjahr mit dem Schiff nach Malta fahren und unsere Tochter dort wieder abholen? Vielleicht kann uns auch William begleiten, eine solche Reise hätte er sich nach seinem Abschluss in Eton verdient.«

Meine Mutter knetete nervös an ihrem Taschentuch. »Ich kann mein Kind doch nicht monatelang in der Ferne wissen.

Und dann die lange Fahrt quer durch Frankreich …«, wiederholte sie.

Wir diskutierten zwei Tage lang, dann kam meine Mutter in mein Zimmer. Sie setzte sich auf die Bettkante und sah mich mit melancholischem Blick an. »Marian, du bist nun alt genug, um etwas zu erfahren«, sagte sie ernst. »Du weißt ja, dass ich niemals mit der Eisenbahn reise und beinahe vor Sorge sterbe, wenn jemand aus der Familie einen Zug benutzt.« Ich nickte, ohne sie zu unterbrechen. »Ich war damals kaum älter als du jetzt, als wir, dein Vater, deine Großmutter Lady Marian und ich von London nach Cornwall mit dem Zug fuhren. Obwohl es schon viele Jahre her ist, ist die Erinnerung an die schlimmsten Augenblicke meines Lebens so deutlich, als wäre es erst gestern geschehen. Dein Vater und ich verließen unser Abteil, um in den Speisewagen zu gehen. Lady Marian schlief, und wir wollten sie nicht wecken. Kurz darauf kam es zu einer Kollision unseres Zuges mit einem Munitionstransporter. Simon und ich überlebten, aber wir haben Lady Marian niemals wiedergesehen. Ich kann mir bis heute nicht verzeihen, dass wir sie nicht geweckt haben, denn der Speisewagen wurde nicht so sehr in Mitleidenschaft gezogen wie der Waggon, in dem sich unser Abteil befand.«

Diese überraschende Offenbarung drängte mir Tränen des Mitleids in die Augen. Ich setzte mich neben meine Mutter und umarmte sie. »Das tut mir Leid! Und seitdem hast du keinen Zug mehr bestiegen«, stellte ich fest.

Sie nickte und wischte sich eine Träne von der Wange. »Ich weiß, dass unser Schicksal ganz allein in Gottes Hand liegt. Nur er allein bestimmt, wann der Zeitpunkt gekommen ist, um diese Welt zu verlassen. Stündlich passieren viele furchtbare Unfälle, trotzdem werde ich es kaum ertragen können, dich schutzlos ziehen zu lassen, aber ich werde es tun, denn ich möchte keine alte Glucke werden, die ihre Küken an sich fesselt.«

Erst jetzt ging mir der Sinn ihrer Worte auf, und ich drückte sie erneut. »Das heißt, ich darf Olivia begleiten?«

Sie nickte und lächelte wehmütig. »Meine kleine Marian, wie schnell ist die Zeit vergangen. Ich teile mit deinem Vater die Meinung, dass es gut ist, wenn du etwas von der Welt siehst. Und schließlich ist Malta unter britischer Herrschaft und keine unzivilisierte Insel. Aber du musst mir versprechen, mir mindestens einmal in der Woche zu schreiben, ja?«

Ich versprach es nur zu gerne und machte mich gleich daran zu packen.

So waren Olivia und ich jetzt in Marseille und würden morgen früh das Schiff besteigen, das uns quer übers Mittelmeer nach Malta bringen würde. Von dem Ehepaar Bell hatten wir uns am Nachmittag verabschiedet, nachdem Mister Bell uns das Schiff gezeigt und veranlasst hatte, dass unser Gepäck verladen wurde. In das Hotel hatte jede von uns nur eine kleine Tasche mit den nötigsten Dingen für die Übernachtungen mitgenommen.

Am nächsten Morgen standen wir vor Sonnenaufgang auf und frühstückten hastig. Weder Olivia noch ich verspürten großen Hunger, zu sehr trieb uns die Aufregung zum Hafen. Wir fanden das Schiff mit dem stolzen Namen *Queen Victoria* sofort wieder. Auf dem Kai herrschte hektische Betriebsamkeit, Passagiere jeglicher Alters- und Klassenzugehörigkeit wuselten durcheinander. Kleine Kinder weinten. Männer brüllten Befehle, und Waren wurden mit riesigen Kränen verladen. Trotz des Durcheinanders schien jeder genau zu wissen, was er zu tun hatte. Wir betraten das Schiff über eine schmale Planke und wurden sofort von einem Herrn in Uniform, dem Zahlmeister, in Empfang genommen. Auf seine Aufforderung hin zeigte Olivia ihm unsere Passage.

»Deck C, Kabine 122«, knurrte er nach einem kurzen Blick unfreundlich, um sich gleich darauf den nächsten Passagieren zuzuwenden.

Verwirrt sah ich mich um, entdeckte dann aber ein Schild mit der Aufschrift *Zu den Decks D und C*.

»Hoffentlich ist unser Gepäck bereits in der Kabine«, sagte Olivia. Wir stiegen drei steile Treppen hinunter, folgten der weiteren Beschilderung hinab in den stählernen Rumpf des Ozeanriesen. Je tiefer wir kamen, desto mehr runzelte ich die Stirn. Hier unten war die Luft stickig und verbraucht, die Geräusche der Schiffsmotoren beinahe unerträglich laut, dabei hatten wir noch gar nicht abgelegt.

»Wir müssen uns verlaufen haben«, rief Olivia. »Hier unten kann unsere Kabine unmöglich sein!«

Ich deutete auf ein weißes Schild mit dem knallroten Buchstaben C, das über unseren Köpfen hing. Links und rechts in dem schmalen Gang reihte sich eine Tür an die andere. Als ich die mit der Nummer 122 öffnete, unterdrückte ich nur mit Mühe einen Aufschrei.

Olivia spähte über meine Schulter, und ich hörte sie entsetzt keuchen: »Das kann nicht wahr sein!«

Die Kabine war kaum größer als die Besenkammer von Landhydrock Hall, doch auf jeder Seite des fensterlosen Raumes befanden sich vier Etagenbetten. Sechs der Betten waren bereits belegt, und uns sahen fragende Augenpaare von einfach gekleideten Frauen an. Abgestandene Luft schlug uns entgegen, und ich bemerkte, dass Olivia leichenblass geworden war.

»Das muss ein Irrtum sein«, stieß ich hervor und nahm Olivia den Passagierschein aus der Hand. »Ich werde sofort mit dem Zahlmeister sprechen. Du wartest hier.«

Ich verlief mich zweimal, bevor ich wieder auf das Ankunftsdeck zurückfand und vor den Zahlmeister trat. »Entschuldigen Sie bitte, aber Sie müssen sich mit unserer Kabine geirrt haben. Sie haben uns eine Unterkunft in der zweiten Klasse zugewiesen.«

Die Lippen des Zahlmeisters verengten sich zu zwei dünnen Strichen, dann forderte er mich unfreundlich auf: »Zeigen Sie mir Ihre Buchung!«

Ich tat es, und er studierte das Dokument eingehend, dann reichte er es mir mit einer verächtlichen Geste zurück. »Es hat alles seine Richtigkeit. Deck C, Kabine 122. Es wurde eine Überfahrt nach Malta für zwei Personen in der zweiten Klasse gebucht und bezahlt.«

Ich schnappte nach Luft. »Sie können uns unmöglich in diesem stickigen Loch lassen! Was kostet eine Kabine in der ersten Klasse?« Meine Eltern hatten mir etwas Geld mitgegeben. Wenn es sein müsste, würde ich es eben jetzt verwenden, denn die Aussicht, über eine Woche mit all den anderen Frauen dort unten eingesperrt zu sein, jagte mir einen kalten Schauer über den Rücken.

»Wir sind ausgebucht«, blaffte er zurück und schob mich unsanft zur Seite. »Und jetzt gehen Sie, ich habe hier Wichtigeres zu tun.« Der Zahlmeister wandte sich an die nächsten Passagiere und beachtete mich nicht weiter.

Plötzlich spürte ich, wie mich jemand anblickte. Ich sah auf und direkt in zwei blaue Augen hinein, die in scharfem Kontrast zu der dunklen Haut standen. Direkt vor mir stand ein junger Mann, seinem Äußeren nach offenbar ein Südländer. Er lächelte mich an, aber ich fand sein Benehmen anmaßend, so dass ich mich umdrehte und rasch zur Kabine zurückkehrte. Olivia hatte sich inzwischen auf eines der zwei freien Betten gesetzt und sah mir erwartungsvoll entgegen.

Bedauernd hob ich die Schultern. »Es … es ist sonst kein Platz …«, stotterte ich. »Ich weiß auch nicht …«

»Ah! Die Damen sind sich wohl zu fein, mit unsereins den Raum zu teilen?«, zischte eine ältere Frau mit grauen, strähnigen Haaren und zupfte an meinem Ärmel.

Aufgrund der Enge konnte ich ihr nicht ausweichen. Resigniert ließ ich mich neben Olivia sinken, und meine Euphorie der letzten Tage verschwand zusehends.

Wir entflohen der Enge der Kabine und waren an Deck, als das Schiff auslief. Rings um uns herum tuteten die Schiffshörner, Hunderte von Menschen drängten sich auf dem Kai. Sie waren gekommen, um die Passagiere zu verabschieden. Manche weinten, manche lachten, es war eine bewegende Szene, als das Schiff sich langsam von seinem Ankerplatz entfernte. Für einen Moment dachte ich an Matthew Denbury und fühlte mich inmitten der Menge sehr einsam.

Den ersten Tag an Bord der *Queen Victoria* werde ich nie vergessen. Nie hätte ich gedacht, dass eine Seereise so viele Unannehmlichkeiten bereiten könnte, schließlich befanden wir uns nicht auf einem Segelschiff des sechzehnten Jahrhunderts, sondern auf einem modernen Passagierdampfer. Unsere Kabine war nicht mehr als ein Verschlag mit acht Kojen ohne einen einzigen Kleiderschrank oder sonstige Ablagemöglichkeiten. Unser Handgepäck mussten wir an das Fußende unseres Bettes stellen, und die Kleider konnten wir nicht auspacken. Da es kein Bullauge gab, war die Luft von den Ausdünstungen der Mitreisenden zum Schneiden dick. Wir waren von ähnlichen Kabinen umgeben, aus denen ständig Lärm drang, der sich mit den Motorengeräuschen vermischte. Auch konnten wir das C-Deck nicht verlassen, verschlossene Eisengitter hinderten uns am Betreten der Bereiche, die ausschließlich Passagieren der ersten Klasse vorbehalten waren. Im Freien stand uns nur ein schmales Stück des Decks zur Verfügung, und Olivia und ich waren so oft wie möglich an der frischen Luft.

Das Mittagessen wurde an langen Tischen in einem Gemeinschaftsraum eingenommen, in dem es nach Fett und Schweiß stank. Unter diesen Umständen verspürten weder Olivia noch ich Hunger, und wir gingen nach draußen. Kurz vorher hatten wir einen Blick in den Waschraum geworfen, in dem sich alle Passagiere der zweiten Klasse säubern konnten.

Olivia hatte seit Stunden kaum ein Wort gesprochen, so legte ich einen Arm um ihre Schultern und fragte: »Kannst du das bis Malta aushalten?«

Ihre schmalen Schultern zuckten, als sie flüsterte: »Wenn Roger erfährt, unter welchen Umständen wir reisen müssen, wird er schrecklich wütend sein.«

Ich verzichtete, sie darauf hinzuweisen, dass die Passage von Rogers Eltern gebucht worden war. Offenbar waren sie nicht bereit gewesen, mehr Geld für ihre Schwiegertochter und deren unbekannte Freundin auszugeben.

Olivia lehnte sich über die Reling und blickte in das schäumende Wasser, das sich tief unter uns am Schiffrumpf brach.

»Sie sollten sich nicht zu weit vorlehnen«, mahnte eine Stimme, und ich wirbelte herum. Vor uns stand der Mann, den ich bereits am Vormittag gesehen hatte. Jetzt verneigte er sich vor uns, wobei mir nicht entging, wie seine Augen bei Olivias Anblick bewundernd aufleuchteten. Wie ich bereits festgestellt hatte, waren seine Augen von einem strahlenden Blau, sein Haar jedoch von einem so dunklen Schwarz, dass es wie polierter Marmor glänzte.

»Erlauben die Damen, dass ich mich Ihnen vorstelle? Mein Name ist Toman Ramandi, Kaufmann aus Indien und auf dem Weg nach Hause.«

Da er zugegebenermaßen freundlich war, nannte auch ich meinen Namen und stellte dann Olivia vor. Als ich *Mrs. Grimston* sagte, bemerkte ich, wie Mister Ramandi überrascht die Brauen runzelte. Offenbar hatte er nicht damit gerechnet, dass Olivia bereits verheiratet war.

»Ich bin auf dem Weg zu meinem Mann nach Malta«, erzählte Olivia auch bereitwillig.

»Ich wollte Sie nicht belauschen, aber ich habe heute Vormittag mit angehört, dass Sie nicht ordnungsgemäß untergebracht sind. Sie reisen nach Malta, nicht wahr? La Valletta ist eine faszinierende Stadt.«

Ich war über seine Direktheit und Neugierde verblüfft, darum antwortete ich kühl: »Wir sind zufrieden. Es soll nicht Ihre Sorge sein, wie wir reisen.«

Er senkte den Kopf, dabei blitzte es in seinen Augen auf. »Es kommt Wind auf, vielleicht sollten Sie in Ihre Kabine zurückkehren. Auch wenn das Mittelmeer ruhig und glatt vor uns liegt, darf man die Kraft eines Sturmes nicht unterschätzen.«

Ärgerlich hakte ich mich bei Olivia unter und zog sie mit mir. »Wir können sehr gut selbst auf uns aufpassen, Mr. Ramandi.«

Kaum waren wir außer Hörweite, fragte Olivia: »Warum warst du denn so unfreundlich zu ihm? Er hat uns doch nichts getan. Also ich fand ihn sehr nett.«

Ich murmelte etwas Unverständliches. Tatsächlich konnte man Mr. Ramandi keinen Vorwurf machen, er hatte sich korrekt verhalten. Aber seit Matthews Verrat, wie ich sein Verhalten nannte, hatte ich eine unsichtbare Mauer um mich herum aufgebaut und wollte nicht zulassen, dass ein Mann sie durchbrach. Zudem hatte dieser indische Kaufmann, der zugegebenermaßen ein beinahe akzentfreies Englisch sprach, etwas an sich, das alle Alarmglocken in mir zum Klingen brachte. Was es war, konnte ich nicht mit Bestimmtheit sagen, aber er hatte Olivia in einer Art und Weise angesehen, wie kein Mann eine verheiratete Frau ansehen sollte. Daher war es wohl besser, wenn wir Mr. Ramandi aus dem Weg gingen, was leicht möglich war, reiste er doch erster Klasse und hatte sich nur zufällig in unseren Bereich des Decks verirrt.

Es war kurz vor dem Abendessen, das Olivia und ich wohl oder übel würden zu uns nehmen müssen, wollten wir auf der Reise nicht verhungern, als ein Steward die Kabine betrat. »Ich habe Anweisung, Ihnen beim Umzug zu helfen.«

»Umzug?«, riefen Olivia und ich wie aus einem Mund.

»Ein Irrtum, nehme ich an. Sie sind in der falschen Kabine. Bitte packen Sie Ihre Sachen.«

Das war schnell geschehen, hatten wir doch so gut wie nichts ausgepackt. Der Steward führte uns durch das Schiff und brachte uns in eine Kabine, die im Vergleich zu derjenigen, die wir gerade verlassen hatten, geradezu herrschaftlich erschien. Es gab zwei Betten, die tagsüber als Sofas dienten, einen geräumigen Kleiderschrank, ein Waschbecken und ein Bullauge, vor dem langsam die Sonne im Meer versank. Den Boden bedeckte ein weicher grüner Teppich, und eine kleine Sitzecke lud zum Verweilen ein.

Ich war sprachlos, während Olivia schüchtern fragte: »Sind wir jetzt in der ersten Klasse?«

Der Steward nickte und stellte unser Handgepäck vor den Schrank, dann verließ er uns.

Erst jetzt sah ich, dass auch unsere beiden großen Schrankkoffer in die Kabine gebracht worden waren, so dass wir jetzt über unsere vollständige Garderobe verfügen konnten. »Was hat das zu bedeuten?«, fragte ich.

»Sie haben den Fehler eingesehen. Niemals hätten die Grimstons die zweite Klasse gebucht«, rief Olivia mit geröteten Wangen. Es freute mich zu sehen, wie glücklich sie über diese unerwartete Wendung war. »Marian, ich glaube, in der anderen Kabine hätte ich es nicht lange ausgehalten. Da hätte ich lieber an Deck geschlafen.«

Ich stimmte in ihr Lachen ein. Schnell wuschen wir uns und zogen uns um. Nun knurrte mein Magen laut und vernehmlich, und ich freute mich aufs Abendessen.

Der Speisesaal der ersten Klasse war von schlichter Eleganz. Ich war nicht erstaunt, als sich Toman Ramandi an unserem Tisch einfand. Er trug einen eleganten Abendanzug und ein weißes Hemd, das seine Haut noch dunkler erscheinen ließ. Freundlich bat er, Platz nehmen zu dürfen.

»Haben Sie schon gehört? Man hat den Irrtum eingesehen und uns eine andere Kabine gegeben«, platzte Olivia heraus.

Erneut funkelten Ramandis Augen. »Das freut mich zu hören, meine Damen.«

Plötzlich erschauerte Olivia und schlang die Arme um den Oberkörper.

»Du solltest dir ein Tuch umlegen«, mahnte ich sie. »Nicht dass du dich erkältest.«

Olivia stand auf und erklärte, sie werde kurz in die Kabine gehen und sich ein Tuch holen.

Kaum waren Toman Ramandi und ich allein, sah ich ihn ernst an. »Wie haben Sie das geschafft? Der Zahlmeister sagte, das Schiff sei völlig ausgebucht.«

Er wusste genau, was ich meinte, und hielt meinem fragenden Blick stand. »Wie Ihre Freundin bereits sagte, es handelte sich um einen Fehler der Reederei. Zudem ist meine Familie mit dem Kapitän befreundet.«

Spontan legte ich meine rechte Hand auf die seine. »Ich danke Ihnen, aber ich möchte, dass Sie mir die Wahrheit sagen. Es war kein Irrtum, nicht wahr? Die Kabine in der zweiten Klasse war für uns gebucht.«

»Man kann Ihnen nichts vormachen, Miss Elkham. Ja, Sie haben Recht, aber ich konnte es nicht zulassen, dass zwei bezaubernde Damen unter solchen Umständen reisen. Ich habe die Differenz bezahlt, damit Sie die Reise etwas komfortabler genießen können.«

Ich nahm meine Hand fort, rückte ein Stück von ihm weg und sagte kühl: »Ich möchte Ihnen die Auslagen ersetzen. Sicher haben Sie einiges für die erste Klasse bezahlen müssen. Es wäre mir jedoch lieb, wenn meine Freundin nichts davon erfährt.«

Toman Ramandi stand deutlich ins Gesicht geschrieben, wie sehr ihn mein Ansinnen beleidigte. »Das kommt nicht in Frage. Wir Inder sehen es als unsere Pflicht an, Damen zuvorkommend und helfend zu begegnen. Seien Sie versichert, dass es für mich eine Freude war, Ihnen aus dieser kleinen … Ungelegenheit zu helfen. Ich hatte nicht den Eindruck, dass Ihre Freundin die Reise in der stickigen Kabine ohne gesundheitliche Beeinträchtigungen überstanden hätte.«

»Aber ich bin in der Lage, es Ihnen zurückzuzahlen.«

»Ich werde mich weigern, es anzunehmen.« Er schenkte mir ein solch offenes und freundliches Lächeln, dass meine Ablehnung zu bröckeln begann. »Außerdem habe ich nicht ganz uneigennützig gehandelt.«

»Wie soll ich das verstehen?«

»Nun, Ihre Gesellschaft wäre mir entgangen, wenn Sie in der zweiten Klasse geblieben wären. Sie haben ja schon festgestellt, dass es überall Barrieren gibt, die die Klassen voneinander trennen. So gestaltet sich die Reise doch wesentlich interessanter. Für beide Seiten.«

»Ich darf Sie daran erinnern, dass sich Mrs. Grimston auf dem Weg zu ihrem Mann befindet, den sie erst kürzlich geheiratet hat«, sagte ich direkt, denn ich wollte Mr. Ramandi deutlich zu verstehen geben, dass er, erhoffte er sich einen kleinen Flirt auf der Reise, bei uns an der falschen Adresse war.

»Miss Elkham, Sie scheinen schlechte Erfahrungen gemacht zu haben, aber Sie können mir glauben, dass ich nichts weiter möchte, als die Gesellschaft von zwei reizenden Damen zu genießen. Ich bin ein Ehrenmann.«

Ich sah den Stolz in seinen Augen und gab mich seinen Argumenten geschlagen. Erneut dankte ich ihm dafür, uns eine bessere Kabine vermittelt zu haben. Ich tat es aber nicht für mich, sondern für Olivia, die nicht erfahren sollte, wie wenig sie ihren Schwiegereltern wert gewesen war.

Kurz darauf kehrte Olivia an den Tisch zurück, und wir erfuhren von Mr. Ramandi, dass er oft zwischen Indien, England und Frankreich hin und her reiste. »Unsere Familie ist seit Generationen im Gewürzhandel tätig. Wir haben zwar überall Zwischenhändler, aber von Zeit zu Zeit ist es von Vorteil, wenn man den Herren etwas auf die Finger sieht.« Er lachte, und ich begegnete seinem offenen Blick. »Diese Einstellung habe ich wohl von meinem Vater geerbt. Sie müssen nämlich wissen, er ist Engländer.«

»Ach, darum haben Sie so blaue Augen«, rief Olivia, um sich gleich darauf erschrocken die Hand auf den Mund zu legen.

Toman Ramandi lachte. »Sie haben schon Recht, bei einem Inder sind blaue Augen sehr ungewöhnlich. Ja, das ist ebenfalls ein Erbe meines Vaters.«

Der Abend verging mit lockerer Plauderei, und Toman Ramandi wurde mir von Minute zu Minute sympathischer. Meine erste spontane Abneigung lag wohl darin begründet, dass ich nach meinen Erfahrungen mit Matthew Männern gegenüber vorsichtig geworden war. Aber Toman Ramandi war höflich und verhielt sich völlig korrekt, so dass meine Bedenken, er könne auf einen Flirt aus sein, sich in Luft auflösten. Olivia lebte regelrecht auf. Ich konnte mich nicht erinnern, sie in London jemals so gelöst gesehen zu haben.

In den nächsten Tagen lernten wir die anderen Reisenden der ersten Klasse kennen. Nur wenige würden das Schiff in Korsika, Sizilien oder, wie Olivia und ich, in Malta verlassen. Die meisten reisten nach Indien weiter.

»Seit der Eröffnung des Suezkanals ist die Fahrt viel leichter geworden«, sagte Toman Ramandi. »Ich kenne ja nur diese Route, aber bei uns in Indien gibt es viele ältere Leute, die auf ihrem Weg nach Indien das Kap der guten Hoffnung umrunden oder Ägypten auf dem Landweg durchqueren mussten. Auch mein Vater unternahm diese Reise mehrmals. Nicht wenige Schiffe sind in den letzten Jahrhunderten am Kap der Stürme, wie es auch genannt wird, zerschellt.«

Später, in unserer Kabine, sagte Olivia: »Ich wünschte, wir könnten bis nach Indien weiterfahren. Es muss ein faszinierendes Land sein!«

»Heiß, stickig, voller Krankheiten und wilder Tiere. Dazu aufständische Einheimische und politische Unruhen gegen die britische Herrschaft. Wahrlich ein Paradies«, konnte ich mir nicht verkneifen zu spötteln.

Olivia knuffte mich freundschaftlich in die Seite. »Ach, Marian, du bist immer so realistisch. Hast du denn gar keine Träume?«

»Nein.« Nicht mehr, fügte ich in Gedanken hinzu. Ich hatte Olivia nichts von Matthew Denbury und meinen Träumen, seine Frau zu werden, erzählt und würde es auch nicht tun, obwohl es sonst keine Geheimnisse zwischen uns gab.

Nach einigen Tagen ankerten wir vor Porto Vecchio auf Korsika. Wegen des niedrigen Wasserstandes in der Bucht lag das Schiff auf Reede, und es wurden kleine Boote ausgesetzt, um die Passagiere an Land zu bringen. Auch die Weiterreisenden hatten Gelegenheit zu einem Ausflug, da das Schiff Lebensmittel aufnehmen und erst am frühen Abend weiterfahren würde.

»Schade, dass wir nicht mehr Zeit haben. Ich hätte Ihnen gerne Bonifacio gezeigt. Ich glaube, das Örtchen ist der schönste Fleck von ganz Korsika.«

Da es nicht anging, dass zwei Damen allein einen Landausflug unternahmen, schlug Toman Ramandi vor, uns zu begleiten. Wir nahmen das Angebot gerne an. Obwohl es in Porto Vecchio nicht viel zu sehen gab, verbrachten wir angenehme Stunden in der kleinen Stadt und genossen vom Genueser Tor aus einen herrlichen Rundblick über die Bucht und den Hafen. In den letzten Tagen war der junge Halbinder zu einem netten Gesellschafter geworden, ohne dabei aufdringlich zu sein. Meine anfängliche Skepsis gegenüber Toman Ramandi war von Tag zu Tag geschwunden. Er verfügte über tadellose Umgangsformen, war viel gereist und hatte stets eine interessante Anekdote über die Länder und Plätze dieser Welt zu berichten. Ich musste zugeben, dass er sehr gut aussah, aber ich war weit davon entfernt, mehr als Sympathie für ihn zu empfinden. Natürlich schmeichelten mir die Komplimente, die er an mich und Olivia gleichermaßen verteilte, und ich war gern in seiner Gesellschaft. Allein schon die Tatsache, dass sich unsere Wege, sobald wir auf Malta angekommen waren, trennen würden, hinderte mich daran, tiefere Gefühle für Toman Ramandi zu empfinden.

Es bereitete mir allerdings ein wenig Sorgen, wie sehr Olivia in seiner Anwesenheit aufblühte. Wäre sie nicht verheiratet gewesen, hätte ich gedacht, sie wäre in Toman Ramandi verliebt. Er verhielt sich ihr gegenüber allerdings vollkommen korrekt. Obwohl Olivia älter war als ich, fühlte ich mich verantwortlich für sie, denn ihr Denken und Handeln war in vielen Bereichen noch recht kindlich. Nun, in wenigen Tagen würden wir in Malta von Bord gehen und Toman Ramandi niemals wiedersehen.

In der Nacht, nachdem wir Korsika verlassen hatten, begann das Schiff plötzlich stark zu schlingern. Ich fuhr in meinem Bett hoch, zündete die Lampe an und sah, dass auch Olivia erwacht war.

»Was ist das? Geraten wir in einen Sturm?«

Wir warfen uns rasch die Mäntel über und eilten an Deck, auf dem sich bereits einige andere besorgte Passagiere versammelt hatten. Es war unmöglich stehen zu bleiben, ohne sich festzuhalten, also klammerte ich mich an einen Pfosten und Olivia sich an meinen Arm.

»Bitte gehen Sie in Ihre Kabinen zurück und verlassen Sie diese nicht!« Ein Steward ging durch die nervöse Menge. »Es besteht kein Grund zur Beunruhigung! Wir steuern auf ein Sturmtief zu, aber der Kapitän wird versuchen, es in westlicher Richtung zu umfahren.«

»Ich habe Angst«, jammerte Olivia an meiner Seite.

»Sie brauchen sich keine Sorgen zu machen. Die *Queen Victoria* ist ein stabiles Schiff, genauso stark und kräftig wie ihre Namensgeberin.«

Ich hatte Toman Ramandi nicht herantreten sehen, war aber über seine Anwesenheit dankbar, denn Olivia hörte sofort auf zu zittern.

Auf einmal wurde es mir ganz schummrig und ein würgendes Gefühl schnürte meine Kehle zusammen. »Mir ist so schlecht …«, stammelte ich.

Toman Ramandi nahm meinen Arm. »Sie sind auch grasgrün im Gesicht, wahrscheinlich sind Sie seekrank. Miss Olivia, helfen Sie bitte, Ihre Freundin in die Kabine zu bringen.«

Obwohl sich nun alles um mich herum drehte, war mir nicht entgangen, dass Ramandi Olivia mit *Miss* angeredet hatte, dabei wusste er doch genau, dass sie verheiratet war. Aber dann wurde mir so übel, dass ich es gerade noch in die Kabine schaffte, wo ich mich über dem Waschbecken erbrach.

In den nächsten zwei Tagen beutelte der Sturm das Schiff heftig, aber es bestand keine akute Gefahr. Mir jedoch war alles egal, denn es gab Stunden, in denen ich am liebsten gestorben wäre. Die Seekrankheit hatte mich in ihren Fängen und hielt mich unerbittlich fest. Olivia saß stundenlang an meinem Bett und versuchte, mit kühlenden Umschlägen mein Leiden zu lindern, bis ich sie schließlich fortschickte. »Du kannst mir nicht helfen«, wisperte ich schwach. »Ich hoffe nur, dass Ramandi mit seiner Behauptung, die Beschwerden verschwinden in dem Augenblick, da man seinen Fuß wieder auf festen Boden setzt, Recht hat.«

Obwohl der Sturm schließlich nachließ und die Sonne durch das Bullauge bunte Kringel auf den Teppich unserer Kabine malte, besserten sich meine Beschwerden nicht. Den Rest der Reise, deren Ende ich nun sehnlichst herbeiwünschte, verbrachte ich in der Kabine.

Im Morgengrauen liefen wir in den Hafen von La Valletta ein. Obwohl ich sehr schwach war, hatte ich mich angekleidet und war, auf Olivias Arm gestützt, an Deck gegangen. Die Morgenluft war rein und klar, und ich merkte, wie sich mein Magen langsam beruhigte. Dann erschien die gleißende Sonnenscheibe am Horizont, und ich vergaß jegliche Unpässlichkeit. Die massiven Befestigungsmauern der Stadt glänzten, als wären sie aus purem Gold, und ich musste eine Hand über die Augen legen, so sehr blendete mich diese Pracht. Uneinnehmbar und beinahe abweisend präsentierte sich die Stadt über dem Meer, überall ragten Kirch- und Glockentürme in die Höhe. In der Luft lag der Geruch von fremdartigen Gewürzen, und eine tiefe Erregung ergriff mich. Es dauerte noch etwa zwei Stunden, bis das Schiff vertäut war und wir von Bord gehen konnten.

Toman Ramandi ließ es sich nicht nehmen, uns zu begleiten und Olivias Handgepäck zu tragen. »Ich möchte mich davon überzeugen, dass Sie abgeholt werden, denn es gibt hier viele dunkle Spelunken, wo sich zweifelhaftes Volk herumtreibt. Damen sollten die Gegend um Sliema herum unbedingt meiden.«

Sobald wir die Planken zum Kai verlassen hatten, befand ich mich inmitten eines dichten Gedränges. Händler boten Töpferwaren an, dunkel gekleidete Frauen streckten mir fein geklöppelte Spitzendecken entgegen. Dabei summten die verschiedenen Sprachen wie ein riesiger Bienenschwarm um meine Ohren. Nur einen Moment lang war ich unaufmerksam gewesen und hatte eine kunstvoll bestickte Tischdecke betrachte, als ich merkte, dass ich Olivia und Toman Ramandi im Gewühl verloren hatte. Aufgeregt sah ich mich um, konnte sie aber nirgends entdecken. Mich überfiel ein Gefühl der Panik, und ich umklammerte meinen Handkoffer fester.

»Kann ich Ihnen helfen? Sie sehen so verloren aus.« Ganz dicht klang die Stimme an meinen Ohr.

Ich fuhr erschrocken herum und blickte in zwei Augen, die wie reifer Sherry in geschliffenen Gläsern schimmerten. Der Mann stand so nahe vor mir, dass ich seinen Atem spüren konnte. Unwillkürlich wich ich zurück. »Es ist alles in Ordnung …«, stammelte ich verwirrt.

»Sie sind eben erst angekommen?« Er deutete auf die *Queen Victoria*. »Herzlich willkommen auf Malta. Werden Sie abgeholt? Wenn nicht, dann zeige ich Ihnen gerne die Schönheit der Insel.«

Empört schnappte ich angesichts einer solch plumpen Vertraulichkeit nach Luft und erwiderte kühl: »Das ist nicht nötig, ich werde erwartet.« Obwohl ich recht unkonventionell aufgewachsen war, löste die Aufdringlichkeit des Fremden Widerwillen in mir aus. Überhaupt – wie sah er denn aus? Über einer ausgeblichenen blauen Hose trug er ein helles Hemd mit hochgekrempelten Ärmeln, um den Hals hatte er locker ein braunes Tuch geschlungen. Sein kurz geschnittenes hellbraunes Haar war von der Sonne ausgebleicht und bildete einen starken Kontrast zu seiner sonnengebräunten Haut. Andere Länder, andere Sitten, schoss es mir durch den Kopf. Vielleicht mochte sein Auftreten auf einer Mittelmeerinsel nichts Besonderes sein, aber in England würde er zweifelsohne zu der unteren Gesellschaftsschicht zählen. Widerwillig musste ich zugeben, dass seine Stimme weich und angenehm war, allerdings schwang ein Klang in ihr, der mit verriet, dass es sich bei dem Fremden nicht um einen Engländer handelte, obwohl sein Englisch ausgezeichnet war. Warum mache ich mir über diesen frechen Kerl überhaupt Gedanken, dachte ich wütend und drehte ihm den Rücken zu. Ich musste unbedingt Olivia wiederfinden, bestimmt machte sie sich bereits Sorgen.

Aber so leicht ließ er sich nicht abschütteln. Während ich mir einen Weg durch das Gedränge bahnte, blieb er an meiner Seite. »Sie müssen mir erlauben, Sie bis zu Ihren Leuten zu begleiten. Wo werden Sie wohnen?«

Wütend funkelte ich ihn an. »Obwohl es Sie nichts angeht – bei Captain Roger Grimston«, schleuderte ich ihm entgegen. »Ist er Ihnen bekannt?« Olivia hatte mir erzählt, dass ihr Mann eine hohe Position auf der Insel innehatte.

Prompt pfiff der Fremde durch die Zähne. Täuschte ich mich, oder verdunkelte sich sein Gesicht? »Dann sind Sie Mrs. Grimston? Seit Wochen spricht man von nichts anderem, als dass sich der Captain in England vermählt hat. Nun, ich denke, er hat mit Ihnen eine gute Wahl getroffen, denn Sie werden schon mit ihm fertig werden.«

Ungewollt hatte er mein Interesse geweckt, und ich verzichtete darauf, den Irrtum richtig zu stellen. »Was meinen Sie damit – mit ihm fertig werden?«

Er zuckte mit den Schultern. »Ich hätte nicht gedacht, dass Grimston eine so … selbstbewusste Frau heiratet.«

»Woher wollen Sie wissen, ob ich selbstbewusst bin?« Verflixt, warum ließ ich mich eigentlich auf ein Gespräch mit diesem unverschämten Kerl ein?

»Das erkenne ich an der Art, wie Sie Ihre hübsche kleine Nase tragen.« Der Schalk sprach aus seinen Augen. Wenn er lachte, zeigten sich winzige Fältchen in seinen Augenwinkeln, ein Zeichen, dass er nicht mehr ganz so jung war, wie sein Auftreten vermuten ließ.

Inzwischen hatten wir uns eine Gasse durch die Händler gebahnt, und zu meiner Erleichterung entdeckte ich auf einem großen Platz die hektisch winkende Olivia neben einer offenen Kutsche. »Ich danke Ihnen für Ihre Begleitung, aber meine Bekannten erwarten mich.« Ich deutete auf die Kutsche.

Er neigte kurz den Kopf. »Sie finden mich meistens unten am Hafen. Ich bin sicher, wir werden uns bald wiedersehen.«

Ich nicht, dachte ich ärgerlich und ließ ihn stehen.

Olivia überschüttete mich aufgeregt mit Fragen nach meinem Verbleib, dann stiegen wir in die Kutsche. Toman Ramandi drückte mir zum Abschied die Hand.

Stirnrunzelnd bemerkte ich, wie er Olivias Hand länger als nötig in der seinen hielt. »Ich wünsche Ihnen eine angenehme Reise nach Indien«, sagte ich, während Olivias Blick sich verschleierte. Dann setzte sich die Kutsche in Bewegung, und Toman Ramandi entschwand ebenso wie der freche Fremde aus unserem Blickfeld.

»Warum hat dich dein Mann nicht abgeholt?«, fragte ich Olivia verwundert.

Gleichgültig zuckte sie die Schultern und sagte: »Wahrscheinlich ist er verhindert.«

Was ich auf der kurzen Fahrt von La Valletta zu Gesicht bekam, gefiel mir gut. Die Luft war mild und nicht zu heiß, welch ein Unterschied zu den rauen Winterstürmen, die jetzt über Cornwall peitschten! Wir bogen in eine breite, schnurgerade Straße ein, von der rechts und links schachbrettartig gerade, schmale Gassen abzweigten. Interessiert betrachtete ich die eleganten Häuser mit ihren goldgelben Fassaden und den kleinen Balkonen vor den unzähligen Fenstern. Dann steuerten wir direkt auf eine hohe Mauer zu, in deren Mitte ein zweiflügliges Tor geöffnet war. Mein erster Eindruck war der einer wehrhaften Festung, erst als wir durch das Tor in den Innenhof fuhren, erkannte ich, dass es sich um ein Wohnhaus handelte. Allerdings um ein Haus, das von großem Reichtum zeugte! In der Mitte des gepflasterten Hofes spie ein Springbrunnen klares Wasser aus vier Cherubinen. Von drei Seiten war der Hof von vierstöckigen Wohngebäuden umgeben, die vierte Seite bildete die zinnenbewehrte Mauer, durch die wir hereingekommen waren.

Über die breite Freitreppe, die in den ersten Stock hinaufführte, kam eine schwarz gekleidete Frau auf uns zu. Sie war nicht mehr ganz jung, aber ihre ganze Haltung und ihr schmales Gesicht mit dem spitzen Kinn drückten Stolz und Würde aus. Ihr Blick schweifte von mir zu Olivia, dann streckte sie mir ihre Hand hin. »Mein Name ist Giulia, und ich bin die Hausdame. Ich darf Sie herzlich willkommen heißen, Mrs. Grimston. Der Captain erwartet Sie bereits.«

»Äh … *das* ist Mrs. Grimston …«, stotterte ich und deutete auf Olivia, die auf einmal all ihre Lebhaftigkeit verloren hatte und sich wie ein schüchternes Schulmädchen im Hintergrund hielt.

Giulias Augenbrauen ruckten in die Höhe, während sie Olivia anstarrte. Sie zögerte aber nur kurz, dann wiederholte sie ihre Begrüßung. Mich wunderte, warum mich hier jeder für die Frau des Captains hielt.

Giulia gebot uns, ihr zu folgen. Über die Freitreppe betraten wir einen großen, mit schwarzen und weißen Fliesen ausgelegten kühlen Saal. Am anderen Ende, direkt neben einer weiteren ausladenden Treppe, öffnete sich eine Tür, und ein Mann trat herein. Während der letzten Wochen hatte ich mir nie Gedanken über das Aussehen von Roger Grimston gemacht, auch hatte Olivia nicht viel über ihn erzählt, daher war ich weder überrascht noch enttäuscht, als ich nun dem Mann meiner Freundin gegenüberstand. Roger Grimston war mittelgroß und muskulös. Allerdings zeichnete sich ein kleiner Bauchansatz über seiner Uniformhose ab. Trotz seines etwas schütteren Haares war er ein gut aussehender Mann mit markanten Gesichtszügen.

Roger Grimston beugte sich über Olivias Hand und deutete einen Kuss an. »Meine Liebste! Endlich bist du gekommen!«

Olivia senkte beschämt den Kopf, ansonsten blieb sie jedoch stocksteif stehen und sagte kein Wort. Mir erschien dieses Verhalten seltsam, schließlich hatte sich das junge Paar mehrere Wochen nicht gesehen.

Dann wandte sich Roger Grimston mir zu. »Und hier haben wir also Olivias Freundin! Selbstverständlich konnte ich mich der Bitte meiner jungen Frau, in Begleitung zu reisen, nicht verschließen. Marian Elkham ist Ihr Name, nicht wahr? Ich darf Sie doch Marian nennen?« Er ergriff meine Hand und drückte seine feuchten Lippen so fest auf meinen Handrücken, dass ich ihm die Hand am liebsten entzogen hätte.

Da ich jetzt so nahe vor Roger Grimston stand, sah ich die ersten Zeichen von Schwammigkeit in seinem Gesicht und die Tränensäcke unter seinen Augen. Obwohl seine Worte freundlich waren und ich ihn erst wenige Minuten kannte, wäre ich am liebsten davongelaufen. Irgendetwas an ihm stieß mich ab. Ich konnte nicht näher bezeichnen, was es war, aber der Mann war mir auf Anhieb unsympathisch, und ich fragte mich, was Olivia wohl bewogen hatte, ihn zu heiraten.

Dann riss ich mich zusammen. Schließlich war er mein Gastgeber und ich darauf angewiesen, bis zum Frühjahr unter seinem Dach zu wohnen. »Es war mir eine Freude, Olivia begleiten zu dürfen, Captain Grimston. Ich danke Ihnen für Ihre Gastfreundschaft«, sagte ich unverbindlich und vermied, ihm direkt in die blassen Augen zu schauen. Als er meine Hand wieder freigab, musste ich den Impuls unterdrücken, sie an meinem Rock abzuwischen.

»Giulia, zeig unserem Gast das Zimmer. Meine Frau werde ich selbst durch das Haus führen«. Roger Grimstons Stimme hörte man an, dass sie gewohnt war, Befehle zu erteilen. Nun, das war in Anbetracht der Tatsache, dass ihm als Captain der britischen Armee eine Garnison auf Malta unterstand, nicht überraschend. Ich durfte nicht voreilig urteilen, sicher verfügte Grimston über ein angenehmes Wesen, denn sonst hätte ihn Olivia bestimmt nicht geheiratet.

Ich war erst einige Minuten in meinem Zimmer – zu meiner Freude verfügte es über ein eigenes Bad und einen kleinen Balkon zum Innenhof hinaus –, als die Tür aufging und Olivia hereinkam. Sie wirkte etwas bedrückt und sagte auch sofort: »Ach Marian, mein Zimmer liegt in einem ganz anderen Flügel des Hauses. Ich wünschte, ich könnte hier bei dir wohnen.«

»Olivia, dein Platz ist bei deinem Mann«, tadelte ich sie. »Hast du gewusst, dass er einen solchen … Palast bewohnt?«

Unwillkürlich dachte ich daran, dass die Familie Grimston wohl sehr reich sein musste, für Olivia und mich jedoch nur eine Schiffspassage in der zweiten Klasse gebucht worden war.

»Ich werde mich hier niemals zurechtfinden! Die vielen Treppen, Flure und Türen. Wie gemütlich war es doch in unserer Kabine auf dem Schiff.«

»Aber erst, nachdem wir in die erste Klasse umgezogen waren«, erinnerte ich.

»Was wir Toman Ramandi zu verdanken hatten«, ergänzte Olivia. Zum ersten Mal, seit wir das Haus betreten hatten, zeigte sich ein Lächeln auf ihrem Gesicht.

Grübelnd zog ich die Unterlippe zwischen die Zähne, als ich Olivias schwärmerischen Blick sah. Sie und Toman Ramandi waren auf dem Schiff nur wenige Tage beisammen gewesen, eine Reisebekanntschaft, wie sie immer wieder vorkam. Man traf sich und man trennte sich wieder. Der Inder war auf dem Weg in seine Heimat, und wir würden niemals wieder von ihm hören.

Es war für mich selbstverständlich, das Abendessen allein in meinem Zimmer einzunehmen. Schließlich hatten sich Olivia und Roger Grimston lange nicht gesehen, keinesfalls wollte ich das junge Glück stören. So sah ich Olivia erst am nächsten Morgen wieder, nachdem der Captain das Haus verlassen hatte. Sofort fiel mir auf, dass sie müde wirkte und Schatten unter den Augen hatte. Ich sprach sie nicht auf die vergangene Nacht an, das wäre doch zu intim gewesen, stattdessen stimmte ich begeistert zu, als Olivia vorschlug, einen Spaziergang durch die Stadt zu machen.

Warme Luft und ein blauer Himmel, an dem nur wenige weiße Wolken trieben, ließen mein Herz höher schlagen. Zum ersten Mal seit Matthews Verlobung wich der Schmerz aus meinem Herzen, und ich fühlte mich sogar ein bisschen glücklich. »Es ist eine komische Vorstellung, Weihnachten bei solch milden Temperaturen zu feiern«, versuchte ich Olivia aus der Reserve zu locken, denn sie hatte bisher kaum ein Wort gesprochen. Auch jetzt zuckte sie nur mit den Schultern und ging schweigend weiter.

Mit gefiel La Valletta sofort. Wie ich bereits bei unserer Ankunft festgestellt hatte, war die ganze Stadt, die auf einem Felsen über dem Meer thronte, wie ein Schachbrett angeordnet. Das Straßennetz war schnurgerade, nur selten sah ich eine Kurve. Alles war sauber und gepflegt, und wären da nicht die exotischen Gerüche und hin und wieder fremdländische Wortfetzen gewesen, hätte man meinen können, sich in einer englischen Stadt zu befinden. Die Warenauslagen der Geschäfte unterschieden sich nicht von denen einer englischen Kleinstadt, auch die Kleidung der Passanten war englisch. Vereinzelt konnte ich Menschen Maltesisch sprechen hören, ein arabischer Dialekt, der sich lateinischer Buchstaben bediente. Vor unserer Abreise hatte ich mich in einer Bibliothek über die Insel informiert und fand die jahrtausendealte Geschichte faszinierend. Ob es wohl möglich sein würde, mehr von Malta zu sehen? Die alten Städte Mdina und Rabat zu besuchen? Immerhin führte Maltas einzige Eisenbahnlinie direkt von Valletta nach Rabat.

»Schau, Marian, sind die nicht wunderschön?« Olivia riss mich aus meinen Überlegungen. Sie zupfte an meinem Ärmel und deutete auf Ölbilder, die an einen Zaun gelehnt in der Sonne standen. Überrascht betrachtete ich die Kunstwerke, denn sie waren wirklich außergewöhnlich. Der Künstler schien immer wieder die gleichen Motive zu malen: Ansichten von La Valletta und den umliegenden Orten. Es war ihm gelungen, die Farben naturgetreu wiederzugeben, fast meinte man, direkt in das Wasser des grünblauen Meeres greifen zu können.

»Es sieht so echt aus, als ob die Menschen auf dem Bild gleich zum Leben erwachen würden«, stimmte ich Olivia zu und deutete auf ein Bild, auf dem Fischer am Strand ihre Netze flickten.

»Es freut mich, dass Ihnen meine Bilder gefallen. Sie sind alle verkäuflich«, hörte ich da eine vertraute Stimme hinter mir.

»Sie!« Ich wirbelte herum, war aber nicht darauf gefasst, dass er so dicht bei mir stand. So fiel ich regelrecht in seine Arme, die mich sofort fest umschlossen. Für einen Augenblick wurde mein Gesicht an seine Brust gepresst, und ich roch Sonne, Meer und einen herben männlichen Duft, der mich schwindelig machte.

»Hoppla! So stürmisch brauchen Sie mir Ihre Begeisterung nicht zu zeigen. Was aber nicht heißen soll, dass ich Sie nicht gerne in meinen Armen halte.«

Mir schoss die Röte ins Gesicht, und schnell löste ich mich von ihm. Olivia starrte mich sprachlos mit offenem Mund an.

»Sie scheinen immer da zu sein, wo man Sie nicht vermutet«, sagte ich schnippisch, um die peinliche Situation zu überspielen. Daraufhin zwinkerte er mir zu. Wie konnte er es wagen, mit mir derartig vertraut auf offener Straße umzugehen!

»Ich bin nur da, wo meine Bilder sind, denn ich liebe sie wie meine Kinder.«

Erst jetzt wurde mir der tiefere Sinn seiner Worte bewusst. Ich sah auf die Bilder, dann wieder zu dem Fremden. »*Sie* haben das gemalt?« Ich konnte die Bewunderung in meiner Stimme nicht unterdrücken.

Er trat einen Schritt zurück und verbeugte sich spöttisch, wie mir schien. »Es sind nur einfache Landschaftsbilder. Ich male sie für die Besucher, die gerne eine Erinnerung mit nach Hause nehmen.«

»Sie sind wunderschön!«, wiederholte Olivia und sah den Mann interessiert an. »Möchtest du uns nicht vorstellen, Marian?«

»Das würde ich gern, aber dieser Herr hat es bisher nicht für nötig gehalten, seinen Namen zu nennen.« Herausfordernd blickte ich ihn an, denn ich sah, wie er verwirrt zwischen Olivia und mir hin- und herschaute.

»Marian? Sie heißen Marian? Dann sind Sie nicht die Frau von Captain Grimston.« Es war bestimmt nur Einbildung, dass ich meinte, in seiner Stimme Erleichterung zu hören. »Alle wissen, dass Mrs. Grimston Olivia heißt.«

»Das bin ich«, rief Olivia und trat einen Schritt vor. »Und Sie sind …?«

»Komm, wir müssen gehen«, zischte ich Olivia ins Ohr und wollte sie mit mir ziehen, aber sie schien entschlossen, die Bekanntschaft mit diesem zweifelhaften Menschen, der zugegebenermaßen ein begnadeter Künstler war, zu vertiefen.

Seine sherryfarbenen Augen fixierten mich. »Mein Name ist Benedict. Freunde nennen mich Ben.«

Hochmütig hob ich eine Braue. »Haben Sie auch einen Familiennamen?«

»Was sind schon Namen? Ich weiß nun, dass Sie Marian heißen, offenbar unverheiratet sind, und das genügt mir.«

Nun wurde es mir endgültig zu viel. Ich packte Olivia so fest am Arm und zog sie hinter mir her, dass sie leise aufstöhnte, aber darauf konnte ich keine Rücksicht nehmen. Der Tag war mir verdorben, ich wollte nur noch zurück ins Palais Grimston, wie das Haus des Captains in der Stadt genannt wurde. Nie wieder würde ich auch nur in die Nähe des Hafens gehen, um diesem unverschämten Kerl nicht erneut zu begegnen.

»Künstler sind anders als andere Menschen«, bemerkte Olivia über meine offensichtliche Verärgerung. »Das macht sie ja gerade so interessant. Ob Benedict wohl vom Verkauf der Bilder leben kann?«

»Weißt du was? Das ist mir vollkommen egal! Vielleicht herrschen hier andere Gesetze als in England, aber die elementarsten Formen der Höflichkeit müssen überall auf der Welt gewahrt werden. Und jetzt will ich kein Wort mehr über diesen Menschen hören!« Es war das erste Mal, dass ich unfreundlich zu Olivia sprach. Zuerst befürchtete ich, dass sie beleidigt sein würde, aber dann huschte ein Lächeln über ihre Lippen, und sie schwieg auf dem Weg zum Palais Grimston.

Wenn ich heute an die Wochen denke, die auf meine Ankunft in Malta folgten, frage ich mich, warum ich nicht früher bemerkte, wie Olivia sich veränderte. Wahrscheinlich war es der Faszination zuzuschreiben, die Malta auf mich ausübte. Zum ersten Mal war ich weit von zu Hause fort, noch dazu in einem anderen Klima und mit einer anderen Lebensweise konfrontiert. Obwohl es im Dezember nicht zu heiß war, gestaltete sich der Tagesablauf in der gleichen Art wie in den Sommermonaten, wo die Temperaturen wochenlang die vierzig Grad erreichten. Wir standen relativ früh auf, und nach einem leichten Frühstück versammelte sich der ganze Haushalt zu einer Andacht, denn Roger Grimston war sehr fromm.

Die Haushälterin Giulia sprach kaum mehr als notwendig, aber mir schien sie allgegenwärtig. Mir drängte sich der Vergleich mit Dobson, dem Butler in Landhydrock Hall, auf, der ebenfalls lautlos umherschlich und stets dort auftauchte, wo man ihn nicht vermutete. Olivia schien mit Giulia gut auszukommen, wenngleich meine Freundin nicht viel mit dem Haushalt zu tun hatte. Sie und Giulia sprachen jeden Montag den Speiseplan der Woche durch, ansonsten überließ Olivia der Haushälterin die alleinige Führung des Hauses und war froh, nicht selbst mit dem Personal sprechen und ihnen Anordnungen geben zu müssen. Ich hatte kaum Kontakt mit Giulia. Auf mich machte die Frau einen hochmütigen Eindruck, was aber daran liegen konnte, dass sie Malteserin war. Ich wusste ja nicht viel über die Mentalität und den Stolz der Einheimischen, denn bei Roger Grimstons Gästen handelte es sich ausschließlich um Briten.

In der Woche nach unserer Ankunft lud Captain Grimston ein paar Bekannte zum Dinner ein. »Sie sind alle sehr gespannt, dich kennen zu lernen, Olivia«, sagte er bei Tisch und tätschelte die Hand seiner Frau.

»Oh! Aber ich habe keine Ahnung, wie ein solches Abendessen …«

»Du brauchst dich um nichts zu kümmern«, unterbrach Grimston. »Giulia wird alles perfekt planen. Ich erwarte von dir nur, dass du dir ein hübsches Kleid anziehst und freundlich zu den Gästen bist.«

Ich hatte das Zwiegespräch stumm verfolgt. *Ich erwarte von dir …* Roger Grimstons Worte und seine Stimme waren sehr bestimmend gewesen, ganz so, als spräche er nicht zu seiner Frau, sondern zu einem Kind. Unwillkürlich sah ich auf und direkt in seine Augen, während Olivia in dem Gemüse auf ihrem Teller herumstocherte. Täuschte ich mich, oder hatte mir Grimston gerade vertraulich zugezwinkert? Schnell wandte ich den Kopf zur Seite. Sicher war es nur eine Lichtspiegelung in seinen Augen gewesen.

Nachdem der Captain in die Garnison gegangen war, unternahmen Olivia und ich oft einen Spaziergang in die nähere Umgebung und kehrten zum Lunch zurück, um dann über die Mittagszeit auszuruhen. Erst am späten Nachmittag erwachte die Stadt wieder zum Leben. Roger Grimston war oft außer Haus, manchmal nächtigte er auch im Fort St. Elmo. An diesen Abenden aß ich gemeinsam mit Olivia in deren Zimmer, denn in dem großen Speiseraum kamen wir uns verloren vor. Das Haus des Captains verfügte über eine gut ausgestattete Bibliothek, in der unter anderem auch umfangreiche Literatur über die Geschichte der Insel zu finden war. Da Olivia sich früh zurückzog, las ich oft bis in den späten Abend hinein. Manchmal saß ich auch nur am offenen Fenster und lauschte den Geräuschen der Nacht, die so völlig anders als in England waren.

In den folgenden Wochen klagte Olivia immer öfter über Kopfschmerzen und legte sich meistens über die Mittagszeit ins Bett. Ich schob ihre Beschwerden auf die Klimaveränderung und nutzte die Zeit, um lange Briefe nach Hause zu schreiben. Wie glücklich war ich, als ich endlich einen Brief von meiner Mutter erhielt! Ich eilte in mein Zimmer und machte es mir auf der Fensterbank bequem. Fünf dicht beschriebene Seiten fielen mir aus dem Umschlag entgegen, sogar meine Schwestern Rosanna und Diana hatten ein paar Zeilen angefügt. Mutter schrieb von den Weihnachtsvorbereitungen, und ein warmes Gefühl durchzog mein Herz. Ich meinte, den Geruch von Gebackenem, der in diesen Tagen Landhydrock Hall durchzog, riechen zu können, ebenso den Duft von Tannen- und Stechpalmenzweigen, mit denen das Haus traditionsgemäß dekoriert wurde.

»... wie seit Jahren üblich, haben wir auch einen Weihnachtsbaum in der äußeren Halle aufgestellt, wo die Dienerschaft Weihnachten feiern wird. Der Baum der Familie steht wieder in der Galerie. Deine Geschwister sind schon sehr gespannt auf ihre Geschenke, und dein Vater und ich hatten große Mühe, ein Versteck zu finden, das die Kinder noch nicht kennen. Den ersten Weihnachtstag werden wir bei den Denburys auf Boventon Castle verbringen ...«

Ich schluckte. Es war der einzige Satz in dem langen Brief, in dem die Denburys erwähnt wurden. Sofort stand mir die Erinnerung an viele lustige Weihnachtstage in Boventon Castle vor Augen. Die Halle war dort, ebenso wie in Landhydrock Hall, verschwenderisch geschmückt und an Weihnachten von fröhlichen Gesichtern und Lachen erfüllt. Kleine süße Kuchen wurden aufgetragen, in einem davon war immer ein Penny versteckt. Wer ihn fand, war die Königin oder der König des ganzen Tages, und alle anderen mussten tun, was der- oder diejenige wollte. Im letzten Jahr hatte ich den Penny gefunden und Matthew zu meinem König erkoren. Den ganzen Tag über waren wir zusammen gewesen, er hatte sich rührend um mich gekümmert und war als mein Partner bei der Schnitzeljagd durch das ganze alte Haus mit mir gestreift ...

Erst als die Schrift meiner Mutter verschwamm, merkte ich, dass es meine Tränen waren, die auf das Blatt tropften. Rasch wischte ich mir übers Gesicht. Matthew gehörte nun einer anderen. *Sie* würde an seiner Seite die Gäste in der Halle empfangen, *sie* seine Königin sein, egal ob Penny oder nicht. Denn *sie* war seine Frau.

Von einem Moment auf den anderen packte mich das Heimweh mit einer solchen Kraft, dass ich meinte, es keine Minute länger in dem Haus auszuhalten. Unbemerkt gelangte ich nach draußen und lief durch die Straßen. Es war alles ruhig, die Läden waren um diese Tageszeit geschlossen und nur wenige Menschen unterwegs. Unwillkürlich lenkte ich meine Schritte zu dem kleinen Park oberhalb der Stadtmauer. Ich war schon oft da gewesen, denn von hier aus bot sich ein grandioser Blick über die Hafenanlagen, die sich wie fünf Finger einer Hand ins Meer erstreckten. Doch heute hatte ich keinen Blick für die Schönheiten der Insel. Alles in mir drängte danach, in Cornwall bei meiner Familie zu sein, gleichzeitig hätte ich es nicht ertragen, Matthew und seine Frau wiederzusehen. Mein Verstand sagte mir, dass mein Aufenthalt auf Malta gut und richtig war, aber mein Herz sehnte sich nach Hause. Bis zum Frühjahr, wenn meine Eltern mich abholen würden, war es noch lange. Außerdem hatte ich Olivia versprochen, einige Monate bei ihr zu bleiben.

Erneut musste ich weinen und schluchzte leise auf. »Verflixtes Selbstmitleid«, flüsterte ich mir zu und versuchte, den Kloß in meinem Hals hinunterzuschlucken. Der Himmel schien meine trübe Stimmung zu teilen. Dichte, dunkle Wolken ließen keinen Sonnenstrahl mehr hindurch, und es wehte ein kühler Wind. Erst als ich einige Zeit auf der Bank gesessen hatte, merkte ich, dass ich fröstelte. Ich meiner Eile hatte ich keinen Mantel mitgenommen.

Plötzlich legte sich eine Jacke um meine Schultern, und eine Stimme, die ich schon beinahe vergessen hatte, sagte: »Kein Mann ist es wert, sich seinetwegen eine Lungenentzündung zu holen.«

»Sie schon wieder!« Neben mir saß der unverschämte Maler und sah mich besorgt an. Schnell stand ich auf, doch er griff nach meinem Arm und zog mich auf die Bank zurück. »Es scheint eine maltesische Unart zu sein, Frauen zu belästigen«, zischte ich.

Seine goldbraunen Augen funkelten spöttisch. »Ich habe keinesfalls vor, Sie zu belästigen, Miss Marian. Wenn ich aber eine junge Frau frierend und unglücklich vorfinde, so ist es meine christliche Pflicht, mich um sie zu kümmern.«

»Ganz der besorgte Samariter«, spöttelte ich. »Sie möchten wohl den Rittern der Johanniter nacheifern?«

Ernst sah er mich an. »Vor wem sind Sie aus England geflohen? Wer hat Ihr Herz so sehr verletzt, dass sie Tausende von Meilen quer durch Europa gereist sind, ihn aber dennoch nicht vergessen können?«

Empört schnappte ich nach Luft. Wer war dieser Mann? Ein Hellseher oder Gedankenleser? »Ich bin vor nichts und niemandem geflohen. Ich habe lediglich meine Freundin begleitet, um ihr das Eingewöhnen etwas zu erleichtern. Im Frühjahr werde ich nach England zurückkehren.« Abrupt stand ich auf, dieses Mal hinderte er mich nicht daran. »Ich muss jetzt gehen.«

»Ich werde Sie begleiten.«

»Das ist nicht nötig.«

Ich konnte es nicht verhindern, dass er an meiner Seite blieb. Ich wäre mir auch sehr lächerlich vorgekommen, wenn ich auf offener Straße um Hilfe gerufen hätte. Tatsächlich belästigte er mich auch nicht, jedenfalls nicht körperlich.

»Als wir uns unten am Hafen zum ersten Mal begegnet sind, dachte ich, Sie wären die Frau von Captain Grimston«, sagte er nach einer Weile. »Ich muss zugeben, es freute mich zu hören, dass dem nicht so ist. Jetzt mache ich mir Gedanken, warum Sie nach Malta gekommen sind.«

»Ich sagte bereits, nur um meine Freundin zu begleiten«, unterbrach ich ihn barsch. »Ich sehe keinen Grund, warum Sie sich Gedanken über meine Beweggründe machen sollten, Mister …?« Ich sah ihn provozierend an. Wenn mir sein Name auch völlig gleichgültig war, so wusste ich doch nur, dass er Benedict hieß. Bisher hatte er sich mir nicht offiziell vorgestellt, etwas, das an sich völlig indiskutabel war und jeden weiteren Kontakt zwischen uns ausschließen musste. Ich hatte wirklich keinen ausgeprägten Standesdünkel, dass dieser Maler aber nicht zu meiner Gesellschaftsschicht gehörte, war mehr als deutlich.

Er hatte den dezenten Hinweis verstanden, denn jetzt verbeugte er sich formvollendet vor mir und sagte: »Dann sollten wir uns jetzt einander vorstellen. Ich heiße Benedict Timberton, wurde in South Carolina in den Vereinigten Staaten geboren und bin vor einem Jahr nach Europa gekommen. Wenn es mehr geben sollte, was Sie an meiner Person interessiert, dann scheuen Sie sich nicht, mich zu fragen, Marian. Wie ich bereits erwähnte – Freunde nennen mich Ben.«

Empört trat ich einen Schritt zurück. »Wie kommen Sie dazu, mich einfach mit meinem Vornamen anzusprechen, Mister … Mister … Timberton?« Ich stockte. Als er nicht antwortete, fuhr ich fort: »Sie sagten, sie stammen aus Amerika? Wissen Sie, wo Ihre Vorfahren herkommen? Vielleicht aus England? Timberton scheint mir ein typisch britischer Name zu sein.«

Er hob die Schultern und grinste. »Es gibt kaum jemanden in South Carolina, der keine europäischen Vorfahren hat, darum ist es durchaus möglich, dass ich von englischen Einwanderern abstamme.«

Warum stehe ich eigentlich hier und unterhalte mich mit diesem Kerl über seine Familiengeschichte?, dachte ich plötzlich ärgerlich. Inzwischen waren wir vor Captain Grimstons Haus angelangt. »Ich danke Ihnen für Ihre Begleitung, auch wenn sie unerwünscht war.« Diese kleine Spitze konnte ich mir nicht versagen, bevor ich hineinging.

Erst in meinem Zimmer merkte ich, dass ich immer noch seine Jacke um meine Schultern trug. Für einen Augenblick presste ich mein Gesicht in den derben Stoff, der angenehm nach Meer und Tabak roch. Als mir bewusst wurde, was ich da tat, schleuderte ich die Jacke wütend quer durch das Zimmer in eine Ecke.

Benedict Timberton war es zwar gelungen, mich für kurze Zeit von meinem Heimweh abzulenken, aber ich würde es nicht zulassen, dass er meine Gedanken beherrschte. Niemals!

V

Am Abend desselben Tages geschah etwas, das mich von meinen Gedanken an Benedict Timberton, die mich zu meinem Ärger den ganzen Nachmittag über begleitet hatten, ablenkte. Captain Grimston befand sich außer Haus, so ging ich in Olivias Zimmer. Ich hatte sie seit dem Frühstück, bei dem sie erwähnte, sich nicht wohl zu fühlen, nicht mehr gesehen. Als ich die Tür öffnete, saß Olivia in einem Sessel am Fenster und presste eine Hand auf die linke Wange. Sie hob nur kurz den Kopf und murmelte: »Ach, Marian …«

»Hast du Zahnschmerzen?« Besorgt ging ich zu ihr. »Bestimmt gibt es gute englische Ärzte auf der Insel. Soll ich Giulia bitten, einen Termin zu vereinbaren?«

Olivia schüttelte den Kopf, nahm die Hand aber nicht von ihrem Gesicht fort. »Es ist nichts.« Olivias Stimme war tonlos, und sie hielt den Kopf gesenkt.

Vorsichtig griff ich nach ihrer Hand und zog sie weg. Ein Aufschrei kam über meine Lippen, denn ihre Wange war rot und geschwollen, an zwei Stellen zeigte sich sogar eine bläuliche Verfärbung. »Olivia, was ist geschehen?«

»Ich … bin gestürzt. Auf der Treppe. Dabei habe ich mir das Gesicht am Geländer angeschlagen.« Olivia bemühte sich um ein Lächeln, wobei sie jedoch starke Schmerzen zu haben schien.

Ich ging zur Kommode, tunkte ein Tuch ins Wasser und legte es ihr auf die Wange. »Du musst es kühlen. Wie konnte das geschehen?«

»Ich war unachtsam und bin gestolpert.«

Es wunderte mich, dass Olivia meinem Blick auswich. Wahrscheinlich schämte sie sich wegen ihrer Ungeschicklichkeit, dachte ich, dabei konnte das doch jedem passieren. »Soll ich nach einem Arzt schicken?«, fragte ich besorgt.

»Nein, bitte nicht! Morgen ist es bestimmt schon besser. Marian, bist du mir böse, wenn ich heute nicht mit dir esse? Ich habe keinen Hunger und werde früh zu Bett gehen.«

Ich strich ihr kurz übers Haar. »Das macht mir nichts aus. Leg dich hin und kühle die Stelle regelmäßig.« Ich verließ sie und machte mir keine weiteren Gedanken. Ein kleiner Unfall, sonst nichts. Der Bluterguss würde noch ein paar Tage in allen Farben schillern, doch zum Glück hatte sie sich nicht schlimmer verletzt.

Zwei Nächte später lag ich schlaflos im Bett und wälzte mich von der einen Seite auf die andere. Immer wenn ich die Augen schloss, sah ich Benedict Timbertons sherryfarbene Augen vor mir, was mich unsäglich ärgerte. Plötzlich hörte ich ein Geräusch. Ich setzte mich auf und lauschte. Ich war sicher, auf dem Flur vor meinem Zimmer leise Schritte gehört zu haben. Vielleicht war es Olivia, die ebenfalls nicht schlafen konnte? Ich stieg aus dem Bett und öffnete vorsichtig die Tür, gerade noch rechtzeitig, um auf der Treppe eine Gestalt zu sehen. Auf Zehenspitzen schlich ich zur Treppe und erkannte die Hausdame Giulia. Sie trug ein Nachtgewand, das sich von meinem bis zum Hals zugeknöpften Nachthemd sehr unterschied. Das ihre war durchsichtig, blassblau, mit Bändern und Spitzen, und ließ ihre weißen Schultern frei. Die Haare hingen ihr lose bis auf die Taille hinab. Was machte die Frau in diesem Aufzug mitten in der Nacht auf der Treppe? Ich hatte irgendwann von Schlafwandlern gehört und dass man diese auf keinen Fall aufwecken durfte, weil sie dann einen Schock erleiden könnten. Am besten war es, sie wieder ins Bett zu geleiten. Allerdings wunderte ich mich, dass eine Schlafwandlerin eine brennende Kerze bei sich trug. Giulias Zimmer lag auf demselben Flur wie meines, darum schlich ich ihr nach. Sie war die Treppe hinuntergestiegen und ging durch den Flur, der zu den Zimmern des Captains führte. Vor der Tür von Captain Grimston blieb sie stehen und sah sich rasch um. Es gelang mir gerade noch, mich hinter einem Pfeiler zu verstecken. Instinktiv spürte ich, dass es besser war, wenn sie mich nicht entdeckte. Giulia öffnete die Tür und ging hinein. Ich stand ganz still und starrte ihr nach. Was hatte das zu bedeuten? Warum suchte sie mitten in der Nacht, dazu noch ungenügend bekleidet, den Captain auf?

Du weißt es, hämmerte eine Stimme in meinem Kopf. Ich verfügte zwar über wenig Erfahrung mit dem männlichen Geschlecht, hatte aber dennoch ungefähre Vorstellungen, was sich nachts zwischen Mann und Frau abspielte. Mein nächster Gedanke galt Olivia. Vor ihrer Tür zögerte ich kurz, dann drückte ich leise die Klinke herunter. Das Zimmer war glücklicherweise unverschlossen. Ich trat an Olivias Bett, durch die offenen Vorhänge fiel ein breiter Streifen Mondlicht direkt auf ihr blasses Gesicht. Die verletzte Wange schimmerte in Blau und Grün und gab ihr ein groteskes Aussehen. Zu meiner Beruhigung schlief Olivia tief und fest, sie hatte nichts von dem seltsamen Verhalten der Hausdame bemerkt. Genauso leise wie ich gekommen war, schlich ich in mein Zimmer zurück. Um meine Ruhe war es in dieser Nacht jedoch geschehen. Noch weigerte ich mich, daran zu glauben, dass die Hausdame das Bett des Captains teilte, aber die Tatsachen sprachen für sich. Arme Olivia! Ob sie es wohl wusste und deswegen in der letzten Zeit so traurig und bedrückt war?

Am nächsten Morgen forschte ich in Olivias Gesicht nach Anzeichen dafür, dass ihr das schamlose Verhalten der Hausdame bekannt war. Captain Grimston war guter Laune, leutselig redete er beim Frühstück davon, in den kommenden Tagen einen Ausflug nach Rabat machen zu wollen.

»Die Stadt wollten Sie doch unbedingt sehen, Miss Marian, nicht wahr? Nun, so viel wie Sie Ihre hübsche Nase in die Bücher stecken, bin ich überzeugt, Sie werden mir mehr über dieses alte Bauernstädtchen erzählen können, als ich selbst weiß. Und ich lebe immerhin schon mehrere Jahre auf der Insel.« Er lachte dröhnend und schlug sich auf den Schenkel.

Ich bemühte mich um ein freundliches »Ich freue mich auf den Ausflug«, dann widmete ich mich intensiv meinem Toast. Ich mochte es nicht, wenn Roger Grimston so vertraut mit mir sprach. Nach der Beobachtung der letzten Nacht wäre ich am liebsten aufgestanden und hätte den Raum verlassen. Ich fühlte mich in seiner Gegenwart stets unbehaglich, obwohl er mich immer freundlich und höflich behandelt hatte. Trotzdem vermied ich es, mit Roger Grimston allein in einem Raum zu sein.

Ein Seitenblick zu Olivia zeigte mir, dass sie sich längst nicht so sehr auf den Ausflug freute, wie ihr Mann es von ihr erwartete. Darum sagte der Captain auch gleich: »Olivia, vielleicht könntest du dich überwinden und ein wenig lächeln? Deine sauertöpfische Miene kann einem ja den ganzen Tag verderben!«

Es berührte mich peinlich, Zeuge einer solchen Rüge zu sein. Unbehaglich rutschte ich auf dem Stuhl hin und her, als Olivia murmelte: »Verzeih Roger, aber ich habe Kopfschmerzen. Ich denke, ich werde mich gleich wieder hinlegen.«

»Kopfschmerzen! Schon wieder Kopfschmerzen! Seit Wochen jammerst und klagst du nur noch. Es reicht mir jetzt, ich werde veranlassen, dass du noch heute von einem Arzt untersucht wirst.«

Das Erschrecken in Olivias Augen war so deutlich, dass ich nun begann, mir ernsthafte Sorgen um sie zu machen.

»Es ist alles in Ordnung, ich brauche keinen Arzt. Es ist nur das Klima, das mir Beschwerden bereitet.«

Roger Grimston murmelte etwas, was ich nicht verstand, aber seine Haltung drückte Missbilligung aus. Deutlich stand mir das Bild von Giulia, wie sie in seinem Zimmer verschwand, vor Augen, und ich musste mich beherrschen, nichts zu sagen. Mir dämmerte, dass es zwischen Olivia und ihrem Mann längst nicht so war, wie es üblicherweise zwischen zwei Jungvermählten sein sollte. Auch wenn ich Olivias Freundin war, es stand mir nicht zu, mich in ihre Ehe einzumischen. Aber niemand konnte mir verbieten, künftig die Augen und Ohren offen zu halten und Olivia das Gefühl zu geben, jederzeit für sie da zu sein.

Meine nächste Begegnung mit Benedict Timberton war genauso überraschend, wie die vorausgegangenen, wenngleich auch etwas dramatischer. Ich wanderte allein durch die engen Gässchen der Stadt, denn ich hatte Olivia nicht überzeugen können, mich zu begleiten. An meinem rechten Handgelenk baumelte eine kleine Tasche, in der ich ein paar Pennys aufbewahrte, denn ich kaufte mir unterwegs gerne eine kleine Erfrischung oder ein paar Nüsse, die hier in allen Sorten angeboten wurden. Ich weiß nicht, wie es geschah, dass ich in eine Gegend gelangte, in der ich zuvor noch nicht gewesen war. Die Straße wirkte wenig einladend und schmutzig, die schmalen Häuser alt und heruntergekommen. Auf den brüchigen Balkonen hing Wäsche, und aus den Hauseingängen drang ein muffiger Geruch. Eindeutig war ich in die ärmste Gegend von La Valletta gelangt. Ich sah mich nach dem Ausgang aus dem Gassenlabyrinth um, aber wohin ich mich auch wandte – jeder Straßenzug sah gleich aus. Dann bemerkte ich einen alten Mann, der auf einem Karren Kleider verkaufte, und ich wollte ihn gerade nach dem Weg fragen, als aus einer Nebengasse zwei Jungen geflitzt kamen und mir den Weg versperrten. Sie waren ärmlich gekleidet und unterernährt, kaum älter als zwölf Jahre. Der eine sprach mit einem solch derben Akzent, dass ich ihn kaum verstand. Ich wusste jedoch, dass sie um Geld bettelten. Da mir die Kinder Leid taten, öffnete ich mein Täschchen, um ihnen einen Penny zu geben. Da entriss mir einer der Jungen die Tasche, und beide rannten so schnell davon, dass ich einen Augenblick brauchte, um mich von dem Schrecken zu erholen.

»Haltet den Dieb!«, rief ich dem alten Mann zu, der jedoch starrte unbeteiligt auf die Szene. Entweder war er taub, blind oder beides, oder er wollte nicht sehen, was hier gerade geschehen war. Nun, es war nicht viel Geld in dem Täschchen gewesen, aber sie war ein Geschenk meiner Mutter und stellte damit einen besonderen Wert für mich dar. Ich hatte mich gerade damit abgefunden, die Tasche niemals wiederzusehen, als zu meiner Überraschung Benedict Timberton um die Ecke bog. In der einen Hand hielt er meine Tasche, die andere hatte er in den Kragen des jungen Diebes gekrallt. Dieser wehrte sich verzweifelt, hatte aber gegen die Kraft, mit der Benedict ihn hinter sich herschleifte, keine Chance.

»Ich denke, ich habe etwas, was Ihnen gehört, Marian«, sagte Benedict grinsend und überreichte mir die Handtasche.

Der Junge gab einen Wortschwall von sich, von dem ich wenig verstand, es waren jedoch offenbar keine Ausdrücke, die für Damenohren geeignet waren.

»Warum hast du mich bestohlen?«, fragte ich den Jungen, ohne Benedict anzusehen. Er sollte nicht an meinen Augen erkennen, wie froh ich über sein Erscheinen war. »Ich hätte dir und deinem Freund doch Geld gegeben.«

Der Junge antwortete nicht.

»Er hat Hunger«, sagte Benedict. »Offenbar hat er keine Eltern mehr, die sich um ihn kümmern.«

Ich beugte mich zu dem Jungen vor, der Blick aus seinen großen dunklen Augen berührte mich zutiefst. »Du darfst nicht stehlen, damit bringst du dich in Schwierigkeiten. Hast du ein Zuhause?«

Der Junge starrte mich an und wand sich unbehaglich unter dem harten Griff.

Ich bat Benedict, ihn loszulassen.

»Aber Marian, wir müssen ihn der Polizei übergeben!«

Furcht glomm in den dunklen Augen auf. Ich öffnete meine Handtasche, nahm etwas Geld heraus und gab es dem Jungen. Kaum hatte sich seine schmutzige Hand um die Pennys geschlossen, machte er auf dem Absatz kehrt und flitzte davon.

Benedict betrachtete mich kopfschüttelnd. »So, jetzt haben Sie einen Dieb auf die Bevölkerung Vallettas losgelassen. Sie glauben doch nicht, dass dieses kleine Erlebnis den Bengel davon abhalten wird, an der nächsten Straßenecke wieder eine hilflose Dame zu bestehlen?«

»Ich bin nicht hilflos«, begehrte ich auf, was bei Benedict ein lautes Lachen hervorrief.

»Nein, daran besteht kein Zweifel. Trotzdem meinte ich eine gewisse Erleichterung bei Ihnen wahrgenommen zu haben, als ich vor Ihnen stand. Versuchen Sie es nicht zu leugnen, Marian, Ihr Blick hat Sie verraten.«

»Ach, Sie … Sie …« Plötzlich konnte ich auf ihn nicht mehr ärgerlich sein. Warum auch? Schließlich hatte Benedict nicht nur mein Geld wiederbeschafft, sondern er konnte mich auch bestimmt aus dem ärmlichen Stadtteil herausführen.

»Ben ist mein Name.« Er streckte mir seine gebräunte, kräftige Hand entgegen, in die ich ohne zu zögern einschlug. Seine Haut war warm und glatt, er hatte lange, schlanke Finger.

»Dann muss ich mich wohl bei Ihnen bedanken«, sagte ich, und er zwinkerte mir zu.

»Nicht der Rede wert. Aber, hm … darf ich fragen, was eine junge Dame wie Sie in dieser Gegend tut?«

»Ich unternehme gerne Streifzüge, schließlich ist die Stadt sehr geschichtsträchtig.«

Er runzelte die Stirn. »Und Ihre Freundin, Mrs. Grimston, begleitet Sie nicht? Ist sie zu sehr mit der Führung des Haushalts beschäftigt?«

Erneut wunderte ich mich über seine Neugierde. Benedict Timberton schien ein Mensch zu sein, der nichts von oberflächlicher Konversation hielt, sondern immer das aussprach, was ihn bewegte.

»Mrs. Grimston hat Probleme, sich an das hiesige Klima zu gewöhnen«, antwortete ich daher.

»An das Klima oder an ihren Ehemann?«

Mein Körper versteifte sich. »Was wollen Sie damit andeuten? Ich denke nicht, dass Sie sich ein Urteil über Captain Grimston erlauben können.«

Er seufzte und nahm meinen Arm. Es blieb mir nichts anderes übrig, als ihm zu folgen. »Man braucht kein persönlicher

Freund vom Captain zu sein, um zu wissen, was für ein Mensch er ist. Ich frage mich wirklich, was Ihre Freundin bewogen hat, ihn zu heiraten.«

Ich wusste, es war eine unmögliche Situation, in der ich mich befand, und eine Dame wäre jetzt einfach davongegangen, um mit diesem Mann kein Wort mehr wechseln zu müssen. Aber plötzlich war ich froh, mit jemandem über Olivia sprechen zu können. Ich machte mir Sorgen um die Freundin, die von Tag zu Tag blasser und verschlossener wurde. »Ich habe den Verdacht, dass der Captain ein Verhältnis mit der Haushälterin hat«, platzte ich heraus. Sofort färbten sich meine Wangen feuerrot, erschrocken hielt ich mir die Hand vor den Mund.

»Marian, Marian, wann werden Sie erkennen, dass ich Ihr Freund sein möchte?« Der Blick aus seinen warmen braunen Augen trug nicht dazu bei, dass die Hitze in meinem Gesicht nachließ. »Ich weiß, dass die Konventionen Ihres Landes ein derartiges Gespräch nicht erlauben, aber Sie sind hier auf einer Insel im Mittelmeer, weit fort von daheim. Mag Malta auch unter britischer Herrschaft stehen, die Menschen haben ihre ursprüngliche Wesensart nicht verloren. Und dazu gehört Freundschaft und Vertrauen zu den Menschen, mit denen man dieses schöne Fleckchen Erde teilt.«

Ich gebe zu, seine Worte hinterließen bei mir einen gewissen Eindruck. Eigentlich gab es nichts, was ich Benedict Timberton hätte vorwerfen können. Trotz seiner lockeren und leichten Art hatte er sich mir gegenüber stets tadellos benommen.

»Ich habe noch Ihre Jacke«, entfuhr es mir.

Er lächelte. »Ich mag zwar einen ärmlichen Eindruck machen, aber seien Sie versichert, ich habe noch eine weitere Jacke. Sie können sie also gerne behalten.«

Meinte er es ernst, oder machte er sich über mich lustig? Ich wurde aus Benedict nicht schlau, genoss aber seine Gegenwart. Hätte ich das geleugnet, so hätte ich mich selbst belügen müssen.

Inzwischen waren wir auf der breiten Einkaufsstraße angelangt.

Er ließ meinen Arm los. »So, jetzt wissen Sie wieder, wo Sie sind.«

Zu meiner eigenen Überraschung fand ich es bedauerlich, dass unser kurzer Spaziergang schon zu Ende war. Nachdem er mich hier abgeliefert hatte, würde er sich verabschieden. »Ich danke Ihnen für Ihre Hilfe, Ben«, sagte ich.

»Nicht der Rede wert«, wehrte er lachend ab. »Aber vielleicht sollten Sie in Zukunft derartige Spaziergänge nur noch in Begleitung einer Person unternehmen, die die Stadt, die ganze Insel in- und auswendig kennt.«

»Und Sie können mir eine solche Person empfehlen?« Ich lachte verschmitzt, wusste ich doch ganz genau, worauf er hinauswollte.

Erneut verbeugte er sich ernsthaft, dabei zeigten die tanzenden Fältchen in seinen Augenwinkeln, wie ihn die Situation amüsierte. »Immer zu Diensten, meine Dame.«

Ich wusste, mein Verhalten war völlig unmöglich und widersprach jeglicher Erziehung, die ich genossen hatte. Meinen Vater hätte der Schlag getroffen, wenn er hätte hören können, was ich nun sagte: »Benedict, wenn Sie noch etwas Zeit haben … Ich würde gern Ihre Bilder sehen. Würden Sie mir Ihr Atelier zeigen?«

Er bot mir seinen Arm, und ich hängte mich ohne Zögern ein.

Was machst du da, Marian?, fragte eine Stimme in meinem Kopf. Du kannst unmöglich mit einem Mann allein in seine Wohnung gehen! Ich interessiere mich doch nur für die Werke eines begnadeten Künstlers, widersprach ich der mahnenden Stimme. Gleichzeitig wusste ich mit Bestimmtheit, dass ich nichts über den heutigen Tag in den Briefen an meine Eltern erwähnen würde.

Benedicts Atelier war ein schmaler Raum, direkt neben seinem Wohn- und Schlafzimmer. Ich blieb nur eine halbe Stunde und schaute mir seine Ölbilder und Kreidezeichnungen an.

»Ich würde Sie gerne malen, Marian.«

Überrascht starrte ich Benedict an. »Mich? Aber an mir ist doch nichts Besonderes.«

Er legte den Kopf schief und kniff die Augen zusammen.

In diesem Moment fiel mein Blick auf eine Zeichnung, die halb durch ein Landschaftsbild verdeckt wurde. Empört starrte ich auf den Akt einer jungen weiblichen Person mit üppigen Rundungen. »So, Sie wollen mich also malen? Etwa so?« Ich zeigte auf den Akt und drängte mich an ihm vorbei zur Tür. »Ich muss jetzt gehen. Es war ein Fehler, hergekommen zu sein.«

»Aber, Marian, so warten Sie doch! Selbstverständlich können Sie Ihr Kleid anbehalten, wenn ich Sie male und …«, rief Benedict mir nach, aber ich lief so schnell ich konnte die Treppen hinab und aus dem Haus. Als ich im Palais Grimston ankam, brannte auf meinen Wangen noch immer die Schamröte. Wie hatte ich mich nur so vergessen können, Benedict in seine Wohnung zu folgen?

Den Ausflug nach Rabat unternahmen wir an einem schönen, sonnigen Tag. Meine Überraschung, dass Giulia uns begleitete, ließ ich mir ihr gegenüber nicht anmerken, fragte aber Olivia, ob sie es nicht seltsam fände, dass eine Haushälterin gemeinsam mit der Herrschaft Ausflüge unternahm.

»Wie du weißt, Marian, stamme ich aus einer einfachen Pfarrersfamilie. Ich kenne mich in den Gepflogenheiten der herrschaftlichen Häuser nicht aus. Roger bestand auf Giulias Begleitung. Ich bin froh, dass Giulia sich um den ganzen Haushalt kümmert, ich würde das niemals schaffen. Als Dank hat sie einen freien Tag verdient, oder fühlst du dich durch ihre Anwesenheit gestört?«

Nein, aber sie stört deine Ehe. Siehst du das denn nicht?, lag mir auf der Zunge, aber ich wollte Olivia nicht verletzen und mich nicht in ihre Ehe einmischen.

Wir besichtigten in Rabat die umfangreichen Ausgrabungen der Überreste einer römischen Villa, die vor rund zehn Jahren bei Bauarbeiten zufällig gefundenen worden waren, ebenso die St.-Pauls-Katakombe, Maltas größte Begräbnisstätte. Allerdings war Olivia nicht dazu zu bewegen, in die Tiefe hinabzusteigen, während Giulia mit leuchtenden Augen vorauseilte.

Plötzlich nahm Roger Grimston meinen Arm. »Kommen Sie, Marian, ich werde Sie stützen. Diese alten Treppen können manchmal sehr tückisch sein.«

Ich hätte ihm gerne gesagt, dass ich auf seine Hilfe verzichten könne, schwieg aber aus Höflichkeit. Roger Grimston war mir gegenüber immer freundlich gewesen, daher konnte ich es mir nicht erklären, woher die Ablehnung und der regelrechte Widerwille kam, den ich stets in seiner Nähe empfand. Mochte er ein Verhältnis mit seiner Haushälterin haben, mich betraf dies nicht im Geringsten und ging mich auch nichts an.

Die Treppe in die Katakombe war so eng, dass eine Berührung unserer beiden Körper unvermeidlich war. Erschrocken bemerkte ich, wie sich Roger Grimston enger als nötig an mich drückte. Darum war ich froh, als wir die Halle mit der tiefer gelegenen Kapelle erreichten. Ich wollte meinen Arm von Grimston lösen, doch er gab mich nicht frei, sondern führte mich zu dem aus Stein gehauenen Agape-Tisch.

»Diese Tische sind in allen maltesischen Katakomben zu finden«, raunte er mir ins Ohr, obwohl es keinen Grund zum Flüstern gab. »Er spielte eine wichtige Rolle bei den Liebesmählern, die im Rahmen der Totenfeiern abgehalten wurden. Ich würde sehr gerne ein solches Liebesmahl feiern. Mit Ihnen.«

Entsetzt bemerkte ich, wie er mich so nahe an sich heranzog, dass seine Hand meine Brust streifte.

»Lassen Sie meinen Arm los«, zischte ich und riss mich los. Als ich mich umdrehte, stand Giulia direkt vor uns. Ich hatte sie nicht kommen hören. Ihre schwarzen Augen funkelten wütend, und ihr Mund war nur ein schmaler Strich. Trotzdem war ich froh, sie zu sehen. Ich konnte es nicht glauben, dass Roger Grimston mir Avancen machte! Er war der Mann meiner

Freundin! Konnte er sich nicht denken, dass ich Olivia davon erzählen würde?

Mit wenig Freude besichtigte ich nun die Loculi-Gräber, und auch die bunten Fresken, die mich sonst sicher fasziniert hätten, erweckten kaum mein Interesse. Ich atmete erst wieder auf, als wir hinaus ins Sonnenlicht traten. Roger Grimstons Verhalten hatte mir den Ausflug gründlich verdorben.

Es war ein seltsames Gefühl, den Weihnachtsbaum bei fast sommerlichen Temperaturen zu schmücken. Wenngleich es in Cornwall nur selten Frost oder Schnee gab, lag zu Hause trotzdem ein Hauch von Winter in der Luft. Auch fehlte mir der würzige Duft von Gebackenem. Erneut drohte mich das Heimweh zu überwältigen, daher half ich dem Personal, um auf andere Gedanken zu kommen. In der gefliesten Halle wurde der meterhohe Baum aufgestellt und mit zahlreichen Kerzen, Strohsternen und kleinen handgeschnitzten Holzfiguren geschmückt. Olivia und ich gingen in die Stadt, um Geschenke zu besorgen. Unwillkürlich dachte ich an den Tag, als ich mit meinen Freundinnen in Barnstable einkaufen war. Wie unbeschwert, wie glücklich war ich damals gewesen. War das wirklich erst wenige Monate her? Mir schien es, als sei seitdem ein halbes Leben vergangen.

Ich kaufte ein paar Kleinigkeiten für meine Geschwister, dann sah ich in der Auslage eines Geschäftes ein Ölbild, kaum größer als eine Buchseite. Es zeigte eine römische Statue vor dem Hintergrund des Hastings Garden, einem kleinen Garten auf der St.-Johns-Bastion. Sofort dachte ich daran, es für meine Eltern zu erwerben, da es auch klein genug war, um es problemlos nach England schicken zu können. Dann erkannte ich die Initialen *BT* in der linken unteren Ecke – Benedict Timberton! Der Mann schien mich zu verfolgen, wenn auch das Bild ganz zauberhaft war. Es konnte schließlich nichts dafür, dass sein Maler ein ungehobelter Kerl war. Ich erwarb das Kleinod und ließ es mir in Zeitungspapier einwickeln.

Zurück im Palais Grimston bewunderte Olivia das Bild. »Das ist doch der Maler, den wir einmal getroffen haben. Schade, dass er nicht in unseren Kreisen verkehrt, ich hätte ihn gern einmal zum Tee eingeladen.«

Das fehlte noch, dachte ich und verpackte das Bild. Ich war sicher, es würde meinen Eltern gefallen. Ich machte mir Sorgen, dass ich seit nunmehr drei Wochen keinen Brief mehr von ihnen erhalten hatte, obwohl ich wöchentlich schrieb. Umso mehr hoffte ich, dass die Geschenke alle ihr Ziel erreichen würden. Morgen war Weihnachten, und ich konnte nicht glauben, dass meine Eltern mir nicht geschrieben hatten. Wahrscheinlich verzögerte sich die Post, Schiffe konnten im Winter ihre Zeitpläne nicht einhalten. Sicherlich würde ich bald eine Nachricht aus Cornwall erhalten.

Am Weihnachtstag war das Palais Grimston bereits in den Nachmittagsstunden voller Gäste. Roger Grimston pflegte den Brauch des *Open House*.

»Das bedeutet, dass alle Freunde und Bekannten kommen und gehen können, wie sie möchten, ganz zwanglos. Es wird den ganzen Tag über ein kaltes Büfett geben, von dem sich jeder bedienen kann«, erklärte mir Olivia. In ihrem dunkelblauen Samtkleid mit den gelben Schleifen am Hals und an der Taille sah sie wunderschön aus, aber ihr Gesicht war in der letzten Zeit noch schmaler und blasser geworden.

»Ich mache mir Sorgen um dich, Olivia«, sagte ich spontan. »Bist du glücklich hier? Oder vermisst du England und deine Mutter?«

»Ich denke, manchmal habe ich genau wie du Heimweh. Ja, Marian, schau nicht so erstaunt. Ich habe bemerkt, dass du mitunter bereust, mich begleitet zu haben.«

»Das ist nicht wahr!«, protestierte ich, aber Olivia schüttelte nur lächelnd den Kopf.

»Es ist auch alles so anders hier, nicht wahr? Aber mein Platz ist an der Seite meines Mannes. Ich habe ihm vor Gott ewige Treue und Gehorsam geschworen.«

Ich war nahe daran zu sagen, dass es Roger Grimston seinerseits mit der Treue nicht so genau nahm. Vorsichtig fragte ich: »Du bist deinem Mann eine gute Frau und tust alles, was er möchte. Ist er dir ebenso ein guter Ehemann?«

»Es steht einer Frau nicht zu, über ihren Mann ein Urteil zu fällen«, antwortete sie kurz und begann dann, hektisch in einer Schublade zu kramen. »Ich bin sicher, hier war noch etwas von dem roten Zierband. Wo habe ich es nur gelassen?«

Ich merkte, dass Olivia nicht weiter über Roger Grimston sprechen wollte. Mir lief ein kühler Schauer über den Rücken, als ich an das unangenehme Erlebnis in der Katakombe dachte. Ich hatte Olivia gegenüber den Vorfall nicht erwähnt. Heute, Tage später, erschien er mir selbst so unglaublich, und ich redete mir ein, dass Grimstons Berührung doch nur Zufall gewesen war.

Ich bewunderte Olivia, wie sicher und souverän sie die Gäste empfing und mit ihnen plauderte. Es handelte sich hauptsächlich um Armeeangehörige und ihre Frauen, sofern diese auch in Malta lebten. Ich hoffte, dass Olivia unter ihnen eine Freundin finden würde, denn im Frühjahr würde ich abreisen. Mir schwirrten zahlreiche Namen um die Ohren, und ich führte einige interessante Gespräche. Einmal trafen sich meine und Roger Grimstons Blicke über den Köpfen der anderen. Schnell sah ich in eine andere Richtung, denn Roger Grimston hatte mich auf eine Art und Weise angesehen, die mir Angst machte.

Es war am frühen Abend, als ich plötzlich von hinten angestoßen wurde und taumelte. Ich hielt gerade ein volles Glas mit Früchtepunsch in den Händen, wovon ich die Hälfte auf meinen Rock verschüttete.

»Ach du meine Güte, dass tut mir aber Leid!« Eine Dame starrte entsetzt auf den roten Fleck. »Hoffentlich kann man es wieder säubern. Ich bin wirklich untröstlich, aber ich bin mit meinem Absatz umgeknickt.«

»Der Fleck ist nicht so schlimm. Ich hoffe, Sie haben sich nicht verletzt?«

Sie schüttelte den Kopf und entschuldigte sich erneut.

Ich beschloss, mich rasch umzukleiden und den Stoff gleich in Wasser einzuweichen. Vielleicht war der Rock noch zu retten?

Als ich kurze Zeit später umgezogen mein Zimmer wieder verließ, trat Roger Grimston mir plötzlich in den Weg. »Marian, ich hoffe, Ihnen gefällt mein kleines Fest. Ich hatte schon Angst, Sie würden sich zurückziehen, als ich Sie nach oben gehen sah.«

»Ich habe lediglich einen Fleck aus dem Rock gewaschen und mich umgezogen«, entgegnete ich kühl und versuchte an ihm vorbei zur Treppe zu gelangen. Der Gang war jedoch so schmal, dass seine Gestalt ihn vollständig versperrte.

»Warum haben Sie mir das nicht gesagt? Ich wäre Ihnen gerne dabei behilflich gewesen.«

Seine Worte und sein schmieriges Grinsen waren so widerlich, dass ich laut nach Luft schnappte. »Wie können Sie es wagen, so mit mir zu sprechen? Ihre Frau wäre wenig erfreut, wenn Sie das hören würde.«

»Sie braucht es ja nicht zu erfahren, oder?«

»Ebenso wenig wie die Tatsache, dass Ihre Haushälterin des Nachts leicht bekleidet in Ihr Zimmer schleicht?« Damit hatte ich ihn erwischt! Sein Augenlider flackerten, für einen Moment zeigte er Unsicherheit.

»Ich wusste bereits bei unserer ersten Begegnung, dass Sie eine außergewöhnliche Frau sind, Marian. Ihnen bleibt wohl nichts verborgen?«

»Auf jeden Fall erkenne ich unangenehme Tatsachen schneller als Olivia«, sagte ich scharf. »Würden Sie mich bitte vorbeilassen? Ich möchte mich wieder zu den Gästen gesellen.«

Er kicherte, dann packte er mich so schnell an den Schultern, dass ich nicht ausweichen konnte. Ehe ich mich versah, presste er stöhnend seine feuchten Lippen auf meinen Mund. Ich roch seinen weingeschwängerten Atem und wehrte mich verzweifelt, aber er war stärker. Als seine Zungenspitze in meine Mundhöhle vorstieß, biss ich zu. Mit einem Schrei ließ er mich los und presste seine Hand auf den Mund. »Du Miststück, das wirst du noch bereuen!«

So fest ich konnte, stieß ich Grimston zur Seite, rannte die Treppe hinab und durch eine Nebentür auf die Straße hinaus. Ich zitterte am ganzen Körper und konnte jetzt unmöglich zu dem Fest zurückkehren und so tun, als sei nichts geschehen. Was war Grimston doch nur für ein widerlicher Kerl! Noch immer spürte ich seine Lippen auf meinem Mund, und mir wurde übel. Orientierungslos lief ich in der Dunkelheit die Straße hinab. Die frische Luft tat mir gut, aber der Ekel vor Roger Grimston blieb. Ziellos lief ich weiter und merkte zuerst gar nicht, dass ich mich dem Hafen näherte. Erst als aus einer Taverne laute Musik und das Gegröle von Seeleuten drang, wurde mir bewusst, wo ich mich befand. Wahrlich keine Gegend für eine Dame, besonders nicht in den Abendstunden! Als plötzlich ein Schatten aus einer Seitengasse vor mich trat und zwei Arme mich umschlossen, schrie ich laut auf und schlug wild um mich.

»Sachte, sachte! Ich wusste vom ersten Moment an, dass Sie eine kleine Wildkatze sind, aber Vorsicht, Sie könnten mich verletzen!«

»Benedict!« Nie zuvor war ich so erleichtert gewesen, ihn zu sehen. Das war wohl der Grund, warum ich mich in seine Arme sinken ließ und meinen Kopf an seiner Brust barg. Beruhigend strichen seine Hände über meinen Rücken. Ich ließ es geschehen, ebenso, dass er mich langsam die Straße hinab in ein Haus führte.

Erst als wir zwei Treppen hinaufgestiegen waren und er mich in seine kleine Wohnung schob, erwachte ich aus meiner

Erstarrung. »Ich … hier … kann ich nicht bleiben«, stieß ich hervor, aber Benedict hatte bereits die Tür geschlossen.

Mit verschränkten Armen lehnte er davor, und seine Augen fixierten mich. »Sie brauchen keine Angst zu haben, ich werde Sie nicht gegen Ihren Willen hier festhalten. Mir scheint aber, dass Sie sich in einem Zustand befinden, in dem Sie nicht allein sein sollten.« Er gab die Tür frei, und ich zögerte, einfach fortzulaufen.

Tatsächlich war ich froh, mich in Benedicts Gesellschaft zu befinden. Er nahm eine Flasche aus dem Schrank und schenkte Rotwein in zwei Gläser. Dankbar nahm ich ein Glas entgegen und nippte an dem süßen Wein.

»Was ist geschehen?«, fragte er ohne Umschweife.

Es war, als seien plötzlich alle Schleusen in mir geöffnet worden, all die unfassbaren Ereignisse der letzten Wochen drängten nach oben und suchten ein Ventil. Dazu kam mein immer stärker werdendes Heimweh. Ich begann zu sprechen, es sprudelte regelrecht aus mir heraus. Ich redete und redete, erzählte von Olivias Veränderung, von dem Verhältnis zwischen Giulia und Roger Grimston und seinen widerlichen Annäherungsversuchen bis hin zu dem heutigen Kuss, der mich aus dem Haus getrieben hatte. Benedict unterbrach mich kein einziges Mal, aber je länger ich sprach, desto mehr verfinsterte sich sein Gesicht. Erschöpft endete ich und spürte, wie mir die Tränen in die Augen stiegen.

Rasch legte er seinen Arm um meine Schultern und sagte: »Weine, Marian, wein dich nur aus.« Von irgendwoher zauberte er ein Taschentuch hervor und tupfte mir die Tränen von den Wangen.

»Es … es tut mir Leid«, schluchzte ich. »Ich bin normalerweise keine Heulsuse.«

»Das weiß ich. Aber was du erlebt hast, das würde den stärksten Menschen erschüttern. Marian, du musst so schnell wie möglich nach England zurückkehren.«

Ich erinnerte mich an unsere erste Begegnung am Hafen. Damals hatte er mich für Mrs. Grimston gehalten.

»Du hast gewusst, was für ein Mensch Roger Grimston ist.« Es war keine Frage, sondern eine Feststellung.

Er nickte. »Jeder auf der Insel weiß, wie unbeherrscht der Captain sein kann, wenn nicht alles zu seiner Zufriedenheit verläuft. Auch ist bekannt, dass er bezüglich seines Liebeslebens als alles andere als unbescholten gilt. Daher dachte ich zuerst, dass du genau die Frau bist, der es vielleicht gelingen könnte, ihn in seine Schranken zu weisen.«

»Ich kann Olivia doch nicht mit einem solchen Ungeheuer allein lassen! Sie braucht mich.«

Resolut schüttelte Benedict den Kopf. »Mrs. Grimston ist eine erwachsene Frau und für ihr Leben selbst verantwortlich. Sie hat den Captain geheiratet, es liegt ganz allein an ihr, welche Konsequenzen sie aus seinem Verhalten zieht. Du musst in erster Linie an dich selbst denken.«

»Ist das nicht schrecklich egoistisch?«, zweifelte ich.

»Eine gesunde Portion Egoismus hat noch niemandem geschadet. Manchmal ist es notwendig, seine eigenen Belange in den Vordergrund zu stellen, um auf dieser Welt zu überleben.«

Überrascht über seine bitteren Worte drückte ich Benedicts Hand. »Du hast es auch nicht immer leicht im Leben gehabt, nicht wahr?« Ich machte mir keine Gedanken mehr darüber, dass es unschicklich war, am späten Abend allein mit einem Mann, den ich kaum kannte, in dessen Wohnung zu sein und so vertraut mit ihm zu sprechen. Benedict Timberton zeigte mir eine Seite, von der ich bisher keine Ahnung gehabt hatte. Er wirkte nicht nur bitter, sondern auch verletzlich. Instinktiv wusste ich, dass sein sonstiges resolutes Auftreten nur aufgesetzt war, darunter verbarg sich eine Seele, in die Wunden geschlagen worden waren. »Möchtest du mir erzählen, was dich aus den Staaten nach Malta verschlagen hat?«, fragte ich leise.

Benedict schenkte sich ein weiteres Glas Wein ein und lehnte sich an den Fensterrahmen. Er sah mich nicht an, als er zu erzählen begann: »Die Vorfahren meiner Familie kamen vor vielen, vielen Jahren aus Europa in das gelobte Land, so hieß es damals. Ich habe kaum eine Erinnerung an die ersten drei Jahre nach meiner Geburt, als die Welt für meine Familie, für die gesamte Bevölkerung von South Carolina noch in Ordnung war. Aber ich kann mich deutlich an den Tag erinnern, als unser Haus in Flammen aufging. Es gelang meinen Eltern, uns Kinder rechtzeitig zu wecken und in Sicherheit zu bringen. Wir fanden Unterschlupf im Haus des ehemaligen Aufsehers, der schon lange fort war, ebenso wie die Schwarzen.« Er stockte und drehte sich zu mir um. »Du bist sicher entsetzt zu hören, dass meine Familie Sklaven hielt? Dass wir eine riesige Tabakplantage mit Hunderten von Unfreien bewirtschafteten?«

»Äh … nein … ja … ich weiß nicht«, stotterte ich. In der Schule hatten wir den amerikanischen Bürgerkrieg durchgenommen, aber die Geschehnisse, die lange her waren und zudem noch in einem Land jenseits des Ozeans passiert waren, hatten mich nicht sehr interessiert. Nun bereute ich es, nicht besser aufgepasst zu haben. Ich wusste nur, dass die Sklavenarbeit in ganz England verpönt war und unsere Lehrerin die amerikanischen Südstaatler als Unmenschen bezeichnet hatte, die im Bürgerkrieg genau das erhielten, was sie verdienten.

Ruhig sprach Benedict weiter: »Ich erfuhr erst Jahre später, dass ich zwei Brüder gehabt hatte, die beide im Kampf gestorben waren. Nachdem unser Haus von den Konföderierten geplündert und niedergebrannt worden war, mussten wir sehen, wie wir überlebten, denn die Soldaten hatten uns kein Stück Vieh und keine Garbe Korn übrig gelassen. Meine Mutter wurde krank und starb bald darauf, ebenso meine Schwester. Nun war ich mit meinem Vater allein, der von Tag zu Tag verbitterter wurde und nur den einen Gedanken hegte: Eines Tages Rache an allen zu üben, die seine Familie ins Elend gestürzt hatten. Immer wieder erzählte er mir von unseren Vorfahren, und dass ich niemals vergessen dürfte, woher ich kam und was ich war. Ich war noch sehr klein, als ich zu malen begann. Erst mit Stöckchen im Sand, später mischte ich mir selbst Farben aus dem Saft von Beeren. Eigentlich war ich glücklich, denn ich konnte mich ja an die herrschaftliche Zeit nicht mehr erinnern. Langsam, aber stetig ging es uns auch besser. Vater fand eine Anstellung in einem Sägewerk, das sich vor Aufträgen kaum noch retten konnte, begann doch jetzt in South Carolina der Wiederaufbau. Ich hatte viele Freunde – Kinder von Süd- wie Nordstaatlern, die nun zahlreich in der kleinen Stadt vertreten waren. Ich war acht Jahre alt, als mein Vater mit einem Mann aus dem Norden in Streit geriet. Es ging um eine Lappalie, aber in Vater stieg der über Jahre angestaute Hass hoch. Plötzlich zückte er ein Messer und rammte es dem anderen mitten ins Herz. Ich war dabei, als sie meinen Vater hängten. Danach kam ich in ein Heim.«

Benedict schwieg, und ich konnte mir denken, wie seine Kindheit verlaufen war: Von einem Heim ins andere gestoßen, von niemandem geliebt und immer in der Gewissheit, keine Heimat zu haben. Ich trat hinter ihn und legte meinen Kopf an seine Schulter. »Irgendwann hast du beschlossen, dein Glück in einem anderen Land zu suchen.«

»Ich verdiente mir die Überfahrt nach Europa als Schiffsjunge. Habe von morgens bis abends das Deck geschrubbt, die Abfälle der Passagiere eingesammelt und über Bord gekippt und die Abtritte geputzt. Aber es gab nichts mehr, was mich in den Staaten hielt.«

»Und so bist du nach Malta gekommen«, endete ich.

»Äh … schließlich ja. Ich denke, es ist jetzt an der Zeit, dass ich dich ins Palais Grimston zurückbringe, sonst ist bald die ganze Polizei Maltas auf der Suche nach dir.« Benedict bemerkte mein Zögern und fuhr fort: »Schließ in der Nacht dein Zimmer ab und sieh zu, dass du mit Grimston niemals allein bist. Ich an deiner Stelle würde gleich morgen deinen Eltern schreiben und ihnen mitteilen, sie sollten so schnell wie möglich kommen und dich holen.«

Ich nickte, obwohl mir der Gedanke, Olivia allein zu lassen, nicht behagte. Auf jeden Fall musste ich zuerst mit ihr sprechen.

Eine Kirchturmuhr schlug Mitternacht, als Benedict mich am Tor des Palais verabschiedete. »Pass auf dich auf«, flüsterte er.

Einen Augenblick lang meinte ich, er wolle mich küssen. Schnell trat ich einen Schritt zurück. Unsere Beziehung hatte sich in den letzten Stunden gewandelt, aber ich würde mich nicht in ihn verlieben. Zwar zeigte Benedict Anteilnahme und Besorgnis, aber man war auch um seine Schwester besorgt. Matthew hatte in mir nur seine kleine Schwester gesehen, während ich von einer gemeinsamen Zukunft mit ihm geträumt hatte. Ich würde kein zweites Mal mein Herz an einen Mann verlieren, der mir nur Freundschaft entgegenbrachte. Zudem würde ich bald abreisen und Benedict Timberton niemals wiedersehen. Nein, ich wollte keine Komplikationen. Daher lief ich ohne ein Wort des Abschieds ins Haus.

Zum Glück war in der Halle alles dunkel und ruhig. Ich wollte jetzt niemandem begegnen, am wenigsten Roger Grimston. Während ich die Treppe hinaufschlich, hörte ich aus einem Zimmer im ersten Stock Männerstimmen. Unter ihnen die des Captains. Er schien ebenso wie die anderen betrunken zu sein, so dass nur gelallte Wortfetzen an mein Ohr drangen. Rasch huschte ich zu Olivias Zimmer und öffnete ohne zu klopfen die Tür. Schwaches Mondlicht fiel durch die geöffneten Vorhänge, und ich erkannte, dass Olivia tief und fest schlief. Ich wollte sie nicht wecken. Das, was ich ihr zu sagen hatte, konnte auch bis morgen warten.

Als ich im Bett lag, zog der Abend noch einmal an mir vorbei. Noch immer schüttelte es mich, wenn ich an die Berührungen und den Kuss von Roger Grimston dachte. Die Erinnerung an die Stunden in Benedicts Wohnung vermittelten mir allerdings ein warmes Gefühl. »Ach verflixt«, murmelte ich und barg mein Gesicht in das Kissen. Ich mochte Benedict, mochte ihn ohne Zweifel. Aber ich war nicht in ihn verliebt. Auf keinen Fall!

Am nächsten Morgen klingelte ich nach einem Mädchen und bat, mir das Frühstück aufs Zimmer zu bringen. »Ich fühle mich nicht ganz wohl. Würdest du mich bitte bei Mrs. Grimston entschuldigen?«

»Mrs. Grimston frühstückt ebenfalls in ihrem Zimmer, Miss«, antwortete das Mädchen.

Nachdem ich zwei Tassen Tee getrunken und eine Scheibe Toast gegessen hatte, zog ich mich rasch an und ging zu Olivia.

Sie saß, den Rücken von zwei Kissen gestützt, noch im Bett und sah mir müde entgegen. »Ach Marian, du bist es …«

»Guten Morgen, ich höre, dir geht es nicht gut? Vielleicht solltest du doch einen Arzt konsultieren?«

Sie winkte ab und wechselte das Thema. »Wie hat dir das Fest gefallen? Ich habe dich am Abend gar nicht mehr gesehen. Allerdings hab ich mich auch früh zurückgezogen, die Anstrengung war etwas zu viel für mich.«

Ich zog einen Stuhl heran und setzte mich zur ihr ans Bett. Ich wusste nicht, wie ich beginnen sollte. »Olivia, du weißt, ich habe dich gerne begleitet, aber nun …«

Mit einem Ruck richtete sie sich auf, Panik glomm in ihren Augen. Offenbar ahnte sie, was ich ihr sagen wollte. »Es war ausgemacht, dass du bis zum Frühjahr bleibst. Erst dann werden dich deine Eltern holen kommen. Du kannst jetzt nicht fahren!«

»Es sind … Umstände eingetreten, die es erforderlich machen, dass ich unverzüglich reise. Und du solltest mit mir fahren.«

Vehement schüttelte sie den Kopf. »Mein Zuhause ist jetzt hier. An der Seite meines Mannes. Das hast du selbst gesagt, Marian.«

Ich griff nach ihrer Hand und drückte sie. »Dein Mann … Captain Grimston … und du … also, ich … Vielleicht behandelt er dich nicht so, wie es sich geziemt …«

Ihr Gesicht färbte sich dunkelrot. Sie entzog mir ihre Hand, schwang sich aus dem Bett und schlüpfte in ihren Morgenmantel. »Ich habe ihm vor Gott Gehorsam und Treue geschworen. Du hast offenbar vergessen, dass mein Vater Pfarrer war? In unserem Haushalt wurden die Gesetze Gottes hochgehalten und befolgt. Es würde meiner Mutter das Herz brechen, wenn ich meinen Mann verließe.«

»Aber Olivia, selbst Gott kann nicht wollen, dass sich eine Frau demütigen lässt!«, rief ich erregt.

»Roger demütigt mich nicht.«

»Ach? Und wie würdest du es nennen, wenn dein Mann unter deinen Augen anderen Frauen Avancen macht?« Eigentlich wollte ich es ihr nicht so schonungslos sagen, aber nun hatte ich es ausgesprochen.

Olivia stutzte, dann warf sie gekünstelt lachend ihr langes Haar zurück. Ich konnte deutlich die Bitterkeit in ihrer Stimme hören, als sie sagte: »Du siehst Gespenster, Marian. Roger und ich sind glücklich miteinander. Ich bin keine dieser … Emanzen … wie deine Freundin Bernadette. Mit Schaudern denke ich an das Ereignis im Hyde Park zurück, bei dem es mir gelang, gerade noch zu fliehen, bevor die Polizei auch mich verhaftet hätte. Marian, ich bin keine solche Frau, und ich werde niemals so sein. Ich bitte dich, mich zu verstehen und meine Entscheidung zu respektieren.«

»Aber …«

»Genug jetzt! Ich möchte nicht über meine Ehe sprechen. Mit niemandem, auch nicht mit dir!« Ohne mich noch einmal anzusehen, verließ sie das Zimmer.

Sprachlos starrte ich auf die Tür, die mit einem Knall ins Schloss fiel. Nie zuvor hatte Olivia in einer derartigen Weise mit mir gesprochen, aber ihre Worte überzeugten mich nicht. Ich war sicher, sie wusste, was ihr Mann hinter ihrem Rücken trieb, doch aus irgendeinem Grund verschloss sie die Augen vor den Tatsachen.

In den nächsten Tagen ging Olivia mir aus dem Weg. Der Jahreswechsel wurde im Palais Grimston nicht gefeiert, so saß ich allein am Fenster und schaute in die Nacht, als alle Kirchenglocken La Vallettas zu läuten begannen. Erneut bemächtigte sich meiner das Heimweh. Ich hatte in den letzten Tagen zwei Briefe nach Hause geschrieben, aber immer noch war keine Zeile aus England gekommen. Meinen Eltern hatte ich nur geschrieben, dass ich mich nach Hause sehnte und daher früher heimkehren wolle, nur in dem Brief an Tante Kate erwähnte ich, dass Roger Grimston mich bedrängte. Ich wusste, Tante Kate war eine nüchterne Frau, die nicht zur Hysterie neigte. Wenn sie jedoch wusste, wie dringend meine Abreise war, so würde sie auf meine Eltern einwirken, die vielleicht den Gedanken hegen könnten, ich solle mein Versprechen, bis zum Frühjahr bei Olivia zu bleiben, einhalten.

Roger Grimston ging ich, so gut es ging, aus dem Weg. Ich atmete erleichtert auf, als ich erfuhr, dass er für fünf Tage mit einer Truppe ins Innere der Insel reiten würde. Ansonsten vermied ich es, jemals wieder mit ihm allein zu sein, und in der Nacht schloss ich meine Tür stets ab und schob zur Sicherheit auch noch den Riegel vor. Wenn sich ein Zusammentreffen nicht vermeiden ließ, ging mein Blick an ihm vorbei, und ich richtete nur das Wort an ihn, wenn es unumgänglich war. Jeden Tag wartete ich auf die Ankunft der Post, und jeden Tag wurde ich aufs Neue enttäuscht. Seit nunmehr sieben Wochen hatte ich keine Nachricht von meinen Eltern erhalten! So lange brauchte kein Postschiff, auch nicht im Winter.

Zwei Wochen später geschah etwas, das mich zum sofortigen Handeln zwang. Nachdem Olivia erneut weder zum Frühstück noch zur Andacht erschienen war, ging ich in ihr Zimmer. Unsere Freundschaft war seit dem Gespräch am zweiten Weihnachtstag deutlich abgekühlt, trotzdem fühlte ich mich immer noch für sie verantwortlich. Sie saß in dem Sessel am Fenster und starrte hinaus.

»Olivia, wie geht es dir?«, fragte ich leise und trat hinter sie.

»Was willst du?«

Ich hörte ihrer Stimme an, dass sie geweint hatte. Ein Blick in ihr Gesicht bestätigte meine Vermutung, aber ich sah auch noch etwas anderes! Olivias rechtes Auge war beinahe vollständig zugeschwollen, ein großer Bluterguss erstreckte sich bis zum Kiefer hinab.

»Olivia! Wie ist das passiert?«

»Ich bin gestürzt«, murmelte sie, dabei bewegte sie sich, stöhnte laut auf und presste beide Hände auf ihre rechte Brust.

Bevor sie es verhindern konnte, öffnete ich ihren Morgenmantel und schob das Nachthemd beiseite. Ich schrie leise auf, als ich die Striemen und Blutergüsse auf ihren Rippen sah. »Das kommt nicht von einem Sturz! Unmöglich!« Plötzlich erkannte ich die Zusammenhänge, wusste, was die häufigen blauen Flecken zu bedeuten hatten, wenngleich Olivia auch immer behauptete, sie hätte sich unglücklich gestoßen. »Er schlägt dich! Diese Bestie schlägt dich!«

»Sei leise! Ich bitte dich, nicht so laut!«, flehte sie.

Ihr Anblick erregte mein Mitleid, und ich schloss sie vorsichtig in die Arme, ohne ihr noch mehr wehzutun. »Du musst hier weg, Olivia. Wir beide müssen so schnell wie möglich die Insel verlassen«, sagte ich nach einer Weile.

»Er ist mein Mann, ich muss bei ihm bleiben.«

»Olivia, mag sein, dass du deinen christlichen Grundsätzen nicht untreu werden möchtest, aber kein Mann hat das Recht, eine Frau zu schlagen und zu misshandeln! Das würde auch Gott nicht billigen!«

»Sprich nicht so über Gott«, brauste Olivia auf. »Roger hat meine Mutter und mich davor bewahrt, als Bettler durch die Straßen ziehen zu müssen. Dafür schulde ich ihm Dankbarkeit.«

Ich hätte sie am liebsten an den Schultern gepackt und so heftig geschüttelt, bis sie erkannte, dass es keinen Grund für Dankbarkeit gegenüber Roger Grimston gab. »Es mag sein, dass wir Frauen, wenn wir heiraten, noch weniger Rechte als zuvor haben. Wir geben uns völlig in die Hand des Mannes, unser Geld ist sein Geld, unser Besitz ist sein Besitz, und ohne seine Erlaubnis dürfen wir nicht einmal das Land verlassen«, sagte ich und bemühte mich, nicht die Fassung zu verlieren. »Aber das gibt dem Mann nicht das Recht, seine Frau wie ein Stück Vieh zu behandeln.«

»Du sagst es selbst – ohne Rogers Erlaubnis kann ich die Insel gar nicht verlassen. Außerdem – wo sollte ich hin? Zu meiner Mutter, die bei meinen Schwiegereltern lebt? Was, glaubst du, werden sie mit uns machen, wenn ich Roger verlasse?«

Ich zog die Stirn kraus, es bedurfte nur eine Sekunde der Überlegung, dann sagte ich: »Ihr kommt mit zu uns nach Hause. Nach Landhydrock Hall. Du und deine Mutter.«

Ihr Lachen war bitter. »Deine Eltern würden sich bedanken, plötzlich zwei Fremde mit durchzufüttern.«

»Meine Eltern, ganz besonders meine Mutter, lässt niemanden im Stich, der in Not geraten ist«, sagte ich bestimmt. »Das Haus ist groß genug, es stehen etliche Räume leer. Ja, das ist die beste Lösung. Wir reisen zusammen nach Cornwall! Dort kannst du zur Ruhe kommen, und gemeinsam werden wir überlegen, wie es weitergehen soll.«

Je mehr ich darüber nachdachte, desto besser fand ich die Idee. Ich zweifelte keinen Moment daran, dass meine Familie Olivia und ihre Mutter freundlich aufnehmen würde. Wenn meine Mutter nur endlich schreiben würde.

Es war eine Woche später, als ich entschied, dass jetzt etwas geschehen musste. Obwohl mein Zimmer in einem anderen Stockwerk lag, war der Streit nicht zu überhören. Ich ging auf den Flur hinaus und lauschte, konnte aber kein Wort verstehen. Dann hörte ich klatschende Geräusche. Ich kleidete mich hastig an und eilte zu Olivias Zimmer. Gerade als ich um die Ecke bog, sah ich Roger Grimston mit hochrotem Gesicht den

Raum verlassen. Zum Glück lief er in die andere Richtung und bemerkte mich nicht. Ich fand eine aufgelöste Olivia vor, die weinend auf dem Fußboden kauerte.

Tröstend nahm ich sie in die Arme und tupfte das Blut von ihrer aufgeplatzten Unterlippe. »Du musst ihn verlassen«, sagte ich ruhig.

Langsam hob Olivia den Kopf. In ihren Augen lag eine solche Hilflosigkeit, dass es mein Herz rührte. »Ich kann nicht fortgehen, er wird mich überall finden.« Sie schlug beide Hände vors Gesicht und murmelte: »Ach Marian, ich erwarte ein Kind.«

Mich überraschte die Neuigkeit, obwohl es nicht unerwartet kam. Schließlich waren Olivia und Roger seit Monaten verheiratet.

»Ein Baby! Ist das der Grund, warum du nicht fortgehen willst? O Olivia, vielleicht ändert das den Captain. Es soll schon oft vorgekommen sein, dass ein Kind manchen Mann so sanft wie ein Lämmchen gemacht hat. Hast du es ihm schon gesagt?«

So ganz glaubte ich selbst nicht an meine Worte, aber ich hoffte, Grimston würde nicht so weit gehen, seine schwangere Frau zu schlagen.

Sie schüttelte heftig den Kopf, erneut bemerkte ich einen panischen Blick in ihren Augen. »Er wird mich umbringen, wenn er es erfährt. Marian ... das Kind ist nicht von Roger ...«

»Nicht von Roger?«, wiederholte ich fassungslos. »Ja, aber ... von wem dann ...?« Plötzlich fiel es mir wie Schuppen von den Augen. »Doch nicht etwa von diesem Inder, den wir auf dem Schiff kennen gelernt haben? Ramadi oder so. Wie war noch mal sein Name?«

»Toman Ramandi«, sagte Olivia leise. Trotz ihres Kummers zog ein Leuchten über ihr Gesicht, als sie den Namen aussprach.

»Ja, aber wie ... und wann ... Auf dem Schiff?«

»Es geschah, als du krank in der Kabine lagst. Wir wussten beide, dass wir keine Zukunft haben, aber vielleicht geschah es genau aus diesem Grund. Es war wie das Klammern eines Ertrinkenden an einen Strohhalm.«

Nun, ich fand, Olivia dramatisierte die Sache etwas, aber jetzt war sie schwanger.

»Bist du dir ganz sicher, dass das Kind nicht doch von deinem Mann sein könnte? Immerhin warst du nur wenige Tage nach Toman mit ihm … äh … zusammen.«

»Roger und ich haben nicht … jedenfalls nicht, seit ich auf der Insel bin. Marian, ich konnte es nicht. Ich versuchte es, wusste, es war meine Pflicht, die ich vor dem Altar geschworen habe, aber es ging einfach nicht. Wir versuchten es, aber …« Sie schlug beide Hände vors Gesicht. »Das ist so peinlich, so furchtbar peinlich. Ich dürfte darüber mit einer Frau, die unverheiratet ist, gar nicht sprechen. Du verstehst bestimmt nicht, was ich meine.«

Langsam zog ich ihre Hände von ihrem Gesicht und sah ihr in die Augen. »Ich verstehe, was du sagen willst. Hat er dich aus diesem Grund geschlagen?«

Sie nickte. »Er meinte, es sei meine eheliche Pflicht, und wenn ich nicht von mir aus willig sei, dann müsse er eben nachhelfen. Aber es ging trotzdem nicht. Sobald er … *es* versuchte … schrie ich vor Schmerzen. Daraufhin ging *es* dann bei ihm nicht mehr. Und dann schlug er mich. Immer und immer wieder, aber es änderte nichts. Und jetzt weiß ich nicht, wie ich ihm erklären soll, dass ich schwanger bin. Bald wird es jeder sehen, auch Roger. Ich habe so furchtbare Angst!«

Ich holte tief Luft. Es gab keinen Zweifel – Olivia erwartete ein Kind von einem Mann, der in Indien lebte und von dem sie nicht mehr als seinen Namen wusste. Vielleicht war dieser auch gar nicht echt, und Toman Ramandi hatte in seiner Heimat bereits eine Frau und ein halbes Dutzend Kinder.

»Olivia, wir müssen so schnell wie möglich Malta verlassen«, beschwor ich sie erneut.

Dieses Mal hörte sie mir zu, gab zwar keine Zustimmung, aber sie unterließ jeden weiteren Versuch, Roger Grimston zu verteidigen.

Es war nur natürlich, dass ich mich Hilfe suchend an Benedict Timberton wandte. Zudem kannte ich kaum einen anderen Menschen auf der Insel, denn von den Bekannten Roger Grimstons hielt ich lieber Abstand. Ich wollte mit Olivias Mann so wenig wie möglich zu schaffen haben. So schilderte ich Benedict die Situation, in der sich Olivia befand, und er versprach, uns zu helfen.

Zwei Tage später war ich am Nachmittag mit Benedict in seiner Wohnung verabredet. Er begrüßte mich mit den Worten: »Ich glaube, ihr habt Glück. In vier Tagen wird die *South Pacific* aus Alexandria erwartet, die auf dem Weg nach Southampton ist. Ich werde versuchen, eine Passage zu buchen, sobald das Schiff eingelaufen ist.«

»Das wäre wunderbar! Aber wird Captain Grimston nicht zu verhindern wissen, dass seine Frau die Insel verlässt?«, zweifelte ich.

Benedict nickte grimmig. »Wir können versuchen, den Kapitän der *South Pacific* zu überreden, eure Namen nicht auf die Passagierliste zu setzen.«

»Das würde er tun?«, fragte ich erstaunt.

»Es ist alles nur eine Frage des Geldes. Allerdings habe ich …«

»Ich habe genügend Geld«, unterbrach ihn schnell, denn ich hatte Benedict verstanden. »Ich werde es dir geben, damit du mit dem Kapitän sprechen kannst. Ach Benedict, es muss einfach funktionieren! Olivia und ich müssen so schnell wie möglich abreisen.«

»Wir müssen abwarten, bis das Schiff eingelaufen ist«, dämpfte Benedict meinen Enthusiasmus. »Am besten sagst du deiner Freundin nichts von unseren Plänen. Ich befürchte, dass sie im letzten Moment umfallen und ihrem Mann alles erzählen könnte. Ich werde versuchen, den Kapitän zu bestechen, damit er euch erst an Bord nimmt, kurz bevor das Schiff ausläuft.«

Ich stimmte ihm zu. Heute Morgen hatte sich Olivia in einer dermaßen schlechten Verfassung befunden, dass ich ihr alles zutraute. Glücklicherweise wusste ich, wie sehr sie als Pfarrerstochter dem Glauben verbunden war, so dass ich mir keine Sorgen machte, sie könne eventuell Selbstmord begehen, denn das war in ihren Augen eine große Sünde.

Fest drückte ich Benedicts Hand. »Ich danke dir. Ach, ich wüsste nicht, was ich ohne deine Hilfe machen sollte.«

Sein Lächeln war skeptisch, als er sagte: »Du kannst mir danken, wenn alles geklappt hat. Vorerst bleibt uns nichts anderes übrig, als zu warten, bis die *South Pacific* einläuft. Wirst du es so lange noch im Palais Grimston aushalten können?«

Ich nickte und versicherte ihm, mich in keine Situation zu begeben, in der ich mit Grimston allein sein würde.

Als ich Benedict an diesem Tag verließ, war mir zum ersten Mal seit Wochen wieder etwas leichter ums Herz. Die Aussicht, bald nach Landhydrock Hall und zu meinen Eltern zurückzukehren, machte mich so froh, dass ich den Mann nicht bemerkte, der mich beim Verlassen von Benedicts Wohnung beobachtete. Als Roger Grimston plötzlich vor mich trat und mir den Weg versperrte, schrie ich laut auf.

»Warum so schreckhaft, Marian?« Sein anzügliches Grinsen war widerlich. »Jetzt weiß ich auch, wo und mit wem du deine Zeit verbringst. Während du mir gegenüber die Spröde spielst, wälzt du dich mit einem armen Maler in den Laken.«

»Bitte, lassen Sie mich vorbei«, sagte ich kühl und wollte an ihm vorbeigehen, doch er packte mich fest am Oberarm.

»Du solltest dir überlegen, was du mir anbieten kannst, damit ich deine Eltern nicht über dein lasterhaftes Treiben informiere. Sie wären doch alles andere als erfreut zu erfahren, dass sich ihre älteste Tochter wie eine gewöhnliche Hafendirne gebärdet. Ich wüsste da auch schon etwas, mit dem du mir eine kleine Freude machen kannst.« Ungeniert, obwohl wir uns mitten auf einer belebten Straße befanden, strich seine Hand über meine rechte Brust.

Eine unbändige Wut stieg in mir auf. Mit einem Ruck schüttelte ich seine Hand von meinem Arm. »Ich habe ihnen längst geschrieben, dass Sie Ihre Frau misshandeln und schlagen. Das wirft nicht gerade ein gutes Licht auf Sie, meinen Sie nicht? Und jetzt lassen Sie mich gehen.«

Zu meiner Erleichterung trat er nun tatsächlich zur Seite, und ich setzte meinen Weg fort. Ich musste mich zwingen, nicht so schnell wie möglich davonzulaufen. Auf keinen Fall wollte ich Grimston zeigen, wie sehr er mich aufgewühlt hatte.

Es musste Benedict einfach gelingen, für Olivia und mich eine Passage auf dem Schiff zu bekommen, koste es, was es wolle. Ich war bereit, mein letztes Hemd dafür zu geben, um die Insel und Roger Grimston so schnell wie möglich zu verlassen.

VI

Die Zeiger der Uhr schienen stillzustehen. Der Vormittag schlich mit einer Langsamkeit voran, die einer seelischen Folter glich. Zum ersten Mal war ich froh, dass sich Olivia nach der Andacht wieder in ihr Zimmer zurückgezogen hatte, denn ich wollte mit meinen Gedanken allein sein. Endlich war es Mittag, und ich schlich unbemerkt aus dem Haus. Als ich auf die Straße trat, meinte ich, eine Gestalt, die mir vage bekannt vorkam, in einem gegenüberliegenden Toreingang verschwinden zu sehen. Ich vergaß die Person aber gleich wieder, denn ich fieberte den kommenden Stunden entgegen. Endlich würde ich heimreisen, und Olivia würde mich begleiten! Den bitteren Geschmack, den ich verspürte, wenn ich daran dachte, dass ich mit der Abreise von Malta auch Benedict niemals wiedersehen würde, musste ich ignorieren. Heute und jetzt ging es nur um mein und Olivias Wohl. Sie hatte noch immer keine Ahnung, dass ich eine regelrechte Entführung plante, aber ich wusste, dass sie mir, spätestens wenn wir in Cornwall waren, dankbar dafür sein würde.

Benedict empfing mich mit einem warmen Lächeln. »Das Schiff ist heute Morgen eingelaufen, ich habe schon mit dem Kapitän gesprochen. Zuerst war er unwillig, eure Namen nicht auf die Passagierliste zu setzen, aber letztendlich ist es mir gelungen, ihn zu überzeugen.«

»Du meinst wohl, er ließ sich durch das Geld überzeugen«, erwiderte ich.

Benedict nickte. »Die *South Pacific* läuft heute Abend gegen sechs Uhr aus. Ihr müsst eine Stunde vorher an Bord sein. Wird es dir auch gelingen, Olivia dazu zu bewegen, zum Hafen zu kommen?«

»Ich habe gestern angedeutet, dass ich heute ihre Hilfe beim Einkaufen benötige. Olivia hat nicht nachgefragt, aber mir versprochen, mich zu begleiten. Ist unser Gepäck schon auf dem Schiff?«

Es war mir gelungen, ein paar Kleidungsstücke, die Olivia und ich für die Reise benötigen würden, am Vortag unbemerkt in Benedicts Wohnung zu schaffen. Er nickte, dann wurde er plötzlich sehr ernst. »Marian, ich bedauere, dass deine Abreise unter solchen Umständen stattfinden muss. Wir hatten einfach zu wenig Zeit …« Er brach ab und mied meinen Blick.

Mein Herz begann aufgeregt zu klopfen. Was wollte er damit sagen? Und – wollte ich es überhaupt hören? In den letzten Wochen war der Panzer, den ich mir selbst um mein Herz gelegt hatte, in Benedicts Gegenwart Stück für Stück abgebröckelt. Ich blickte auf sein glänzendes Haar und unterdrückte den Impuls, ihm einfach einen Kuss auf den Scheitel zu hauchen. Ich wusste nicht, ob Benedict ähnliche Gefühle für mich wie ich für ihn empfand, aber es war im Moment auch nicht wichtig. Einzig die Tatsache, dass ich wieder lieben und einem Mann vertrauen konnte, zählte. Der Schmerz, mich in wenigen Stunden von ihm zu trennen, ließ mich alle Konventionen vergessen, und ich berührte ihn am Arm. »Ben …«

Er sah auf und direkt in meine Augen, dann riss er mich so stürmisch in seine Arme und presste mich an sich, dass mir die Luft wegblieb. Ich spürte, dass sein Herz genauso aufgeregt wie meines pochte, und als er mich küsste, meinte ich, Tausende von Flammen würden in meinem Körper zu brennen beginnen. Ich weiß nicht, wie viel Zeit vergangen war, bis sich seine Lippen von meinem Mund lösten. Sein Arm hielt mich umschlungen, und wir schwiegen. Durch das geöffnete Fenster drangen die typischen Geräusche der Stadt, die am Nachmittag wieder zum Leben erwachte. Mein Herz schrie: »Komm mit uns!«, doch mein Mund blieb stumm. Benedict gehörte auf die Insel, so wie Malta zu ihm gehörte. Er war ein begnadeter Maler, der seine Inspiration durch die Freiheit und Ungezwungenheit unter der südlichen Sonne erhielt. Ich konnte ihn mir nicht in Frack und steifem Kragen auf dem geschliffenen Parkett der Londoner Gesellschaft vorstellen. Er hatte auch kein Geld, und ich wusste, sein Stolz würde es niemals zulassen, von mir etwas anzunehmen. Zudem waren meine Barmittel erschöpft, aber um Olivia aus den Fängen ihres Mannes zu retten, war mir keine Summe zu hoch gewesen.

Irgendwann löste sich Benedict von mir. »Du musst nun gehen.« Er küsste mich ein letztes Mal. »Sei vorsichtig, niemand darf bemerken, dass Olivia nicht nur zu einem kurzen Spaziergang das Haus verlässt. Ich werde unten am Hafen warten und euch zum Kapitän aufs Schiff bringen.«

Während ich durch die belebten Straßen ging, dachte ich wehmütig, dass etwas zu Ende war, bevor es begonnen hatte. Aber ich hatte nun keine Zeit, trüben Gedanken nachzuhängen, die nächste Stunde würde über Olivias Schicksal entscheiden.

Als ich die Halle betrat, spürte ich sofort, dass etwas anders war als sonst. Aus dem ersten Stockwerk hörte ich laute, aufgeregte Stimmen, zu meinem Entsetzen auch die von Roger Grimston. Wieso war er hier? Er wollte doch den ganzen Tag in der Garnison bleiben! Hoffentlich würde Olivia das Haus verlassen, wenn ihr Mann anwesend war. Ich war gerade auf dem ersten Treppenabsatz angekommen, als ein Hausmädchen aus einem Zimmer trat. Als sie mich sah, erbleichte sie und presste erschrocken eine Hand auf den Mund. Dann lief sie schnell davon. Ich wusste nicht genau, was es war, aber das Gefühl einer großen Gefahr war allgegenwärtig. Hölzern, als wäre ich eine willenlose Marionette, ging ich zu Olivias Zimmer, aus dem immer lauter werdende Stimmen drangen. Kaum hatte ich es betreten, befand ich mich in einem Albtraum. Vor meinen Augen breitete sich das Entsetzlichste aus, was ich jemals gesehen hatte. Die Laken und Decken des Bettes und der halbe Fußboden waren voller Blut. Neben Roger Grimston liefen zwei uniformierte Männer hektisch im Zimmer auf und ab.

»O mein Gott!« Laut schrie ich auf, sofort wandten sich alle Blicke mir zu.

»Da ist sie! Das ist die Mörderin!«, rief der Captain. Unter dem hasserfüllten Blick aus seinen Augen stellten sich mir alle Nackenhaare auf.

»Was ... was ist geschehen? Wo ist Olivia?«

Obgleich das Zimmer einem Horrorszenario glich, war von Olivia keine Spur zu sehen. Oder hatte man sie bereits fortgeschafft?

Roger Grimston lief auf mich zu und umklammerte meinen Oberarm so fest, dass ich vor Schmerz aufschrie. »Was hast du mit ihr gemacht?« Plötzlich schüttelte er mich heftig, mein Kopf flog von einer Seite auf die andere. »Wo hast du ihre Leiche hingebracht, du undankbares Miststück?«

Der Boden tat sich unter mir auf, und ich drohte, in ein tiefes schwarzes Loch zu fallen. Ich sagte mir, dass dies alles nur ein furchtbarer Albtraum wäre, aus dem ich gleich erwachen würde. Die zerwühlten Decken, die zerbrochene Waschschüssel und die umgestoßenen Stühle, das Blut, das viele Blut, das konnte einfach nicht der Realität entsprechen!

»Langsam, langsam, Captain! Noch wissen wir nicht, ob diese Dame etwas mit dem Verschwinden Ihrer Frau zu tun hat.«

Wie konnte der Mann in dieser Situation so ruhig sein? Jetzt erkannte ich auch die Uniform – es war die des Polizeipräfekten der Insel, und der andere Mann war ebenfalls ein Polizeibeamter. Aber warum wurde ich verdächtigt? Ein schrecklicher Gedanke bemächtigte sich meiner. »Er hat sie umgebracht!«, schrie ich auf und deutete auf Roger Grimston. Der Schlag, der mich von seiner flachen Hand mitten im Gesicht traf, erfolgte so schnell, dass ich mich nicht hatte schützen können. Ich spürte den metallischen Geschmack von Blut auf meinen Lippen.

»Es reicht, Captain!« Der Polizeipräfekt zog Roger Grimston gewaltsam von mir fort. »Wie können Sie es wagen, eine Frau zu schlagen?«

»Er hat seine Frau fast täglich geschlagen«, sagte ich instinktiv, auch wenn ich immer noch nicht wusste, was hier vor sich ging. »Wo ist Olivia? Mein Gott, so reden Sie doch! Ist sie …?« Nein, ich konnte es nicht aussprechen, denn ich wollte nicht glauben, dass Olivia etwas geschehen sein könnte. Nicht jetzt, nicht heute, so kurz vor unserem Weg in die Freiheit! Flehend sah ich die beiden Polizisten an.

Der eine drückte den wutschnaubenden Roger Grimston in den Sessel, während der andere mich streng anblickte. »Wie ist Ihr Name? Welche Stellung bekleiden Sie in diesem Haus?«

»Marian Elkham«, antwortete ich mechanisch. »Ich kam als Olivias … äh … Mrs. Grimstons Freundin mit ihr auf die Insel.«

»Wo und wann haben Sie Mrs. Grimston kennen gelernt?«

Du meine Güte, was war das hier? Ein Verhör? »Vor einigen Monaten in London. Sie war in Vorbereitungen für die Reise und bat mich, sie zu begleiten.«

»Seit wann kennen Sie Captain Grimston?«

»Ich lernte Olivias Mann erst hier auf Malta kennen. Aber können Sie mir nun endlich sagen, was das alles hier zu bedeuten hat? Was, um Gottes Willen, ist mit meiner Freundin geschehen?«

»Du hast sie umgebracht, du Mörderin!«, schrie Roger Grimston.

Mit einer Handbewegung gebot der Polizeipräfekt ihm zu schweigen. »Miss Elkham, es sieht ganz danach aus, dass Mrs. Grimston ein Unglück zugestoßen ist. Captain Grimston kehrte nach Hause zurück und fand das Zimmer seiner Frau in diesem verwüsteten Zustand vor. Von Mrs. Grimston selbst fehlt jede Spur.«

»Und warum beschuldigt er mich?«, fragte ich voller Panik. »Ich liebe Olivia wie meine eigene Schwester!«

Der Polizist räusperte sich, keine Spur von Verlegenheit stand in seinem Gesicht, als er kalt sagte: »Sie waren seit Ihrem ersten Tag hier auf Malta eifersüchtig auf Ihre Freundin, weil Sie Captain Grimston für sich selbst haben wollten. Aber er war der Mann einer anderen. Darum haben Sie beschlossen, dieses Hindernis aus dem Weg zu räumen.«

Nun war ich sicher, in einem Albtraum gefangen zu sein. Der Vorwurf war so infam, so völlig aus der Luft gegriffen, dass so etwas einfach nicht im wirklichen Leben geschehen konnte. Einzig aus dem Grund, weil ich nicht glaubte, das alles hier wirklich zu erleben, ließ ich meiner Hysterie freien Lauf und lachte laut auf. »Wer behauptet so etwas? Captain Grimston?« Meine Stimme überschlug sich beinahe und klang in meinen Ohren wie die einer Wahnsinnigen. »Der Captain hat *mir* Avancen gemacht, mich zu jeder sich bietenden Gelegenheit bedrängt. Außerdem unterhält er ein intimes Verhältnis mit Giulia, der Haushälterin.«

»Das ist eine infame Lüge, du bösartiges Weib!«, unterbrach mich Grimston. »Du hast mir von Anfang an schöne Augen gemacht und es nicht ertragen, dass ich nichts von dir wissen wollte. Dass ich meine Frau über alles liebte …«

»Lieben? Ha, dass ich nicht lache! Sie haben sie geschlagen und misshandelt, wann immer Sie konnten. Und jetzt haben Sie erfahren, dass sie ein Kind erwartet …«

»Das ist das Motiv, Mr. Trounsen!«, triumphierte Roger Grimston. »Miss Elkham konnte es nicht ertragen, dass meine Frau und ich eine glückliche Familie sein würden, darum hat sie sie umgebracht. Wohin hast du ihren armen Körper gebracht? Und wer hat dir dabei geholfen? Wahrscheinlich dieser armselige Künstler. Mr. Trounsen, Sie müssen den Maler sofort verhaften!«

Ich schüttelte den Kopf, immer und immer wieder, bis wirre Haarsträhnen mein Gesicht bedeckten. Langsam aber sicher drang die Gewissheit zu mir durch, dass alles kein Traum war. Es war Realität, eine sehr blutige Realität. Olivia war verschwunden. Alle Spuren wiesen darauf hin, dass etwas Schreckliches mit ihr geschehen sein musste. Als ob das alles nicht genügte, beschuldigte mich Roger Grimston, Olivia etwas angetan zu haben. »Ich weiß nicht, was für ein Spiel hier gespielt wird«, sagte ich verzweifelt. »Aber es ist ein sehr grausames Spiel. Alles, was der Captain gesagt hat, entspricht nicht der Wahrheit.«

Mr. Trounsen, der Polizeipräfekt, sah mich ernst und voller Strenge an. »Miss Marian Elkham, Sie stehen hiermit unter Verdacht, Olivia Grimston aus Eifersucht ermordet und ihre Leiche beseitigt zu haben. Sie sind verhaftet und stehen ab sofort unter Arrest. Noch heute werden Sie abgeholt und in eine Zelle gebracht, bis das Oberste Zivilgericht zusammentritt, um über Ihren Fall zu entscheiden.«

Wenn ich mir auch immer und immer wieder sagte, dass die Verdächtigungen gegen mich völlig lächerlich waren und jeglicher Grundlage entbehrten, die Tatsache, dass ich nun eine Gefangene war, blieb bestehen. Ich wurde in meinem Zimmer eingeschlossen, bis man mich bei Einbruch der Dämmerung in einer geschlossenen Kutsche fortbrachte. Schaulustige säumten die Straße vor dem Haus, die Neuigkeit, dass die Frau des angesehenen Captains wahrscheinlich ermordet worden war, hatte sich bereits herumgesprochen. Ein Stein traf die Seite der Kutsche, und jemand rief: »Hängt die Mörderin auf!«

Man brachte mich in eine kleine Zelle. Auf meine Fragen nach einem Anwalt reagierte niemand, man gestattete mir nur, einen Brief an meine Eltern zu schreiben. Während ich hektisch wenige Zeilen zu Papier brachte, schaute mir ein strenger, bulliger Mann über die Schulter und kontrollierte jedes Wort. Ich wusste, dass ich meinen Eltern mit der Nachricht, ihre Tochter sei des Mordes angeklagt, einen großen Schrecken einjagen würde, aber mir blieb keine andere Möglichkeit.

Benedict! Ich fragte mich, ob die Nachricht bereits zu ihm durchgedrungen oder ob auch er verhaftet worden war. Hatte er am Hafen vergeblich auf mich gewartet? Und – was das Wichtigste war – wem würde Benedict glauben? Ich war nicht immer freundlich zu ihm gewesen. Würde er den Gerüchten, ich hätte Roger Grimston als Geliebten gewinnen wollen, Glauben schenken?

»Ich möchte einen zweiten Brief schreiben«, sagte ich zu dem Wärter.

»Ausgeschlossen. Ein Brief, mehr nicht.«

Mit einem Rums fiel die Zellentür zu. Mit einem Anflug von Panik hörte ich, wie sich der Schlüssel im Schloss drehte. Wie lange würde es dauern, bis meine Eltern den Brief erhielten? Hatten sie überhaupt in den letzten Wochen meine Nachrichten erhalten, denn seit Dezember war aus Cornwall kein Brief mehr gekommen. Ich versuchte, ruhig zu atmen und meinen jagenden Puls zu beruhigen. Ich war unschuldig, und vor einem Gericht würde sich das auch herausstellen. Ich war davon überzeugt, dass Roger Grimston Olivia getötet und fortgebracht hatte. Bestimmt hatte er von dem Kind und vielleicht auch von meinem Fluchtplan erfahren. Ich wusste zwar nicht, wie und woher, aber es gab keine andere Erklärung. Und nun versuchte er natürlich, jemand anderem die Schuld zuzuschieben. Ich hatte Grimston mehrmals abgewiesen und kannte sein unberechenbares Wesen, so dass mich sein Verhalten nicht wunderte. Gleichzeitig fühlte ich mich an Olivias Tod, wenn sie wirklich nicht mehr leben sollte, schuldig. Hätte ich doch nur früher bemerkt, mit was für einer Bestie sie verheiratet war! Aber ich hatte meine Zeit mit Benedict verbracht, während sie von Tag zu Tag unglücklicher geworden war. Bitter dachte ich daran, dass sie vielleicht just in dem Augenblick, als Benedict mich zum ersten Mal küsste, ihren letzten Atemzug getan haben mochte. »Verzeih mir, Olivia«, hauchte ich in die Stille der Zelle. »Ich war dir keine gute Freundin.«

Dann rollte ich mich auf der harten Pritsche zusammen und ließ meinen Tränen freien Lauf. Unnötig zu erwähnen, dass ich in dieser Nacht keine Minute Schlaf fand.

Erst zwei Tage später führte man mich vor den Untersuchungsrichter. Wie ein gefangenes Raubtier war ich in der Zelle auf- und ab gelaufen. Der missmutige Wärter, der mir Essen brachte, hatte auf keine meiner Fragen geantwortet. Dementsprechend aufgeregt und wütend betrat ich den Gerichtssaal und blieb an der Schwelle erstaunt stehen. Ich hätte nicht gedacht, dass die Voruntersuchung öffentlich wäre, aber der Raum war bis auf den letzten Stehplatz mit Publikum gefüllt. Bei meinem Erscheinen ging ein Raunen durch die Menge. Man schubste mich in die Mitte vor eine Holzbarriere, wo ich stehend ausharren musste, bis der Untersuchungsrichter eintrat. Er war ein noch recht junger Mann, und ich erkannte, dass er ein Albino war. Mit seinen weißen Augenbrauen, den weißen Wimpern und der weißen Perücke wirkte er wie ein Gespenst, in dessen Gesicht zwei rote Augen funkelten. Mir lief ein Schauer über den Rücken, als er mich musterte. Ich hatte einmal gehört, dass Menschen, die von der Natur in ihrem Äußeren benachteiligt worden waren, sich häufig grausam gegen gut aussehende Personen verhielten.

Sobald er sich gesetzt hatte, rief ich aufgeregt: »Ich verlange, sofort einen Anwalt zu sprechen! Seit zwei Tagen werde ich festgehalten, und man verweigert mir einen Rechtsbeistand.«

»Halten Sie den Mund!«, blaffte der Richter. »Sie haben nur zu sprechen, wenn ich Sie dazu auffordere. Es handelt sich heute lediglich um eine Voruntersuchung mit der Feststellung, ob Anklage erhoben wird. Sollte das der Fall sein, wird Ihnen selbstverständlich ein Pflichtverteidiger zur Seite gestellt. Wie heißen Sie?«

Zähneknirschend nannte ich ihm meine Personalien und den Grund, warum ich aus England nach Malta gekommen war, dann wurde die Beschuldigung vorgetragen.

»Daran ist kein einziges Wort wahr!«, rief ich erregt. »Ich verstehe auch nicht, warum Sie kostbare Zeit mit dieser Farce hier verschwenden, anstatt Mrs. Grimston zu suchen.«

»Ruhe! Noch ein Wort, und ich lasse Sie des Gerichts verweisen«, wies mich der Richter erneut zurecht.

Bevor ich die Gelegenheit zu einer Rechtfertigung erhielt, wurde Roger Grimston als Zeuge aufgerufen. Mir wurde beinahe übel, als ich sah, wie perfekt er den trauernden Ehemann spielte, der an dem rätselhaften Verschwinden seiner Frau beinahe zerbrach. Grimston wiederholte seine Anschuldigung, dass ich Olivia aus Eifersucht aus dem Weg geräumt hätte. Mir lag dazu so manche Bemerkung auf der Zunge, aber ich musste schweigen, denn ich hatte keinen Zweifel daran, dass der Richter mich aus dem Saal werfen würde. Ich wusste nicht, warum und wieso, aber ich spürte, dass dieser Tag nicht glücklich für mich enden würde.

Nach Roger Grimston wurde der Polizeipräfekt Trounsen befragt, der sich jedoch lediglich hinsichtlich des Zustands von Olivias Zimmer äußern konnte.

Es erstaunte mich nicht, als dann Giulia aussagte, sie hätte vom Tag meiner Ankunft an gemerkt, dass ich Roger Grimston schöne Augen machte. »Ich merkte, wie peinlich die Situation dem Captain war, aber sie war schließlich die Freundin seiner Frau. Darum hat er sie nicht früher in ihre Schranken verwiesen, denn er liebte seine Frau über alles und wollte ihr keinen Kummer bereiten«, beendete Giulia ihre Aussage.

»Das ist eine infame Lüge! Es war genau andersherum …« Ich konnte meine Erregung nicht mehr zügeln und wäre am liebsten nach vorne gesprungen, um aus Giulia die Wahrheit herauszuschütteln.

»Das ist meine letzte Warnung, Miss Elkham«, sagte der Richter und sah mich scharf an. So blieb mir nichts anderes übrig, als meine Hände so fest um das Geländer zu klammern, dass die Knöchel weiß hervortraten. Dass Giulia log, war nur zu verständlich. *Sie* war schließlich die Geliebte von Grimston, und es konnte ihr nur recht sein, wenn ich auf Nimmerwiedersehen verschwand. Was mich allerdings überraschte, war die Tatsache, dass auch die übrigen Hausangestellten, die jetzt nach und nach befragt wurden, übereinstimmend aussagten, sie hätten mitbekommen, wie auffallend oft ich mich in der Nähe des Captains aufgehalten hätte.

»Die junge Miss hat dann immer so gurrend gelacht und einen Blick aufgesetzt, der … na ja … ich dachte mir damals nichts dabei. Heute allerdings …«

Wie konnte die Köchin nur so etwas sagen? Ich hatte ihr nie etwas getan, kannte sie eigentlich gar nicht. Wir hatten uns nur zwei-, dreimal gesehen und nie ein Wort miteinander gewechselt. Die Aussage eines Hausmädchens schlug dem Fass den Boden aus. Sie sagte, dass sie einmal in der Nacht in meinem Zimmer war, weil sie meinte, ich hätte nach ihr geläutet. Aber ich sei nicht in meinem Bett gewesen. Ihr spöttischer Tonfall und der Blick, mit dem sie mich dabei streifte, machten weitere Worte überflüssig.

Endlich erhielt ich die Möglichkeit, mich zu äußern: »Herr Richter, Sie suchen den Schuldigen an falscher Stelle!«, rief ich laut und stellte entsetzt fest, dass meine Stimme hysterisch klang. Ich atmete tief und ruhig ein und aus, bevor ich fortfuhr: »Die Ehe von Mrs. Grimston und dem Captain war von Anfang an schlecht. Er hat sie regelmäßig geschlagen. Ich selbst habe die blauen Flecken am Körper meiner Freundin gesehen. Es ist auch nicht wahr, dass ich ein gewisses … Interesse an dem Captain habe. Ganz im Gegenteil! Es gab mehrere Situationen, in denen es mir gerade noch gelang, vor ihm zu fliehen, bevor er mir etwas angetan hätte.«

»Ich nehme an, für solche Situationen gibt es keine Zeugen?«, unterbrach der Richter.

»Nein, leider nicht«, musste ich zugeben. »Wenn Sie aber davon ausgehen, dass Mrs. Grimston ein Leid geschehen ist, dann sollten Sie besser Roger Grimston fragen, was er mit seiner Frau gemacht hat!«

Auf meine Worte hin entstand ein derartiger Tumult, dass der Richter mehrere Minuten brauchte, bis wieder Ruhe im Saal einkehrte. Dann beugte er sich über den Tisch und fixierte mich mit seinen rötlichen Augen. »Was hätte Captain Grimston für ein Motiv, seiner Frau etwas anzutun? Soweit mir bekannt ist, wurde die Ehe in gegenseitigem Einvernehmen in England geschlossen. Es bestehen keine Gründe, warum der Captain eine Frau hätte heiraten sollen, der er nicht in tiefster Liebe zugetan ist.«

Nun spielte ich meinen Trumpf aus: »Olivia Grimston erwartete ein Kind von einem anderen Mann!« Verzeih mir Olivia, dachte ich im Stillen, aber ich kann dein Geheimnis nicht mehr bewahren.

»Ja, sie erwartete ein Kind, aber es war selbstverständlich *mein* Kind!«, rief Grimston dazwischen. »Als Miss Elkham davon erfuhr, sah sie wohl ihre Felle endgültig davonschwimmen, sich jemals zwischen meine Frau und mich drängen zu können. Jetzt, da meine geliebte Olivia die Frucht unserer Liebe in ihrem Bauch trug.«

Fassungslos sah ich, wie es Grimston mühelos gelang, ein paar Tränen aus den Augen zu quetschen. Er spielte die Rolle des verzweifelten Ehemanns perfekt.

»Somit haben wir auch das Motiv für die Tat«, sagte der Richter und stand auf. Der ganze Saal erhob sich mit ihm. »Marian Elkham, das Gericht ist zu der Überzeugung gelangt, dass ein Verdacht gegen Sie besteht, an der Ermordung von Mrs. Olivia Grimston beteiligt zu sein. Sie werden hiermit unter Anklage gestellt und verbleiben in Haft.«

»Wie kann man jemanden des Mordes anklagen, wenn es keine Leiche gibt?«, schrie ich, während mich der Wärter aus dem Saal führte. Das alles konnte doch nicht wirklich geschehen, konnte und durfte nicht real sein!

Was dann geschah, erscheint mir noch heute wie ein Wunder. Wahrscheinlich war der Richter nicht davon ausgegangen, dass ich einen Fluchtversuch unternehmen würde, denn ich wurde nur von einem Wärter nach draußen zu dem Wagen geleitet, der mich ins Gefängnis zurückbringen sollte. Ich setzte gerade einen Fuß in den Wagenschlag, als plötzlich Benedict hinter dem Wärter auftauchte und ihm einen Knüppel über den Kopf zog. Der bullige Mann verdrehte daraufhin die Augen und schwankte. Diesen Moment nutzte Benedict und stieß mich in eine dunkle Kutsche, die direkt neben der anderen stand. Die Tür war kaum geschlossen, als es in halsbrecherischem Tempo durch die Straßen ging. Ich hörte das Schreien der Menschen und kauerte mich in eine Ecke. Durch das Fenster sah ich, dass wir zum Hafen nach Sliema fuhren.

Vor einem kleinen Schiff stoppte Benedict und riss den Schlag auf. »Komm, mach schnell!«

Ich antwortete nicht und folgte ihm auf den Kutter über eine Planke, die sofort hinter uns eingezogen wurde. Jemand löste die Leinen. Durch eine niedrige Tür führte mich Benedict in den Schiffsbauch; da begannen auch schon die Motoren zu tuckern und das Schiff bewegte sich. Er brachte mich in einen niedrigen Raum, dessen Boden schmutzig und feucht war und in dem es erbärmlich stank. »Warte hier, ich bin gleich zurück.«

Durch das kleine Bullauge fiel gerade so viel Licht, dass ich erkennen konnte, dass es sich um einen Lagerraum handeln musste. In einer Ecke stapelten sich Fässer, Netze und allerlei Gerätschaften lagen unordentlich auf dem Boden verstreut. Es roch penetrant nach Fisch, und ich musste ein Würgen unterdrücken. Als das Schiff unruhig zu schwanken begann, dachte ich an meine Seekrankheit während der Überfahrt nach Malta, und ich befürchtete, mich gleich übergeben zu müssen. Da ich keine Uhr bei mir trug, erschien mir die Zeit, bis Benedict endlich zurückkehrte, wie eine Ewigkeit.

»Höchstwahrscheinlich sind wir außer Gefahr«, sagte er, nachdem er die Tür geschlossen hatte. »Wir scheinen nicht verfolgt zu werden.«

»Was hat das zu bedeuten? Wo bin ich hier, und wohin fahren wir?«, fragte ich.

»Wir sind auf dem Weg nach Sizilien. Der Kapitän ist ein Freund und mir noch etwas schuldig. Wir hatten großes Glück, dass du nicht stärker bewacht worden bist.«

Nur langsam drang die Tatsache, dass ich mich auf der Flucht befand, in mein Bewusstsein. »Das geht nicht, Benedict«, sagte ich ruhig. »Ich muss zurück, um mich dem Gericht zu stellen. Ich kann nicht einfach fliehen, damit mache ich mich erst recht verdächtig.«

Er runzelte die Stirn. »Du willst dich einem Gericht stellen, das sein Urteil längst schon gefällt hat? Das ist Selbstmord.«

»Aber ich bin unschuldig!«, beharrte ich. »Und meine Unschuld wird sich herausstellen.«

Betrübt schüttelte Benedict den Kopf. »Wenn Captain Grimston etwas erreichen will, dann spielt es keine Rolle, ob jemand schuldig oder unschuldig ist. Da er sich offenbar in den Kopf gesetzt hat, dich für das Verschwinden seiner Frau verantwortlich zu machen, hast du keine Chance.«

»Meine Eltern werden den besten Anwalt von ganz England schicken. Bestimmt kommen sie auch selbst. Ben, ich habe Olivia nichts angetan!«

Fest umschlossen mich seine Arme, und er presste sein Gesicht in mein Haar. »Das weiß ich. Aber du musst den Tatsachen ins Auge sehen. Deine Eltern werden von der Anklage nichts erfahren …«

»Ich habe ihnen aus dem Gefängnis geschrieben«, unterbrach ich.

»Sie werden diesen Brief niemals erhalten. Genauso wenig wie die anderen, von denen du mir erzählst hast. Ich bin sicher, Grimston hat die gesamte Korrespondenz unterschlagen, ebenso die Briefe deiner Eltern an dich.« Ich schwieg und zweifelte nicht an Benedicts Vermutung. »Ich habe die heutigen Aussagen des Personals gehört. Ihre Behauptungen kommen einer Vorverurteilung gleich.«

»Du warst im Gerichtssaal?« Ich sah auf und blickte ihm direkt in die Augen. »Ich habe dich nicht gesehen.«

»Ich hielt mich im Hintergrund, da Grimston mich ja kennt. Ich wusste, die einzige Chance, dich fortzubringen, besteht in einem Überraschungseffekt. Nun, es ist ja auch gelungen.« Er grinste und sah sich in dem Lagerraum um. »Nicht gerade komfortabel, nicht wahr? Aber auf die Schnelle konnte ich leider keine Luxusjacht auftreiben.«

»Ach Ben, in was bin ich da nur verstrickt worden? Ich bin sicher, Grimston hat Olivia ermordet und ihre Leiche im Meer verschwinden lassen. Aber warum belastet er mich?«

»Aus Rache, weil du ihn abgewiesen hast. Ich sagte dir bereits, dass Grimston einer der mächtigsten Männer der ganzen Insel ist und es kaum einen Bereich gibt, den er nicht kontrolliert. Der Richter zum Beispiel steht tief in seiner Schuld, seit Grimston ihm aus der Patsche geholfen hat, nachdem er ein minderjähriges Mädchen geschwängert hatte.«

Nun wurde mir nach und nach einiges verständlich. »Darum hat das Personal gelogen. Sie fürchten sich vor Grimston«, stellte ich fest.

Benedict nickte. »Die Furcht, ihre Anstellung zu verlieren und in ganz Malta keine neue zu finden, ist größer als die Furcht vor einem Meineid. Du siehst also, Marian, du hättest nicht den Hauch einer Chance gehabt.«

Erschöpft setzte ich mich auf einen wackligen Hocker und schlug die Hände vors Gesicht. »Und wie geht es jetzt weiter? Ich bin eine Gejagte, eine Flüchtende. Der Arm des britischen Gesetzes reicht weit.«

Benedict seufzte. »Sizilien ist Teil des Königreichs Italien. Dort sind wir fürs Erste sicher. Marian, es wird alles gut werden. Ich verspreche es dir.«

Er sah mich so liebevoll und zärtlich an, dass mein Herz vor Freude beinahe überquoll. Trotz der Tatsache, dass ich eine Flüchtige war, die unter Mordanklage stand, wir uns auf einem stinkenden Fischkutter befanden und ohne Geld oder Wertsachen in eine unbestimmte Zukunft fuhren, spürte ich ein warmes Gefühl der Sicherheit. Benedict war bei mir. Er war mit mir geflohen und hatte sein gesamtes Hab und Gut auf der Insel zurückgelassen.

Ich glaube, in diesem Moment erkannte ich, dass ich mich selbst nicht weiter belügen konnte und mir eingestehen musste, Benedict Timberton zu lieben.

Am Abend, als wir auf hoher See waren, brachte mich Benedict in eine andere Kajüte. Diese war zwar klein und nicht sonderlich sauber, aber hier war wenigstens der Fischgestank nicht so penetrant wie in dem Lagerraum. Dabei lernte ich auch den Kapitän kennen. Ein kleiner, schmieriger Malteser mit öligen Haaren, der mich aus gierigen Augen von oben bis unten musterte. Ich drückte mich näher an Benedict, der mit einer besitzergreifenden Geste seinen Arm um meine Schulter legte und damit dem Kapitän zu verstehen gab, zu wem ich gehörte. Der Kapitän teilte uns in schlechtem Englisch mit, dass er uns in Sizilien an Land setzen würde und dann nie wieder etwas mit uns zu tun haben wollte. Damit hätte er seine Schuld bei Benedict mehr als abgegolten, und eigentlich sollte er für diese riskante Flucht noch Geld verlangen.

Als wir wieder allein waren, kam Benedict darauf zu sprechen, dass wir von nun an völlig mittellos waren. »Dein ganzes Geld habe ich dem Kapitän der *South Pacific* gegeben, der sich weigerte, es mir wieder zurückzuzahlen, als ihr nicht als seine Passagiere an Bord gingt. Marian, ich war schrecklich wütend, als du und Olivia nicht kamt. Zuerst dachte ich, dass es dir nicht gelungen war, Olivia zum Hafen zu bringen, und dann ärgerte ich mich über deine Unvernunft, dass du nicht allein reisen würdest. Später am Abend ging es jedoch wie ein Lauffeuer durch die Hafentavernen, dass im Palais Grimston ein furchtbares Blutbad geschehen war. Ich habe sofort versucht, mit dir zu sprechen, aber da hatte man dich bereits ins Gefängnis gebracht. Dort ließ man mich nicht zu dir.«

»Und nun sind wir beide auf der Flucht.« Ich schob den Blechteller mit dem Bohneneintopf, von dem ich kaum gekostet hatte, zur Seite. »Benedict, warum tust du das alles?«, fragte ich ernst. »Welche Gegenleistung erhoffst du dir? Du weißt, dass meine Eltern nicht unvermögend sind. Wenn wir erst wieder in England sind, werden sie sich für deine Mühen erkenntlich zeigen.«

»Geld? Du denkst, es geht mir nur ums Geld, wenn ich dir helfe?« Ich sah, dass ich ihn beleidigt hatte. »Andere Beweggründe, warum ich dich aus den Fängen von Grimston gerissen habe, traust du mir nicht zu?« Er erhob sich und ging zur Tür.

»Benedict, ich wollte nicht …«

Aber er war schon gegangen. Seit ich mir meiner tiefen Gefühle für Benedict bewusst geworden war, hatte sich mein Verhalten ihm gegenüber verändert. Immer wieder musste ich an Matthew Denbury und den Schmerz, den er mir zugefügt hatte, denken. Ich wollte so etwas kein zweites Mal erleben, darum versuchte ich, mein Herz gegen meine Gefühle zu wappnen. Ein aussichtsloses Unterfangen, was mir von Tag zu Tag klarer wurde.

Der Kapitän war sichtlich erleichtert, als wir in Sizilien von Bord gingen. Catania war eine laute und schmutzige Stadt, deren Armut an allen Ecken sichtbar war. Es gab aber auch imposante barocke Gebäude, fast alle aus schwarzem Lavagestein erbaut. Catania war eine Stadt der Gegensätze, und über allem thronte majestätisch der Ätna.

»Der Hauptgipfel ist nur zwanzig Meilen entfernt. Vor rund zweihundert Jahren erfolgte der letzte schwere Ausbruch. Damals hat eine Lavazunge den Hafen aufgefüllt, erst vor dem Castello Ursino kam sie zum Stehen.«

Erneut wunderte ich mich über Benedicts umfangreiches Wissen. Er plauderte über Sizilien, als wäre er hier geboren, dabei war er, ebenso wie ich, zum ersten Mal auf der Insel.

Da die meisten hastig vorbeieilenden Menschen schäbig gekleidet waren, fielen wir nicht sonderlich auf. Sehnsuchtsvoll betrachtete ich die Stände des Fischmarktes, auf denen außer Fisch auch heimisches Obst und Gemüse angeboten wurde. Jetzt, da ich mich in Sicherheit wähnte, verspürte ich so großen Hunger, dass mein Magen laut und vernehmlich knurrte.

»Hoppla, das hört sich ja an wie ein Hund kurz vor dem Angriff«, scherzte Benedict, aber dann griff er ernst meinen Arm und zog mich in eine stille Seitengasse. »Marian, wir müssen den Tatsachen ins Auge sehen: Wir haben Hunger, aber wir haben kein Geld. Wir sind in Sizilien, aber wir können hier nicht bleiben. Wir müssen folglich als Erstes sehen, wie wir uns Geld beschaffen können, und zweitens, dass du so schnell wie möglich nach England kommst.«

Ich nickte schwach, wusste aber nicht, was jetzt zu tun wäre. Sollte ich etwa betteln oder gar stehlen? Tapfer schluckte ich die aufsteigenden Tränen hinunter und sagte betont fröhlich: »Wir werden einen Weg finden. Vielleicht gibt uns ja ein Händler etwas ab, wenn der Markt beendet ist?«

Das war nichts anderes als Bettelei. Ich hoffte, dass meine Eltern nie davon erfahren würden. Meinem Vater, dem stolzen Lord Simon Elkham, würde es das Herz brechen.

Als wir auf den Markt zurückgingen, drangen melodische Töne an mein Ohr. Wir folgten der Musik und sahen bunt gekleidete Männer und Frauen, um die sich eine Gruppe Zuschauer geschart hatte. Zwei Männer spielten Geige, ein junges Mädchen tanzte, wobei ihr grüner Rock hochflog und unschicklich viel von ihren braunen Beinen sehen ließ.

»Zigeuner«, raunte Benedict, und ich schauderte.

Tante Kate hatte uns Kindern früher oft von dem Treiben der Zigeuner erzählt. »Sie rauben kleine Kinder, färben ihr Haar und ihre Haut schwarz und schicken sie zum Betteln. Wenn sie dann der Kinder überdrüssig geworden sind, schlachteten sie sie und kochen sie in der Suppe.«

Ängstlich hatten wir Tante Kate gelauscht und waren froh gewesen, dass sich seit vielen Jahren keine Zigeuner mehr in Cornwall hatten blicken lassen.

Mutter war sehr ungehalten, als sie einmal zufällig mit anhörte, welche Geschichten Tante Kate uns erzählte. »Zigeuner sind keine Ungeheuer, Kate«, schimpfte sie. »Sie sind ein rastloses Volk, das lieber in Wagen und Zelten als unter einem festen Dach lebt. Das ist aber noch lange kein Grund, solche furchtbaren Dinge über sie zu erzählen.«

Tante Kate hatte schmollend die Unterlippe vorgeschoben. »Es ist aber erwiesen, dass sie alles stehlen, was nicht niet- und nagelfest ist. Auch Kinder.«

»Das war vielleicht so im Mittelalter«, entgegnete Mutter. »Wir haben kein Recht, über die Lebensweise der Zigeuner zu urteilen, und ich bitte dich, den Kindern keine derartigen Geschichten mehr zu erzählen.« Später hatte Mutter uns erklärt, Tante Kate habe uns nur ein Märchen erzählt, so wie die Sagen, die es in Cornwall zuhauf gab.

An all das musste ich nun unweigerlich denken, als ich das Mädchen tanzen sah. In ihre langen, lockigen Haare hatte sie eine rote Stoffblume gesteckt, an ihren Ohren und um ihre Handgelenke klirrten große, goldene Reife. Sie war sehr hübsch und verstand es, ihren Körper geschmeidig zu bewegen. Gebannt verfolgte ich ihren ausdrucksvollen Tanz und vergaß dabei sogar den Hunger. Dann erklangen die letzten Töne, und das Mädchen stampfte dreimal mit ihren nackten Füßen auf den staubigen Boden. Das war das Zeichen für einen Jungen, der nun mit einem Hut in der Hand durch die Zuschauer ging. Die eine und andere Münze wanderte in den Hut, dann zerstreute sich die Menge. Das Schauspiel war vorüber und der Gedanke, woher wir etwas zu essen bekommen sollten, wieder da.

»Du wartest hier«, wies mich Benedict an und verschwand zwischen den Marktständen.

Ich war überrascht, als er eine halbe Stunde später tatsächlich mit einem halben Laib Brot und zwei Äpfeln wiederkam.

»Mehr war leider nicht zu bekommen«, grinste er und brach das Brot in zwei Teile.

Obwohl es ein karges Mal war, hatte mir selten etwas besser geschmeckt. *Hunger ist der beste Koch*, fiel mir das alte Sprichwort ein. Tatsächlich hatte ich in meinem Leben immer alles gehabt, meistens sogar im Überfluss. Die Mahlzeiten in Landhydrock Hall waren stets reichlich, und es wanderten immer Reste in die Küche zurück. Zum ersten Mal machte ich mir Gedanken, was mit diesen wohl geschah? Verarbeitete sie Mrs. Fiddick am nächsten Tag? Oder wurden sie den Armen und Kranken geschenkt? Ich schämte mich, bisher so sorglos und unbekümmert gelebt zu haben, und schwor, sollte ich jemals wieder zu Hause sein, mich mehr um die Bedürftigen der Gegend zu kümmern.

Als es Abend wurde, sagte Benedict: »Wir müssen uns einen Unterschlupf für die Nacht suchen. Ein Grandhotel kann ich dir leider nicht bieten.«

Ich ging auf seinen scherzenden Ton ein: »Das ist das Mindeste, was ich erwartet hätte. Ich hätte gerne eine Suite mit zwei Schlafzimmern und einem Bad, so groß, dass man darin tanzen kann.« Lachend hängte ich mich bei ihm ein, und wir erreichten einen Park, der auf einer Anhöhe lag.

Zum Glück war die Luft warm und mild, denn wir würden wohl die Nacht unter freiem Himmel verbringen müssen. Plötzlich hörten wir laute Stimmen, dazwischen den Schrei eines Mädchens. Obwohl ich die Worte nicht verstehen konnte, war es eindeutig, dass sich jemand in Gefahr befand. Kurz darauf sahen wir auch schon eine Frau zwischen den Bäumen auftauchen. Sie rannte und schaute sich dabei immer wieder um. Zu meinem Erstaunen erkannte ich die junge Zigeunerin. Dann erschienen zwei Männer. Sie holten das Mädchen ein. Der eine presste ihren zarten Körper fest an sich und versuchte sie zu küssen, wobei der andere schmutzig lachte.

Benedict zögerte keine Sekunde. Er packte den ersten Mann am Kragen. Dieser war so verblüfft, dass er die Zigeunerin losließ. Es entstand ein Gerangel, und der zweite Mann stürzte sich auf Benedict. Ich wollte gerade einschreiten, als Benedict dem ersten einen Kinnhaken verpasste und dieser zu Boden ging. Sein Kumpan zögerte, dann hob er seinen Freund auf, und gemeinsam machten sie sich aus dem Staub. Das Mädchen hatte die Szene regungslos verfolgt, jetzt warf sie sich in Benedicts Arme. Genau in diesem Augenblick erschienen zwei andere Zigeuner, wovon der eine die Situation falsch zu deuten schien. Er entriss Benedict das Mädchen und schlug ihm die Faust ins Gesicht.

Entsetzt sah ich, wie Benedict mit blutender Lippe in den Staub stürzte. »Nein! Was habt ihr gemacht?« Besorgt beugte ich mich zu Benedict, der sich mühsam aufrappelte.

»Guter Schlag«, murmelte er leicht benommen und wischte sich mit dem Ärmel das Blut aus dem Gesicht.

Ich hörte das Mädchen auf die Männer einreden, dabei gestikulierte sie heftig mit beiden Händen. Ich half Benedict auf die Beine, dann trat der Mann, der ihn niedergeschlagen hatte, auf ihn zu und sagte etwas in einer fremden Sprache.

»Wir können Sie leider nicht verstehen«, versuchte ich ihm klar zu machen.

»Ah, Anglesi! Ich sprechen Englisch, ein wenig«, gab er zur Antwort und klopfte Benedict mit der Hand auf die Schulter. »Du haben Ehre meiner Schwester gerettet. Es tun mir Leid, dich geschlagen zu haben. Ich sein dankbar. Ihr mitkommen.«

Benedict und ich tauschten einen Blick, dann zuckte er mit den Schultern. »Wir haben ja nichts anderes vor. Das Dinner im Ritz wird eben warten müssen«, scherzte er.

Nach wenigen Minuten erreichten wir eine kleine Wagenstadt. Die einfachen Holzkutschen waren bunt bemalt, auf der Wiese grasten zottige Ponys. Vor einem Wagen brannte ein großes Feuer, darüber baumelte ein eiserner Topf, aus dem es verlockend roch. Mir lief das Wasser im Mund zusammen. Als die Zigeuner sahen, dass ihre Angehörigen mit zwei Fremden zurückkehrten, entstand ein lautes, unverständliches Geschnatter. Dazwischen redete das Mädchen. Ihrer Gestik konnte ich entnehmen, dass sie es verstand, den Überfall der Sizilianer theatralisch zu schildern. Dann traten der Bruder und eine ältere Frau auf uns zu.

Das Gesicht der Zigeunerin war tiefbraun und von Falten durchzogen, aber ihre Augen funkelten wie zwei glühende Kohlen. »Mein Enkel sagt, dass du meiner Enkelin beigestanden hast«, sagte sie in einem Englisch, in dem ein leichter Akzent mitschwang. »Seid unsere Gäste.« Sie machte eine einladende Handbewegung zum Feuer hin.

Benedict und ich setzten uns auf die ausgebreitete Decke. Gleich darauf wurde dicker Eintopf aus dem Kessel in Holzschalen geschöpft, und wir erhielten auch eine Portion. In der Suppe schwammen Fleischstückchen. Unwillkürlich dachte ich an Tante Kates Erzählung, und ich zögerte. Was, wenn es sich doch um Kinder handelte?

»Komm, iss. Es ist wirklich gut«, raunte Benedict und tauchte den Löffel ein. »Es wäre unhöflich, abzulehnen.«

Kaum hatte ich gekostet, merkte ich, wie hungrig ich war. Zwar konnte ich nicht genau definieren, was die Suppe enthielt, aber sie schmeckte würzig und war nahrhaft.

Während des Essens erfuhren wir, warum die alte Frau so gut unsere Sprache beherrschte. »Ich bin in Irland geboren, meine Eltern waren Tinker. Dann lernte ich Jacko kennen und zog mit ihm fort. Mein Enkel, der ebenfalls Jacko heißt, und meine Enkelin Lara haben ein wenig die Sprache gelernt.«

Ich erfuhr, dass ihr Name Aysha und sie als Älteste eine Art Oberhaupt der Gruppe war. Nichts geschah, ohne dass man Aysha nach ihrer Meinung fragte, und alle zeigten große Ehrfurcht vor der Alten.

Benedict fragte nach einem Stück Papier und einem Stift, und Lara brachte ihm das Gewünschte. Mit wenigen Strichen skizzierte er die Menschen, die Wagen und das Lagerfeuer.

Aysha betrachtete das Bild und nickte anerkennend. »Du bist ein großer Künstler.«

Benedict schenkte ihr die Zeichnung. »Als Dank für eure Gastfreundschaft. Mehr können wir euch leider nicht geben, denn wir besitzen nichts.«

Aysha nickte wohlwollend, und ich verstand, dass Benedict instinktiv den richtigen Ton getroffen hatte. Es ging den Zigeunern nicht um Geld, sondern um die Geste, dass wir uns dankbar zeigten. Eine einfache Zeichnung war dazu völlig ausreichend.

Später holte jemand eine Fidel und begann zu spielen. Es waren leise, traurige Töne, eine Melodie, die zu Herzen ging. Die Frauen begannen, das Nachtlager zu bereiten. Unsicher sah ich Benedict an.

Es war für uns an der Zeit zu gehen, doch meine stumme Frage wurde von Aysha beantwortet, ganz so, als könne sie Gedanken lesen. »Wenn ihr wollt, könnt ihr hier schlafen«, sagte sie schlicht, erhob sich und ging in einen Wagen, ohne eine Antwort abzuwarten. Offenbar ahnte Aysha, dass Benedict und ich nicht wussten, wo wir die Nacht verbringen sollten.

Die Männer schliefen unter freiem Himmel, die Frauen in den Wagen. Mir wurde ein Platz im gleichen Bett neben Lara zugeteilt. Es waren noch weitere vier Frauen in dem Wagen. Nach wenigen Minuten hörte ich an deren ruhigem Atem, dass die anderen fest schliefen, aber ich lag noch lange wach und dachte über meine Situation nach, die mir einfach grotesk erschien. Ich, eine englische Lady, lag Seite an Seite mit einem Zigeunermädchen in einem bunt bemalten Wagen, der nicht einmal halb so groß war wie mein Zimmer in Landhydrock Hall. Meine Sehnsucht nach daheim war so stark, dass ich mich in den Schlaf weinte.

Irgendwann beugte sich Roger Grimston mit einem diabolischen Lächeln über mich. »Du entkommst mir nicht«, drohte er, und sein Mund kam meinem Gesicht immer näher. Deutlich konnte ich seinen schlechten Atem riechen, und ich versuchte, mich aus dem Bett zu rollen, aber mein Körper war wie gelähmt. »Du hast Olivia getötet, darum wirst du jetzt meine Frau sein, denn ich brauche eine Frau.«

»Nein, nein! Geh fort!«, schrie ich aus Leibeskräften und wollte mich aufbäumen, doch zwei starke Hände drückten mich in die Kissen zurück.

»Alles gut. Nur Traum.«

Langsam merkte ich, dass die Stimme nicht Roger Grimston, sondern einer Frau gehörte. Ich öffnete die Augen. Im schwachen Mondlicht, das durch ein kleines Fenster in den Wagen fiel, erkannte ich die Umrisse von Lara, die sich über mich beugte. Ich zitterte am ganzen Körper. Es war tatsächlich nur ein Traum gewesen.

»Es tut mir Leid«, flüsterte ich.

»Pst, macht nichts. Du sein hier sicher, keiner kommen dich holen«. Lara strich mir beruhigend über die Stirn.

Ich überlegte, wie viel ich im Schlaf gesprochen hatte und ob sie wusste, dass Benedict und ich auf der Flucht waren. Das

Mädchen rollte sich zusammen und war binnen weniger Augenblicke wieder eingeschlafen, aber ich lag für den Rest der Nacht wach.

Ich weiß heute nicht mehr, ob Aysha und die anderen uns aufforderten, sie zu begleiten, oder ob Benedict und ich uns ihnen einfach anschlossen. Am folgenden Morgen begann bei Sonnenaufgang eine rege Betriebsamkeit. Verwundert sah ich, wie das Lager in weniger als einer Stunde abgebaut wurde. Jacko bedeckte die Feuerstelle mit Sand, die Ponys wurden vor die bunten Wagen gespannt, und wir verließen die Anhöhe in dem Park. Die Frauen kutschierten, während die Männer zu Fuß nebenher gingen. Ich saß neben Lara auf dem Kutschbock, und langsam zockelten wir durch Catania in Richtung Norden. Die Stadt erwachte nach und nach zum Leben. Manchmal folgten uns missbilligende Blicke. Hier war es ebenso wie überall auf der Welt: Man erfreute sich an den Zigeunern, wenn sie spielten und tanzten, aber eigentlich war es jedem recht, wenn sie weiterzogen.

Nun waren Benedict und ich ein Teil dieser illustren Gesellschaft geworden und zogen in eine ungewisse Zukunft.

VII

Bei Torre an der Nordküste Siziliens setzten wir auf das italienische Festland über.

»In den letzten Monaten waren wir überall auf der Insel«, sagte Aysha, zog genüsslich an einer dicken Zigarre und stieß den Rauch aus. »Die Leute kennen uns und kommen nicht mehr. Wir werden in diesem Sommer hinauf bis nach Rom ziehen. Dann sehen wir weiter.«

In den letzten Tagen hatte ich viel über die Zigeuner gelernt und meine Vorurteile begraben. Sie lebten für den Augenblick. Beim Aufwachen dachten sie daran, wo sie den nächsten Lagerplatz aufschlagen und wie sie Nahrung beschaffen würden. Es gab keine festgelegten Wegstrecken. Wo es ihnen gefiel, blieben sie, manchmal nur eine Nacht, manchmal auch einige Tage, je nachdem, wie sie von der Bevölkerung aufgenommen wurden. Jede der fünfzehn Personen hatte eine feste Aufgabe. Es war eine perfekt durchorganisierte Gruppe, in der eine strenge Hierarchie herrschte: Aysha war das Oberhaupt, ihr folgten die Männer in der Rangfolge ihres Alters.

Sie fragten uns nicht, wer wir waren, woher wir kamen und wohin wir wollten. Benedict und ich waren ein Teil von ihnen geworden und wurden von ihnen so akzeptiert, wie wir waren. Irgendwann würden wir die Zigeuner verlassen, und sie würden darüber keine Trauer empfinden. Fremde kamen und Fremde gingen. Auch hinterfragte niemand die Beziehung zwischen Benedict und mir. Das war eine neue Erfahrung für mich. Obwohl es in unserer Familie recht zwanglos zuging, war ich Zeit meines Lebens dafür erzogen worden, mich auf dem gesellschaftlichen Parkett gewandt zu bewegen. Dachte ich an meine Zeit in London, so schien mir, als wäre ich nur eine Marionette in einem großen Spiel gewesen, in dem sich alle Beteiligten so gaben, wie man es von ihnen erwartete, ungeachtet der eigenen Gefühle und Empfindungen. Ich dachte an meine Schulfreundin Bernadette, die sich stets gegen die Zwänge und Konventionen der Gesellschaft aufgelehnt hatte. Sie hätte dieses schlichte, unkomplizierte Leben sicher genossen.

Da meine eigenen Kleider schmutzig und zerrissen waren, gab mir Leah einen Rock und eine Bluse. Leah war eine Frau um die dreißig und mit Arsan verheiratet. Sie hatten drei Kinder, die einander so ähnlich sahen, dass ich sie nur anhand ihrer Größe unterscheiden konnte.

Lara half mir beim Anziehen der ungewohnten Kleidung und hielt mit spitzen Fingern mein Korsett hoch. »Das du haben nicht nötig. Du sein so schlank, und das Gestell sehen furchtbar unbequem aus.«

Insgeheim musste ich ihr zustimmen, doch das Gefühl, die Kleidung direkt auf der nackten Haut zu tragen, war für mich ungewohnt. Obwohl die Bluse meinen Oberkörper züchtig bedeckte, fühlte ich mich nackt.

Lara löste meine Haare und kämmte sie mit den Fingern, bis sie mir wild um die Schultern fielen. »Jetzt du sehen aus wie richtige Zigeunerin«, rief sie und klatschte begeistert in die Hände.

Ich betrachtete mich in dem einzigen Spiegel, den es hier gab, und starrte verwundert auf das Bild, das sich mir bot. In den letzten Tagen hatte sich meine Haut gebräunt, denn ich hatte nichts getan, um sie vor der Sonne zu schützen. Die Sommersprossen bedeckten meine Nase und leuchteten wie kleine Sterne. Dazu kamen meine schwarzen Locken und Augen. Der Unterschied zu Lara oder Romilly, Laras jüngerer Schwester, war nur minimal.

Benedict pfiff durch die Zähne, als er mich in meiner bunten Kleidung sah. Auch er trug ein neues Hemd, dunkelrot mit weit ausgestellten Ärmeln, aber sein Aussehen entsprach nicht dem eines Zigeuners. Obwohl die Sonne seine Gesichtshaut dunkelbraun gefärbt hatte, schimmerte sein blondes Haar wie ein Heiligenschein um seinen Kopf. Nicht zum ersten Mal wurde mir bewusst, wie attraktiv er war, aber ich hatte auch bemerkt, dass dies Lara ebenfalls nicht entgangen war. Zudem war Benedict in ihren Augen der Held, der sie vor einer Vergewaltigung gerettet hatte. Seit wir bei der Gruppe waren, wich sie nur selten von seiner Seite. Sprach Benedict, dann hing Laras Blick wie gebannt an seinen Lippen; sagte er, er habe Durst, dann sprang sie auf, um ihm einen Becher Wasser zu bringen.

Als Benedict sie fragte, ob er sie zeichnen dürfe, färbten sich ihre Wangen rot, und sie willigte begeistert ein. Lara saß auf einem Baumstumpf, und ich beobachtete, wie ihr feuriger Blick Benedict nicht aus den Augen ließ. Immer wieder zog sie ihr Mieder nach unten und posierte so, dass der Ansatz ihrer jungen Brüste deutlich zu sehen war.

Als Benedict ihr die fertige Zeichnung schenkte, drückte sie das Blatt Papier fest an ihre Brust. »Ich werden es immer aufheben. Das sein schönstes Geschenk, das ich bekommen habe«, strahlte sie ihn an und lief beschwingt davon.

Benedict wäre kein Mann gewesen, wenn er das Verhalten des Mädchens nicht genossen hätte. Die Art, wie Lara ihn anhimmelte, weckte Eifersucht in mir. Während der aufregenden letzten Wochen hatte sich Benedict mir gegenüber zwar immer freundlich verhalten, aber mit keinem Wort den Kuss in seiner Wohnung erwähnt. Er behandelte mich eher wie eine kleine Schwester, und ich fühlte mich unweigerlich an Matthew Denbury erinnert. Doch dieses Mal war es anders. Meine Gefühle für Matthew waren nur eine kindliche Schwärmerei gewesen, während ich Benedict liebte und mir ein Leben ohne ihn nicht mehr vorstellen konnte. Wir hatten nie darüber gesprochen, was geschehen würde, wenn ich wieder zu Hause bei meiner Familie wäre. So sehr ich mich nach daheim sehnte, hatte ich Angst vor dem Augenblick, in dem Benedict gehen würde. Er war zu einem Teil meines Lebens geworden, aber noch einmal würde ich mir nicht die Blöße geben, Gefühle für einen Mann zu zeigen, der mich nicht ebenso liebte. Aus diesem Grund verhielt ich mich auf unserer Reise durch Süditalien sehr reserviert.

Wir kamen durch kleine Dörfer und größere Städte. Überall war es dasselbe: Ein Lager wurde aufgeschlagen, und schon bald kamen die ersten Neugierigen, die uns aus gebührlichem Abstand skeptisch beobachteten. Dann begann Lara zu tanzen, und es war unmöglich, von ihren geschmeidigen Bewegungen nicht in den Bann gezogen zu werden. Benedict zeichnete viel, und manchmal gab es Leute, die seine Bilder kauften. Natürlich waren es nur einfache Kreidezeichnungen, denn woher hätte Benedict Ölfarben und eine richtige Leinwand nehmen sollen? Trotzdem waren seine Bilder, die die Menschen bei ihren alltäglichen Verrichtungen zeigten, sehr eindrucksvoll.

Aysha bestand darauf, dass Benedict die Münzen, die er für seine Werke bekam, behielt, obwohl er das Geld den Zigeunern geben wollte.

»Aber wir leben hier auf eure Kosten«, widersprach Benedict. »Ich wäre froh, mich daran beteiligen zu können.«

»Du hilfst bei vielen Arbeiten und Marian ebenfalls. Das ist genug. Behalte das Geld, ihr werdet es noch brauchen können.«

Es war wirklich nicht viel, was Benedict verdiente, und es würde auf keinen Fall für eine Schiffspassage nach England reichen, aber es war für Benedict und mich ein gutes Gefühl, wieder ein paar klingende Münzen in der Tasche zu haben.

Aysha verstand sich auf die Kunst des Wahrsagens. Manchmal verwendete sie eine Kristallkugel, doch hauptsächlich vertiefte sie sich in das Studium der Handlinien. Immer öfter saß ich dabei neben ihr, obwohl ich die Kunst, die Zukunft vorauszusagen, für Schwindel hielt. Aysha verstand es jedoch, daraus eine Art Schauspiel zu machen, das mich jedesmal aufs Neue faszinierte.

An diesem Morgen war ein junges Mädchen gekommen, ihrer einfachen Kleidung nach wohl die Tochter eines Bauern. In den letzten Wochen hatte ich ein paar Brocken Italienisch gelernt, so verstand ich, dass das Mädchen wissen wollte, ob sich ihre große Liebe erfüllen würde. Offenbar handelte es sich bei ihrem Schatz um einen armen Fischer, und der Vater des Mädchens wollte einer Heirat nicht zustimmen.

Konzentriert beugte sich Aysha über die ausgestreckte Hand des Mädchens. Minutenlang sagte sie kein Wort, und ich konnte die Aufregung des Mädchens deutlich sehen. Dann sagte Aysha, in ihrer Hand gebe es zwei Linien, die für zwei Wege sprächen, die das Mädchen beschreiten könne. »Deine Herzlinie sagt, dass du immer deinem Gefühl folgen sollst, aber die Kopflinie zweigt in eine andere Richtung ab. Ganz egal, welcher du folgen wirst, am Ende wird das große Glück für dich bereitstehen.«

Ich fand die Aussage sehr vage und verkniff mir ein Grinsen. Das Mädchen konnte aber anscheinend mit Ayshas Prognose etwas anfangen, denn sie zahlte bereitwillig den geforderten Preis und ging glücklich davon. So war es jedes Mal – Ayshas Voraussagen endeten für die Menschen immer gut.

»Selbst wenn ich sehen würde, dass der Person großes Leid bevorsteht, würde ich es ihr nicht sagen«, erklärte sie mir. »Die Leute wollen nur gute Nachrichten haben. Dann zahlen sie und sind glücklich.« Sie nahm meine linke Hand und drehte die Fläche nach oben. »Wenn du willst, sage ich dir, was das Leben für dich bereithält.«

Schnell zog ich die Hand zurück. »Es tut mir Leid, Aysha, aber ich glaube nicht an einen solchen …«

»… Humbug?«, unterbrach sie mich und lachte schallend. »Du zweifelst also auch an Dingen, die zwischen Himmel und Erde passieren und nicht logisch erklärbar sind. Warum lässt du mich nicht einen Blick auf deine Linien werfen? Wenn du nicht daran glaubst, besteht auch keine Gefahr, dass ich etwas sehen könnte, was dir vielleicht nicht gefällt.«

Ich wollte Aysha nicht den Spaß verderben, darum streckte ich die Hand wieder aus.

Es war wie bei den Kunden: Mit zusammengekniffenen Augen stierte sie auf meine Hand, bis sie nach einiger Zeit murmelte: »Du hast lange Zeit ein unbeschwertes Leben gehabt, frei von Kummer und Sorgen.«

Ich bemühte mich, ein Lächeln zu unterdrücken. Aysha wusste, dass ich Engländerin war. Meine ganze Art, mich zu bewegen und zu sprechen, ließ darauf schließen, dass ich aus einer höheren Gesellschaftsschicht stammte. Damit war es ganz logisch, dass meine Kindheit und meine Jugend relativ unbeschwert gewesen sein mussten.

»Ich sehe eine lange Reise. Der Weg ist voller Unebenheiten.«

Auch das war nichts Neues. Die Zigeuner wussten, dass Benedict und ich von Malta kamen und auf dem Weg nach England waren. Ich wollte gerade die Hand fortziehen, als Aysha plötzlich ein Keuchen ausstieß.

»Was siehst du?«, fragte ich scheinbar interessiert, obwohl mich die Sache langsam zu langweilen begann.

»Möchtest du die Wahrheit wissen? Du weißt, ich sage den Kunden nicht immer alles.« Mit sorgenvoll gefurchter Stirn sah sie mich an. Da ich ohnehin kein Wort glaubte, forderte ich sie auf, fortzufahren. »Es wird großes Leid auf dich zukommen. Ein Mensch, den du magst und dem du dein Vertrauen geschenkt hast, wird dich sehr enttäuschen. Und …« Sie zögerte und ich warf ein:

»Was siehst du noch?«

»Er wird dich in Gefahr bringen. Große Gefahr.« Sie krümmte meine Finger zu einer Faust und schob meine Hand von sich fort. »Mehr kann ich nicht sehen. Das ist genug.«

Verwundert merkte ich, wie ihr sonst ruhiger Blick unstet flackerte.

»Was ist das für ein Mensch? Ein Mann?« Benedict?, fügte ich in Gedanken hinzu.

»Ich denke, du glaubst nicht an solche Dinge? Ich sehe nicht, ob es ein Mann oder eine Frau ist, aber die Person wird dich sehr unglücklich machen.«

Eine kühler Schauer rann über meinen Rücken. Aysha besaß wirklich ein großes schauspielerisches Talent, denn ihre Stimme klang so dumpf, als käme sie direkt aus einer Gruft. Eine abergläubische Seele würde ihr jedes Wort glauben. Sogar auf mich hatte ihr Verhalten Eindruck gemacht, denn ich merkte, wie ich mich zu einem Lächeln zwingen musste. »Ich danke dir, Aysha«, sagte ich leichthin. »Jetzt bin ich ja gewarnt.«

Sie schüttelte sorgenvoll den Kopf. »Nimm es nicht auf die leichte Schulter, Marian. Eines Tages wirst du an meine Worte denken.«

Zugegeben, ihre Unkenrufe beschäftigten mich noch ein paar Stunden, aber dann vergaß ich Ayshas Worte, denn wir schlugen unser Lager in einer größeren Stadt auf, in der ein Jahrmarkt stattfand.

Aysha verhängte das Fenster in ihrem Wagen mit einem blutroten Tuch und stellte Kerzen auf. In die Mitte des kleinen Tischchens stellte sie die Kristallkugel, und es dauerte nicht lange, bis die ersten Kunden kamen. Bei früheren Weissagungen hatte Lara ihr geholfen. Da das Mädchen jetzt mit Tanzen beschäftigt war, hatte Aysha mich gebeten, die notwendigen Rituale vorzunehmen. Ich war froh, etwas Nützliches tun zu können, schließlich teilten die Zigeuner bereitwillig das Essen mit uns. Benedict kümmerte sich um die Pferde und führte oft kleine Reparaturen an den Wagen aus, und ich half beim Saubermachen und der Zubereitung des Essens. Jetzt aber entzündete ich Räucherstäbchen, die in dem Wagen einen süßlichen, nicht unangenehmen Duft verbreiteten. Ich hielt mich im Hintergrund, während Aysha den Kunden wahrsagte. Es war eine perfekte Täuschung, die einzig dazu diente, den Leuten, die etwas über ihre Zukunft erfahren wollten, das Geld aus der Tasche zu ziehen. Aber es funktionierte! So viel wie an diesem Tag auf dem Jahrmarkt hatte Aysha nie zuvor eingenommen! Am Abend wurde ein kleines Fest gefeiert, bei dem es auch Wein zu trinken gab.

Ich setzte mich neben Aysha und fragte: »Heute haben dich zwei junge Frauen nach einem Liebestrank gefragt, doch du hast abgelehnt. Ich traue dir allerdings zu, dass du dich auch auf die Kunst solcher Getränke verstehst.«

Aysha lachte gackernd. »Ich sage den Menschen, was sie hören wollen, aber von Tränken und ähnlichem Zauber lasse ich meine Finger. Wir Zigeuner werden geduldet, solange wir die Leute unterhalten. Wenn wir irgendwelche Kräuter verkaufen würden, könnte sich das schnell ins Negative wandeln.«

»Du meinst, wenn das Mittel nicht die gewünschte Wirkung erzielt?«

Aysha nickte. »Manchmal geschieht es, dass Menschen ohne ersichtlichen Grund erkranken oder plötzlich das Vieh stirbt. Dann kann ein so genannter Liebeszauber sich schnell in einen giftigen Trank verwandeln, obwohl sich nichts anderes darin befand als harmlose Wiesenkräuter. Auch wenn wir nicht mehr im Mittelalter leben und die Zeit der Hexenverfolgungen lange vorbei ist, neigen die Menschen immer noch dazu, die Schuld für ein persönliches Unglück bei anderen zu suchen.« Sie wurde sehr ernst und fuhr fort: »Früher, als ich noch in Irland lebte, haben wir solche Tränke und sonstige Heilmittel verkauft. Das Geschäft lief sehr gut, bis es eines Tages zu unerklärlichen Vorfällen kam. Meine Schwester hatte einer Frau, die keine Kinder gebären konnte, ein Pulver gegeben. Plötzlich starb die Frau. Du kannst denken, was du willst, Marian, aber das Pulver enthielt lediglich Mehl, etwas Zucker und geriebene Kamille. Der Ehemann der Frau zettelte eine regelrechte Hetzkampagne gegen uns an, in deren Folge meine Schwester starb.«

»Das ist ja furchtbar!« Ich ergriff Ayshas knochige Hand und drückte sie mitfühlend. »Was ist geschehen? Wurden die Verantwortlichen zur Rechenschaft gezogen?«

Sie lachte bitter. »Es gab keine Verantwortlichen, die ganze Sache wurde als Unglück dargestellt. Tatsache ist jedoch, dass sie uns mit Steinen bewarfen und aus dem Lager hinausjagten. Mit Stöcken und Dreschflegeln bewaffnet trieben sie uns zur Küste. Besonders auf meine Schwester hatten sie es abgesehen. Plötzlich löste sich ein Stück Fels unter ihren Füßen, und sie stürzte die Klippen hinunter. Die Küste ist an dieser Stelle so steil, dass wir nicht einmal ihre Leiche haben bergen können, um sie anständig zu beerdigen. Kurz darauf habe ich Jacko geheiratet, und wir verließen Irland.«

Ich schwieg, wusste nicht, was ich zu dieser traurigen Geschichte sagen sollte. Ich dachte an Tante Kates Erzählungen über die Zigeuner und wie sehr sie sich doch getäuscht hatte. Obwohl Benedict und ich Fremde waren, hatten sie uns selbstlos in ihre Gruppe aufgenommen, ohne Fragen zu stellen, und behandelten uns wie Freunde.

»Wenn ich wieder zu Hause bin, dann werde ich euch helfen. Meine Familie ist vermögend«, sagte ich leise, doch Aysha schüttelte den Kopf.

»Wir brauchen kein Geld, auch wenn es nett von dir gemeint ist. Das Einzige, was wir wollen, ist, dass man uns unsere Freiheit und unser Leben lässt. Wir tun niemandem etwas, trotzdem werden wir oft wie Aussätzige behandelt. So ein Tag wie heute ist eine Ausnahme.« Sie stand auf, und erneut wunderte ich mich, wie gelenkig Aysha in ihrem Alter noch war. »Aber jetzt genug der trüben Gedanken! Wir haben allen Grund zum Feiern, wer weiß, was der morgige Tag uns bringen mag.«

Ich sah zum Feuer hinüber, wo Lara gerade zu tanzen begann. Benedict saß im Schneidersitz auf einer Decke und beobachtete das junge Mädchen, das sich geschmeidig über die Wiese bewegte. Lara tanzte immer näher an Benedict heran und ließ vor seinem Gesicht verführerisch ihre Hüften kreisen. Der Blick aus ihren feurigen Augen war herausfordernd und einladend. Ich schluckte, Eifersucht stieg wie eine lodernde Flamme in meinem Herzen empor. Obwohl es sich nur um einen Tanz handelte, waren Laras Absichten offensichtlich. Benedict ließ die schlanke Gestalt nicht aus den Augen und folgte jeder von Laras Bewegungen. Ich sah, wie Jacko unwillig die Stirn runzelte, und hoffte, er würde dem Schauspiel ein Ende bereiten. Schließlich war Lara seine kleine Schwester. Dann verstummte die Musik, und Lara warf sich Benedict zu Füßen. Ihr pechschwarzes Haar fiel wie ein Vorhang um ihren Körper. Benedict streckte eine Hand nach ihr aus, und ich konnte ihn sagen hören: »Das war sehr schön, Lara. Möchtest du einen Becher Wein mit mir trinken?«

Ich stand auf und entfernte mich ein paar Schritte vom Lager. Am liebsten hätte ich geweint, aber ich hatte kein Recht auf Benedict. Er hatte mir nie etwas versprochen. Allein die Tatsache, dass er mich vor Roger Grimston gerettet und mich einmal geküsst hatte, sagte nicht aus, dass er mehr in mir als nur eine gute Freundin sah. Benedict war ein Künstler, sein Leben war dem der Zigeuner nicht unähnlich. Was konnte ich ihm dagegen schon bieten? Ja, meine Familie war zwar vermögend, aber deswegen wusste ich auch genau, dass mein Vater eine Verbindung mit einem mittellosen Maler niemals erlauben würde. Zudem konnte ich mir Benedict nicht als Gutsverwalter vorstellen. Er führte ein unabhängiges Leben ohne Zwänge und Konventionen und würde sich nie den ungeschriebenen Gesetzen des englischen Adels unterwerfen können.

Seufzend lehnte ich mich an einen Baumstamm und wischte mir über die Stirn. Benedict hatte vorgeschlagen, in Neapel nach einem Schiff Ausschau zu halten, das uns nach Frankreich bringen sollte. Was würde geschehen, wenn wir die Stadt erreichten? Würde Benedict vielleicht Lara heiraten und bei den Zigeunern bleiben? Dass er sich in der bunten Gruppe sichtlich wohl fühlte, war mir nicht verborgen geblieben. Ach verflixt! Ich musste mir die Liebe zu Benedict aus dem Herzen reißen und ihn vergessen. Insgeheim wusste ich, dass es dafür schon längst zu spät war.

Irgendwann in der Nacht erwachte ich und bemerkte, dass Lara leise aufstand. Ich wartete, bis sie den Wagen verlassen hatte, dann folgte ich ihr, ohne die anderen zu wecken. Mein Herz pochte vor Aufregung, denn instinktiv wusste ich, dass Lara nicht aufgestanden war, um einem menschlichen Bedürfnis nachzugehen. Benedict hatte seinen Schlafplatz am Rande des Lagers aufgeschlagen, und es erstaunte mich nicht, als ich im Mondlicht sah, wie Lara zu ihm schlich. Mein Herz schmerzte, und eine Stimme in meinem Kopf riet mir, mich wieder hinzulegen und die Decke über den Kopf zu ziehen, doch ich wollte Gewissheit. Wollte mit eigenen Augen sehen, wie sich Lara und Benedict liebten. Vielleicht würde es mir helfen, mich mit den Tatsachen abzufinden.

Benedict musste fest geschlafen haben, denn ich beobachtete, wie Lara ihn kräftig an der Schulter schüttelte. Unwillig brummend drehte er sich zu ihr um, sogleich senkte sich Laras Mund auf seinen. Ich hörte, wie er etwas murmelte, konnte aber kein Wort verstehen. Seine Arme schlossen sich um Laras Rücken, und er zog sie näher an sich heran. Ich stand nur wenige Meter von den beiden entfernt, doch sie bemerkten mich nicht. Als Benedict begann, Laras Mieder aufzuschnüren, hatte ich genug gesehen. Mit vor Tränen brennenden Augen tastete ich mich rückwärts, dabei trat ich auf einen morschen Ast. In der Stille der Nacht klang das Geräusch wie eine Detonation.

Benedict fuhr in die Höhe. Fassungslos starrte er auf Lara, dann erkannte er mich. »Marian ... Was zum Teufel ...?«

Schnell drehte ich mich um und rannte blind vor Tränen in den nahen Wald hinein. Mehrmals stolperte ich über Wurzeln und drohte zu fallen, aber es war mir gleichgültig. Da hörte ich hinter mir Schritte, jemand rief meinen Namen. Es war Benedict! Ich lief noch schneller, denn ich wollte mit niemandem sprechen, am wenigsten mit ihm. Dann hatte er mich eingeholt und packte mich fest am Arm. Ich wirbelte herum und blieb keuchend an seiner Brust liegen. Sofort versuchte ich mich zu befreien, aber seine Arme schlossen sich wie Stahlklammern um meinen Rücken.

»Marian, was ist denn los? Du benimmst dich, als wäre dir der Leibhaftige persönlich begegnet!«

»Lass mich los!«, rief ich. »Sofort! Und kehr zu deiner Lara zurück, sie wartet auf dich.«

Benedict stutzte, schob mich ein Stück von sich und begann zu lachen. »Du hast uns beobachtet, nicht wahr? Hast gesehen, wie Lara unter meine Decke gekrochen ist.«

»Und wenn schon? Es geht mich nichts an, was du tust«, gab ich giftig zurück. Auf keinen Fall wollte ich Benedict etwas von dem Sturm der Gefühle, der in meinem Innern tobte, merken lassen. »Was willst du? Ich an deiner Stelle würde das Mädchen nicht so lange warten lassen!« Durch das Blätterdach der Bäume schimmerte kaum Licht, so konnte ich Benedicts Gesicht nicht genau erkennen, aber ich konnte ihn glucksen hören.

»Bist du etwa eifersüchtig, Marian?«

»Ich? Eifersüchtig? Wie käme ich dazu? Du kannst tun und lassen, was du willst.«

Es war mir unverständlich, warum Benedict die Situation als derartig belustigend empfand, denn er lachte erneut.

»Weißt du, dass ich gerade von dir geträumt habe, als Lara mich weckte? Im Halbschlaf dachte ich, sie sei du, darum habe ich sie geküsst.«

»Das ist mir egal«, entgegnete ich. »Seit Tagen merkt ein jeder, wie Lara um dich herumscharwenzelt. Welcher Mann würde da nicht schwach werden?«

Plötzlich packte er mich bei beiden Schultern und schüttelte mich kräftig. »Marian, kleine, süße Marian, du bist wirklich eifersüchtig!«

Sein Kuss kam so unerwartet, dass ich mich nicht wehren konnte. Ich wollte es auch nicht. Fest pressten sich seine Lippen auf meinen Mund, und ich drängte meinen Körper gegen seinen. Ich wehrte mich nicht, als er die Rückenbänder der Bluse löste, und stöhnte lustvoll auf, als seine Hände meine Brüste berührten. Gemeinsam sanken wir auf den weichen Waldboden. Ich lebte nur für diesen Augenblick, wollte, dass er niemals aufhören würde, mich zu streicheln und zu küssen. Die Leidenschaft hatte uns übermannt, und nichts konnte jetzt mehr das Unweigerliche aufhalten. Lara entschwand aus meinen Gedanken, denn jetzt gehörten mein Körper und mein Herz ganz allein Benedict.

Später lag mein Kopf auf seiner Brust. Ich bebte immer noch von dem eben Erlebten. Nie hätte ich mir träumen lassen, dass das Wunder der Liebe so überwältigend sein würde.

Benedict spielte mit einer Haarsträhne und sagte: »Meine kleine Marian, ich liebe dich so sehr.«

Ich kuschelte mich noch enger an ihn und wollte unter keinen Umständen aus diesem wundervollen Traum aufwachen. »Ich dachte, Lara interessiert dich. Sie ist ja auch wunderschön.«

Sein Brustkorb hob und senkte sich kraftvoll, dabei kitzelten seine feinen, blonden Härchen meine Nase.

»Und ich dachte, dir wäre es egal, wenn ich mit einer anderen flirte. Als ich merkte, dass Lara eine gewisse Bewunderung für mich hegt, hoffte ich, dass du eifersüchtig werden würdest. Meine Güte, es hat so lange gedauert, dass ich schon dachte, ich sei dir wirklich gleichgültig.«

»Gleichgültig?« Ich hob verwundert den Kopf. »Weißt du denn nicht, wie sehr ich dich liebe? Ich war schrecklich wütend und traurig, als ich sah, wie du Lara verliebte Blicke zuwarfst. Empfindest du wirklich nichts für sie?«, fragte ich bang.

»Sie ist sehr schön und sie ist sehr freundlich, aber noch viel zu jung. Ihr Bruder wacht streng über sie, heute Abend dachte ich schon, er würde mich zur Rede stellen.«

»Aber warum das ganze Theater? Warum hast du versucht, meine Eifersucht zu wecken? Ich dachte nicht, dass ich dir etwas bedeuten würde und glaubte, dass alles, was auf Malta zwischen uns geschehen ist, für dich nur die Bedeutung eines harmlosen Flirts hatte.«

Sanft schob mich Benedict zur Seite und setzte sich auf, als er sagte: »Dasselbe dachte ich von dir. Du, die Tochter eines englischen Adligen mit großem Schloss und Sitz im Parlament, und ein einfacher Maler – das war unvorstellbar für mich. Es gibt viele reiche und verwöhnte Frauen, für die es einen gewissen Reiz hat, sich mit gesellschaftlich unter ihnen stehenden Männern einzulassen, nur um sie später eiskalt abzuservieren. Das wollte ich mir ersparen.«

Entsetzt schlang ich die Arme um seinen Körper und versicherte: »Ich liebe dich, Benedict. Liebe dich von ganzem Herzen! Meine Eltern mögen zwar reich sein, aber sie sind keine Snobs. Na ja, jedenfalls nicht sehr«, ergänzte ich und dachte an meinen Vater. »Du wirst sie kennen lernen und sie mögen. Ebenso wie sie dich mögen werden, denn das Glück ihrer Kinder steht bei ihnen an erster Stelle.«

Er lächelte schief, was ich in der Dunkelheit mehr erahnte als sah. »Dann möchtest du, dass ich dich nach England begleite? Du willst mich wirklich deinen Eltern vorstellen? Mich, einen armen Maler, der zudem noch Ausländer ist?«

»Ach, für uns in Cornwall sind alle Menschen Ausländer, die auf der anderen Seite des Tamar geboren worden sind«, scherzte ich. »Du hast mir das Leben gerettet, allein dafür werden meine Eltern dich lieben. Wenn es sein muss, dann würde ich mit dir bis ans Ende der Welt gehen.«

»Würdest du mich auch heiraten, Marian?«

Mir stockte der Atem. »War das gerade ein Antrag, Benedict Timberton?«

»Marian Elkham, ich bitte dich hier und jetzt in aller Form um deine Hand. Ein Nein von dir würde mir das Herz brechen.«

Ich konnte nicht anders, als laut loszulachen. Es waren nicht nur Benedicts theatralische Worte, die mich belustigten, sondern vielmehr die Tatsache, dass wir beide mitten in der Nacht nackt unter freiem Himmel auf einem Waldboden saßen. Es gibt für eine Lady bestimmt viele Situationen, in denen sie einen Heiratsantrag erhält, aber diese war sicherlich einzigartig. Fast bedauerte ich, meiner Mutter nie davon erzählen zu können. Wenn sie auch alles andere als altmodisch war, sie würde kein Verständnis dafür zeigen, dass ich mich einem Mann hingegeben hatte, ohne mit ihm verheiratet zu sein.

»War mein Antrag so lächerlich?«, fragte Benedict gespielt beleidigt. »Dann willst du mich nicht heiraten?«

Stürmisch umarmte ich ihn. »Wie käme ich dazu, einen Antrag von dem Menschen, der mich wie kein anderer zum Lachen bringen kann, abzulehnen. Ja, ich will! Natürlich will ich deine Frau werden!«

Er drückte mich fest an sich. »Ich will dich, liebste Marian. Du weißt gar nicht, wie sehr.«

Sein Körper zeigte mir deutlich, wie sehr er mich begehrte, und auch in mir erwachte erneut die Leidenschaft. Erst als der Morgen graute, schlichen wir uns ins Lager zurück.

Lara war wach und beobachtete mich, als ich ins Bett krabbelte. In ihren dunklen Augen lag eine Spur von Traurigkeit. »Jetzt ich haben ihn verloren«, stellte sie nüchtern fest. »Du lieben Ben sehr?«

Ich nickte nur, wusste nicht, was ich sagen sollte.

»Das ist gut, denn er haben gute Frau verdient. Er und ich – wäre nie gegangen. Ich sein Zigeunermädchen und müssen bleiben bei meinesgleichen. Wir uns nicht mischen mit anderen Menschen.«

Spontan umarmte ich das Mädchen. »Ach Lara, es tut mir so Leid, denn du hast denken müssen ...«

»Ist vorbei«, unterbrach sie mich. »Ich erkennen, wenn jemand wirklich lieben. Und Ben dich lieben, das ich gesehen vom ersten Tag an. Du sein immer gut zu ihm, das du mir versprechen!«

Das tat ich nur zu gerne. Dann war es auch schon Zeit, wieder aufzustehen und das Lager abzubrechen. Ein weiterer Tag unserer Reise ins Ungewisse war angebrochen.

Obwohl sich an unserem Leben nichts änderte – weiterziehen, einen Lagerplatz finden und überlegen, woher wir das nächste Essen bekamen –, erschien mir die folgende Zeit heller und strahlender als alles, was ich zuvor erlebt hatte. In manchen Orten wurden wir freundlich aufgenommen, oft aber auch mit Steinen beworfen und von den Einwohnern mit höhnischen Worten fortgejagt. Es störte mich nicht mehr, denn Benedict war an meiner Seite. Benedict, der mich ebenso liebte wie ich ihn. Benedict, dessen Frau ich werden würde. Manchmal wünschte ich mir, die Zigeuner nicht zu verlassen und den Rest meines Lebens in dieser unbeschwerten Freiheit zu verbringen, aber ich wusste, das war unmöglich. Das war nicht der Platz, an den mich Gott gestellt hatte. Bestimmt hatten meine Eltern bereits erfahren, dass ich unter Mordanklage stand und geflohen war. Ich konnte mir ihre Sorgen vorstellen. Vielleicht mussten sie sogar denken, dass ich auf der Flucht ungekommen war. Beim Gedanken an meine Familie schnürte es mir die Kehle zusammen, und ich wusste, dass ich so schnell wie möglich nach Cornwall zurückkehren musste.

Während dieser Tage bemerkte ich, dass Benedict einen kleinen, flachen Lederbeutel an der Innenseite seiner Hose trug.

Auf meinen fragenden Blick hin erklärte er: »Nenn mich sentimental, aber ich habe ein paar Briefe meiner Eltern mitgenommen. Es sind die einzigen Erinnerungen, die ich an sie habe.«

Ich wagte nicht zu fragen, ob ich sie lesen durfte, bestimmt waren sie sehr persönlich. Obwohl Benedict nie mehr von seinen Eltern und seiner Kindheit gesprochen hatte, zeigte mir die Tatsache, dass er alte Briefe mit auf unsere Flucht genommen hatte, dass er trotz allem seine Wurzeln nicht restlos verleugnen konnte. Als ich bei einer leidenschaftlichen Umarmung den Beutel berührte, konnte ich die Briefe fühlen. Vielleicht würde Benedict sie mir später einmal zeigen?

Wenn den Zigeunern aufgefallen war, dass sich Benedicts und mein Verhältnis zueinander geändert hatte, so ließen sie es sich nicht anmerken. Keiner verlor ein Wort darüber, dass Benedict nun täglich neben mir auf dem Kutschbock oder ich beim Essen stets neben ihm saß. Lediglich Lara bedachte uns manchmal mit einem wehmütigen, etwas traurigen Blick. Mir tat das Mädchen Leid, denn ich hatte sie in mein Herz geschlossen. Sie war jedoch noch so jung, dass der Schmerz der ersten Liebe bald nachlassen würde. Ich wünschte mir für Lara einen netten jungen Mann aus ihren Kreisen. Sie hatte es verdient, glücklich zu werden. Ebenso blieb es Lara nicht verborgen, dass ich mich nachts oft aus dem Wagen schlich, um mit Benedict zusammen zu sein. Ich merkte, dass sie nicht schlief, während ich leise aufstand, aber sie sagte nie ein Wort.

Je weiter wir nach Norden kamen, desto ungemütlicher wurde das Wetter. Zuerst waren es nur einzelne Regengüsse, doch dann gerieten wir in eine Schlechtwetterperiode, die über eine Woche andauerte. Die ungepflasterten Straßen verwandelten sich in schlammige Wege, auf denen die Wagen stecken blieben, und der heftige Wind peitschte uns den Regen waagerecht in die Gesichter. Zum Glück fanden wir ein verlassenes Gehöft. Die Fensterscheiben waren zwar zerbrochen, aber das Dach war dicht. Schnell verhängten wir provisorisch die Fenster und entzündeten ein Feuer im Kamin. Der Raum hatte wohl früher als Küche gedient, jetzt wucherte Moos auf dem Boden, und an den Wänden rankten wilder Wein und Efeu. Aber es war warm und trocken. Jacko und Arsan verschwanden am späten Nachmittag und kehrten zwei Stunden später mit vier Hühnern, zwei großen Laiben Brot und einem runden Laib Käse zurück.

»Romilly, schür das Feuer!«, befahl Arsan. »Heute gibt es ein Festmahl!«

Keiner fragte, woher die Männer das Essen hatten, doch mir war klar, dass sie es sicher nicht käuflich erworben hatten. Bevor wir auf das alte Gehöft gestoßen waren, waren wir an einem Bauernhof vorbeigekommen. Die Hühner, die jetzt von Lara und Romilly gerupft und zum Braten vorbereitet wurden, hatten eine große Ähnlichkeit mit denen auf dem Bauernhof gehabt. Ich dachte an die Erzählungen, dass Zigeuner notorische Diebe seien, vor denen nichts sicher wäre.

»Glaubst du, sie haben das Essen gestohlen?«, raunte ich Benedict zu, als wir zum Wasserholen hinausgingen.

Er zuckte mit den Schultern. »Was soll's? Du hast bestimmt genauso großen Hunger wie ich.«

»Aber was ist, wenn man Jacko und Arsan dabei beobachtet und ihre Spur hierher verfolgt hat? Droht uns dann nicht allen eine Strafe?« Der Gedanke, Diebesgut zu essen, behagte mir nicht, obwohl mein Magen vernehmlich knurrte. Erneut dachte ich an meine Eltern und dass ich ihnen die Schande, ihre Tochter als Diebin zu sehen, auf jeden Fall ersparen musste. Sie durften niemals etwas davon erfahren.

Als hätte Benedict meine Gedanken gelesen, sagte er: »Wenn ich bedenke, dass du eine Mörderin auf der Flucht bist, dann scheint mir der Aspekt eines gestohlenen Huhns relativ unwesentlich zu sein, oder?«

Seine Worte entlockten mir ein Lächeln, und etwas befreiter tauchte ich den Eimer in den kleinen Bach, der hinter dem Haus vorbeifloss. »Es gibt einen bedeutenden Unterschied. Ich weiß, dass ich mit Olivias Verschwinden nicht das Geringste zu tun habe, nachher allerdings gestohlene Hühner, Brot und Käse essen werde.«

Er nahm mir den Eimer aus der Hand und stellte ihn zur Seite, dann umarmte er mich. »Ich hoffe, dass das alles bald hinter uns liegen wird. Wir werden in Neapel ein Schiff finden, das uns nach England bringt. Auf jeden Fall nach Frankreich hinüber. Ich verspreche dir, danach wirst du dich niemals wieder an Dingen, die nicht dir gehören, vergreifen müssen.«

Nur zu gerne ließ ich mich in Benedicts Arme fallen und vertraute darauf, dass sich früher oder später alles wieder zum Guten wenden würde. Mir wäre früher allerdings lieber gewesen.

Wir mussten zehn Tage in dem verlassenen Gehöft verbringen, bevor das Wetter es erlaubte, weiterzuziehen. Manchmal sah ich, wie Kinder in gebührlicher Entfernung um das Haus herumlungerten. Trat jedoch jemand von uns vor die Tür, verschwanden sie wie der Blitz. Nach wie vor *besorgten* die Männer Nahrungsmittel, denn Menschen, die Lara tanzen sehen oder sich die Zukunft weissagen lassen wollten, kamen nicht. Somit hatten wir auch keine Einnahmen zu verzeichnen. Täglich erwartete ich das Erscheinen der Polizei und sah uns alle schon im Gefängnis. Darum war ich sehr froh, als Aysha den Befehl zum Aufbruch gab. Obwohl ich seit langer Zeit mal wieder unter einem festen Dach geschlafen hatte, war mir die Enge des Wagens lieber, denn dieser trug mich von Tag zu Tag näher an mein Ziel.

Kurz vor der großen Hafenstadt Neapel erreichten wir Pompeji, und mein Herz klopfte aufgeregt. In der Schule hatte ich alles über diese einst blühende römische Stadt und ihren katastrophalen Untergang gelernt, und jetzt stand ich tatsächlich vor den Ruinen, die bei den Ausgrabungen nach und nach wieder zu Tage kamen. Vor rund hundert Jahren waren die ersten Mauern freigelegt worden, aber erst 1860 gelang es Giuseppe Fiorelli, systematische und organisierte Ausgrabungen vorzunehmen, so dass jetzt das alte Stadtbild von Pompeji wieder zutage trat. Fiorelli war es auch, der in die durch Körper in der erkalteten Lava entstandenen Hohlräume Gips einspritzen ließ und so Formen von Menschen und Tieren erhielt, die bei dem Vulkanausbruch ihr Leben gelassen hatten. Ich kam nicht umhin, einige dieser Gipsfiguren anzusehen: eine Frau, die, beide Hände vors Gesicht geschlagen, auf dem Boden kauerte, ein Pferd, das vor Entsetzen das Maul aufgerissen hatte, und so manches mehr.

Mir wurde bewusst, wie launisch das Schicksal doch war und wie schnell an einem einzigen Tag Tod und Verderben das Leben von Grund auf ändern konnten. Unwillkürlich musste ich an Olivia denken, und ich fröstelte trotz der Sonne. Das Schlimmste war die Tatsache, dass ich wohl niemals erfahren würde, was mit ihr geschehen war.

Benedict erriet meine Gedanken und teilte sie. »Bei allem Interesse empfinde ich Pompeji als bedrückend. Vielleicht hätte man die Ruhe der Stadt niemals stören dürfen.«

Ich ging weiter und deute auf die Wandmalereien einer alten Villa. »Dann würden wir diese Kostbarkeiten niemals zu Gesicht bekommen«, sagte ich.

Staunend blieb Benedict vor den bunten Wandgemälden stehen. Vorsichtig, als fürchte er, etwas zu zerstören, strich er mit den Fingern über ein Gemälde, das den Flug des Ikarus darstellte. »Das ist wundervoll«, flüsterte er. »Wenn man bedenkt, mit welch einfachen Mitteln früher die Farben hergestellt wurden. Und doch haben sie all die Jahrhunderte beinahe unbeschadet überstanden.«

Ich machte Benedict auf ein Bild aufmerksam, das einen blonden Mann und eine dunkelhaarige Frau zeigte. Die Augen der Frau wirkten so lebensecht, dass ich mich nicht gewundert hätte, wäre sie im nächsten Moment lebendig geworden. »Wer sie wohl waren? Ein Paar, das sich geliebt hat?«

»Ich finde, sie sehen uns ähnlich. Wer weiß, Marian, vielleicht sind wir beide uns schon einmal begegnet. Vor langer, sehr langer Zeit. Vielleicht hier in Pompeji. Du warst die Tochter eines reichen Kaufmanns und ich ein angesehener Künstler, der die Villen mit Wandmalereien verziert hat.«

»Du meinst ... Seelenwanderung?«, fragte ich erstaunt. »Ach nein, daran glaube ich nicht, denn wenn ich schon einmal gelebt hätte, würde ich es sehr bedauerlich finden, mich nicht mehr daran erinnern zu können.«

Benedict nahm meinen Arm, gemeinsam lachten wir und gingen weiter.

»Morgen werden wir in Neapel sein«, wechselte er das Thema. »Ich hoffe, wir finden bald ein passendes Schiff.«

»Wovon sollen wir die Passage bezahlen?«, gab ich zu bedenken.

»Du könntest ein Telegramm nach Cornwall schicken. Es gibt in der nächsten Stadt doch bestimmt ein Telegrafenamt, das eine Nachricht nach Landhydrock Hall bringen kann.«

»Ja, in Bodmin, aber ...« Ich zögerte. Schon mehrmals hatte ich daran gedacht, meinen Eltern zu telegrafieren. Das Geld dafür hatte Benedict durch den Verkauf seiner Zeichnungen verdient, und er hätte es mir bestimmt gegeben, aber was sollte ich meinen Eltern mitteilen?

Mama, Vater, bin auf der Flucht – Stopp – lebe derzeit bei Zigeunern – Stopp – ernähre mich von Diebesgut …

Nein, eines Tages würde ich meinen Eltern persönlich mitteilen, welches Schicksal mich ereilt hatte. Selbst wenn sie davon ausgehen mussten, dass ich nicht mehr am Leben war, war das immer noch besser als der Gedanke, dass ich mit Zigeunern durchs Land zog.

Mitfühlend drückte Benedict meine Hand. Es war wie ein Wunder, aber ich hatte immer das Gefühl, er könne in meinen Gedanken lesen und wüsste stets, was in mir vorging.

Wie in jeder großen Stadt wurde auch in Neapel den Zigeunern der Lagerplatz von der örtlichen Miliz zugewiesen. Man verwies uns in die Nähe des Castel Nuovo, dessen zwei beinahe schwarze, wuchtige Türme bedrohlich wie eine Festung auf mich wirkten. Neapel war laut, schmutzig und voller Leben. Es lag direkt am Meer, das sich nach grauen Tagen nun wieder in einem strahlenden Blau präsentierte. Über der Stadt thronte der mächtige Vesuv, der zwar seit vielen Jahren nicht mehr rauchte, aber trotzdem nicht vollständig erloschen war.

»Italien ist kein Land, in dem ich leben wollte«, sagte ich zu Benedict. »Hier gibt es mir zu viele Vulkane.«

Er lachte. »Ganze drei, meine Liebe, rechnet man den Stromboli mit, der aber einsam auf einer Insel sein Unwesen treibt. Das würde ich nicht gerade als viel bezeichnen.«

Ich zuckte mit den Schultern. »Ich bin auf jeden Fall froh, wenn wir hier fort sind. Früher glaubte ich, dass London eine schmutzige Stadt voller Armut ist, aber was ich hier sehe …« Ich schüttelte mich und deutete auf den Kai. »Ich wünschte, ich könnte den Kindern etwas geben. Siehst du, in welchen Lumpen sie herumlaufen?«

»Überall auf der Welt gibt es Armut, und es wird sie immer geben.«

Ich wusste, dass Benedict nicht gefühllos war und die Augen nicht vor dem Elend verschloss, ganz im Gegenteil, aber es entsprach seiner Art, sich mit gegebenen Umständen abzufinden. Wir hatten im Augenblick wahrlich andere Probleme, als uns um die Straßenkinder in Neapel zu kümmern. Noch am gleichen Tag ging Benedict zum Hafen.

»Wie sollen wir eine Überfahrt bezahlen?«, fragte ich zweifelnd.

Er hauchte mir einen Kuss auf die Wange. »Wie du weißt, habe ich mir die Reise nach Europa verdient. Ich hoffe, einen Kapitän zu finden, der eine Arbeitskraft gebrauchen kann«, antwortete er.

Nach fünf Stunden des Wartens kehrte Benedict zurück. Ich sprang auf, sobald ich ihn sah. Sein beschwingter Gang verriet mir, dass er Erfolg gehabt hatte.

»Marian, morgen geht ein Schiff nach La Rochelle. Wir haben Glück, denn es sind einige Matrosen krank geworden, aber die Ladung erfordert einen schnellen Aufbruch. So kann der Kapitän jede Hand gebrauchen, und er ist bereit, uns mitzunehmen und die Fahrt abarbeiten zu lassen.«

Ich umarmte ihn stürmisch. »Morgen schon? Das ist wundervoll, wenngleich …«

»Du verlässt Aysha, Lara und die anderen nur ungern, nicht wahr?«, erriet er wieder einmal meine Gedanken.

Ich nickte. »Sie sind ein Teil meines Lebens geworden, so dass ich mir kaum vorstellen kann, mich zu trennen«, sagte ich. »Aber von La Rochelle ist es nicht mehr weit nach England, und der Gedanke an daheim stimmt mich unsäglich froh!«

Ich hatte gewusst, dass der Tag des Abschieds kommen würde. Wie lächerlich erschienen mir meine einstigen Vorbehalte gegen die Zigeuner. Selbstlos hatten sie Benedict und mich in ihre Gruppe aufgenommen und uns in einer ausweglosen Situation geholfen.

Wir sagten es zuerst Aysha, dass wir am nächsten Morgen bei Sonnenaufgang Neapel verlassen würden.

»Wie soll ich euch nur danken?«, fragte ich. »Ich verspreche dir, Aysha, dass ich euch nicht vergessen werde. Sobald ich bei meinen Eltern bin, werde ich dafür sorgen, dass man euch großzügig entlohnt. Wohin wollt ihr weiterziehen?«

Ayshas Augen verengten sich zu schmalen Schlitzen, und ich merkte sofort, dass ich sie beleidigt hatte.

»Wir brauchen kein Geld«, sagte sie kühl und wandte sich zum Gehen.

Ich fasste sie am Arm. »Aysha, es tut mir Leid, ich wollte dich nicht kränken. Aber ich würde euch so gerne Geld zukommen lassen, damit das Leben etwas leichter wird.«

Vehement schüttelte sie den Kopf. »Es ist gut so, wie es ist. Was wir getan haben, geschah aus Menschlichkeit. Dafür erwartet man keinen Lohn, jedenfalls nicht auf Erden.«

Beschämt senkte ich den Kopf. »Du musst mir versprechen, dass ihr mich … uns besuchen kommt, wenn ihr nach England kommt.«

»Dort ist zu viel Regen und zu wenig Sonne. Wir bleiben in Italien, im Winter ziehen wir wieder nach Süden, wo es schön trocken und mild ist.«

Ich seufzte und wusste, dass Aysha durch keine weiteren Worte zu überzeugen war. Mochten die Zigeuner auch ein ärmliches Leben führen, ihr Stolz war grenzenlos.

Am Abend feierten wir ein kleines Fest – unser Abschiedsfest. Ich empfand ein wenig Wehmut, aber die Vorfreude, dass Benedict und ich schon bald ein gutes Stück näher an England sein würden, überwog. Bald, bald schon würde alles gut werden, und Benedict und ich würden für immer in Liebe vereint sein.

VIII

Am nächsten Morgen gingen wir an Bord. Es handelte sich um ein französisches Handelsschiff mit dem bezeichnenden Namen *Liberté*. Allerdings erinnerte es mich mehr an einen Seelenverkäufer als an ein Fahrzeug, das uns heil und sicher über das Meer bringen sollte. Das Holz sah an mehreren Stellen morsch aus, die Reling und andere metallene Aufbauten waren vom Rost zerfressen, und der Kapitän erweckte den Eindruck, als käme er direkt aus einer der zahlreichen Hafenkneipen.

Dass meine letzte Vermutung zutraf, bestätigte sich, als er mich eingehend musterte und ich seinen nach Schnaps stinkenden Atem roch, während er sagte: »Bist ein hübsches Mädchen. Wirst daher unter Deck bleiben. Ist besser für dich. Hast du verstanden?«

Zum Glück sprach ich fließend Französisch, ich hatte es im Pensionat gelernt, und antwortete freundlich: »Ich danke Ihnen für Ihre Großzügigkeit. Welche Arbeit weisen Sie mir zu, Captain?«

Er schnalzte mit den Fingern, und aus einer niedrigen Tür trat ein bulliger Kerl. Er trug eine schmierige Schürze, auf der sich Speisereste jeglicher Art befanden, auch seine Fingernägel waren alles andere als sauber.

Meine schlimmsten Befürchtungen bewahrheiteten sich, als der Kapitän sagte: »Jean-Pascal, das ist deine neue Küchenhilfe.«

»Ein Weibsbild?« Der Koch musterte mich entsetzt. »Aber Captain, Sie wissen doch, dass Weiber an Bord nichts als Unglück bringen.«

»Papperlapapp, wir wollen auf der Fahrt schließlich nicht verhungern, oder?«, entgegnete der Kapitän barsch. »Hauptsache, sie kann arbeiten.« Er sah mich an. »Ich hoffe nur, du bist sauber und ordentlich, Mädchen?« Ich schluckte, verbiss mir angesichts der schmuddligen Erscheinung des Kochs eine Erwiderung und nickte. »Und du ...«, der Kapitän wandte sich an Benedict, »kannst als Erstes das Oberdeck schrubben. Ich möchte in einer Stunde keinen Krümel mehr sehen, ist das klar? Ich bin sehr großzügig, euch kostenlos mitzunehmen, und erwarte daher absoluten Gehorsam. Verstanden?«

»Aye, aye, Sir!« Es hätte nicht viel gefehlt, und Benedict hätte militärisch salutiert.

Ich sah, wie seine Lippen verräterisch zuckten, und folgte schnell Jean-Pascal in den Bauch des Schiffes, um mich nicht zu einer Bemerkung über den desolaten Zustand des Schiffes hinreißen zu lassen. Beim Eintreten in die Kombüse hielt ich unwillkürlich die Luft an. Unvorstellbar, dass hier Essen für die Mannschaft zubereitet wurde! Schmutziges Geschirr, auf dem zum Teil mehrere Tage alte Speisereste klebten, stapelte sich bunt durcheinander mit Lebensmitteln und Küchenabfällen. Ich schauderte und fragte mich, ob die seltsamen Krankheiten der Matrosen nicht auf die Unsauberkeit in dieser Küche zurückzuführen seien. In einer solchen Umgebung konnte man unmöglich gesund bleiben.

Den Koch schien das Chaos nicht zu stören. Ächzend ließ er seinen massiven, schwabbeligen Körper auf einen Stuhl fallen und rülpste laut. »Mach hier Ordnung, Mädchen. Aber ruck, zuck! Die Niete von Hilfe, die ich auf der Herfahrt hatte, lag seit Korsika faul in seiner Hängematte. Gab vor, krank zu sein. Nun, er wird schon merken, was er jetzt davon hat.«

»Wo ist er? In einem Hospital in Neapel?«, fragte ich.

»Wo denkst du hin, Weib? Dafür gibt der Captain keinen Sou aus. Nein, wer hier nicht spurt, der wird bei nächster Gelegenheit an Land gesetzt. Du siehst also, Weib, dass du dich anstrengen musst. Obwohl ich es nicht verstehe, warum man mir dich in die Kombüse gesetzt hat.«

Da es nun offensichtlich war, dass ich mit dem dicken Jean-Pascal auf engstem Raum zusammenarbeiten musste, versuchte ich, freundlich zu sein. Darum erklärte ich: »Mein ... Verlobter und ich sind auf der Reise nach England. Da wir kein Geld haben, arbeiten wir für die Überfahrt.«

»So, so ...« Er grunzte, verschränkte die Arme vor der Brust und lehnte sich zurück, dann fiel sein Kopf auf die Brust, wobei sein Doppelkinn eine Reihe von Wülsten bildete, und er begann zu schnarchen.

Seufzend krempelte ich die Ärmel hoch und machte mich an die Arbeit. Wenig später hörte ich die Rufe: »Leinen los!«, die Motoren begannen zu dröhnen, und ein Ruck ging durch das Schiff. Zuerst waren die schwankenden Bewegungen kaum spürbar, doch dann wurde das Schlingern immer stärker, und ich hoffte, dieses Mal von der Seekrankheit verschont zu bleiben. Fest biss ich die Zähne zusammen und brachte zunächst das Geschirr zu dem Waschzuber, dann warf ich alles Verdorbene und das, was mich in Farbe oder Konsistenz seltsam anmutete, in die Mülltonne. In einem großen eisernen Kessel erhitzte ich Wasser. Obwohl ich bei der Arbeit nicht leise war, schlief Jean-Pascal süß und selig. Ich hatte keine Ahnung, wann die erste Mahlzeit zuzubereiten war, aber ich vermutete, dass es wohl kaum vor der Mittagszeit sein würde.

»Autsch!«, schrie ich auf, als ich meine Hände in das Spülwasser tauchte. Es war viel zu heiß! Schnell schüttete ich aus einem Eimer kaltes Wasser nach, bis ich nach und nach die angetrockneten Teller in das Wasser tauchen konnte. Ich scheuerte und schrubbte und geriet dabei heftig ins Schwitzen. Das einzige Bullauge war geschlossen, und durch die Windhutzen an der Bordwand drang kein Lufthauch in die Kombüse, die von dem offenen Feuer zusätzlich erhitzt wurde. Seufzend fuhr ich mir mit dem Handgelenk über die Stirn und entspannte für einen Moment den Rücken, der zu schmerzen begann. Sechzehn Tage sollte die Fahrt dauern. Sechzehn Tage, von denen erst wenige Stunden vergangen waren. »Komm schon, Marian, du hast bereits mehr durchgestanden.« Ich versuchte, mir selbst Mut zuzusprechen. Wenn es eben sein musste, dass ich wie eine niedrige Dienstmagd putzte und spülte, so würde ich es eben tun. Brachte es mich doch jede Stunde ein Stück näher an die Heimat.

Zum Mittagessen – Jean-Pascal war inzwischen aufgewacht – wurde an Deck nur trockenes Brot und Wasser ausgegeben.

In Erinnerung an die Worte des Kapitäns blaffte der Koch: »Du bleibst hier unten.« Er schulterte den Sack und klemmte sich das Wasserfass unter den Arm. Während er aus der Kombüse schlurfte, maulte er: »Möchte wirklich wissen, was ich mit einem Weib in meiner Küche soll. Jetzt muss ich selbst an Deck. Zeiten sind das …«

Kaum war er verschwunden, öffnete ich den Vorreiber am Bullauge und stieß das kleine Fenster auf. Ich zwängte meinen Kopf hindurch, atmete tief durch und schaute zur Küste zurück. Der Himmel war wolkenverhangen, das Festland nur noch ein schmaler Strich am Horizont. Auf der anderen Seite lag nichts als das graue Meer vor mir. Ich fühle mich zwar erschöpft, aber bisher nicht seekrank, und hoffte, es dieses Mal auch nicht zu werden.

Es dunkelte bereits, als der Koch aus dem neben der Kombüse gelegenen Lagerraum einen Sack Kartoffeln auf den Tisch warf. »Schälen, aber zackig!«, befahl er.

Ich war gerade damit fertig geworden, die Kombüse in einen einigermaßen sauberen Zustand zu versetzen, und wünschte mir nichts mehr, als mich hinzusetzen und ein Weilchen auszuruhen. Seit über zehn Stunden schuftete ich ohne Unterbrechung, aber jetzt musste das Abendessen vorbereitet werden. So griff ich nach dem Messer und begann die Kartoffeln zu schälen. Ich hatte das auch bei den Zigeunern hin und wieder getan, trotzdem kam es häufig vor, dass zu viel von der Kartoffel in der Schale blieb. Zum Glück kümmerte sich Jean-Pascal nicht weiter um mich. Er hängte einen Kessel über das Feuer und gab fette Fleischstücke, die Mrs. Fiddick nicht einmal mehr den Schweinen vorgeworfen hätte, in den Topf. Dazu kamen getrocknete Erbsen und die Kartoffeln. Mich mutete die Pampe wenig appetitlich an. Kaum kochte der Brei, holte Jean-Pascal ein frisches Hühnchen, pfefferte und salzte es, dann hängte er es auf den Spieß. Schon bald durchzog ein köstlicher Duft nach Brathähnchen den Raum, und ich merkte, wie hungrig ich war.

Jean-Pascal hatte meinen sehnsuchtsvollen Blick auf das Huhn bemerkt und sagte: »Ist für den Captain. Für die Mannschaft der Eintopf.«

Ich wunderte mich, warum die Mannschaft nicht auch frisches Gemüse bekam, schließlich hatten wir Neapel gerade erst verlassen und würden in zwei Tagen bereits Korsika anlaufen. Da wäre es doch ein Leichtes gewesen, frische Nahrungsmittel an Bord zu nehmen. Offenbar war der Kapitän geizig, er selbst wollte allerdings nicht auf den Luxus guten Essens verzichten.

Ich wusste nicht, wie spät es war, als Benedict eintrat, denn in der Kombüse gab es keine Uhr. Ich hatte gerade den Kessel gescheuert und seufzte glücklich. »Benedict! Wie geht es dir?«

Auch er schien einen anstrengenden Tag hinter sich zu haben, denn seine Augen wirkten müde. Betont unbeschwert sagte er jedoch: »Es geht mir gut, aber der Fraß, den ihr uns zum Abendessen serviert habt, war kaum genießbar. Was war da drin? Schmierseife?«

Unwillkürlich lachte ich und war froh, dass sich Jean-Pascal auf Deck befand. »Ich habe nur wenig davon gegessen, aber das hat mir gereicht. Leider sieht es so aus, als ob es auf der ganzen Fahrt nichts anderes geben wird.«

Benedict legte den Arm um mich. »Auch das werden wir überstehen, Marian. Kann ein Mensch eigentlich in zwei Wochen verhungern?«

Ich knuffte ihn in die Seite. »Der Kapitän bekommt Brathuhn und Wein, und im Lager sind noch mehr Köstlichkeiten. Aber ich glaube kaum, dass sich der Koch erweichen lässt, etwas für uns abzuzweigen.«

»So wie der aussieht, isst er das alles selbst«, entgegnete Benedict und schmunzelte.

In diesem Augenblick kehrte Jean-Pascal zurück. Er stutzte einen Moment, dann packte er Benedict grob am Arm. »Was hast du hier zu suchen? Willst wohl herumschäkern, was? Nichts da. Raus aus meiner Kombüse, und lass dich hier nie wieder blicken.«

»Wir sind verlobt!«, rief ich dazwischen.

»Verlobt ist nicht verheiratet. Also, was ist? Gehst du freiwillig, oder soll ich dir Beine machen?«

Es blieb Benedict nichts anderes übrig, als nachzugeben. Beim Hinausgehen rief er mir zu: »Nicht mehr lange, Marian. Nicht mehr lange.«

Hatte ich nun gehofft, mich endlich in ein Bett legen zu können, so wurde ich gleich eines Besseren belehrt. Der Koch deutete auf zwei Decken, die auf dem Holzboden neben dem Feuer lagen. »Da wirst du schlafen.«

»Hier? Aber … gibt es denn kein Bett? Oder zumindest eine Hängematte?«, fragte ich entsetzt.

Jean-Pascal schüttelte grimmig den Kopf. »Mein früherer Gehilfe hat in meiner Kajüte geschlafen. Das kannst du natürlich auch, wenn du willst, Weib.« Er grinste anzüglich. »Wir sind hier nicht auf Damen eingestellt.«

Da zog ich den blanken Boden der Gesellschaft des Kochs doch vor. Ich versuchte, es mir so bequem wie möglich zu machen. Wenigstens war es warm. Ich war überzeugt, kein Auge zutun zu können, aber die Anstrengungen des Tages forderten ihren Tribut. Kaum hatte ich mich hingelegt, war ich auch schon eingeschlafen.

Die nächsten zwei Tage liefen nach dem gleichen Schema ab: Bei Morgengrauen aufstehen, das Frühstück für den Kapitän zubereiten – die Mannschaft erhielt nur trockenes Brot und Wasser –, putzen, schrubben, Mittagessen für den Kapitän zubereiten, dann wieder putzen, putzen und nochmals putzen. Das Abendessen der Mannschaft bestand tatsächlich täglich aus dem gleichen Eintopf von fettigem Fleisch, getrockneten Erbsen oder Bohnen und Kartoffeln. Für den Kapitän gab es allerdings Rinderfilet in Rotweinsoße, Schweinelende oder knuspriges Entenfleisch. Dazu leerte er ein oder zwei Krüge Wein, danach trank er Brandy oder Schnaps. Jeden Tag rechnete ich damit, dass der Kapitän das Schiff auf einen Felsen auflaufen lassen würde, denn er war ständig betrunken.

An einem Abend wartete ich, bis Jean-Pascal fest schlief, dann schlich ich an Deck. Hier war alles ruhig, der Halbmond spendete mattes Licht, und die Sterne funkelten von einem wolkenlosen Himmel. Erschöpft lehnte ich mich an die Reling und atmete tief durch. Als plötzlich ein Schatten neben mir auftauchte, schrie ich leise auf und strauchelte, so dass ich beinahe über die Reling gefallen wäre. Hart packten mich zwei Hände um die Taille und hielten mich fest.

»Marian, ich bin es. Benedict!«

»Benedict!« Erleichtert schmiegte ich mich an ihn. »Kannst du auch nicht schlafen?«

»Nein, obwohl ich todmüde bin.« Ich spürte sein Lächeln mehr, als ich es sehen konnte. »Der Kapitän nimmt uns ganz schön hart ran, nicht wahr?«

Ich nickte und schloss die Augen. Am liebsten wäre ich hier und jetzt in Benedicts Armen eingeschlafen und erst wieder erwacht, wenn wir unseren Zielhafen erreicht hatten.

Zärtlich streichelte Benedict meinen Nacken. »Arme Marian, du bist sehr tapfer. Ich habe noch nie eine Frau wie dich getroffen. Ich verspreche dir, wenn wir das alles überstanden haben, werde ich dich für den Rest deines Lebens für alle Widrigkeiten entschädigen. Niemals wieder wirst du es nötig haben, auch nur einen Kochtopf anzufassen.«

Mir taten seine Worte wohl, und ich sagte: »Die Arbeit macht mir nichts aus. Millionen von Menschen auf dieser Welt müssen Tag für Tag noch härter arbeiten, um leben zu können. Aber ich bin immer so müde und finde doch keinen

Schlaf. Wenn wir zu Hause sind, wünsche ich mir nur, mindestens eine Woche am Stück zu schlafen.«

Er küsste mich liebevoll. »Nun solltest du wieder hinuntergehen, bevor uns jemand entdeckt.«

Er hatte Recht. Obwohl der Kapitän ein schmuddeliger Säufer war, schien er eine strenge Moralvorstellung zu haben. Ob er wohl verheiratet war oder ob er in jedem Hafen eine Frau hatte, die ihn erwartete? Nun, das konnte mir gleichgültig sein. In La Rochelle würden Benedict und ich das Schiff verlassen und den Kapitän, Jean-Pascal und die ganze suspekte Mannschaft niemals wiedersehen.

Als wir die Meerenge zwischen Korsika und Sardinien passierten, stiegen die Erinnerungen an die Überfahrt nach Malta in mir auf. Damals waren Olivia und ich in Porto Vecchio an Land gegangen, und dieser freundliche Inder hatte uns begleitet. Nun war Olivia tot und der Inder in seiner Heimat. Bestimmt hatte er uns längst vergessen. Vielleicht sagte er auch zu seiner Familie: »Da waren zwei junge Damen auf dem Schiff, aber ich kann mich nicht mehr an ihre Namen erinnern.«

Die *Liberté* ankerte nur wenige Stunden später vor Ajaccio. Gezwungenermaßen musste ich in der stickigen Kombüse bleiben, aber ich konnte die Betriebsamkeit, die an Bord herrschte, hören. Waren wurden entladen, Fässer rollten über die Planken, und immer wieder hörte ich die scharfen Befehle des Kapitäns. Aus dem Bullauge konnte ich nur einen Blick auf die Geburtsstadt Napoleon Bonapartes werfen und bedauerte, sie nicht besichtigen zu können. Dann wurden der Anker gelichtet, die Leinen losgemacht, und wir befanden uns bald wieder auf hoher See. Unser nächster Anlegehafen würde erst Marseille sein.

Ich hatte Benedict gefragt, warum wir nicht in Südfrankreich das Schiff verließen, um auf dem Landweg nach Calais zu reisen. »Das wäre doch deutlich kürzer, als ganz um die iberische Halbinsel herum nach La Rochelle zu fahren«, bemerkte ich.

Benedict hatte das schlagkräftigste Argument dagegengehalten: »Wie sollen wir Frankreich durchqueren? Zu Fuß? Meine liebe Marian, leider haben wir kein Geld für eine Zugfahrkarte. Auf der *Liberté* gelangen wir wenigstens bis an die Westküste. Ich bin überzeugt, dass von La Rochelle Schiffe nach England auslaufen.«

Am selben Abend kam es zu einem unangenehmen Zwischenfall. Ich schrubbte gerade den eisernen Kessel, als Jean-Pascal zum Kapitän gerufen wurde. Wutschnaubend kehrte er wenig später zurück. Er fluchte in einer Art und Weise, die ich hier nicht wiedergeben möchte. Zum Teil verstand ich auch nicht alles. Kurz darauf entstand ein Tumult auf Deck, und der Koch ging hinauf, ohne mich weiter zu beachten. Ich wollte auch wissen, was geschehen war, darum ignorierte ich den Befehl des Kapitäns und ging ebenfalls an Deck. Die ganze Mannschaft hatte sich versammelt und einen Halbkreis um den Kapitän, Jean-Pascal und einen Matrosen gebildet. An der Seite entdeckte ich Benedict und schlich mich hinter seinen Rücken, doch bisher hatte niemand von meiner Anwesenheit Notiz genommen.

»Was ist geschehen?«, flüsterte ich Benedict zu.

»Alphonse hat sich vom Weinfass des Kapitäns bedient. Jean-Pascal hat ihn heute auf frischer Tat ertappt.«

Jetzt sah ich, dass der Matrose, dessen Namen Alphonse war, offenbar geschlagen worden war, denn sein eines Auge war vollständig zugeschwollen und in seinen Mundwinkeln klebte getrocknetes Blut. Auf einen Befehl des Kapitäns trat ein anderer Matrose vor, packte Alphonse und band ihn an einen Mast. Dann riss er ihm mit einem Ruck das Hemd vom Rücken.

Benedict drehte sich zu mir herum. »Du solltest besser wieder hinuntergehen, das ist kein Anblick für eine Frau.«

»Was geschieht jetzt?«, fragte ich fassungslos, dann sah ich die Peitsche in der Hand des Kapitäns.

Kurz darauf klatschte der Lederriemen auf den nackten Rücken des Mannes, der zusammenzuckte und laut stöhnte.

»Komm, Marian«, sagte Benedict, nahm meinen Arm und zog mich durch die Luke unter Deck.

Ich hörte den nächsten Schlag und dieses Mal den Schrei von Alphonse. Am liebsten hätte ich mir die Ohren zugehalten. »Warum tut der Kapitän das? Nur weil der Mann etwas Wein getrunken hat? Das ist barbarisch!«, rief ich erregt. »Ich dachte immer, Auspeitschungen seien ein Relikt aus vergangenen Zeiten.«

Benedict nickte grimmig. »Eine weit verbreitete Praktik, die besonders auf den Schiffen der Marine ausgeübt wurde.«

»Warum lassen das alle zu? Warum hindert niemand den Kapitän an einer solchen Grausamkeit?«, fragte ich.

»Wir leben zwar an der Schwelle zum zwanzigsten Jahrhundert, liebe Marian, aber ein Kapitän ist immer noch die höchste Instanz auf einem Schiff, solange es auf See ist. Ihm obliegt die Rechtsprechung und auch die Bestrafung.«

Ich lehnte mich an seine Brust und murmelte: »Halt mich fest, Ben, ganz, ganz fest, sonst meine ich, es keinen Tag länger ertragen zu können.«

Benedict tat es, und seine Berührung gab mir die Kraft, die nächsten Tage zu überstehen.

Kurz vor Mitternacht liefen wir in den Hafen von Marseille ein. Die Ladung sollte erst am nächsten Morgen gelöscht werden, so dass ich mich hinlegte und versuchte, einige Stunden Schlaf zu finden. Plötzlich wurde ich durch lautes Gepolter und Stimmen geweckt. Durch die niedrige Tür der Kombüse traten drei Männer in Uniform, zu meinem Entsetzen hielt jeder ein gezücktes Bajonett in der Hand.

»Was zum Teufel ist hier los?« Jean-Pascal stolperte aus seiner Kammer, Hose und Hemd noch offen, die strähnigen Haare standen ihm wild um den runden Schädel.

»Mitkommen!«, brüllte einer der Männer, ein anderer packte mich am Handgelenk, und mir blieb nichts anderes übrig, als hinter ihm die steilen Stufen hinaufzustolpern. Im diffusen Zwielicht des Morgens sah ich, dass das ganze Deck der *Liberté* von Uniformierten wimmelte und ein Matrose nach dem anderen gefesselt von Bord gebracht wurde. Verzweifelt blickte ich mich nach Benedict um, konnte ihn aber nirgends entdecken. Dann sah ich den Kapitän. Auch seine Arme waren hinter dem Rücken gefesselt, dennoch hielt er den Kopf stolz und aufrecht.

»Was ist denn los?«, fragte ich den Uniformierten, der mich nun von Bord brachte. »Warum werde ich so behandelt?«

Ich erhielt die Antwort erst auf der Polizeistation, zu der wir in einem geschlossenen Wagen gebracht worden waren. Erneut war ich froh, dass meine Französischkenntnisse recht gut waren, wenngleich der mich vernehmende Polizist an meinem Akzent sofort erkannt hatte, dass ich Engländerin war. Nun erfuhr ich, dass die *Liberté* mehr dem Schmuggel als dem offiziellen Handel von Waren diente. Der Kapitän hatte in Neapel eine große Menge Opium, das aus dem Orient nach Italien gekommen war, an Bord genommen und in Fässern, die als Weinfässer deklariert waren, versteckt. Alphonse, der Matrose, der auf der Suche nach Alkohol das Rauschgift entdeckt hatte, war nach dem Einlaufen in den Hafen zur Polizei gegangen. Nun war mir auch klar, warum der Matrose für ein recht geringes Vergehen vom Kapitän so hart bestraft worden war. Aus Rache für die Auspeitschung hatte Alphonse den Schmuggel gemeldet und hoffte nun wohl, unbeschadet aus der Sache herauszukommen.

»Wann wird dieser Albtraum enden«, murmelte ich, als der Polizist mich für einige Minuten allein ließ. Erneut wurde ich wegen einer Sache verhört, mit der ich nicht das Geringste zu tun hatte. Erneut konnte ich meine Unschuld nicht beweisen, denn alle, die auf dem Schiff gewesen waren, wurden von der Behörde der Mittäterschaft verdächtigt. Wenigstens hatte ich erfahren, dass Benedict in meiner Nähe war. Er saß zwei Zimmer weiter und wurde ebenfalls verhört.

Meine Erleichterung war grenzenlos, als der Polizist zusammen mit Benedict wiederkam. Er gebot ihm, sich neben mich zu setzen, dann sagte er: »Sie sind Ausländer. Engländerin und Amerikaner. Wir müssten die jeweiligen Botschaften benachrichtigten, wenn wir Sie weiter festhalten wollten. Wir wollen keinen Ärger mit Ihren Ländern.«

In mir regte sich ein Hoffnungsfunken. Der Polizist zeigte Anzeichen starker Überlastung, offenbar hatte er seit Tagen nicht mehr geschlafen, denn unter seinen Augen lagen dunkle Schatten.

»Sie müssen uns glauben, dass wir nichts von dem Opium gewusst haben«, beteuerte ich erneut und sah ihn flehend an.

»Wir waren nur an Bord, weil wir auf der Reise nach England sind und der Kapitän uns mit nach La Rochelle nehmen wollte«, ergänzte Benedict.

Der Polizist seufzte: »Sie glauben gar nicht, was in einer Stadt wie Marseille los ist. Raub, Mord und Totschlag sind an der Tagesordnung. Ach, ich sehne mich nach dem gemütlichen Dorf im Medoc zurück, wo meine Heimat ist. Warum bin ich bloß in diese Stadt gekommen? Ich könnte jetzt auf der Veranda sitzen und ein Glas Wein trinken, stattdessen muss ich mich tagein, tagaus mit zweifelhaften Objekten befassen.«

Ich wechselte mit Benedict einen erstaunten Blick. Offenbar befand sich der Beamte in einer sentimentalen Stimmung, die wir uns zunutze machen mussten.

Benedict lehnte sich über den Schreibtisch und sagte verständnisvoll: »Sie haben unser Mitgefühl, Monsieur, es geht doch nichts über die Ruhe und Beschaulichkeit auf dem Lande, wo die Welt noch in Ordnung ist, nicht wahr? Darum sind Miss Elkham und ich auch bemüht, so schnell wie möglich nach England zu kommen. Mit dem Zug könnten wir in zwei Tagen Calais erreichen und dort die nächste Fähre nehmen.«

Der Polizist kehrte aus seinen Träumen zurück und sah Benedict streng an. »Sie versprechen, Frankreich auf dem schnellsten Wege zu verlassen?«

»Selbstverständlich!«, sagte Benedict im Brustton der Überzeugung, und ich nickte heftig. »Allerdings befinden wir uns in einer etwas prekären Lage, das heißt, uns fehlen die Mittel, mit der Bahn zu reisen. Ich erwähnte bereits, dass uns der Kapitän der *Liberté* kostenlos nach La Rochelle mitnehmen wollte. Daraus wird jetzt wohl nichts mehr werden, oder?«

»Ich verstehe. Warten Sie einen Augenblick.« Der Beamte ließ uns allein.

Ich fragte sorgenvoll: »Was wird er jetzt machen? Was ist, wenn ich auf einer Fahndungsliste von Malta stehe und er meinen Namen sieht?«

»Ich denke nicht, dass Malta Frankreich Meldung macht. Es besteht keinerlei Beziehung zwischen den beiden Ländern, Malta untersteht Großbritannien.« Er drückte zuversichtlich meine Hand. »Es wird alles gut gehen.«

Benedict behielt Recht. Wahrscheinlich war der Beamte so hoffnungslos überlastet und wir in seinen Augen recht unbedeutend, so dass er froh war, uns Ausländer so schnell wie möglich wieder loszuwerden. Zwei Stunden später erhielten Benedict und ich zwei Fahrkarten für den Nachtzug nach Paris. Dort sollten wir dann in den Zug nach Calais umsteigen.

»Von dort müssen Sie aber selbst sehen, wie Sie nach England rüberkommen«, hatte der Beamte gesagt. »Und Sie geben mir Ihr Ehrenwort, dass Sie Frankreich verlassen?«

Wir gaben es ihm nur zu gerne und verließen als freie Menschen und mit den Fahrkarten nach Calais das Polizeigebäude. Ich sah mich nach Alphonse um, leider konnte ich ihn nirgends entdecken. Gerne hätte ich ihm gedankt. Der Matrose konnte ja nicht wissen, was für ein Glücksfall seine Anzeige für uns gewesen war.

Wir gingen direkt zum Bahnhof und saßen wenig später im Zug nach Paris. Natürlich waren die Fahrkarten nur für die dritte Klasse, so dass wir uns mit schwitzenden Menschen, Gemüsekörben und sogar Hühnern die harte Holzbank teilen mussten, aber es war mir gleichgültig. Ich lauschte dem Rattern der Räder und starrte durch das Fenster in die dunkle Nacht hinaus.

Plötzlich wurde mir übel und schwindelig. Halt suchend griff ich nach Benedicts Arm. »Die ganzen Tage auf dem Schiff war ich nicht seekrank«, flüsterte ich. »Nun aber fühle ich mich gar nicht wohl.«

»Das ist die Erschöpfung«, antwortete Benedict. »Du solltest schlafen.«

Ich nickte und versuchte, es mir auf der Bank so bequem wie möglich zu machen. Bald fühlte ich mich wie in einem dichten Nebel, durch den die Gespräche der Fahrgäste und das Gackern der Hühner bruchstückweise an mein Ohr drangen. Ich bekam furchtbare Kopfschmerzen, meinte, in meinem Schädel würde ein Ballon aufgeblasen und langsam aber sicher zum Platzen gebracht. Ich wollte Benedict etwas sagen, aber zu meinem Entsetzen gehorchten meine Lippen nicht mehr meinem Willen. Ich versuchte, die Hand zu heben, doch selbst diese kleine Bewegung fiel mir unsäglich schwer. Dann wusste ich nichts mehr.

Ich erwachte auf einer Bank in der Bahnhofshalle von Paris und fühlte mich etwas besser. Benedict hielt mir einen Becher mit Wasser an die Lippen, den ich dankbar leerte. In seinen Augen las ich große Sorge.

»Paris! Die Stadt der Verliebten«, murmelte ich und versuchte ein Lächeln. »Wie bedauerlich, dass wir sie nicht erkunden können.«

»Ich hätte dich gerne zu einem reichhaltigen Frühstück auf dem Montmartre eingeladen, aber wir werden noch einmal hierher kommen«, sagte Benedict. »Vielleicht auf unserer Hochzeitsreise? Versuch wieder zu schlafen, wir können erst in zwei Stunden nach Calais weiterreisen.«

Ich nickte und fühlte mich plötzlich wieder unsäglich schwach.

Benedict legte seine Hand auf meine Stirn. »Du hast ja Fieber!«, rief er. »Ich werde dich sofort in ein Hospital bringen!«

»Nein, bitte nicht. Wir haben versprochen, unverzüglich nach Calais zu fahren. Ich möchte nach Hause. Dort wird alles gut werden.«

»Aber du bist krank, Marian! Vielleicht ist es dieselbe Krankheit, an der die Matrosen der *Liberté* litten. Der Kahn war ja so erbärmlich, dass man sich dort alles holen konnte.«

Ich hatte große Mühe, die Augen offen zu halten. »Bring mich nach England, so schnell wie möglich. Bitte, Benedict, versprich es mir!«

»Ich verspreche es dir.« Er drückte mich fest an sich, dann schlief ich wieder ein.

Dass Benedict sein Versprechen brach, erfuhr ich erst viel später, denn als der Zug Calais erreichte, war ich bewusstlos und litt an hohem Fieber. Einmal erwachte ich für einen Augenblick und erkannte, dass ich in einem lang gestreckten Krankensaal im Bett lag. Als ich leise stöhnte, trat eine Frau in Nonnentracht an das Bett und blickte mit gerunzelter Stirn auf mich hinab. Dann spürte ich, wie sich ein kühles, nasses Tuch auf meine Stirn legte, und ich versank wieder im Dunkel der Bewusstlosigkeit.

Ich träumte, ich sei wieder auf dem Schiff, das Olivia und mich nach Malta brachte. In meinem Kopf dröhnte und pochte es, und ich war vor Schmerz unfähig, die Augen zu öffnen. Ganz deutlich konnte ich den Geruch riechen, der einer Schiffskabine anhaftet. Auch bemerkte ich das leichte

Schwanken und hörte das Geräusch der Wellen, die unablässig gegen den Rumpf schlugen. Ich wusste, wenn es mir gelingen würde, die Augen zu öffnen, würde ich Olivia in ihrem Bett liegen sehen. Eine fröhliche, etwas ängstliche Olivia, die jedoch gesund und munter und voller Erwartung der kommenden Ereignisse war. Eine Olivia, die lebte …

Ich stöhnte. Meine Kehle war vollkommen ausgedörrt, und meine Zunge schien wie ein trockenes Stück Holz im Mund zu liegen. Ich muss Olivia warnen, dachte ich. Wir dürfen nicht nach Malta reisen, wir müssen sofort nach England umkehren, denn auf der Insel erwartet Olivia der Tod. »Grimston … du darfst nicht …«

Offenbar hatte ich die Worte nicht nur gedacht, sondern leise gemurmelt, denn ein kühler Lappen legte sich auf meine Stirn. Dankbar merkte ich, wie mir ein Becher mit Wasser an die Lippen gesetzt wurde.

»Du musst trinken, Marian. Es wird alles wieder gut!«

Mühsam schluckte ich ein paar Tropfen, die schmerzhaft in meiner Kehle brannten. Die Stimme kam mir vertraut vor, aber sie war nicht die von Olivia.

»Olivia … warnen … sie darf nicht …«, stammelte ich erneut, dann sank ich wieder in einen tiefen Schlaf.

Als ich das nächste Mal erwachte, fühlte ich mich etwas besser. Das Schiff schwankte noch immer, aber es gelang mir, die Augen zu öffnen. Der Lichtschein schmerzte, doch ich zwang mich, meine Umgebung wahrzunehmen.

Als ich erkannte, wer an meinem Bett saß, glaubte ich erneut zu träumen. »Mama …«

»Sei ganz ruhig, mein Mädchen. Du bist schwer krank, aber du wirst wieder gesund. Wir brauchen nur Geduld.«

Wie durch Watte drangen ihre Worte an mein Ohr.

»Olivia … wo ist sie?«

Sanft fuhr ihre Hand über meine Wange. »Denk nicht mehr daran. Wir sind auf dem Weg nach Hause.«

Sie gab mir zu trinken, und kurz darauf schlief ich wieder ein.

Später erfuhr ich, dass ich an einem schweren Fieber gelitten hatte, ausgelöst durch die lange Zeit der Entbehrungen und durch das schlechte Essen auf dem Schiff. Von Calais aus hatte Benedict ein Telegramm nach Bodmin geschickt. So wurden meinen Eltern darüber informiert, dass ich schwer krank und in einem Armenhospiz in Calais lag. Sie machten sich unverzüglich auf den Weg. Meine Mutter bestieg sogar den Zug, um schneller an der Küste zu sein. Als ich erwachte, befanden wir uns auf einem Schiff nach Dover, und drei Tage später war ich zu Hause. Daheim in Cornwall, in Landhydrock Hall. Vater schickte nach dem besten Arzt, der solange im Schloss wohnte, bis ich endgültig über den Berg war. Über eine Woche verging, bis ich mich wieder so weit erholt hatte, dass ich länger als nur ein paar Minuten wach war. Nach und nach kam die Erinnerung an die schreckliche Zeit, die hinter mir lag, und die Erinnerung an Benedict. War er mit uns auf dem Schiff gewesen oder war er in Frankreich geblieben?

Ich fragte Tante Kate, die gerade bei mir wachte: »Wo ist Benedict? Mr. Timberton?«

»Er ist hier, mein Liebes, und er fragt jeden Tag nach dir. Möchtest du ihn sehen?«

Ich versuchte, mich aufzurichten, was mir große Mühe bereitete.

Tante Kate hielt stützend meinen Oberkörper. »Du musst dich schonen, Marian«, sagte sie streng. »Vielleicht sollte der Herr mit seinem Besuch noch etwas warten.«

Ich schüttelte heftig den Kopf, dann fiel mir ein, dass ich keinen schönen Anblick bieten musste. »Tante Kate, wie sehe ich aus? Bestimmt furchtbar, nicht wahr? Bitte, ich möchte mich waschen und kämmen.«

Tante Kate klingelte nach einem Mädchen, und es wurde warmes Wasser gebracht. Vorsichtig wusch sie mein Gesicht, kämmte meine Haare und fasste sie mit einem Band zusammen.

»Du bist ein eitler Fratz, Marian«, tadelte sie mich lachend. »Wenn Mr. Timberton dich mag, so wird es ihm egal sein, wie du aussiehst. Er hat dir schließlich das Leben gerettet.«

Mein Herz klopfte stürmisch, als Benedict ins Zimmer trat.

»Marian, mein Liebes, wie geht es dir?« Spontan griff er nach meiner Hand, ließ sie aber gleich wieder los, als er Tante Kates missbilligenden Blick sah.

Sie war nicht dazu zu bewegen gewesen, uns allein zu lassen. »Es gehört sich nicht, dass ein Mann eine Dame in ihrem Schlafzimmer aufsucht, wenn sie nicht verheiratet sind. Da du noch nicht aufstehen und in den Salon gehen kannst, werde ich als Anstandsdame bei dir bleiben.«

»Als Wachhund, Tante«, rief ich.

Sie verschränkte die Arme vor der Brust und wirkte wie ein Feldwebel. »Wenn du und dieser … Mr. Timberton auch durch halb Europa gezogen seid, jetzt befindet ihr euch wieder im zivilisierten England. Ich werde dafür sorgen, dass gewisse Konventionen eingehalten werden.«

Innerlich grinste ich über Tante Kates befehlenden Ton, denn ich wusste, wie entsetzt sie sein würde, hätte sie erfahren, dass Benedict und ich in gewisser Weise längst wie ein Ehepaar gelebt hatten.

So stand er jetzt schüchtern an meinem Bett und wagte nicht, Platz zu nehmen.

»Ich sehe bestimmt schrecklich aus, Ben«, flüsterte ich.

»Du bist zauberhaft. Ich war so froh, als der Arzt sagte, dass du wieder vollständig gesund werden wirst. Du brauchst nur Ruhe, gute Luft und nahrhaftes Essen.«

»Das alles habe ich hier. Ich bin froh, wieder zu Hause zu sein.«

Erst jetzt erkannte ich, dass Benedict abgelegte Kleidung meines Bruders trug. Schamröte schoss mir in die Wangen. Er hatte mir das Leben gerettet, mich den ganzen langen gefahrvollen Weg nach Hause begleitet, und jetzt wurde er wie ein Bettler abgespeist.

Als er gegangen war, wollte ich sofort mit meiner Mutter sprechen. »Mama, ihr solltet Benedict dankbar sein«, begrüßte ich sie vorwurfsvoll.

Sie runzelte die Stirn. »Das sind wir, mein Kind. Wie kommst du darauf, dass es anders sein könnte?«

»Er trägt alte Sachen von William. Wo ist er untergebracht? In einer der Dachkammern?«

Meine Mutter setzte sich und sah mich lange an, bevor sie sprach: »Wir, dein Vater und ich, sind Mr. Timberton sehr dankbar für alles, was er für dich getan hat. Aber wir wissen nichts von ihm, außer dass er völlig mittellos ist. Er war Maler auf Malta und kam vor einigen Jahren aus Amerika. Wer sagt uns, dass er die Wahrheit spricht?«

»Mama, Benedict lügt nicht!«, unterbrach ich sie heftig.

»Du siehst ihn mit den Augen der Liebe, mein Kind. Für dich ist er der strahlende Held in glänzender Rüstung, der dich aus den Klauen des Bösen befreit hat. Das, was ihr erlebt habt, kann einem manchmal den Blick für die Realität trüben.«

»Ja, ich liebe ihn! Aber ich kann mir schon denken, dass Vater etwas dagegen hat. Seine Tochter und ein mittelloser Maler – das geht nun wirklich nicht! Wahrscheinlich hat er schon längst eine standesgemäße Partie für mich im Auge.«

»Marian, ich wünsche solche Worte nicht zu hören!« Meine Mutter war nun ernstlich verärgert. »Wie kannst du es wagen, so respektlos über deinen Vater zu sprechen? Du solltest wissen, dass wir keine Standesdünkel haben. Trotzdem werden wir dich nicht dem Erstbesten, von dem wir so gut wie nichts wissen, überlassen.«

»Olivia wurde über ihren Stand hinaus verheiratet«, entgegnete ich bitter. »Und was hat es ihr gebracht? Schläge und Demütigungen, wahrscheinlich sogar den Tod.«

Meine Mutter stand auf und lief aufgeregt im Zimmer auf und ab. »Es scheint dich gar nicht zu interessieren, was aus der Anklage geworden ist. Daran sehe ich, wie sehr dieser junge Mann deine Gedanken verwirrt hat.«

Meine Anklage? Verwirrt fasste ich mir an die Stirn. Meine Mutter hatte Recht. Seit ich wieder in Landhydrock Hall war, hatte ich jeden Gedanken, dass ich ja eigentlich unter Mordanklage stand und im britischen Empire gesucht wurde, aus meinem Kopf verbannt. »Es tut mir Leid, Mama«, sagte ich zerknirscht. »Ich habe angenommen, alles wäre wieder in Ordnung, wenn ich zu Hause bin. Ich fühle mich hier so sicher … so beschützt …«

Liebevoll strich sie über mein Haar. »Wir werden dich auch beschützen, dein Vater und ich. Und auch Tante Kate. Mach dir keine Sorgen, Simon ist nach London gereist, um die unerfreuliche Angelegenheit zu regeln. Mr. Timberton hat eine eidesstattliche Erklärung über den Charakter von Roger Grimston vor dem Gericht in Launceston abgegeben. Der dortige Richter war ebenfalls der Meinung, dass eine Mordanklage mit fehlendem Mordopfer völlig absurd ist und jeglicher Rechtsgrundlage entbehrt.«

Seufzend lehnte ich mich in die Kissen zurück. Das Gespräch hatte mich erschöpft. Ich zweifelte keinen Moment daran, dass es meinem Vater gelingen würde, die Sache aus der Welt zu schaffen. Simon Elkham war für mich immer eine Art Held gewesen, so wie die meisten Väter in den Augen ihrer Töchter Helden sind. »Mama, es tut mir Leid, was ich über Vater gesagt habe«, sagte ich ernst und aufrichtig. »Wenn ihr Benedict erst näher kennen lernt, werdet ihr feststellen, was für ein aufrichtiger Mensch er ist. Dafür, dass er arm ist, kann er ja schließlich nichts. Er stammt jedoch aus einer einst reichen Familie, die im amerikanischen Bürgerkrieg alles verloren hat. Vor zweihundertfünfzig Jahren ist es vielen englischen Familien nicht anders ergangen, nicht wahr? Damals, als Oliver Cromwell unser Land in einen schrecklichen Krieg stürzte.«

Das Lächeln meiner Mutter machte mir Hoffnung. »Im Moment ist deine Genesung das Wichtigste, Marian. Alles andere wird sich finden und fügen. Auf jeden Fall ist Benedict Timberton so lange unser Gast, wie er es möchte.«

An einem Morgen wurde mir das Wasser zum Waschen von einem Mädchen gebracht, das ich vor meiner Abreise im letzten Herbst nicht in Landhydrock Hall gesehen hatte.

»Wie ist dein Name?«, fragte ich.

»Lizzie, Miss Marian.«

Ich musterte das Mädchen. Mit ihren kastanienroten Locken, die unter der weißen Haube hervorlugten, sah sie sehr hübsch aus. Ihre hochstehende Nasenspitze gab ihr allerdings etwas Keckes.

»Wie lange bist du schon hier?«

»Seit fünf Monaten, Miss. Ich bin das dritte Stubenmädchen. Peg hat sich heute morgen auf der Treppe den Knöchel verstaucht, darum bringe ich Ihnen das Wasser.« Sie knickste und musterte mich neugierig. Zu neugierig für einen Dienstboten, schoss es mir durch den Kopf. »Benötigen Sie mich noch, Miss Marian?«

Ich dankte und sagte, sie könne gehen. »Und grüße Peg von mir, Lizzie. Wenn die Verletzung schlimm sein sollte, soll Dobson nach dem Doktor schicken.«

»Ja, Miss.«

Als sie gegangen war, fiel mir auf, dass sie mir während unseres kurzen Gesprächs stets frech in die Augen geschaut hatte. Die anderen Mädchen senkten den Blick, wenn jemand von der Herrschaft sie ansprach. Lediglich Dobson und die Köchin Mrs. Fiddick zeigten uns gegenüber kein so devotes Verhalten, aber schließlich standen sie in der Hierarchie der Domestiken auch an oberster Stelle.

Ich vergaß Lizzie schnell wieder, denn nach zwei Tagen ging es mir so gut, dass ich für eine Stunde in Pantrys Court gebracht wurde.

Dort ruhte ich in Decken gehüllt in einem Stuhl, als Rosanna in den Hof gehuscht kam. Meine Schwester sah sich rasch um. »Gut, du bist allein«, sagte sie und setzte sich neben mich.

Ich hatte meine Geschwister in den letzten Tagen nur selten gesehen, denn Tante Kate war der Meinung, dass ich für Besuche noch nicht belastbar genug wäre. Mein Bruder William kam jeden Tag in mein Zimmer, verließ mich jedoch nach wenigen Minuten wieder. Er hatte die Schule in Eton beendet und würde im nächsten Frühjahr zu einer längeren Reise aufs Festland aufbrechen. Die meiste Zeit war ich also allein und langweilte mich schrecklich. So war ich froh, dass nun Rosanna zu einer kleinen Plauderei kam, denn die Untätigkeit war langsam nicht mehr auszuhalten. Allerdings war ich tatsächlich noch zu schwach, um länger als ein, zwei Stunden am Tag aufzustehen.

»Wie geht es dir?«, fragte ich Rosanna. »Gefällt es dir im Pensionat?«

Seit dem letzten Schuljahr ging sie auf dieselbe Schule wie ich, in der sich nichts verändert hatte. Mrs. Chiverton führte noch immer ein strenges Regiment, und Miss Potts steckte ihre spitze Nase nach wie vor in alle Angelegenheiten.

Aber Rosanna war nicht in den Innenhof gekommen, um mit mir über die Schule zu plaudern. Sie war noch nie sonderlich lernwillig gewesen und genoss jetzt die Ferien. »Marian, alle sagen, dass du dich nicht aufregen darfst«, begann sie und setzte eine geheimnisvolle Miene auf.

Natürlich war damit mein Interesse geweckt. »Und du weißt etwas, über das ich mich aufregen könnte?«, fragte ich lächelnd, kannte ich doch ihre Art, sich bei Neuigkeiten in geheimnisvollen Andeuten zu ergehen.

»Mama sagt, man soll es dir noch nicht sagen. Aber du hast auch, seit du wieder hier bist, nicht nach ihm gefragt. Überhaupt glauben alle, ich sei noch viel zu jung, aber ich weiß ganz genau, dass du in ihn verliebt warst.«

»Ist etwas mit Benedict geschehen?« Erschrocken richtete ich mich auf, und mir schwindelte. Ich musste meiner Mutter wohl Recht geben, wenn sie meinte, ich dürfe mich nicht aufregen.

Rosanna hatte meine Erregung bemerkt. Schnell fuhr sie fort: »Nein, nein, nicht der Mann, mit dem du aus Frankreich gekommen bist. Es dreht sich um Matthew Denbury.«

Matthew! Du meine Güte, ich hatte seit Wochen nicht mehr an ihn gedacht! Nicht mehr, seit ich Benedict liebte. »Ich war nicht in ihn verliebt«, murmelte ich geistesabwesend. »Es war nur …« Ich brach ab. Ja, was war es eigentlich gewesen? Eine Schwärmerei? Ich wusste es nicht und wollte auch jetzt nicht darüber nachdenken. Was einmal vorbei war, war vorbei.

Aber die nächsten Worte meiner Schwester zeigten mir, dass ich meine Gefühlswelt keinesfalls so unter Kontrolle hatte, wie ich glaubte.

»Seine Frau ist im Frühjahr gestorben. Das Kind auch.«

»Was sagst du da?«

»Nun, mir hat ja niemand direkt etwas erzählt, aber unten in der Küche haben sie darüber gesprochen und gesagt, dass Hannah Denbury gestürzt ist. Dadurch ist ihr Kind gestorben und konnte deswegen nicht von allein kommen. Sie wollten es dann holen, das hat Hannah nicht überlebt. Seitdem ist Matthew verändert. Man sagt, dass er viel Zeit in London verbringt und sich kaum noch um den Besitz kümmert.«

Ich presste beide Hände auf die Brust, in der mein Herz wild pochte. »Armer Matthew«, flüsterte ich. »Bestimmt erträgt er den Aufenthalt in Boventon Castle nicht, wo ihn alles an seine Frau erinnert.«

»Mama wollte nicht, dass du es jetzt schon erfährst. Sie meinte, es würde dich zu sehr aufregen, da er ja jetzt wieder frei ist und du dir einbilden könntest, dass …«

»Sei still, Rosanna!«, fuhr ich meine Schwester heftig an. »Matthew ist seit kurzem Witwer, und du denkst schon daran, ihn erneut zu verheiraten. Hast du denn gar keine Pietät?«

Sie zog schmollend die Unterlippe zwischen die Zähne und nuschelte: »Ich dachte, es freut dich. Natürlich tut es mir

Leid, dass Hannah Denbury tot ist, aber du und Matthew … ihr seid schon so lange befreundet. Da dachte ich …«

»Wenn du so viel an die Schule denken würdest wie an das Privatleben anderer Leute, dann würden sich unsere Eltern freuen«, entgegnete ich, woraufhin Rosanna beleidigt den Innenhof verließ.

Fassungslos starrte ich ins Leere. Matthews Frau war gestorben, Matthew war wieder frei. Nein, ich hatte Hannah nie etwas Schlechtes gewünscht. Besonders den Tod des ungeborenen Kindes bedauerte ich von ganzem Herzen. Trotzdem konnte ich es nicht verhindern, dass mit einem Schlag die vielen kleinen Erinnerungen an Matthews und meine Jugendzeit wiederkehrten. Ich war dankbar, als Tante Kate kam, um mich in mein Bett zurückzubringen. Dort nahm ich brav meine Medizin, die mir gleich darauf einen tiefen Schlaf bescherte. Bevor ich die Augen schloss, dachte ich jedoch daran, dass ich Matthew so bald wie möglich einen Brief schreiben müsste, um ihm mein Beileid auszusprechen.

IX

Benedict wohnte nach wie vor im Schloss, doch wir sahen uns selten allein. Obwohl es mir nun von Tag zu Tag besser ging, waren Tante Kate oder meine Mutter beinahe ständig in meiner Nähe. Ich wusste, dass sie Benedict trotz allem, was er für mich getan hatte, nicht vollständig vertrauten. Zudem waren wir nicht offiziell verlobt, und es war nicht schicklich, mit ihm allein in einem Zimmer zu sein. Am Abend speiste die ganze Familie zusammen. Dabei ging es immer so laut zu, dass es für mich unmöglich war, mich mit Benedict, der mir schräg gegenüber saß, in Ruhe zu unterhalten. Lediglich am frühen Nachmittag, vor der Teezeit, konnten wir uns zu einem Spaziergang im Garten treffen.

»Du wirst besser bewacht als eine Klosterschülerin«, seufzte Benedict und sah mich liebevoll an. Er wagte nicht, seinen Arm um mich zu legen, denn er vermutete ebenso wie ich, dass wir vom Haus aus beobachtet werden konnten. »Was würden deine Eltern sagen, wenn sie wüssten, dass wir in meiner Wohnung auf Malta oft allein waren? Und später … in Italien … erinnerst du dich daran, wie wir uns in den Nächten im Wald getroffen haben?«

Ich kicherte. »Ich glaube, mein Vater würde einen Herzanfall bekommen. Oder er würde dich zu einem altmodischen Duell fordern, um die Ehre seiner Tochter zu verteidigen.«

»Wenn Lord Elkham aus London zurückkehrt, werde ich mit ihm sprechen. Ich bin ihm zu Dank verpflichtet, dass ich vorerst hier leben darf. Mit deinem Bruder William reite ich hin und wieder aus, ich glaube, er kann mich recht gut leiden. Weißt du, dass er veranlasst hat, mir Leinwand und Farben in mein Zimmer zu bringen?«

»Das ist ja wunderbar!«, rief ich erstaunt. »Hast du schon etwas gemalt?«

Er nickte und machte eine umfassende Handbewegung. »Wohin man auch geht, Cornwall bietet einem auf Schritt und Tritt jede Menge Motive. Marian, wenn du wieder völlig gesund bist, hoffe ich, mit dir zur Küste reiten zu können.«

Ich hängte mich bei Benedict ein. »Das wäre schön.«

Plötzlich zog er mich hinter eine große, blickdichte Rhododendronhecke und küsste mich leidenschaftlich. »Und wir müssen uns so bald wie möglich verloben, damit diese Heimlichkeiten aufhören. Marian, ich möchte dich umarmen und küssen können, auch wenn die ganze Welt zuschaut!«

Ich nickte glücklich, selbst wenn ich wusste, dass besonders mein Vater nicht erfreut sein würde, wenn ich einen mittellosen Maler heiraten wollte, der zudem noch Ausländer war. Ich rechnete mit Widerstand, aber schließlich würde unsere Liebe siegen. Meine Eltern mussten einfach akzeptieren, dass ich ohne Benedict niemals wieder glücklich werden konnte.

»Wo werden wir leben? Möchtest du nach Malta zurück?«, fragte ich bang. Obwohl ich die Insel in mein Herz geschlossen hatte, barg Malta für mich viele unerfreuliche Erinnerungen, dass ich mir nicht vorstellen konnte, dorthin zurückzukehren.

»Ich denke nicht, dass wir auf Malta willkommen sind, solange Roger Grimston dort so viel Einfluss ausübt«, antwortete er ernst. »Auch kann ich mir nicht vorstellen, wieder in den Staaten zu leben. Du siehst also, Marian, du reichst deine Hand einem Vagabunden, der nicht in der Lage ist, dir ein Haus und ein Heim zu bieten.« Sein Blick schweifte über die grauen Mauern von Landhydrock Hall. »Noch nicht«, fügte er hinzu.

»Es ist mir gleichgültig. Wenn es sein muss, so werde ich dir auch bis an den Nordpol folgen!« Spontan küsste ich Benedict auf den Mund. Es war mir egal, ob uns jemand beobachtete. Sollen sie doch, dachte ich trotzig. Gemeinsam werden wir alle Widrigkeiten überwinden.

»Nun, so weit auch wieder nicht.« Er drückte mich zärtlich an sich. »Aber vielleicht ändert sich bald etwas, und dann werde ich nicht mehr der arme Bittsteller sein, der die Kleidung deines Bruders tragen muss.«

Obwohl er bei diesen Worten versuchte, unbekümmert zu lächeln, merkte ich, wie Benedict es hasste, von der Mildtätigkeit anderer Menschen abhängig zu sein. Aus diesem Grund hatte er auch angefangen, sich im Haus und im Garten nützlich zu machen.

Tante Kate hatte mir erzählt, dass er recht geschickt im Umgang mit diversen Werkzeugen war. »Hätte ich einem Künstler gar nicht zugetraut.«

»Wir könnten nach London gehen. Dort gibt es viele Fabriken, in denen auch Frauen arbeiten«, bot ich an.

»Auf keinen Fall werde ich zulassen, dass meine Frau eine Stellung annimmt!« Ich hätte nicht gedacht, dass er über meinen Vorschlag so entrüstet sein würde. »Wir müssen einfach noch ein wenig warten, Marian.«

»Warten? Worauf?«

Er lächelte geheimnisvoll. »Ich denke, ich sollte dich jetzt ins Haus zurückbringen, sonst heißt es noch, ich hätte dich entführt«, sagte er, ohne auf meine Frage zu antworten. Glücklich hängte ich mich bei ihm ein und vergaß seine geheimnisvolle Anspielung.

Vater kehrte aus London zurück und brachte einen Anwalt mit nach Landhydrock Hall. Ich wunderte mich, als man mir Mr. Morison vorstellte. Er war ein alter Mann mit schlohweißem Haar, der sich beim Gehen schwer auf einen Stock stützte. Aber in seinem von tiefen Falten durchfurchten Gesicht leuchteten zwei blaue Augen klar und frei von jeglicher Senilität, und seine Stimme war überraschend tief und kräftig, als er mich begrüßte.

Vater hatte mich in sein Arbeitszimmer gebeten, das ich sonst nur selten betrat. Beim Eintreten warf ich einen Blick auf den Glaskasten über dem Kamin, in dem ein ausgestopfter Fuchs so lebensecht wirkte, als würde er gleich aus seiner engen Behausung ausbrechen. Ich wusste, dass meine Mutter diese Trophäe verabscheute und am liebsten entfernen würde, aber ein längst verblichener Elkham hatte das Tier eigenhändig erlegt, und seitdem hing diese Scheußlichkeit im Arbeitszimmer.

Wir warteten, bis ein Mädchen den Tee serviert hatte, dann sagte Mr. Morison: »Lord Simon … Lady Celeste … ich freue mich, Ihrer Familie wieder einmal dienlich sein zu können.« Er drehte seinen schmalen Kopf in meine Richtung und kam gleich zur Sache: »Miss Marian, es ist völlig absurd, eine Mordanklage aufrecht zu erhalten, wenn es kein Opfer gibt. Solange diese Olivia Grimston nicht gefunden wird, besteht auch kein Grund zur Annahme eines Verbrechens.«

Der Stein, der mir in diesem Moment vom Herzen fiel, war riesengroß. »Wird Captain Grimston nicht darauf bestehen?«, fragte ich bang.

»Ich habe Ihren Fall, sofern es überhaupt einen Fall gibt, dem Obersten Gerichtshof in London vorgelegt. Nun, was soll ich sagen?« Er legte die Spitzen seiner Finger zusammen und betrachtete sie für einen Augenblick, während ich vor Aufregung unruhig im Sessel hin und her rutschte. »Ich kann von Glück sagen, dass ich nicht ausgelacht wurde. ›Wir haben wahrlich Wichtigeres zu tun, als uns um Frauen zu kümmern, die ihren Ehemännern durchgebrannt sind‹, bekam ich zur Antwort. Lord Simon, Sie können meine Worte bestätigen, denn Sie waren ja dabei.«

Mein Vater nickte. »Das Verfahren wurde eingestellt und die zuständige Behörde in Malta informiert. Es gab nicht den kleinsten Hinweis, dass es sich wirklich um ein Verbrechen handelt. Das verwüstete Zimmer und selbst das Blut beweisen nicht, dass Olivia Grimston ermordet worden ist.«

Einerseits war ich zwar erleichtert, dass die Anklage fallen gelassen worden war, andererseits war ich nach wie vor davon überzeugt, dass Olivia einem scheußlichen Verbrechen zum Opfer gefallen war. »Olivia ist nicht durchgebrannt«, sagte ich. »Grimston hat sie ermordet und dann versucht, mir die Tat in die Schuhe zu schieben.«

Mit wenigen Worten schilderte mein Vater dem Anwalt meine Erlebnisse mit Roger Grimston und meine Beobachtung, dass er Olivia geschlagen hatte.

»Betrachtet man alle Facetten dieser Ehe, so scheint Ihre Vermutung sehr logisch zu sein, Miss Marian. Aber auch hier sind der Justiz die Hände gebunden, solange man die betreffende Dame nicht findet. Egal ob tot oder lebendig.«

Mir lief ein Schauer über den Rücken. Noch immer hatte die Vorstellung, dass Olivias zarter Körper vielleicht auf dem Meeresgrund lag, etwas Unwirkliches für mich. Ich musste damit beginnen, mich mit den Tatsachen abzufinden.

»Es bleibt aber immer noch das Delikt der Flucht und, das betrifft Mr. Timberton, die Beihilfe zur Flucht. Beides sind strafbare Handlungen, die leider geahndet werden müssen«, fuhr Mr. Morison fort.

»Dann muss ich doch ins Gefängnis?«, presste ich ängstlich hervor.

»Keine Sorge, Miss Marian, in dieser Angelegenheit wurde ein Vergleich geschlossen, bei dem eine Geldstrafe fällig wurde. Lord Simon hat diese bereits beglichen. Die Londoner Gerichte sind dermaßen überlastet, dass sie froh über jeden Fall sind, der schnell vom Tisch kommt, um sich den richtigen Mördern und Halsabschneidern widmen zu können.«

Meine Mutter nickte mir beruhigend zu. »Es ist also vorbei? Meiner Tochter steht es nun wieder frei, überall hinzugehen?«

»Heißt das, ich stand unter Arrest?«, rief ich verwundert.

Meine Mutter nickte. »Wir haben dir nichts davon gesagt, denn du warst ohnehin zu krank, um das Haus zu verlassen. Aber die zuständige Behörde in Bodmin hat darauf bestanden, dass du unter ständiger Bewachung zu stehen hast, bis die Sache zu einem Ende gekommen ist.« Sie wandte sich an den Anwalt. »Mr. Morison, ich weiß gar nicht, wie ich Ihnen danken soll! Sie sind doch unser Gast und bleiben zum Dinner?«

Er nahm dankend an und meinte: »Lady Celeste, wenn ich daran denke, wie wir uns vor vielen Jahren zum ersten Mal begegnet sind … Es war in diesem Zimmer hier, erinnern Sie sich?«

Verwundert sah ich, wie meine Mutter errötete und verlegen den Kopf senkte. Ich hatte angenommen, dass Mr. Morison der Anwalt der Familie war, aber ihr Verhalten ließ darauf schließen, dass der ersten Begegnung zwischen ihnen etwas Besonderes anhaften musste.

Nun entnahm Mr. Morison seiner Aktentasche einen Stapel Papiere. »Miss Marian, leider ist es unumgänglich, noch einige Formulare auszufüllen. Sie wissen ja, die leidigen Aktenberge …«

Er stellte mir ähnliche Fragen, die ich bereits vor dem Untersuchungsausschuss auf Malta beantwortet hatte: Wie und wo hatte ich Olivia Grimston kennen gelernt? Warum war ich mit ihr nach Malta gegangen? Wie war mein Verhältnis zu Roger Grimston und wie zu der Dienerschaft? Und so weiter, und so weiter. Später musste ich meine Aussage unterschreiben, dann sagte Mr. Morison: »Jetzt muss ich noch mit dem Herrn sprechen, der Miss Marian befreit hat. Er wohnt doch noch in Ihrem Haus, Lord Simon?«

Mein Vater nickte und meinte, er würde Mr. Morison zu ihm bringen.

Kaum waren wir allein, sagte meine Mutter erleichtert: »Jetzt ist alles wieder in Ordnung, mein Mädchen. Wir sollten uns Gedanken über deine Zukunft machen.«

Ich wollte gerade anmerken, dass ich Benedict heiraten würde, als Dobson den Raum betrat und mit unbeweglicher Miene einen Besucher meldete: »Lord Denbury ist soeben angekommen. Soll ich ihn in den Salon führen?«

»Danke, Dobson. Wir werden Lord Denbury hier empfangen.«

Matthew! Mein Herz tat einen Sprung. Gleich darauf trat er ein. Offenbar war er zu Pferd von Boventon Castle gekommen, denn er trug Reitkleidung und seine Haare waren leicht verstrubbelt.

Galant küsste er meiner Mutter die Hand. »Lady Celeste ...« Dann wandte er sich zu mir. Ich stand langsam auf und ging ihm einen Schritt entgegen. Matthew ergriff meine Hände und drückte sie. »Marian, ich bin so froh, dass du wieder gesund und zu Hause bist.«

Wir sahen uns an. Seine grünen Augen mit dem grauen Rand um die Pupille strahlten, er machte nicht den Eindruck eines Mannes, der vor kurzer Zeit Frau und Kind verloren hatte. Nach den Erzählungen meiner Schwester hatte ich erwartet, ihn gebrochen und von Leid gezeichnet vorzufinden, aber Matthew hatte nichts von seiner Unbekümmertheit verloren.

»Matthew ...« Ich stockte, suchte nach den richtigen Worten. »Es tut mir so Leid. Ich hörte, was mit Hannah geschehen ist.«

Jetzt zog ein Schatten über sein Gesicht. »Es war eine Tragödie. Das Kind wäre ein Junge gewesen, ein Erbe für Boventon. Meine Mutter ist seitdem sehr krank. Das Herz, sagt der Arzt. Sie verlässt kaum noch ihr Zimmer.«

Mitfühlend sah ich ihn an.

Meine Mutter brach das Schweigen: »Trinken Sie eine Tasse Tee mit uns?«

Matthew nickte, dann setzten wir uns wieder und warteten, bis das Mädchen ein neues Gedeck aufgelegt hatte. Matthew nahm einen Schluck Tee, lehnte aber den angebotenen Kuchen ab.

»Marian, halb Cornwall spricht von den Ereignissen auf Malta. Wie du weißt, gebe ich nicht viel auf Tratsch und Klatsch, darum bin ich hergekommen, um aus deinem Mund die Wahrheit zu erfahren. Das heißt, wenn du darüber sprechen möchtest. Es war bestimmt alles sehr schrecklich für dich.«

»Das war es, Matthew. Verzeih, dass ich dir nicht früher kondoliert habe, aber ich war krank und kann erst seit einigen Tagen das Bett für längere Zeit verlassen. Ich wollte dir einen Brief schreiben.«

Er lächelte, und plötzlich war es wieder da – das Gefühl der Vertrautheit, das Gefühl, das man nur einem Menschen gegenüber empfindet, den man fast sein ganzes Leben lang kennt.

Ich begann zu erzählen und sah die Bestürzung in Matthews Miene. Allerdings verschwieg ich die Beziehung zu Benedict. Warum, wusste ich nicht genau, aber etwas hemmte mich, Matthew gegenüber über meine Gefühle zu sprechen.

Als ich geendet hatte, sagte er: »Aber jetzt hat euer tüchtiger Anwalt alles geregelt, und du wirst recht bald alles vergessen. Ich helfe dir gerne dabei.«

»Danke, Matthew, das ist lieb von dir.«

Wenig später öffnete sich die Tür, und Benedict, Vater und Mr. Morison traten ein.

»Es ist nun alles erledigt«, sagte mein Vater, bevor er Matthew bemerkte, der sich sofort erhob.

»Ich bin glücklich, das zu hören, Sir Simon.«

»Matthew! Wie schön, dass Sie uns besuchen. Sie bleiben doch zum Essen, nicht wahr? Celeste, ich denke, wir werden heute Abend eine große Gesellschaft sein.«

Benedict warf mir einen erstaunten Blick zu, und ich stellte die beiden Männer einander vor. »Matthew, das ist Benedict Timberton.« Dann drehte ich mich zu Benedict. »Darf ich dir Lord Matthew Denbury vorstellen? Ein Nachbar und guter Freund der Familie.«

Es war, als zöge eine unsichtbare Gewitterwolke durch den Raum, während sich Benedict und Matthew die Hand gaben. Beide waren ungefähr gleich groß und von ähnlicher Gestalt. Aber Matthews Gesichtsausdruck wirkte würdevoll und aristokratisch, während Benedicts Augen spöttisch funkelten.

»Ich hörte, Sie sind … *Künstler*?« So wie Matthew das Wort aussprach und Benedict von oben bis unten musterte, kam es einer Beleidigung gleich.

Ich wollte gerade einschreiten, als Benedict sagte: »Und ich hörte, Sie residieren in einem alten Schloss, das nicht immer der Besitz Ihrer Familie war, nicht wahr? Sie selbst sind erst vor wenigen Jahren durch eine glückliche Erbschaft in den Genuss, Schlossbesitzer zu sein, gekommen.«

Scharf zog Matthew die Luft ein und setzte zu einer Erwiderung an, die sicher nicht besonders freundlich ausgefallen wäre, hätte meine Mutter den verbalen Schlagabtausch nicht beendet. Sie trat neben Matthew und bat: »Sir Matthew, Sie haben sich doch immer für die Rosenzucht interessiert? Wir haben ein neues Gewächshaus bauen lassen. Möchten Sie mich in den Garten begleiten? Ich würde es Ihnen gerne zeigen.«

Dieser Bitte konnte sich Matthew nicht entziehen, ohne unhöflich zu sein. Er bot meiner Mutter seinen Arm. An der Tür drehte er sich noch einmal zu mir um. »Marian, es wäre schön, wenn wir demnächst zusammen ausreiten würden. So wie früher.«

Aus den Augenwinkeln sah ich, wie Benedicts Wangenmuskeln zuckten. Nur mit Mühe unterdrückte er eine Bemerkung, wandte sich dann aber an den Anwalt. »Mr. Morison, darf ich Sie um ein Gespräch unter vier Augen bitten? Ich hätte da eine wichtige Angelegenheit, an deren Klärung mir sehr gelegen ist.«

Der Anwalt nickte und sah meinen Vater an.

»Es ist ja noch Zeit bis zum Dinner«, sagte mein Vater stirnrunzelnd und fragte sich ebenso wie ich, was Benedict wohl mit dem Anwalt zu besprechen hatte.

Ich folgte den Männern auf den Flur, ging dann aber in mein Zimmer hinauf. Es war offensichtlich, dass Benedict und Matthew sich nicht mochten, dabei hatten sie nur wenige Minuten miteinander gesprochen. Es kam oft vor, dass zwei Menschen sich begegneten und vom ersten Augenblick an eine starke gegenseitige Antipathie empfanden. Genauso war es mir mit Roger Grimston ergangen, aber das war doch etwas anderes gewesen, oder? Grimston war ein böser und brutaler

Mensch, während weder Matthew noch Benedict je einer anderen Person etwas zuleide tun könnten. Ein wenig fühlte ich mich auch geschmeichelt, denn ich hatte eine Spur von Eifersucht in Benedicts Verhalten wahrgenommen. Das war zwar völlig absurd, denn die Sache mit Matthew war vorbei. Er würde künftig nicht mehr als ein guter Freund sein. Ich seufzte und hoffte, dass sich Benedict mit Matthew irgendwann besser verstehen würde, denn auf keinen Fall wollte ich auf die Freundschaft mit Matthew verzichten.

Zwei Tage später war Benedict verschwunden. Er hinterließ mir einen kurzen Brief, in dem er mir mitteilte, er müsse für einige Zeit in einer wichtigen Angelegenheit verreisen.

»Liebste Marian, ich kann und darf dir noch nicht sagen, worum es sich handelt, aber vertraue mir – wenn ich zurückkehre, kann ich dir vielleicht das Leben bieten, das du gewohnt bist …«

Verwundert, aber zugleich verärgert, dass Benedict nicht mit mir gesprochen hatte, zeigte ich meiner Mutter den Brief.

Sie las die wenigen Zeilen, dann schüttelte sie skeptisch den Kopf. »Ich habe vom ersten Tag an nicht gewusst, wie ich Benedict Timberton einschätzen soll. Ich hoffe nur, er stürzt sich nicht in ein waghalsiges Unternehmen, um zu Geld zu kommen. Vielleicht sogar ein illegales?«

»Das kann ich mir nicht vorstellen, Mama«, protestierte ich. »Benedict ist ein vernünftiger Mensch, der genau überlegt, was er tut. Ach, warum hat er mir nichts gesagt? Wir haben doch keine Geheimnisse voreinander.«

»Du wirst in deinem Leben noch oft feststellen, dass Männer eine Gattung sind, deren tiefste Gedanken für uns Frauen schwer zu ergründen sind«, philosophierte Mutter und entlockte mir über ihre gedrechselten Worte ein Lächeln. »Marian, wenn du dir deiner Gefühle sicher bist, so solltest du ihm vertrauen und abwarten.«

Ich umarmte meine Mutter und küsste sie auf die Wange, überzeugt, Benedict würde nichts tun, das zu unser beider Schaden sein könnte.

Am gleichen Nachmittag kam Matthew und fragte, ob ich mit ihm ausreiten würde. Da ich mich wieder gesund und kräftig genug fühlte, sagte ich gerne zu. Der Herbsttag war warm und sonnig, in der Luft lag der Geruch von Kartoffel- und Torffeuern, und es war ein Genuss, über den weichen Moorboden zu galoppieren. Kaninchen huschten verschreckt vor den Hufen der Pferde davon.

»Pass auf, dass du kein weißes siehst!«, rief mir Matthew zu. »Du weißt ja, dass das Unglück bringen soll.«

Ich kannte die Legende, die erzählte, wenn man im Bodmin-Moor ein weißes Kaninchen sah, das im nächsten Moment verschwand, einem ein Todesfall ins Haus stand. Cornwall war voll von Sagen und Legenden, die, wenn man an kalten Winterabenden gemütlich vor dem Kaminfeuer saß, eine teils gruselige Unterhaltung boten. Tante Kate kannte Hunderte solcher Geschichten, aber ich hatte nie an eine geglaubt.

Wir passierten die *Hurlers*, drei bronzezeitliche Steinkreise. Entgegen zahlreicher anderer Steinkreise, bei denen es sich der Legende nach um versteinerte Mädchen handeln sollte, waren die *Hurlers* einst Männer gewesen, die an dieser Stelle an einem Sonntag das von der Kirche verbotene *Hurling* gespielt hatten. Gottes Zorn hatte die Männer getroffen. Seitdem mussten sie als Steine die Jahrhunderte überdauern. Wir folgten einem Trampelpfad in nördlicher Richtung zum *Cheesewring*, der mit seiner unverwechselbaren Silhouette vor uns aufragte. Die Pferde nahmen den Anstieg in leichtem Trab. Dann stiegen wir ab, banden die Zügel um einen schweren Stein und erklommen die letzten Meter zu den riesigen Felsblöcken zu Fuß. Matthew und ich waren früher öfters hier gewesen. Wenngleich weder er noch ich an die Sagen glaubten, war es ein mystischer Ort. Der *Cheesewring* war eine Felsformation von riesigen, runden Steinblöcken, die aussahen, als hätte ein holländischer Käsemacher seine Produkte unordentlich aufgestapelt. Die unteren Steine sind sehr viel kleiner als die oberen, und jeder Betrachter erwartet, dass die Sache unweigerlich in sich zusammenfallen muss, so »kopflastig« ist sie. Aber der *Cheesewring* stand seit Tausenden von Jahren an dieser Stelle und würde wohl auch die nächsten Jahrtausende Bestand haben – sofern sich nicht Menschen an ihm zu schaffen machten.

Als wir noch jünger waren, hatten Matthew und ich uns oft ausgemalt, wer wohl die riesigen Steine ins Moor gebracht hatte und aus welchem Grund. Wehmütig dachte ich an die Zeit, als ich unbekümmert an Matthews Seite durch die Felsen gestreift war.

Wir setzten uns auf einen Stein.

Matthew deutete zur Sharptor-Mine hinüber und sagte: »Schau, Marian, sie verfällt immer mehr.«

Aus dem hohen Kamin stieg seit Jahren kein Rauch mehr auf, und das alte Maschinenhaus war bereits von Efeu überwuchert. Einst hatte die Kupfermine vielen Hundert Menschen aus der Umgebung Arbeit und Brot gegeben, doch vor einigen Jahren war ein Stollen eingebrochen und hatte zwanzig Bergleute unter sich begraben. Keiner von ihnen überlebte. Die Leute hatten daraufhin geflüstert: »Das waren die *Knackers*! Sie waren mit dem *Didjan* nicht zufrieden, darum haben sie die Männer getötet.«

Ich kannte auch diese Sage seit meiner Kindheit. Die *Knackers* waren die Geister jener Menschen, die Jesus Christus ermordeten. Jetzt lebten sie hier in Cornwall unter der Erde, waren kaum sechs Zoll groß und wie Bergleute gekleidet. Diese mussten für die *Knackers* immer einen Teil ihres Mittagessens am Mineneingang stehen lassen. Diesen Anteil nannte man *Didjan*. Es war ein großes Opfer für die Bergleute, die ihre spärliche Mahlzeit nur mit Mühe zusammenkratzen konnten.

Den Arbeitern der Sharptor-Mine sagte man nach, dass sie geizig gewesen seien. Das lag wahrscheinlich daran, dass das Leben hier im Moor noch härter und entbehrungsreicher als an der Küste war. Auf jeden Fall sollen sie versucht haben, die *Knackers* um ihren Anteil zu betrügen. Als das Unglück geschah, ging das Gerücht um, die *Knackers* hätten ihr Unwesen getrieben. Seitdem galt die Mine als verflucht, und kein Mensch traute sich in ihre Nähe.

»Noch vor wenigen Jahren herrschte hier eine hektische Betriebsamkeit«, sagte ich. »Obwohl ich weder an Geister noch an andere seltsame Erscheinungen glaube, empfinde ich den Anblick der Mine als gespenstisch.«

»Auch wenn der Unfall nicht geschehen wäre, denke ich, dass die Mine nicht mehr in Betrieb wäre«, erklärte Matthew. »Die Ära des Bergbaus in Cornwall ist wohl vorbei.«

In den letzten Jahren hatten immer mehr Minen in Cornwall schließen müssen, da die Kupfer- und Zinnvorräte erschöpft waren. Draußen im Westen und an der Nordküste bei St. Agnes gab es noch ertragreiche Zinnminen, doch in den letzten Jahren hatte sich der Bergbau, einst der Haupterwerb der kornischen Bevölkerung, drastisch reduziert.

»Ich bin froh, dass Landhydrock keine Minen hat«, sagte ich. Unsere Familie hatte immer auf die Landwirtschaft gebaut und blieb somit vom Untergang des Bergbaus verschont.

Matthew nickte. »Mein Vater hat sich einmal für eine Mine interessiert. Heute muss ich sagen, es war ein Glücksfall, dass ihm ein anderer das Land vor der Nase wegschnappte, denn auch diese Mine musste vor zwei Jahren geschlossen werden.«

Wir schwiegen und genossen die Aussicht. Es war ein klarer Tag, so konnten wir im Süden das Meer am Horizont glitzern sehen.

»Heute wäre mein Hochzeitstag«, sagte Matthew plötzlich. »Es ist jetzt ein Jahr her.«

Spontan legte ich meine Hand auf seinen Unterarm. »Dir fehlt Hannah … deine Frau wohl sehr?«

Er sah auf. »Hannah war eine schöne Frau. Eine sehr schöne Frau. Es gibt nur wenige, die über ein solch perfektes Äußeres verfügen.«

Ich zuckte zusammen. Schnell nahm ich meine Hand fort. Ich wusste, dass ich recht ansehnlich – manche nannten es auch attraktiv – war, aber mit Hannah hatte ich mich nicht messen können.

Matthews nächste Worte erstaunten mich allerdings: »Aber sie hatte kein Leben in sich. Ach, ich weiß nicht, wie ich es ausdrücken soll, aber es gab kaum etwas, für das Hannah wirklich Interesse gezeigt hat. Ich bin einmal mit ihr hierher gekommen, wollte ihr die Mystik und Schönheit des Moores zeigen, doch sie empfand nichts für die Geheimnisse, die die *Hurlers* und den *Cheesewring* umgeben. Für sie waren es nur ein paar alte Steine, und sie schimpfte ärgerlich, weil sie sich einen Absatz abbrach, als ich sie hier heraufführte.«

Ich unterdrückte die Bemerkung, dass man im Leben nicht alles haben könne, denn ich merkte, wie ernst Matthew auf einmal geworden war.

Er drehte sich zu mir um und sah mir tief in die Augen. »Marian, erinnerst du dich daran, wie wir hier als Kinder gespielt haben?«

Ich nickte und schluckte den Kloß hinunter, der sich in meiner Kehle gebildet hatte. »Daran habe ich vorhin gedacht, Matthew.«

Seine Hand war warm, als er meine umfasste. »Ich habe einen großen Fehler gemacht, Marian.«

Ich hob die Augenbrauen und versuchte, die Situation durch ein unbekümmertes Lachen zu entschärfen. Die Spannung, die plötzlich zwischen uns herrschte, war beinahe greifbar, die Luft vibrierte, als würde sie jeden Moment explodieren. »Du hast nichts falsch gemacht, Matthew.«

»Ich habe den größten Fehler gemacht, den ein Mann begehen kann.«

Unbehaglich rutschte ich hin und her. Einerseits wollte ich, dass er aussprach, was so offensichtlich in seinem Gesicht zu lesen stand. Auf der anderen Seite durfte ich es nicht zulassen. Nicht jetzt, nachdem ich Benedict gefunden hatte. »Vielleicht solltest du nicht mit mir darüber reden, Matthew«, sagte ich vorsichtig.

»Mit wem sonst? Meiner Mutter?« Er lachte bitter. »*Sie* war es doch, die darauf drängte, dass ich Hannah heiratete. Und ich gab nach, wollte meiner Mutter nach dem Tod meines Vaters keinen Kummer machen. Aber es war ein Fehler. Hannah und ich hatten absolut nichts gemeinsam. Vielleicht entsetzt es dich zu sehen, wie wenig ich um Hannah trauere, aber ich kann keine Gefühle vortäuschen, wo keine sind.«

Zorn stieg in mir auf. Ich dachte: Warum erkennst du das erst jetzt? Und warum erzählst du es nun ausgerechnet mir? Ich sollte es gleich erfahren.

»Marian, es ist noch nicht zu spät. Wir können noch einmal ganz von vorn anfangen, nicht wahr?«

Die Zärtlichkeit in seinen Augen war mehr, als ich ertragen konnte. Schnell sprang ich auf. »Ich muss jetzt zurück, Matthew. Ich fühle mich nicht wohl, vielleicht war der Ausflug noch etwas verfrüht.«

Er erhob sich ebenfalls, und gemeinsam stiegen wir hinunter. Als Matthew mir in den Sattel half, ruhte seine Hand einen Augenblick auf meiner Hüfte. Ich war es gewohnt, ihn zu berühren und von ihm berührt zu werden, doch heute dachte ich, ein heißes Eisen würde sich durch meine Röcke brennen. Schweigend ritten wir nach Landhydrock Hall zurück. In mir kreiste immer nur der eine Gedanke: Warum war Benedict nicht hier? Warum ließ er mich gerade jetzt allein?

Matthew blieb über Nacht in Landhydrock Hall. Das war nicht ungewöhnlich, denn es begann bereits zu dunkeln, als wir ins Schloss zurückkehrten. Wir verbrachten einen angenehmen Abend im Kreis der Familie, und erneut stellte ich fest, dass Matthew sich keine Mühe gab, seine wahren Gefühle zu verstecken. Er war kein trauernder Witwer. Sicher, er hatte Hannah gemocht und ihren Tod und den Tod ihres ungeborenen Kindes bedauert, aber sein Herz war dabei nicht gebrochen. Mir fiel allerdings auf, dass er dem Alkohol mehr als früher zusprach, auch wenn er weit davon entfernt war, betrunken zu sein.

In dieser Nacht wälzte ich mich unruhig in meinem Bett. »Benedict, wo bist du?«, flüsterte ich in die Dunkelheit und rief mir sein Gesicht vor Augen. Ich vermisste ihn und sehnte mich nach ihm. Ich wusste, dass der spannungsgeladene Moment im Moor nichts zu bedeuten hatte. Mein Gefühl für Matthew Denbury war lediglich eine bittersüße Erinnerung an vergangene Zeiten, während Benedicts Liebe Gegenwart war. Warum aber kehrte er nicht endlich zurück?

Am nächsten Tag verließ uns Matthew erst, nachdem wir seine Einladung, das kommende Wochenende in Boventon Castle zu verbringen, angenommen hatten.

»Wir werden am Samstagabend ein paar Gäste haben. Nur den Pfarrer und den Arzt mit seiner Frau, denn wir befinden uns ja noch im Trauerjahr«, sagte er und sah mich dabei unverwandt an. »Es wird meiner Mutter gut tun, wieder Menschen um sich zu haben. Sie hat sich in den letzten Monaten sehr zurückgezogen.«

Ich zögerte, doch bevor ich etwas sagen konnte, antwortete mein Vater: »Wir kommen gerne, Matthew. Ich bin sicher, Celeste wird mit ihrer erfrischenden Art Lady Denbury schnell auf andere Gedanken bringen.«

Lächelnd hängte sich meine Mutter bei ihm ein. Aus ihren Augen sprach so viel Liebe, dass mein Herz schwer wurde. »Simon, du alter Schmeichler! Nein, im Ernst, Sir Matthew, ich freue mich, Ihre Mutter wiederzusehen.«

Es wurden zwei angenehme Tage auf Boventon Castle. Lady Denbury war zwar blass, und sie atmete schwer, aber während des Dinners huschte ab und zu ein Lächeln über ihr Gesicht, und sie beteiligte sich an den regen Tischgesprächen. Matthew saß an meiner Seite und kümmerte sich aufmerksam um mich.

Am nächsten Morgen erwachte ich früh. Da das ganze Haus noch zu schlafen schien, zog ich mich rasch ohne Hilfe an und ging in den Garten hinaus. Aus alter Gewohnheit lenkte ich meine Schritte zu der alten Kapelle hinab. Es herrschte Ebbe, der Tamar zeigte sein schlammiges Flussbett. Unwillkürlich wurde ich an den Abend, an dem Matthew seine Verlobung mit Hannah verkündete, erinnert. Fröstelnd schlang ich die Arme um den Körper, obwohl es nicht kalt war. Damals hatte ich hier gestanden und mir überlegt, meinem Leben ein Ende zu setzen. Was wäre geschehen, wenn dieser geheimnisvolle Fremde nicht aufgetaucht wäre? Hätte ich wirklich den Mut aufgebracht, mich in die Fluten des Tamar zu stürzen? War seitdem wirklich erst wenig mehr als ein Jahr vergangen? Wie viel war seitdem geschehen, was hatte ich nicht alles erlebt! Ich hatte Benedict kennen und lieben gelernt.

»Ein wunderschöner Morgen, nicht wahr?«

Ich erschrak, denn ich hatte Matthew nicht kommen hören. »Ich konnte nicht mehr schlafen«, sagte ich.

Er nickte. »Ich sah dich das Haus verlassen und wusste, dass du hierher gehen würdest. Dich hat die Kapelle seit jeher interessiert.«

Ich deutete auf die hölzerne Tafel. »Vielmehr die Geschichte deines Vorfahren Richard Trelawny. Eine faszinierende Geschichte, besonders, wenn man bedenkt, dass sie Wahrheit und keine Legende ist.«

Er lachte und kam einen Schritt auf mich zu. »Leider sind die Trelawnys nicht meine Vorfahren. Aber ich fühle mich Boventon Castle dennoch so verbunden, als gehörte das Schloss seit Wilhelm dem Eroberer meiner Familie.« Er ging zur Kapelle, öffnete die Tür und gebot mir, ihm zu folgen. An der

Stelle, an der einst der Altar gewesen war, blieb er stehen. »Habe ich dir jemals erzählt, dass es einen Geheimgang zwischen dem Schloss und der Kapelle gab?«

»Nein, davon weiß ich nichts«, antwortete ich überrascht.

Matthew bückte sich und machte sich an den steinernen Platten zu schaffen. Erst jetzt bemerkte ich den eisernen Ring, der in eine Platte eingelassen war. Mit einem knirschenden Geräusch öffnete sich eine Luke, und ich blickte über Matthews Schulter hinab in ein dunkles Loch. Unwillkürlich klammerte ich mich an seinen Arm.

»Keine Angst, Marian, es existiert nur noch dieses kleine Versteck hier. Einst, zu Zeiten von Königin Mary und Königin Elisabeth, war es ein Priesterversteck. Zuerst, unter Mary, wurden die Protestanten, unter Elisabeth dann die Katholiken hier verborgen. Daher auch der Geheimgang, der zu dem Zimmer, das jetzt meine Mutter bewohnt, führte. Doch vor hundert Jahren wurde der Gang direkt hier unter der Kapelle mit einer Mauer verschlossen, damit in dem baufälligen Gemäuer niemand zu Schaden kommt. Wir leben auch nicht mehr in einer Zeit, in der es erforderlich ist zu fliehen.«

Ich stimmte in sein unbekümmertes Lachen ein. Eine Haarsträhne war ihm ins Gesicht gefallen. Wie von selbst hob ich meine Hand und strich sie aus seiner Stirn.

»Marian …«

Unsere Blicke sogen sich aneinander fest, dann legte er seine Arme um mich und zog mich fest an sich. Ich wusste, ich durfte es nicht zulassen, gleichzeitig war ich unfähig, mich zu rühren. Seine Umarmung ließ nicht mein Herz erbeben, aber ich empfand eine große Ruhe und das Gefühl von Sicherheit. »Ich befinde mich noch im Trauerjahr. Du weißt, wie schnell die Leute reden«, flüsterte er dicht an meinem Ohr. »Aber wenn es vorbei ist, wenn …«

Rasch löste ich mich aus seinen Armen und strich mir hektisch das Haar glatt. »Nein, Matthew, nein«, stammelte ich.

Er streckte erneut die Arme nach mir aus. »Ich habe den Fehler gemacht, Hannah zu heiraten, aber es ist noch nicht zu spät, ihn zu korrigieren. Warum sollen wir mit etwas warten, was so natürlich, so selbstverständlich ist?«

Weil ich Benedict liebe, hätte ich nun sagen sollen, aber etwas in Matthews Haltung rührte ein Gefühl in mir an, dass ich für längst vergangen gehalten hatte. Schnell raffte ich meine Röcke und eilte aus der Kapelle. Ich rannte den ganzen Weg durch den Garten hinauf ins Schloss. Wahrscheinlich lief ich vor mir selbst und meinen Empfindungen davon. Verwirrt schloss ich mich in mein Zimmer ein und presste beide Hände auf mein laut pochendes Herz.

In den nächsten Tagen wartete ich ungeduldig, aber vergeblich auf eine Nachricht von Benedict. Ich war meinen Eltern dankbar, dass sie jegliche Anspielung auf mein häufiges Zusammensein mit Matthew unterließen. Obwohl ich wusste, dass Vater Matthew als geeigneteren Ehemann als Benedict für mich in Betracht zog, kannte ich ihn gut genug, um zu wissen, dass er letztlich auch Benedict als Schwiegersohn akzeptieren würde. Er liebte mich viel zu sehr, um mich unglücklich zu sehen. Oft merkte ich, wie der nachdenkliche Blick meiner Mutter auf mir ruhte. Ich war nur froh, dass Rosanna wieder im Pensionat war, denn den bohrenden Fragen meiner Schwester zu entkommen, war unmöglich.

Tante Kate zeigte sich nicht so rücksichtsvoll. Sie hatte aus ihren Gedanken noch nie ein Geheimnis gemacht und stets alles ausgesprochen, was ihr auf der Zunge lag. »Mädchen, du darfst nichts überstürzen. Es war noch nie gut, übereilte Entschlüsse zu treffen, besonders, wenn es um so etwas Wichtiges wie das Heiraten geht.«

»Ich möchte aber Benedicts Frau werden«, beharrte ich, und Tante Kate schüttelte nachdenklich den Kopf.

»Kind, Kind, du bist noch so jung. Sicher, in den letzten Monaten hast du weit mehr erlebt, als andere Menschen in ihrem ganzen Leben. Du glaubst wohl jetzt, dass du das Leben kennst? Wenn du meinen Rat hören willst: Warte noch, bevor du dich für immer an einen Mann bindest. Vielleicht ist es keiner von beiden, vielleicht wartet irgendwo ein ganz anderer auf dich.«

»Tante Kate, du sprichst wie ein Orakel«, überspielte ich ihre ernsten Worte. »Matthew Denbury und ich sind gute Freunde, und bisher hat er mir keinen Heiratsantrag gemacht. Benedict hat es allerdings getan, und ich liebe ihn.«

»So, so … Warum leuchten dann deine Augen auf, wenn Sir Matthew das Zimmer betritt?«

Plötzlich wurde auch ich ernst. Ich erkannte, dass ich mich in einem ernsthaften Zwiespalt der Gefühle befand. Konnte man tatsächlich zwei Männer lieben? Zwei Männer, die unterschiedlicher nicht sein konnten. Ich fühlte mich sowohl Matthew als auch Benedict verbunden. Matthew durch die langen Jahre unserer Freundschaft und die vielen Dinge, die wir gemeinsam erforscht und erlebt hatten. Benedict kannte ich erst ein paar Monate, doch es waren Monate voll tiefstem Leid, aber auch höchstem Glück gewesen. Dachte ich an die leidenschaftlichen Nächte, in denen mir Benedict gezeigt hatte, was es bedeutete, eine Frau zu sein, wurde es mir so warm, als säße ich vor einem lodernden Feuer. Allerdings hatte ich schon gehört, dass es Menschen gab, die sich auf sexueller Ebene zueinander hingezogen fühlten, aber sonst nicht miteinander harmonierten. Aber das war bei Benedict und mir nicht so! Er liebte mich, genauso wie ich ihn liebte! Es spielte keine Rolle, dass er Amerikaner und Künstler, ich hingegen eine englische Adlige war.

Tante Kate bemerkte, wie nachdenklich ich geworden war und nahm mich in den Arm. »Nicht immer geht alles in Erfüllung, was wir uns vom Leben erwarten. Ich an deiner Stelle würde mir ernsthafte Gedanken darüber machen, was deinen Benedict so lange davon abhält, nach Landhydrock Hall zurückzukehren.«

Ich presste die Kiefer so fest aufeinander, bis mir die Gelenke zu schmerzen begannen. Diese Frage beschäftigte mich seit Benedicts Abreise, und ich wusste, ich musste etwas unternehmen. Sofort. Noch heute.

Obwohl es meine Eltern nicht gerne sahen, wenn ich allein ausritt, gab ich dem Stalljungen den Befehl, mir meine Stute zu satteln. Ich achtete nicht auf seinen Einwand, dass der Reitknecht im Moment nicht da sei, sondern schwang mich in den Sattel und ritt im Galopp die wenigen Meilen nach Bodmin. Die Kanzlei von Mr. Morison war schnell gefunden, sie befand sich in einem eleganten Eckhaus in der Cardell Road. Ein junger Sekretär führte mich in Mr. Morisons Büro.

Bei meinem Eintreten erhob sich der Anwalt sichtlich überrascht. Erstaunt hob er seine Brauen, als er bemerkte, dass ich allein gekommen war. »Miss Marian! Ich hoffe, es gibt keine Schwierigkeiten wegen dieser unseligen Anklage? Ich dachte, alles sei erledigt?«

»Ich komme in einer anderen Angelegenheit«, unterbrach ich ihn schnell. »Mr. Morison, als Sie bei uns in Landhydrock Hall waren, bat Sie Mr. Timberton um ein Gespräch. Seitdem ist er verschwunden. Ich wollte fragen, ob Sie wissen, wo er sich aufhält.« Obwohl ich mir die Worte auf dem Ritt in die Stadt gut überlegt hatte, war es mir peinlich, den Anwalt nach Benedict zu fragen, daher fügte ich schnell hinzu: »Meine Eltern sind sehr in Sorge um ihn, er war schließlich Gast in unserem Haus.«

»Mister … wer sagten Sie?« Fragend runzelte der Anwalt die Stirn.

Ich dachte, dass er doch seniler war, als ich angenommen hatte und dass es ein Fehler gewesen war, hierher zu kommen. »Benedict Timberton, der Herr, der mir auf Malta zur Flucht verholfen hat. Sie haben ihn im Schloss befragt, erinnern Sie sich?« Ich sprach beinahe wie zu einem Kind, doch dann hellte sich Mr. Morisons Miene plötzlich auf.

»Ach ja, natürlich … Ich konnte mich im Moment nicht mehr an den Namen erinnern. Leider, Miss Marian, darf ich Ihnen keine Auskünfte über meinen Mandanten erteilen.«

»Mandanten? Wollen Sie damit sagen, dass Sie für Benedict … äh … Mr. Timberton arbeiten?«

Er erhob sich und sah mich bedauernd an. »Es tut mir Leid, aber ich muss Sie jetzt bitten zu gehen. Ich kann Ihnen nichts weiter sagen.«

Perplex und verwirrt trat ich den Heimritt an. Was konnte es geben, wofür Benedict die Hilfe eines Anwaltes in Anspruch nahm? Und wovon wollte er ihn bezahlen? Obwohl Mr. Morison mit unserer Familie seit Jahren eng verbunden war, bezweifelte ich es sehr, dass er für einen Fremden umsonst tätig sein würde, selbst wenn Benedict ein Gast unserer Familie war.

Die Angelegenheit wurde immer mysteriöser. Wo war Benedict und was tat er? Welche Funktion hatte Mr. Morison? Dass der alte Anwalt etwas wusste, war mehr als deutlich gewesen. Was mir aber am meisten auf der Seele brannte, war die Frage, ob sich zwischen mir und Benedict etwas geändert hatte. Zum ersten Mal zweifelte ich an seiner Liebe. Warum hatte mich Benedict nicht ins Vertrauen gezogen?

Während ich aus der Stadt hinausritt, wusste ich nicht, dass das, was ich bald erfahren würde, mich in einen Strudel tiefster Verzweiflung und höchster Gefahr stürzen sollte.

X

Seit dem frühen Morgen regnete es in Strömen, und es wehte ein stürmischer Wind, daher rechnete ich nicht mit einem Besucher, doch plötzlich hörte ich Hufgetrampel vor dem Haus. Ich eilte ans Fenster und war erstaunt, Matthew zu sehen. Er schien sichtlich erregt zu sein, denn er sprang aus dem Sattel, bevor sein Pferd zum Stillstand gekommen war, und ließ es einfach mitten im Hof stehen, ohne die Zügel dem Stallburschen zu übergeben. Rasch lief ich hinab und sah, wie Matthew Dobson, der ihm die Tür geöffnet hatte, grob zur Seite stieß.

Als er mich sah, brüllte er: »Wo ist dieser Mistkerl? Ich schwöre, ich drehe ihm den Hals um!«

Nie zuvor hatte ich Matthew in einem derartigen Zustand gesehen und wusste instinktiv, dass etwas Schreckliches geschehen sein musste. Das Wasser tropfte von seinem durchnässten Mantel. Er war offenbar in großer Eile aufgebrochen, denn er trug keinen Hut, und so war auch sein Haar völlig nass.

Ich zog Matthew an der Hand in die innere Halle, dabei merkte ich, dass er am ganzen Körper zitterte. »Mein Gott, was ist denn geschehen?«, fragte ich, schenkte ein Glas Brandy ein und reichte es ihm.

Er stürzte es in einem Zug hinunter. »Noch eines, bitte!«

Ich füllte das Glas erneut und wiederholte: »Was ist los, Matthew? Du solltest die nassen Sachen ausziehen, sonst holst du dir noch den Tod.«

Hektisch winkte er ab und kniff die Augen zusammen. »Wo ist der Kerl? Er wohnt doch bei euch, oder? Ich will sofort mit ihm sprechen!«

Langsam dämmerte mir, dass er von Benedict sprach. »Wenn du Benedict Timberton meinst, er ist seit einigen Wochen nicht mehr auf Landhydrock Hall. Wir wissen nicht, wo er sich aufhält.«

»Diese feige Ratte hält sich irgendwo versteckt. Aber das wird ihm nichts nützen. Ich werde ihn aufspüren, und dann gnade ihm Gott!« Matthew ballte die Hände zu Fäusten, und maßloser Zorn sprühte aus seinen Augen.

Ich kannte ihn nur als besonnenen, ruhigen Menschen, der seine Gefühle selten offen zeigte, daher legte sich die Angst, was mit Benedict geschehen war, wie eine eiserne Klammer um mein Herz. Wenigstens ließ sich Matthew dazu bewegen, seinen triefenden Mantel abzulegen.

Durch den Lärm aufmerksam geworden, erschienen nun meine Eltern in der Halle. Auch sie zeigten sich über den Zustand, in dem sich Matthew befand, besorgt. Vater schenkte sich und Matthew nochmals Brandy ein, dann setzten wir uns alle vor den Kamin. Langsam begann Matthew, sich zu beruhigen, aber seine Hände zitterten immer noch, als er das leere Glas auf ein Tischchen stellte.

Bang fragte ich: »Was ist mit Benedict Timberton?«

»Timberton nennt sich dieser Mistkerl. Marian, weißt du, dass dein *Retter* …«, Matthew spie das Wort wie ein Stück Erbrochenes aus, »behauptet, Trelawny zu heißen und ein Nachkomme von Richard Trelawny zu sein?«

Meine Finger krallten sich in die Armlehnen, während meine Mutter mit einem lauten Geräusch die Luft einzog.

»Trelawny? *Der* Trelawny, der die Kapelle auf deinem Besitz erbaut hat?«

Matthew nickte grimmig. »Eben der. Doch damit nicht genug, dieser Betrüger sieht sich als rechtmäßigen Besitzer von Boventon Castle und fordert das Erbe seiner Vorfahren zurück.«

Es war, als träfe mich eine eiskalte Welle. Unfähig zu sprechen, wanderte mein Blick zu meinen Eltern, die ebenso fassungslos auf Matthews Behauptung reagierten.

»Nun mal langsam, Matthew«, fand mein Vater als Erster seine Stimme wieder. »So einfach geht das nicht. Was hat er denn angeblich für Beweise?«

Matthew holte aus der Innentasche seiner Jacke einen Stapel Papiere und knallte sie auf den Tisch. »Er war bei der Königin in London! Irgendwie ist es diesem räudigen Hund gelungen, eine Audienz bei ihr zu erhalten. Ich habe es mit Brief und Siegel, dass eine große Londoner Kanzlei von der Königin direkt beauftragt wurde, die Besitzverhältnisse zu prüfen.«

Benedicts Anspielungen, dass er vielleicht in Bälde mir ebenbürtig sein würde, schossen mir durch den Kopf. Jetzt verstand ich seine Worte, aber warum hatte er nicht mit mir darüber gesprochen? Warum war er einfach verschwunden, und ich musste die Nachricht von Matthew erfahren? Die Gefühle, die ich damals empfunden hatte, als Olivia verschwunden war, kehrten mit einer solchen Macht zurück, dass es mir wie ein Déjà-vu erschien. Erneut fühlte ich mich in einem Albtraum gefangen und hoffte, bald daraus geweckt zu werden. Einerseits schien der Anspruch Benedicts fern jeder Realität zu sein, und andererseits fühlte ich mich von ihm enttäuscht, dass er mir kein Wort von seinem Vorhaben gesagt hatte.

»Sir Matthew, könnte an dieser Behauptung etwas Wahres sein?«

Ich war überrascht, wie ruhig die Stimme meiner Mutter klang.

»Das ist durchaus möglich, Lady Celeste. Wenn, ich sage: *wenn* dieser dahergelaufene Vagabund tatsächlich ein Trelawny ist, liegt es im Ermessen der Königin, wem sie Boventon Castle zuspricht.«

»Das verstehe ich nicht. Das Schloss gehört doch seit mehreren Generationen der Familie Denbury«, warf ich ein. »Du hast mir selbst erzählt, dass ihr den Besitz von der Krone bekommen habt, wenn ihr auch erst nach dem Tod des Cousins deines Vaters nach Boventon Castle gezogen seid. Wieso sollte das jetzt plötzlich keine Gültigkeit mehr haben?«

Matthews Finger trommelten nervös auf den Armlehnen, als er sagte: »Als meine Vorfahren den Besitz übernahmen, gab es zahlreiche Aufzeichnungen über die Erbauer von Boventon Castle. Im sechzehnten Jahrhundert, zur Zeit Königin Elisabeths, herrschte ein gewisser Conan Trelawny über die Gegend. Er geriet in den Verdacht, mit den Katholiken verbündet und an einem Komplott mit dem Ziel, die Königin zu ermorden, beteiligt zu sein. Schließlich befreite er eine Widersacherin der Königin aus dem Tower. Dem sauberen Pärchen gelang die Flucht, und man hat nie wieder etwas von ihnen gehört. Die Aufzeichnungen enden damit, dass Boventon Castle als Verrätergut von der Krone eingezogen wurde. Man ging davon aus, dass dieser Conan und die Frau, die nicht namentlich genannt wurde, auf der Flucht wohl umgekommen sein müssen.«

»Was sie augenscheinlich nicht sind«, bemerkte mein Vater trocken.

Matthew schüttelte grimmig den Kopf. »Schenkt man den Behauptungen Timbertons Glauben, und ich tue es nicht, dann sind Conan und die Frau nach Amerika geflohen und haben sich dort ein neues Leben aufgebaut.«

»Ach ja? Das klingt nach einer abenteuerlichen, aber wenig wahrscheinlichen Geschichte. Matthew, würden Sie mir erlauben, das Schreiben der Anwälte zu lesen? Vielleicht kann ich Ihnen helfen?«

Während mein Vater eingehend das aus mehreren Seiten bestehende Schriftstück studierte, wirbelten in meinem Kopf die Gedanken wild durcheinander. Wenn es wirklich stimmte, und Benedict hieß nicht Timberton, sondern Trelawny, warum hatte er mir auf Malta einen falschen Namen genannt? Hatte er eventuell gewusst, dass ich aus Cornwall kam und bei dem Namen Trelawny sofort aufmerksam geworden wäre?

An Tre-, Pol- und Pen- erkennst du den kornischen Mann …

Der alte Spruch fiel mir wieder ein. Aber selbst wenn er so hieß, bedeutete das noch lange nicht, dass er zum Geschlecht der Trelawnys gehörte, die einst Boventon Castle besessen hatten. In Cornwall gab es zahlreiche Familien, die diesen Namen trugen.

Mein Vater war mit Lesen fertig und legte die Seiten wieder auf den Tisch. »Nun, Matthew, das hört sich alles sehr logisch an. Trotzdem verstehe ich nicht, warum Sie in Sorge um Ihren Besitz sind. Boventon Castle wurde Ihren Vorfahren mit allen Rechten und Pflichten von der Krone ordnungsgemäß übergeben. Selbst wenn es einen Nachfahren der ehemaligen Besitzer geben sollte, sehe ich keinen Grund, warum die einstige Entscheidung von König George rückgängig gemacht werden sollte. Die Enteignung der Trelawnys war nach den damaligen Gesetzen rechtmäßig, auch wenn jetzt behauptet wird, dieser Conan Trelawny sei niemals ein Verräter gewesen.«

»Ich sagte bereits, es liegt im Ermessen von Königin Victoria. Sie ist offenbar der Auffassung, Conan Trelawny sei damals großes Unrecht geschehen, und zieht in Erwägung, den Fehler über dreihundert Jahre später zu korrigieren. Selbstverständlich wird mir ein anderes Haus als Entschädigung angeboten«, fügte Matthew spöttisch hinzu.

Ich konnte Matthews Zorn und seine Verzweiflung verstehen, wenngleich es mir immer noch unfassbar schien, dass ausgerechnet Benedict einen Anspruch auf Boventon Castle erhob. *Mein* Benedict, der Mann, den ich liebte …

»Ich verstehe Sie nur zu gut und weiß, was es bedeutet, wenn man das Erbe seiner Ahnen plötzlich bedroht sehen muss. Es ist infam zu glauben, man könnte einen Familienbesitz einfach durch irgendetwas anderes ersetzen.«

Mein Vater hatte ruhig gesprochen, aber mir war der leicht spöttische Unterton in seiner Stimme nicht entgangen. Ich sah, wie sich meine Mutter ein Grinsen verbiss und ihm verstohlen zuzwinkerte.

Schnell sagte ich: »Matthew, ich finde das alles auch sehr überraschend, und ich …«

»Du hast ihn hierher gebracht!«, unterbrach er mich. »Hier, in diesem Haus hat er gewohnt und dabei die Gelegenheit gehabt, Boventon Castle auszuspionieren.«

»Was willst du damit sagen? Mir hat sich Benedict mit dem Namen Timberton vorgestellt. Er sagte, er stamme aus South Carolina, doch er hat nie etwas behauptet oder getan, aufgrund dessen ich daran hätte zweifeln müssen.«

Matthews Lippen waren nur ein schmaler Strich, als er hervorpresste: »Was für ein seltsamer Zufall, dass er ausgerechnet *dich* auf Malta anspricht und dann noch aus höchster Gefahr rettet, so dass Sie, Sir Simon, nicht anders handeln können, als ihn in Ihrem Haus willkommen zu heißen.«

Es war wirklich ein außergewöhnlicher Zufall – *wenn* es ein Zufall war. Ich erhob mich langsam. »Ihr entschuldigt mich? Ich möchte mich ein wenig hinlegen.« Steifbeinig verließ ich den Salon und schleppte mich in mein Zimmer. Ich konnte nicht glauben, was ich gerade erfahren hatte. Benedict erhob Anspruch auf Boventon Castle? Das an sich schien mir komisch, aber mir war alles andere als zum Lachen zumute. Ich erinnerte mich an Benedicts Lederbeutel, den er stets bei sich getragen hatte. Bei unserer Flucht hatte er kein Geld mitgenommen, den geheimnisvollen Beutel jedoch schon. Und er hatte mir nie dessen Inhalt gezeigt. Handelte es sich wirklich nur um Briefe seiner Eltern, an denen er hing? Langsam, aber sicher glaubte ich nicht mehr daran.

Es verging keine Stunde, bis meine Mutter an die Tür klopfte. Ich sah ihr an, dass auch sie durch die Nachricht aufgewühlt war.

»Marian, sag mir bitte die Wahrheit – hast du Kontakt mit Benedict? Weißt du, wo er sich aufhält?«, fragte sie eindringlich.

»Nein, ich weiß es nicht. Ich weiß einfach gar nichts mehr!«, rief ich und schluchzte. »Mama, ich kann das nicht glauben.«

»Die Unterlagen, die Matthew aus London erhalten hat, sind eindeutig. Er wird sich natürlich ebenfalls um einen guten Anwalt bemühen, aber wenn Benedict wirklich ein Nachfahre der Trelawnys sein sollte …« Sie zögerte, dann fuhr sie leise fort: »Mir tut Matthew unsäglich Leid. Erst der Verlust seiner Frau und des Kindes, und jetzt ist noch sein Zuhause bedroht.«

»Du und Vater – ihr steht natürlich auf Matthews Seite? Das hätte ich mir denken können. Ihr fragt gar nicht danach, ob das, was Benedict behauptet, vielleicht doch stimmt. Aber ihr habt ihn nie leiden können. Ihr habt ihn nur freundlich behandelt, weil er mir das Leben gerettet hat.«

Ärgerlich runzelte meine Mutter die Stirn. »Marian, du bist ungerecht! Es ist keine Frage von Sympathie oder Antipathie, sondern eine Frage des Gesetzes. Ich frage mich nur, wie es Benedict gelingen soll zu beweisen, dass er tatsächlich ein Erbe der Trelawnys ist. Wenn er es ist.«

Ich setzte mich auf die Fensterbank und stützte den Kopf in die Hände. »Mama, ich weiß nicht mehr, was und wem ich glauben soll. Und wem ich überhaupt noch vertrauen kann.«

»Liebes Kind, es gibt Situationen im Leben, die erscheinen uns auf den ersten Blick aussichtslos. Doch häufig ist nicht alles so, wie es auf den ersten Blick scheint. Nichts auf dieser Welt ist völlig schwarz oder völlig weiß. Es gibt immer etwas dazwischen.«

Ich spürte ihre Hand auf meinem Haar und drückte mich gegen sie. »Es wird uns wohl nichts anderes übrig bleiben, als abzuwarten, bis Benedict zurückkehrt. Er soll es mir selbst sagen, erst dann werde ich Matthews Behauptung glauben.«

Ein paar Tage später bat mich meine Mutter, Mrs. Fiddick auszurichten, dass wir Gäste zum Tee erwarteten. »Ich vergaß es ihr heute Vormittag zu sagen, dass heute das Komitee zur Erhaltung des Kirchturms in Landhydrock Hall tagt. Lauf doch rasch in der Küche vorbei, dann brauche ich Dobson dafür nicht zu bemühen.«

Mutter hatte sich wohl immer noch nicht an die ständige Präsenz des distinguierten Butlers gewöhnt, häufig schickte sie mich oder meine Geschwister auf kleine Botengänge, die wir auch gerne erledigten.

In den letzten Tagen hatten wir nichts Neues von Matthew gehört, allerdings auch nichts von Benedict. Ich wusste nicht, ob ich das als gutes oder schlechtes Zeichen werten sollte.

Durch das Esszimmer gelangte ich in den Küchentrakt. Ich bog gerade in den Gang zum Servierraum ein, in dem sich die Durchreiche zur großen Küche befand, als ich Mrs. Fiddick aufgeregt sagen hörte: »Ich verstehe nicht, warum wir diese Lizzie hier dulden. Das Mädchen macht nichts als Ärger!«

»Mrs. Fiddick, es ist schon vielen Mädchen vor ihr passiert, dass sie beim Staubwischen eine Vase zerbrechen.« Das war Dobsons ruhige und kühle Stimme.

Mrs. Fiddick schnaubte entrüstet durch die Nase. »Ich hätte mir denken können, dass Sie Lizzie verteidigen. Sie sind schließlich auch nur ein Mann, obwohl Ihre strenge Uniform und Ihre sauertöpfische Miene dies kaum vermuten lassen.«

»Also, Mrs. Fiddick, ich muss doch sehr bitten!« Der Butler war hörbar entrüstet, und ich schmunzelte, denn Mrs. Fiddick hatte den Nagel auf den Kopf getroffen.

Ich schlich näher an die Durchreiche heran und wagte kaum zu atmen, um den Butler und die Köchin nicht auf mich aufmerksam zu machen. Wenn sie meine Anwesenheit bemerkten, würde ich nichts weiter erfahren. Ich hatte Lizzie noch ein paar Mal gesehen und erinnerte mich daran, dass sie auf mich einen recht hochnäsigen Eindruck gemacht hatte.

»Ich verstehe wirklich nicht, warum Mylady dieses … Flittchen … in ihrem Haus aufgenommen hat. Man sagt, sie habe ihre letzte Stellung verlassen müssen, weil sie dem Sohn des Hauses schöne Augen gemacht hat. Muss irgendwo im Westen gewesen sein.«

»Meine liebe Mrs. Fiddick, es steht uns nicht an, über die Entscheidungen der Herrschaft ein Urteil zu fällen. Außerdem dulde ich in der Küche keinen Klatsch.«

»Das ist kein Klatsch, sondern die Wahrheit«, beharrte Mrs. Fiddick. »Außerdem bin ich hier für die Einstellung des weiblichen Personals zuständig! Jetzt wurde einfach über meinen Kopf hinweg entschieden.«

»Ich muss Sie wohl daran erinnern, dass Sie mir seit Monaten vorgejammert haben, ein drittes Stubenmädchen zu brauchen, Mrs. Fiddick«, belehrte sie Dobson. »Sie haben immer gesagt, die Arbeit sei für Peg und Ann zu viel. Ich verstehe nicht, warum Sie sich jetzt beklagen. Nur wegen einer zerbrochenen Vase?«

»Mr. Dobson, Sie kennen das Mädchen nicht, aber ich muss mich den lieben langen Tag mit ihr herumärgern. Sie ist faul und träge, und sie lässt es an der nötigen Ehrerbietung mir gegenüber fehlen.«

»Die jungen Leute von heute sind eben anders, Mrs. Fiddick. Freier in ihrer Art zu denken und zu leben. Das hat nichts mit mangelndem Respekt zu tun.«

Doch so leicht gab sich die Köchin nicht geschlagen. Obwohl ich sie nicht sehen konnte, wusste ich, wie ihre dicken Bäckchen vor Eifer glühten, als sie rief: »Sie werden noch sehen, was wir uns da ins Haus geholt haben, und an meine Worte denken, Mr. Dobson. Diese Lizzie, das ist eine ganz Raffinierte, die bleibt nicht lange. Aber vorher werden wir noch unser blaues Wunder mit ihr erleben. Die kennt kein Schamgefühl und ist nur auf ihren eigenen Vorteil aus. Ich bin bloß froh, dass der junge Herr William so ernst und besonnen ist. Wer weiß, was die Lizzie sonst mit ihm ...

»Ich möchte kein weiteres Wort hören«, donnerte Dobson.

Ich hätte nie gedacht, dass er seine Stimme dermaßen erheben konnte. Ein Zeichen, wie verärgert er über Mrs. Fiddick war.

Als ich Schritte hörte, die sich der Tür näherten, huschte ich schnell in den Servierraum zurück. Dann drehte ich mich wieder um und tat so, als schlenderte ich scheinbar unbeteiligt in Richtung Küche. An der Tür traf ich auf Dobson, an dessen Stirn eine Ader pulsierte.

»Miss Marian«, grüßte er unverbindlich, nun wieder mit ruhiger Stimme, und ging gemessenen Schrittes davon.

Ich betrat die Küche und sah Mrs. Fiddick mit einem Messer auf einen Kohlkopf einschlagen, als wäre es Oliver Cromwells Kopf persönlich. Als ich der Köchin die Botschaft meiner Mutter ausrichtete, nahm sie es brummend zur Kenntnis. Durch die Milchkammer verließ ich den Küchentrakt wieder und ging in den Garten. Ich konnte mich nicht erinnern, jemals mit Dobson einer Meinung gewesen zu sein, aber dieses Mal schien mir der Wirbel, den die Köchin um eine zerbrochene Vase veranstaltete, doch reichlich überzogen. Erst sehr viel später sollte ich wieder an Lizzie und das Gespräch, das ich heimlich belauscht hatte, denken.

Es war ein nebliger Tag, an dem man kaum die Hand vor Augen sehen konnte. Der Herbst neigte sich seinem Ende zu und schickte die ersten Vorboten der grauen Jahreszeit. Obwohl es kühl und feucht war, ging ich durch die oberen Gärten zu der Laube, von der man einen schönen Blick auf das alte Torhaus hatte. Erst als ich einen Fuß in die Laube setzte, sah ich, dass dort bereits jemand stand, ich hatte die Person durch den dichten Nebel nicht früher entdeckt.

»Benedict!« Mein Aufschrei war eine Mischung aus Erschrecken und Erleichterung. »Was machst du hier? Warum kommst du nicht ins Haus?«

Er legte einen Finger auf die Lippen. »Pst! Ich wollte dich allein sprechen. Komm herein.« Als er mich umarmen wollte, versteifte sich mein Körper und ich trat einen Schritt zurück. Verwundert sah er mich an. »Liebes, was ist denn mit dir?«

»Das Gleiche könnte ich dich fragen. Wo warst du in den letzten Wochen? Was sind das für Behauptungen, und was hast du mit Matthew Denbury und Boventon Castle vor?«

Ein Schatten fiel über sein Gesicht. »Ach, du weißt es schon? Ich bin extra gekommen, um dir persönlich die guten Nachrichten zu überbringen.«

»Und dann versteckst du dich wie ein Dieb heimlich im Garten?« Ich lachte, aber es war kein glückliches Lachen. »Warum kommst du nicht herein? Oder traust du dich nicht, meinen Eltern gegenüberzutreten?«

»Marian, was ist geschehen, dass du so mit mir sprichst? Gut, ich habe einen Anspruch auf Boventon Castle gestellt, aber nur, weil es einst meiner Familie gehörte und ich möchte, dass ein Trelawny wieder in seinen Mauern lebt.«

Erneut versuchte Benedict, einen Arm um meine Schultern zu legen, aber ich schüttelte ihn wütend ab. Zuerst verschwand er für Wochen, ohne von sich hören zu lassen, dann kam er einfach wieder und schien es selbstverständlich zu finden, dass er einem langjährigen Freund unserer Familie sein Heim streitig machte. »Benedict Timberton … ach nein, du behauptest jetzt ja, dein Name sei Trelawny … Ich kenne Matthew beinahe mein ganzes Leben lang. Ich kann es nicht zulassen, dass seine Existenz so einfach vernichtet wird.«

Um Benedicts Mundwinkel zuckte es. »Liebste Marian, dramatisiert du die Sache nicht ein wenig? Wer sagt denn, dass ich jemandes Existenz vernichten möchte? Hat das etwa dein göttlicher Matthew behauptet?«

»Ich erlaube nicht, dass du so von ihm sprichst!«, rief ich.

»Ach nein, du erlaubst es nicht? Natürlich nicht, denn wahrscheinlich liebst du ihn immer noch. Das ist es doch, nicht wahr, Marian?«

Mir stockte der Atem. Woher wusste Benedict von meinen früheren Gefühlen für Matthew? Ich hatte ihm nie etwas davon erzählt. Aber im Moment war das auch gleichgültig. In Benedicts Stimme hatte deutlich ein eifersüchtiger Unterton mitgeschwungen, und mein Herz machte vor Freude einen Sprung. Überglücklich, dass Benedict nun wieder bei mir war, wollte ich mich nur zu gerne mit ihm aussöhnen, bestimmt gab es für alles eine logische Erklärung. »Es ist Unsinn, dass ich Matthew liebe. Er ist nur ein guter Freund und Nachbar. Allerdings ist er sehr charmant und sieht gut aus.« Diese kleine Spitze konnte ich mir nicht verkneifen. Zu leicht wollte ich es Benedict nicht machen, schließlich hatte er mich wochenlang im Ungewissen gelassen.

»Immerhin wolltest du wegen dieses arroganten Schnösels dein Leben fortwerfen, damals, an dem Abend, als er sich mit einer anderen verlobte.«

Mir war, als gefröre das Blut in meinen Adern. »Woher weißt du das?« Ein Verdacht regte sich in mir. »Du warst der Schatten bei der Kapelle. Du warst der seltsame Mann!«

Er schwieg, aber ich las die Antwort in seinen Augen. Plötzlich wurde mir alles klar, ganz so, als wäre ich monatelang blind gewesen und nun von einem Augenblick auf den anderen wie durch ein Wunder geheilt. »Du warst damals schon in Cornwall und hast Matthews Besitz ausspioniert. Und dann bist du mir nach Malta gefolgt und hast meine Bekanntschaft gesucht, weil du genau wusstest, dass meine Familie mit den Denburys befreundet ist.«

Matthew hatte Recht gehabt – es war kein Zufall gewesen, Benedict hatte meine Bekanntschaft gesucht. Die Erkenntnis, die ganze Zeit von Benedict nur benutzt und belogen worden zu sein, war entsetzlich. »Wie praktisch, dass ich durch Roger Grimston in eine solch prekäre Situation geriet, aus der du mich großmütig retten konntest. Somit hattest du einen Grund, mit mir nach England zu reisen, und du wusstest, dass meine Eltern dich willkommen heißen würden. Du hattest schließlich das Leben ihrer Tochter gerettet. Ein schlauer Plan, ein verabscheuungswürdiger Plan!« Meine Stimme war kalt und spiegelte nicht den inneren Aufruhr wider, in dem ich mich befand. Ich stand wie unter Schock, unfähig, die Tatsachen, die nun so deutlich vor mir lagen, zu akzeptieren.

Nach einer Weile, die mir wie eine Ewigkeit erschien, sagte Benedict leise: »Tatsächlich hielt ich mich, als ich nach Europa kam, einige Zeit in Cornwall auf. Ich wollte mir das Schloss ansehen, das einst im Besitz meiner Vorfahren gewesen war. Aber ich war unsicher, wusste nicht, ob ich mich in England überhaupt niederlassen wollte. Darum reiste ich erst nach Paris und dann nach Malta. Dort wollte ich über alles in Ruhe nachdenken. Es war wirklich Zufall, dass wir uns auf der Insel trafen, ebenso wie alles weitere. Das musst du mir glauben, Marian.«

»Und jetzt bist du dir plötzlich sicher, hier leben zu wollen, auch wenn es bedeutet, die Existenz eines anderen zu vernichten?«

Benedikt nickte ernst. »Auf Malta habe ich dich gefunden, und ich kann mir ein Leben ohne dich nicht mehr vorstellen. Du stammst aus einem vermögenden Elternhaus, was liegt da näher, als dir die Umgebung zu bieten, wie du sie gewöhnt bist? Warum sollte ich auf mein Recht verzichten?«

»Wie praktisch, dass meine Familie eng mit den Denburys befreundet ist! So konntest du in aller Ruhe von Landhydrock Hall aus deinen Gegner auskundschaften.« Vor Wut, Zorn, aber auch Enttäuschung zitterte ich am ganzen Körper. Es war so demütigend zu erfahren, dass ich die ganze Zeit nur als Mittel zum Zweck gedient hatte. Dass das, was ich für Liebe und Zuneigung gehalten hatte, in Wahrheit Teil eines perfiden Plans gewesen war. Ich erinnerte mich an die Weissagung von Aysha:

»Ein Mann, dem du vertraust, wird dich enttäuschen und dir viel Leid zufügen …« Damals hatte ich über die düstere Prophezeiung gelacht und keinen Moment daran geglaubt. Jetzt bewahrheiteten sich die Worte der alten Zigeunerin. Ich hatte Benedict vertraut, ihn mehr als mein Leben geliebt, und jetzt musste ich feststellen, dass seine Zuneigung nur ein abgekartetes Spiel gewesen war.

»Verschwinde von hier, Benedict Trelawny.« Hasserfüllt spie ich den Namen aus. »Es liegt nicht in meiner Macht, deine angeblich rechtmäßigen Ansprüche zu unterbinden, aber lass dir eines gesagt sein: Matthew Denbury ist einer von uns, er gehört zum Landadel wie die Klippen zur Küste. Ich werde persönlich dafür sorgen, dass keine anständige Familie in ganz Cornwall je wieder ein Wort mit dir wechselt, selbst wenn du Boventon Castle bekommen solltest. Du bist ein Lügner und Betrüger, und ich verwünsche den Tag, an dem ich dir begegnet bin!« Meine Selbstbeherrschung reichte gerade noch so weit, dass ich es schaffte, mit hoch erhobenem Kopf bis an die nächste Wegbiegung zu gehen. Dann fühlte ich mich wie ein Ballon, den jemand mit einer Nadel angepiekt hatte und aus dem die Luft entwich. Mühsam schleppte ich mich zum Hintereingang, wo ich Tante Kate direkt in die Arme lief.

»Du meine Güte, wie siehst du denn aus?«, rief sie erschrocken. »Bist du einem Geist begegnet?«

Mit Tränen des Zorns rief ich: »Ich bin so wütend! Du glaubst nicht, was ich gerade erfahren habe!«

Tante Kate nahm meinen Arm. »Jetzt mach ich uns erst mal eine gute Tasse Tee, dann erzählst du mir alles. Deine Mutter können wir jetzt nicht stören, die Damen vom Kirchenkomitee sind soeben eingetroffen.«

Ich folgte Tante Kate in ihr gemütliches Eckzimmer im zweiten Stock. Hier hielt ich mich gerne auf. Der Raum war zwar klein, aber mit seinen blauen Tapeten und Bettvorhängen behaglich eingerichtet. Eine Wand wurde von einem großen Bücherregal eingenommen, in dem Literatur aus der ganzen Welt stand. Landhydrock Hall verfügte zwar über eine umfangreiche Bibliothek, aber Tante Kate steckte beinahe ständig ihre Nase in ein Buch, so dass sie sich ihre eigene Sammlung angeschafft hatte. Sie war kaum gereist, hatte England nie verlassen, aber sie wusste über beinahe jedes Land Bescheid. Sie legte großen Wert auf Bildung und hatte uns Kindern oft gesagt, es genüge nicht, dass eine Frau hübsch anzusehen war, gut tanzen und plaudern konnte, denn das verging mit den Jahren, eine umfassende Allgemeinbildung indes blieb fürs Leben.

Tante Kate hängte den Teekessel über das Feuer, und nach kurzer Zeit goss sie heißes Wasser in eine Kanne, und der Duft von frisch aufgebrühtem Tee durchzog das Zimmer. Natürlich hätte sie auch ein Mädchen bitten können, frischen Tee aus der Küche zu bringen, aber die kleine Zeremonie der Zubereitung hatte etwas Beruhigendes, und ich spürte, wie ich mich langsam zu entspannen begann. Während ich ihr schweigend zusah, legte sich meine Wut. Meine Enttäuschung über Benedict allerdings blieb, denn diese war grenzenlos.

Nachdem wir beide einen Schluck Tee genommen hatten, erzählte ich Tante Kate von meiner Begegnung mit Benedict. Sie wusste schon darüber Bescheid, dass er den Besitz der Denburys übernehmen wollte. »Er hat mich die ganze Zeit über nur benutzt«, schloss ich bitter meinen Bericht. »Von Anfang an ist es ihm nur um Boventon Castle gegangen. Und dabei habe ich geglaubt, ich würde ihm etwas bedeuten.« Nachdem ich die Worte ausgesprochen hatte, wurde mir bewusst, dass ich mich nun schon zum zweiten Mal darin geirrt hatte, zu glauben, ein Mann würde tiefere Gefühle für mich hegen. War es mein Schicksal, meine Gefühle immer an den Falschen zu verschwenden?

Tante Kate hatte mir aufmerksam zugehört. »Marian, manchmal geschehen in unserem Leben Dinge, an denen wir beinahe zerbrechen. Wir denken, wir werden niemals wieder glücklich sein können, und wir hadern mit unserem Schicksal. Wir verlieren unser Vertrauen in die Menschen, die wir eigentlich lieben, und sind furchtbar enttäuscht von ihnen.«

Ich stellte meine Tasse auf den kleinen Beistelltisch und lehnte mich gespannt nach vorne. »Tante Kate, meine Mutter hat mir erst kürzlich ganz ähnliche Worte gesagt. Du spielst doch auf etwas Bestimmtes an, oder etwa nicht?«

Täuschte ich mich, oder huschte ein Hauch von Erschrecken über ihr Gesicht? Gleich darauf hatte sie sich wieder unter Kontrolle und fragte: »Ach ja? Nun, wir sind seit vielen Jahren befreundet, in vielen Dingen sind wir einer Meinung. Was hat Celeste denn gesagt?«

Ich erkannte einen angespannten Unterton in ihrer Stimme.

»Dass alles im Leben zwei Seiten hat und wir nicht vorschnell urteilen sollten«, antwortete ich. »Aber was gibt es für eine andere Seite bei Benedict? Er bemüht sich ja nicht einmal zu vertuschen, dass er genau wusste, wer ich bin, als er in Malta meine Bekanntschaft suchte. Ich schäme mich so sehr, dass ich auf sein freundliches Getue hereingefallen bin.« Erneut wallte Zorn in mir auf. Der Zorn half mir, den Schmerz, den geliebten Mann verloren zu haben, zu unterdrücken, wenigstens für eine Weile.

Tante Kate schüttelte ratlos den Kopf. »Es mag sich jetzt alles so anhören. Trotzdem rate ich dir, keine voreiligen Schlüsse zu ziehen. Um glücklich zu werden, musst du immer deinem Herzen folgen.«

Plötzlich kam mir ein Gedanke. »Hast du dich je in einer solchen Situation befunden? Ich meine, weil du nie geheiratet hast. Gab es denn nie einen Mann in deinem Leben?«

Ihr Lächeln war wehmütig, als sie antwortete: »Einmal gab es jemanden. Es war kurz nach deiner Geburt. Er war ein australischer Schafzüchter und zu Besuch bei einem Cousin in Bodmin. Wir kannten uns erst zwei Wochen, als er mich bat, ihn zu heiraten und mit ihm nach Australien zu kommen.«

Nach dieser überraschenden Eröffnung wurden meine Gedanken für einen Moment in andere Bahnen gelenkt. »Und warum hast du es nicht getan?«, fragte ich gespannt.

»Ich war kurz davor. Die notwendigen Papiere waren alle ausgefüllt. Ich sollte mit ihm ans andere Ende der Welt fahren und ihn dort heiraten. Ich packte also meine wenigen Sachen, doch an dem Tag, an dem mich die Kutsche nach Southampton zum Schiff bringen sollte, wusste ich, dass ich Landhydrock Hall niemals würde verlassen können. Er hatte mir erzählt, dass es in Australien heiß und staubtrocken sei. Ich war noch nicht einmal fort und begann schon, Cornwall zu vermissen. Die Vorstellung, niemals wieder die warmen Sommer und die milden Winter, ja, selbst die Herbstnebel zu sehen, stimmte mich unsäglich traurig. Ich schickte den Kutscher also weg und packte meine Sachen wieder aus.«

»Und was geschah mit dem Mann? War er nicht schrecklich enttäuscht und traurig?«

Tante Kate schüttelte den Kopf. »Wir versprachen, uns zu schreiben. Aber wie das so ist, nach ein paar Monaten wurden die Briefe erst spärlicher, dann blieben sie ganz aus. Schließlich erfuhr ich von seinem Cousin, dass er eine andere geheiratet hat.«

»Arme Tante Kate«, sagte ich und streichelte ihre Hand. »Hat es dir nicht das Herz gebrochen?«

Sie schüttelte wieder den Kopf. »Ich glaube, ich war mehr in das Gefühl verliebt, verliebt zu sein, als in den Mann selbst. Zwei Wochen sind viel zu wenig Zeit, um festzustellen, ob man mit einem Menschen den Rest seines Lebens verbringen möchte. Auch glaube ich, dass es ihm weniger um mich ging, als darum, auf seiner Farm im Outback eine tüchtige Wirtschafterin zu haben. Nein, es hat mir nicht viel ausgemacht, dass er mich vergaß. Vielleicht war mein Stolz kurzfristig verletzt, aber mein Herz wurde nicht berührt.«

Überrascht lehnte ich mich im Sessel zurück. Wer hätte das von Tante Kate gedacht! Solange ich denken konnte, war sie bei uns, und weder ich noch meine Geschwister hatten je in Erwägung gezogen, dass auch sie einmal jung gewesen war und andere Pläne hatte, als ihr Leben mit dem Hüten fremder Kinder zu verbringen. Ich dachte gerade daran, was meine Geschwister zu Tante Kates Geschichte sagen würden, als sie sagte: »Marian, die kleine Episode war sehr unbedeutend. Es ist also nicht notwendig, jemandem davon zu erzählen.«

»Dann hast du den Australier nicht geliebt?«, fragte ich erstaunt.

»Nein, denn wenn ich ihn geliebt hätte, wäre ich ihm ohne zu zögern bis ans Ende der Welt gefolgt. Wenn man einen Menschen wirklich liebt, dann überlegt man nicht, was einen an seiner Seite erwartet. Es ist gleichgültig, wohin man geht. Es zählt nur, dass man immer mit ihm zusammen sein kann. Egal wo und egal unter welchen Umständen.«

Ihre Worte hatten mich nachdenklich gemacht. Genauso hatte ich für Benedict empfunden. Bedingungslos hatte ich mich ihm anvertraut und war ihm gefolgt. Ich hatte unter Zigeunern gelebt und Töpfe und Pfannen geschrubbt, bis meine Finger rau und rissig geworden waren. Trotz aller Strapazen war ich glücklich gewesen. Einzig aus dem Grund, weil Benedict an meiner Seite war. Weil ich glaubte, er würde mich genauso lieben wie ich ihn …

Abrupt schob ich die Gedanken beiseite und stand auf. »Ich danke dir, Tante Kate. Nicht nur für den Tee, sondern in erster Linie für deine lieben Worte. Trotzdem kann ich Benedict sein Verhalten nicht verzeihen. Warum hat er mir nie etwas von seinen Plänen erzählt? Warum aus der Geschichte seiner Familie ein Geheimnis gemacht? Nein, ich hoffe, ihn nie im Leben wiederzusehen.« Ich hatte mit großer Erregung gesprochen, und einen Augenblick glaubte ich selbst an meine Worte. Wenn da nur nicht dieser dumpfe Schmerz in meiner Brust gewesen wäre.

»Marian, ich verstehe, dass du dich verletzt fühlst, aber vielleicht solltest du dich noch einmal mit Benedict aussprechen?«

Ich schüttelte stumm den Kopf, dann verließ ich Tante Kate und ging in mein Zimmer. Noch vor wenigen Tagen lag mein künftiges Leben strahlend und hell vor mir, jetzt fühlte ich mich wie in einem dunklen Loch gefangen, aus dem es keinen Ausweg gab.

In den nächsten Wochen warteten wir gespannt auf Neuigkeiten aus Boventon Castle. Matthew kam ein-, zweimal in der Woche nach Landhydrock herübergeritten, um uns auf dem Laufenden zu halten. Die leidige Angelegenheit, wie er sie bezeichnete, lag auf den Schreibtischen der Anwälte, die sich mit der Bearbeitung viel Zeit ließen. »Gut für mich«, grinste Matthew. »Dieser Trelawny wohnt in einem Hotel in der Stadt. Es muss ihm wohl gelungen sein, einen Kredit zu erhalten. Wahrscheinlich hat er mein Haus schon verpfändet. Nun, er wird sehen, was ihm blüht, wenn er eines Tages seine Schulden nicht begleichen kann.«

Trotz allem, was geschehen war, und auch wenn ich Matthew verstehen konnte, mochte ich nicht, wenn er so zynisch und abfällig über Benedict sprach. Außer Tante Kate hatte ich niemandem von der Begegnung in der Laube erzählt, auch nicht meinen Eltern.

Matthew ließ sich ebenfalls durch eine Londoner Anwaltskanzlei vertreten. »Eigentlich wollte ich selbst in die Stadt fahren, um mit der Königin zu sprechen. Leider soll es um ihre Gesundheit nicht zum Besten stehen, so dass ich diese Reise wohl auf nächstes Jahr verschieben muss«, erzählte er mir, als wir an einem milden Tag durch den kahlen Rosengarten schlenderten. Dann blieb er stehen und ergriff meine Hände. »Aber ein Gutes hat die ganze Sache: Ich habe einen Grund, dich oft zu besuchen, um dir und deinen Eltern Bericht zu erstatten.«

»Aber Matthew, du brauchst doch keinen Vorwand, um nach Landhydrock Hall zu kommen. Du weißt, dass wir uns immer über einen Besuch von dir freuen«, tadelte ich lachend.

Plötzlich wurde er ernst. »Deine Familie und meine ... Wir sind so lange miteinander verbunden. Wir kennen uns, seit wir Kinder waren. Marian, ich glaube zwar fest daran, dass Boventon Castle in meinem Besitz bleibt, aber selbst wenn sich das Schicksal gegen mich wenden sollte, möchte ich dir sagen, dass ich kein armer Mann sein werde.«

Meine Gefühle waren gespalten, als ich antwortete: »Geld und Besitz sind nicht das Wichtigste im Leben, Matthew.«

»Aber es erleichtert das Leben ungemein«, hielt er mir entgegen. »Man kann mir vielleicht das Schloss wegnehmen, nicht aber den persönlichen Besitz unserer Familie. Allein der Schmuck, der sich seit vielen Generationen im Besitz der Denburys befindet, ist ein kleines Vermögen wert. Dazu kommen wertvolle Möbel und Bilder, die ebenfalls von unserer Familie angeschafft worden sind. Ebenso unser Haus in London. Du siehst also, Marian, ich kann einer Frau auch ohne Boventon Castle ein angenehmes Leben bieten.«

Ich entzog ihm meine Hände, die sich immer noch in den seinen befanden. Entgeistert dachte ich: Matthew wird mich bitten, ihn zu heiraten. So wie ich es mir einst erhofft und erträumt hatte. Ich wusste, es fehlte nur eine kleine Ermutigung meinerseits, und er würde mir auf der Stelle einen Antrag machen.

»Was sagst du dazu?«, riss er mich aus meinen Gedanken.

»Ich wünsche dir, dass du wieder glücklich wirst«, antwortete ich ausweichend.

»Hannah war einfach perfekt«, begann er plötzlich von seiner Frau zu sprechen. »Sie war so schön, beinahe unwirklich schön. Du weißt, dass ich ein Faible für alles Schöne und Perfekte habe. Inzwischen habe ich jedoch begriffen, dass Schönheit keine Garantie für ein lebenslanges Glück bedeutet.«

Unauffällig lenkte ich meine Schritte zum Haus zurück. Ich fühlte mich von Minute zu Minute unbehaglicher. Warum wollte Matthew mich plötzlich? Er hatte es zwar nicht wörtlich gesagt, aber dennoch durchblicken lassen, dass ich zweifellos nicht so schön wie Hannah war. Nie würde er die einmalige Schönheit seiner ersten Frau vergessen, die er auf den ersten Blick bewundert hatte. Ich war nur zweite Wahl, würde es wahrscheinlich immer sein. Trotzdem wäre es für mich bequem und klug, ihn zu heiraten. Selbst wenn er Boventon Castle verlieren sollte, könnten wir nach London ziehen und dort leben. Sollte Benedict tatsächlich als neuer Besitzer künftig in Cornwall wohnen, wäre es das Beste, so viele Meilen wie möglich zwischen uns zu bringen. Ich zuckte nicht zurück, als Matthew seinen linken Arm leicht um meine Schultern legte. Ich dachte daran, dass man uns vom Haus aus sehen konnte, und an einen anderen Tag, an dem ich mich mit Benedict vor neugierigen Blicken versteckt hatte. Weder meine Eltern noch Tante Kate hatten etwas dagegen, wenn ich mit Matthew allein spazieren ging. Er ist der Mann ihrer Wahl, dachte ich bitter.

Als hätte Matthew meine Gedanken gelesen, sagte er: »Deine Eltern würden es begrüßen, wenn wir heiraten.«

Ich blieb stehen und sah ihn an. »Matthew … ich weiß nicht …«

Er runzelte die Stirn. »Jetzt sag bloß nicht. ›Das kommt so plötzlich, mein Herr‹, wie es angeblich viele wohl erzogene Damen tun. Wir kennen uns seit vielen Jahren, darum sollten wir nicht zu lange warten. Natürlich können wir nicht vor Ablauf des Trauerjahrs heiraten, aber die wenigen Monate gehen schnell vorüber.«

Jahrelang hatte ich von diesem Augenblick geträumt, hatte ihn mir immer wieder in meinen Jungmädchenfantasien ausgemalt. Mal war Matthew auf einem weißen Ross in den Hof geritten und hatte eine rote Rose zu meinem Fenster hinaufgeworfen; dann wieder kniete er im Salon vor mir auf dem Boden und flehte mich an, ihn endlich zu erhören; oder er rettete mich aus einer brenzligen Situation und sagte: ›Wäre dir etwas geschehen, hätte ich nicht weiterleben können.‹ All meine Vorstellungen waren voller Romantik und Zärtlichkeit gewesen, aber die Feststellung *Es ist nur natürlich, dass wir heiraten*, beiläufig auf einem Spaziergang geäußert, hatte nichts Romantisches an sich. Bisher hatte Matthew kein Wort von Liebe gesprochen, aber was erwartete ich denn? Benedict hatte mir seine Liebe geschworen, *er* hatte mein Leben gerettet, und wir hatten Hunderte von romantischen Stunden durchlebt, dennoch war alles nur auf einer erbärmlichen Lüge aufgebaut gewesen. Vielleicht war Liebe wirklich nur etwas für kindische Träume, die im richtigen Leben keinen Bestand hatten.

All diese Gedanken schossen mir in Sekundenbruchteilen durch den Kopf. Als Matthew mich nun fragte, ob ich ihn heiraten wolle, entgegnete ich ernst: »Du weißt, dass ich dich sehr gern habe, Matthew. Und es hat nichts mit damenhafter Ziererei zu tun, wenn ich dich bitte, mir noch ein wenig Zeit zu lassen.«

»Dann ist das kein Nein?«, fragte er unsicher.

»Ich sage nicht nein, kann jetzt aber noch nicht ja sagen. Auf jeden Fall bist du der beste Freund, den ein Mensch auf der Welt haben kann.«

Er lächelte zufrieden, bot mir seinen Arm, und gemeinsam gingen wir in den Salon, wo meine Mutter bereits mit dem Tee auf uns wartete. Bei unserem Eintreten huschte ein schelmischer Ausdruck über ihr Gesicht, so dass ich vermutete, dass sie uns im Garten beobachtet hatte. Ja, Matthew Denbury war ein Mann ganz nach dem Geschmack aller Eltern von heiratsfähigen Töchtern: reich, wohl erzogen und gebildet, mit vollendeten Manieren und Umgangsformen. Was konnte dem ein vagabundierender amerikanischer Maler, zudem noch ein Lügner und eventueller Hochstapler, entgegensetzen?

Anfang Dezember war Williams einundzwanzigster Geburtstag. Zur Feier seiner Volljährigkeit gab es ein großes Fest auf Landhydrock Hall. Nachdem mein Bruder im Sommer Eton College verlassen hatte, war er unserem Vater auf dem Gut zur Hand gegangen. Im nächsten Frühjahr würde er sich auf die große Europareise, die so genannte *Grand Tour*, begeben, im Herbst dann zum Studium nach Oxford. Wir hofften natürlich alle, dass noch viel Zeit vergehen würde, bis William die Geschäfte auf Landhydrock Hall übernehmen würde, denn Vater war noch jung und gesund.

»Wir können uns ja mit deinem Bruder in Paris, Venedig oder Florenz treffen, wenn wir unsere Hochzeitsreise dorthin machen«, hatte mir Matthew bei seinem letzten Besuch ins Ohr geraunt.

Ich hatte es vorgezogen, keine Antwort zu geben. Unwillkürlich dachte ich an den Tag, an dem ich krank und schwach auf der Bank im Bahnhof von Paris gesessen hatte und Benedict mir versprach, einst in die Stadt der Liebe zurückzukehren. Obgleich ich gerne mit Matthew zusammen war, vermisste ich doch das prickelnde Gefühl, als würde einem Sekt durch die Adern rinnen, das ich stets in Benedicts Gegenwart empfunden hatte.

Am Vormittag von Williams Geburtstag wurde ich Zeuge einer peinlichen Szene. Seit dem frühen Morgen waren wir damit beschäftigt, die Galerie umzuräumen und für den Abend zu dekorieren. Wir hatten ungefähr hundert Freunde, Bekannte und Nachbarn eingeladen. Drei Musiker waren engagiert worden, im angrenzenden Salon bauten wir ein Büfett mit kalten und warmen Speisen auf, von dem sich die Gäste in den Tanzpausen selbst bedienen konnten. Diener brachten große Pflanzenkübel aus der Orangerie ins Haus, die um kleine Tischchen gruppiert wurden, an denen man sich zum Essen niedersetzen konnte. Mrs. Fiddick war seit Tagen mit den Vorbereitungen beschäftigt, sie buk und kochte mit Feuereifer.

Ich half meiner Mutter mit den Tischdekorationen, als sie kritisch die Ecke einer Tischdecke in die Hand nahm. »Hier ist ein Soßenfleck drauf«, sagte sie und sah sich in der Galerie um. Dobson und zwei Diener waren gerade damit beschäftigt, eine Girlande aufzuhängen, so wandte sie sich an mich. »Marian, würdest du bitte aus der Wäschekammer eine neue Decke holen?«

Ich nickte. Es war für uns von jeher selbstverständlich gewesen, im Haus mitzuhelfen und nicht alle Arbeiten dem Personal zu überlassen. Die Kammer, in der die Tisch- und Bettwäsche aufbewahrt wurde, lag im Dachgeschoss. Um den Weg abzukürzen, nahm ich die Hintertreppe, die nur vom weiblichen Personal benutzt wurde. Dabei kam ich an dem Kabinett der Dienstmädchen im ersten Stock vorbei, in dem alle notwendigen Dinge aufbewahrt wurden, die die Hausmädchen zur Reinigung der Zimmer benötigten. Die Tür war nur angelehnt, und ich hörte verhaltene Schreie und leises Stöhnen. In der Annahme, jemand befände sich in Not, stieß ich die Tür auf – und blieb wie angewurzelt auf der Schwelle stehen. Auf dem Rand des Waschbeckens saß Lizzie. Ihr Oberkörper war entblößt, und sie hatte die Röcke bis zur Hüfte hinaufgeschoben. Vor ihr stand ein Mann, von dem ich nur den nackten Hintern sah, der sich vor und zurück bewegte. Seine Hose hing ihm in den Kniekehlen, und er stöhnte laut. Mir schoss das Blut ins Gesicht, dennoch war ich unfähig, mich von der Stelle zu rühren. In diesem Moment hob Lizzie den Kopf und blickte mir direkt in die Augen. Doch anstatt vor Scham zu erröten und den Mann von sich zu stoßen, hielt sie meinem entsetzten Blick stand. Herausfordernd hoben sich ihre Mundwinkel zu einem verächtlichen Lächeln, ganz so, als wolle sie sagen: »Na, macht es Spaß, zuzusehen?«

Ich keuchte, dann endlich konnte ich mich von der Szenerie lösen und rannte so schnell, wie ich konnte, die Treppe hinunter. Die Worte von Mrs. Fiddick kamen mir in den Sinn, die Lizzie als Flittchen bezeichnet hatte. Offenbar hatte sie Recht. Das Wenige, was ich von dem Mann hatte erkennen können, ließ mich vermuten, dass es sich um den ältesten Sohn des Gärtners handelte.

In der Galerie eilte ich zu meiner Mutter, um ihr von den skandalösen Vorgängen in unserem Haus zu berichten, doch sie sah mich nur scharf an und fragte: »Wo ist die Tischdecke?«

Tatsächlich hatte ich über der Entdeckung, was Lizzie trieb, völlig meinen Auftrag vergessen. »Mama, ich muss dir unbedingt etwas erzählen«, begann ich, aber in dem Moment kam Peg mit einem Tablett vorbei.

Meine Mutter warf die schmutzige Tischdecke auf das Tablett und wies Peg an: »Hol sofort eine neue und sorg dafür, dass der Fleck entfernt wird.«

Peg eilte davon, und ich setzte erneut zu einem Versuch an, meiner Mutter zu erzählen, was ich gerade gesehen hatte. Aber es war wie verhext, denn nun führte Dobson die Musiker, die gerade eingetroffen waren, in die Galerie. Somit war Mutters Aufmerksamkeit auf die drei Männer gelenkt, denn sie wollte, dass am Abend alles reibungslos ablief. Mein Vater war nirgends zu sehen, außerdem wollte ich erst mit meiner Mutter über das Verhalten des Hausmädchens sprechen. Sie war es, die Lizzie eingestellt hatte. Ich wollte gewiss nicht petzen, wusste aber, dass es meine Eltern auf keinen Fall dulden konnten, wenn sich eines der Mädchen unter unserem Dach mit einem Mann vergnügte, mit dem es nicht verheiratet war.

Für den Rest des Tages war ich dann in verschiedene Arbeiten eingespannt, und es ergab sich keine Gelegenheit für ein

Gespräch. Und am Abend geschah etwas, worüber ich Lizzie und ihr skandalöses Betragen vergaß.

Etwa eine Stunde, bevor die ersten Gäste erwartet wurden, kamen meine Eltern in mein Zimmer. Peg hatte mir bereits das Haar hochgesteckt, und ich fand mich mit der Friseur sehr erwachsen und elegant. Als meine Eltern, ebenfalls fertig angekleidet, den Raum betraten, dachte ich erneut, was für ein schönes Paar sie doch waren. Beide gleich groß, schlank und dunkelhaarig. Ich war unsäglich stolz auf sie. Meine Mutter machte ein feierliches Gesicht, während mein Vater schmunzelte.

»Du siehst sehr hübsch aus«, sagte er, und sein Blick wanderte über mein Kleid. Ich hatte dieses Kleid seit Matthews Verlobung nicht mehr getragen und fand, dass ich es durchaus noch einmal anziehen konnte. »Aber ich glaube, es fehlt etwas. Dreh dich bitte um, Marian.«

Ich tat, wie mir geheißen, gleich darauf fühlte ich, wie sich etwas Kühles und Glattes um meinen Hals legte. Ich blickte in den Spiegel und stieß einen spitzen Schrei der Überraschung aus. Um meinen Hals schmiegte sich ein Kollier mit dunkelroten Rubinen. Die Goldfassungen schimmerten im Licht der Lampe. Ich kannte die Kette, meine Mutter hatte sie früher oft getragen. »Wie wunderschön«, flüsterte ich.

»Wie du weißt, befindet sich der Schmuck seit zwei Jahrhunderten im Besitz unserer Familie«, sagte meine Mutter. »Er wird stets von der Mutter an die älteste Tochter weitergereicht. Ich trug ihn an meiner Hochzeit.«

Meine Eltern tauschten einen zärtlichen Blick, und mein Vater fuhr fort: »Eigentlich solltest du das Kollier erst an deiner Hochzeit oder an deinem einundzwanzigsten Geburtstag erhalten, aber wir finden, dass du durch die Ereignisse im vergangenen Jahr vorzeitig erwachsen geworden bist.«

Gerührt umarmte ich meine Eltern. »Ich danke euch! Ich werde die Kette in Ehren halten.«

»Und sie an deinem Hochzeitstag tragen und eines Tages an deine Tochter weitergeben«, erinnerte mich Mutter.

Ein leichtes Gefühl von Bitterkeit verdarb den Zauber des Augenblicks. »Erwartet bitte nicht von mir, dass ich jetzt heirate, denn …«

Vater hob die Hand und unterbrach mich: »Obwohl deine Mutter und ich uns nichts sehnlicher wünschen, als dass du bald so glücklich wirst, wie wir es in unserer Ehe sind, werden wir dich nicht bedrängen. Wir geben dir den Schmuck einzig aus dem Grund, weil wir finden, du solltest ihn heute Abend tragen. Er passt perfekt zu deinem Kleid.«

Ich bedankte mich noch einmal und strich über die Kette. Schwer lagen die Steine in meinem Dekolleté, und es war, als würden sie ein inneres Feuer versprühen.

Matthew Denbury war unter den ersten Gästen. Wie selbstverständlich nahm er meinen Arm, und wir erfrischten uns mit einem Glas Früchtepunsch. Mein Vater hielt eine kurze Ansprache, und die Gäste sangen gemeinsam ein Geburtstagsständchen für William, der sich dafür herzlich bedankte und dann alle aufforderte, den Abend zu genießen. Als die Tanzmusik begann, legte Matthew seine Arme um mich. Er war ein guter Tänzer, leicht und sicher führte er mich über die Tanzfläche. Nach und nach drehten sich auch die anderen Gäste im Kreis, und ich spürte, dass es ein gelungenes Fest werden würde. Es war die erste größere Feierlichkeit, bei der auch unser jüngerer Bruder Derek dabei sein durfte, während Diana bereits zu Bett gebracht worden war. Sie war ja erst dreizehn Jahre alt. Aus dem Pensionat hatte Rosanna William einen langen Brief geschrieben, in dem sie sich, neben den Glückwünschen für ihren Bruder, bitter beklagte, dass es ihr nicht erlaubt worden war, die Schule für die Feier zu verlassen. William hatte mir die Zeilen zum Lesen gegeben, und ich fühlte mich unweigerlich an meine Zeit im Pensionat erinnert. Auch ich hatte gedacht, draußen würde das Leben an mir vorüberziehen, während ich zwischen staubigen Schulbüchern eingeschlossen war.

Nach einem ausgelassenen kornischen Tanz, der ausschließlich aus schnellen Schritten bestand, war ich erhitzt und durstig. Matthew führte mich zu einem kleinen Tisch inmitten von Palmen und holte etwas zu essen und zu trinken vom Büfett.

Nachdem ich meinen ersten Durst gelöscht hatte, sagte ich: »Ich freue mich, dass du gekommen bist, Matthew.«

Er sah mich erstaunt an. »Warum hätte ich nicht kommen sollen? Es ist ein wichtiger Tag in Williams Leben, und er hat mich eingeladen.«

»Nun, ich dachte, weil deine Frau gestorben ist … Es sind doch erst wenige Monate vergangen …«, stammelte ich.

»Du meinst, die Leute könnten reden, weil ich mich hier amüsiere, obwohl das Trauerjahr noch nicht vorbei ist? Nun, derzeit bin ich durch die leidige Klärung meiner Besitzverhältnisse ohnehin *das* Gesprächsthema der ganzen Grafschaft. Da macht mir ein wenig mehr Klatsch nicht viel aus.«

Obwohl er Benedicts Namen nicht erwähnt hatte, wurde meine unbekümmerte Stimmung getrübt. Es war mir gelungen, Benedict die letzten Stunden aus meinen Gedanken zu verbannen, doch jetzt musste ich wieder mit aller Kraft an ihn denken.

»Hast du von deinem Anwalt schon Neues erfahren?«, fragte ich interessiert.

Er zuckte mit den Schultern, sein Gesicht verdüsterte sich. »William Cecil, der Sekretär von Königin Elizabeth, war ein sehr gewissenhafter Mann. So gibt es lückenlose Aufzeichnungen, wann, warum und weshalb den Trelawnys Boventon Castle einst entzogen worden ist. Nun, es scheint, dass dieser … dieser Timberton oder Trelawny, wie er sich jetzt nennt, tatsächlich ein Nachfahre von Conan Trelawny ist. Die vorgelegten Papiere sind zweifelsohne echt und weisen eine lückenlose Auflistung seiner Verwandtschaft mit Conan Trelawny auf.«

»Das heißt, du könntest das Schloss tatsächlich verlieren?« Voller Mitgefühl griff ich nach seiner Hand.

Er beugte sich zu mir vor und flüsterte: »Im Moment sieht die Lage für mich nicht gut aus, Marian. Aber ich werde es zu verhindern wissen, dass ein dahergelaufener Maler Schlossherr wird. Koste es, was es wolle!« Für einen Augenblick kniff er den Mund entschlossen zusammen, seine Lippen bildeten eine harte Linie. Plötzlich war er mir fremd, nicht mehr der besonnene Freund aus Kindertagen. Doch gleich darauf verschwand der harte Ausdruck, und er fuhr recht unbekümmert fort: »Ich sehe, dein Glas ist leer. Soll ich dir noch einen Punsch holen?«

»Gerne, Matthew. Danke.«

Er war gerade die Stufen zum Salon hinaufgegangen, und ich biss in ein Stück Orangenkuchen, als eine wohl bekannte Stimme hinter mir sagte: »Guten Abend, Marian. Wie geht es dir?«

Ich fuhr herum und verschluckte mich so heftig an den Kuchenkrümeln, dass ich laut husten musste.

Benedict schlug mir vorsorglich auf den Rücken, bis ich wieder Luft bekam.

»Was … machst du … *hier*?«, stotterte ich. Niemals hätte ich erwartet, dass Benedict nach Landhydrock Hall kommen würde. Mit einem Blick erkannte ich, wie sehr er sich verändert hatte. Er trug einen eleganten dunkelbraunen Abendanzug, der perfekt mit seinen Augen harmonierte, die mich spöttisch anfunkelten. Mit dem gestärkten hohen weißen Kragen und den kurz geschnittenen Haaren erinnerte nichts mehr an den unkonventionellen Maler, der mich hemdsärmelig am Hafen von La Valletta angesprochen hatte. Vor mir stand ein eleganter Benedict, und ich wusste nicht, ob er mir so gefiel. Dann aber hatte ich keine Zeit mehr, mir darüber Gedanken zu machen, denn Matthew kehrte zurück.

Als er erkannte, wer da bei mir stand, blieb er wie angewurzelt stehen. »Was wollen Sie hier?« Matthew gab sich keine Mühe, seine Stimme zu senken, so dass sich einige der Umstehenden uns interessiert zuwandten. »Sie besitzen tatsächlich die Frechheit, hier aufzutauchen!«

Mein Bruder William trat zu uns und legte Benedict eine Hand auf die Schulter. »Ich habe Benedict eingeladen, Matthew.«

»Wie … wie konntest du das tun!«, fuhr Matthew, hochrot im Gesicht, auf. »Jetzt weiß ich ja, was eure Familie von mir hält, auf welcher Seite ihr steht!«

»Matthew, Mr. Trelawny war mir immer ein guter Freund«, fuhr William mit ruhiger Stimme fort. Ich kannte meinen Bruder jedoch gut genug, um zu erkennen, wie sehr es unter der ruhigen Oberfläche brodelte. »Es ist *mein* Geburtstag, und ich suche mir meine Gäste selbst aus.«

Benedict hatte bisher geschwiegen, fand die Situation aber offenbar belustigend. Seine Augen huschten zwischen uns hin und her, seine Mundwinkel zuckten vor unterdrückter Heiterkeit.

»Dann bin ich wohl überflüssig.« Matthew stellte mein Punschglas so heftig auf den Tisch, dass der Inhalt überschwappte und die weiße Tischdecke rot färbte, dann drehte er sich um, um die Galerie zu verlassen, als mein Vater plötzlich an seiner Seite war.

»Sie sollten nichts überstürzen, Matthew«, sagte er leise. »Mein Sohn hat Recht, wir haben ihm bei den Einladungen völlig freie Hand gelassen. Verderben Sie ihm bitte nicht den Abend.«

»Aber Sir Simon, dieser Mensch ist mein größter Feind, den ich …«

»Matthew, Sie sollten wissen, wie sehr wir Sie und Ihre Frau Mutter schätzen. Mit Ihrem Vater war ich in enger Freundschaft verbunden. Obwohl die Angelegenheit für alle Beteiligte sehr unerfreulich ist, so hat sie doch nichts mit unserer Familie zu tun. Wir stehen auf keiner Seite, wenn es das ist, was Sie beschäftigt.«

Die Gäste in unserer Nähe steckten die Köpfe zusammen und begannen zu tuscheln, doch Benedict schien das alles nicht zu berühren. Er überreichte William ein flaches, in Papier eingeschlagenes Päckchen. »Alles Gute zu deiner Volljährigkeit. Ich habe mir erlaubt, dir eine kleine Aufmerksamkeit mitzubringen.«

Eilig öffnete William das Geschenk, dann leuchteten seine Augen vor Bewunderung auf. »Das ist wunderschön!«

Ich erhob mich und warf einen Blick auf das Bild. Sofort fühlte ich mich an Malta erinnert, als ich Benedicts Bilder bewundert hatte. Das Aquarell zeigte das alte Torhaus von Landhydrock Hall. Benedict musste es von der Gartenlaube aus gemalt haben, denn nur von dort oben bot sich dieser zauberhafte Anblick.

Auch meine Eltern bewunderten das Bild.

»Sie sind wirklich ein großer Künstler«, gab mein Vater zu.

Benedict, weit davon entfernt, über dieses unerwartete Kompliment verlegen zu sein, sagte schlicht: »Es macht mir einfach Freude, die Schönheiten, die tagtäglich um uns herum zu finden sind, mit den Farben einzufangen. Es ist ähnlich wie bei einem Schriftsteller, der die schönsten Augenblicke des Lebens in Worten wiedergibt. Es freut mich, dass es dir gefällt, William.«

»Es bekommt einen Ehrenplatz in meinem Zimmer«, versprach mein Bruder.

Auch Mutter lächelte Benedict wohlwollend an, während Matthew mich aus einiger Entfernung zähneknirschend anstarrte.

In diesem Moment spielte die Musik einen schnellen Walzer, und Benedict griff nach meiner Hand. »Komm, wir tanzen.«

Willenlos folgte ich ihm und wurde gleich darauf so heftig von ihm im Kreis gewirbelt, dass ich die Orientierung verlor. Benedict hielt mich nicht anders im Arm als vorhin Matthew, aber die Gefühle, die seine Hand auf meiner Hüfte auslöste, waren mit nichts zu vergleichen. Ich überließ mich völlig seiner Führung, ließ mich von der Musik und seinem Körper, der dem meinen unschicklich nahe kam, mitreißen, und es war, als wäre ich ein Stück Treibholz auf dem Meer.

Plötzlich strauchelte ich und fiel gegen Benedicts Brust. Für einen Augenblick umschlossen mich seine Arme fest, und ich spürte seine Hände auf der nackten Haut meines Nackens. Schnell richtete ich mich wieder auf und wurde mir meines unmöglichen Verhaltens bewusst. Dieser Mann hatte mich belogen, und ich tanzte ausgelassen mit ihm, als wäre nie etwas geschehen. »Mir ist schwindlig, ich möchte mich setzen«, sagte ich kühl und wartete nicht darauf, dass er mir seinen Arm anbot, um mich von der Tanzfläche zu führen.

Ich ging zu den Dearys, einem Ehepaar aus der Nachbarschaft, und begann ein Gespräch über das kommende Weihnachtsfest. Aus den Augenwinkeln sah ich, wie Benedict mit meiner Mutter tanzte. Sie schienen sich prächtig zu amüsieren, denn ich konnte meine Mutter zweimal laut lachen hören. Ich dachte an Tante Kates Worte, dass oft nicht alles so ist, wie es auf den ersten Blick erscheinen mag. Obwohl ich zuerst entsetzt gewesen war, Benedict auf dem Fest zu sehen, freute ich mich nun, dass er da war. Ich hoffte, später noch einmal mit ihm zu tanzen. Vielleicht hatte Tante Kate Recht, und wir sollten noch einmal in aller Ruhe miteinander sprechen.

Mrs. Deary entschuldigte sich, sie wolle sich kurz frisch machen. Mein Vater trat zu uns, und gleich darauf waren die beiden Männer in ein Gespräch über Mr. Dearys Zinnmine vertieft, die noch gute Erträge erzielte. Ich hörte nur mit einem Ohr zu, wurde dann aber wieder aufmerksam, als mein Vater sagte: »Marian, warum hast du die Kette abgelegt?«

Instinktiv griff ich nach meinem Hals – da war nichts mehr! »Das Kollier! Es ist verschwunden«, rief ich aufgeregt.

Meine Mutter eilte zu uns, und gemeinsam sahen wir nach, ob sich der Verschluss geöffnet und die Kette auf den Boden gefallen war. Unauffällig informierte Mutter Dobson, überall nachzusehen.

Mir standen Tränen in den Augen. »Es tut mir so Leid. Ich hätte besser aufpassen sollen.«

Auch Matthew hatte bemerkt, dass etwas nicht stimmte. Vater sagte ihm, ich hätte ein wertvolles Kollier verloren. »Wir werden es aber sicher gleich wieder finden.«

»Vielleicht ist es auch gestohlen worden?«, fragte Matthew. »Ich habe die Kette gesehen, Marian, sie ist sehr wertvoll.«

Mir stockte der Atem. Gestohlen! Ich weigerte mich zu glauben, dass in unserem Haus ein Dieb sein sollte.

Auch meine Mutter schüttelte den Kopf. »Das, lieber Matthew, glaube ich nicht. Es handelt sich nur um ein kleines Missgeschick.«

Matthew kniff die Augen zusammen und sagte leise: »Ich weiß, dass Sie keinem Ihrer Gäste einen Diebstahl zutrauen würden, Lady Celeste. Aber kennen Sie Ihre Gäste wirklich? Ich meine, *alle*?« Matthews Blick richtete sich auf Benedict, der von der verlorenen Kette nichts mitbekommen hatte und sich angeregt mit dem Arzt aus Bodmin unterhielt.

»Das ist infam!«, fuhr ich auf. »Die Kette ist bestimmt zu Boden gefallen, als ich vorhin getanzt habe.«

Aber Matthew ließ sich nicht aufhalten. Er griff Benedict fest am Arm und zerrte ihn zu uns herüber. Benedict war über dieses Verhalten dermaßen verblüfft, dass er widerstandslos folgte. »Nun, Mr. *Trelawny*«, süffisant sprach Matthew den Namen aus, »wären Sie so freundlich, Ihre Taschen zu leeren?«

»Was soll das?« Verständnislos sah Benedict in die Runde.

Mir schoss die Schamröte in die Wangen, auch meine Mutter schien über Matthews eigenmächtiges Verhalten empört zu sein.

Leise sagte mein Vater: »Das Kollier meiner Tochter ist verschwunden. Ich muss mich für Sir Matthew entschuldigen, denn er ...«

»Wenn Sie nichts zu verbergen haben, können Sie uns ja unbesorgt den Inhalt Ihrer Taschen zeigen«, unterbrach Matthew meinen Vater und sah keine Veranlassung, seine Stimme zu senken.

Nun hatte auch Benedict erkannt, in welchen Verdacht er geraten war. Er suchte meinen Blick, doch ich drehte den Kopf weg. Natürlich glaubte ich keinen Augenblick daran, dass Benedict etwas mit dem Verschwinden der Kette zu tun haben könnte. Die ganze Situation war einfach nur demütigend und peinlich.

»Nun gut, ich habe tatsächlich nichts zu verbergen. Wenn es Lord Denbury beruhigt, komme ich gerne seiner Aufforderung nach. Sie wissen doch, dass mir an Ihrem Wohlergehen sehr gelegen ist, Mylord«, sagte Benedict, und ich wunderte mich, wie er in einer solch peinlichen Situation immer noch spötteln konnte. Er griff mit beiden Händen in seine Jackentaschen, doch dann erbleichte er, und sein Lächeln gefror auf seinen Lippen. Ganz langsam streckte er die rechte Hand aus und öffnete sie. Wie dicke, rote Blutstropfen glänzten die Rubine auf seiner Handfläche. Ich starrte die Kette an, unfähig zu erfassen, was ich sah.

»Ha, ich wusste es!«, rief Matthew triumphierend.

Benedicts Blick irrte zwischen mir und meinen Eltern hin und her. »Sie müssen mir glauben, ich habe keine Ahnung, wie die Kette in meinen Anzug gekommen ist. Marian, *du* musst mir glauben …«

Ich wusste nicht, was ich glauben sollte. Ich konnte nur daran denken, wie er mir vorhin auf den Rücken geklopft und wie ich später beim Tanzen gegen ihn getaumelt war und seine Finger an meinem Nacken gespürt hatte. Hatte ich da die Kette noch um meinen Hals getragen? Ich wusste es nicht.

Die Kiefermuskeln meines Vaters zuckten, an seiner Schläfe klopfte eine Ader, ein deutliches Zeichen, wie erregt er war. Fassungslos starrte er Benedict an, doch bevor er etwas sagen konnte, sah sich Matthew suchend im Raum um und winkte Dobson, der daraufhin mit steifen Schritten zu uns kam. »Ich denke, man sollte sofort jemanden nach Bodmin schicken, um die Polizei zu benachrichtigen. Dobson, würden Sie das veranlassen? Dieser Mann muss verhaftet und eingesperrt werden.«

»Sir Matthew, bitte überlassen Sie es mir, Anweisungen an unseren Butler zu erteilen.« Leise und bestimmt schnitt meine Mutter Matthew das Wort ab.

Zwischenzeitlich war der Vorfall von allen Gästen bemerkt worden. Es herrschte eine solch angespannte Stille, dass man eine Nadel hätte fallen hören können.

»Aber er ist ein Dieb, Mylady«, beharrte Matthew. »Er hat sich in Ihr Haus eingeschlichen, einzig mit dem Ziel, Sie zu berauben. Er gehört hinter Schloss und Riegel.«

»Und warum, Lord Denbury, sollte ich so etwas tun?«, fragte Benedict, dessen Gelassenheit zu bröckeln begann. »Ich habe es nicht nötig zu stehlen.«

»Pah, und ob Sie es nötig haben! Das Hotel, in dem Sie wohnen, kostet Geld. Zudem die hohen Anwaltskosten. Wie wollen Sie das alles bezahlen? Da kommt Ihnen so ein Schmuckstück doch sehr gelegen. Aber jetzt ist Ihr Spiel zu Ende, wir werden Sie anzeigen.«

Benedict sah wieder mich an. Mein Blick saugte sich an seinen Augen fest. Das Kollier lag noch immer in seiner ausgestreckten Hand. Entschlossen trat ich einen Schritt vor und nahm die Kette an mich. Es wunderte mich, dass die Steine so warm waren, fühlte ich mich doch selbst wie von einer dicken Eisschicht eingehüllt. »Ich werde keine Anzeige erstatten«, sagte ich, und meine Stimme zitterte. »Die Kette ist wieder da, es ist niemandem ein Schaden entstanden. Ich möchte die Sache nicht weiter verfolgen.«

Während ich mich umdrehte, streifte mich Mutters Blick. In ihm lag eine Spur von Bewunderung, und ich wusste, dass sie mein Verhalten nicht nur billigte, sondern auch verstand.

Langsam verließ ich die Galerie. Die Kette brannte wie Feuer in meiner Hand.

XI

Matthew hatte in Landhydrock Hall übernachtet, somit war es unvermeidlich, ihm am nächsten Morgen wieder zu sehen. Ich hatte die ganze Nacht kein Auge zugetan und war schon früh aufgestanden, in der Hoffnung, niemandem zu begegnen. Ich fand das Morgenzimmer leer vor. Da ich keinen Appetit verspürte, nahm ich nur eine Tasse Tee vom Frühstücksbüfett und sah aus dem Fenster in den Rosengarten hinab. In der Nacht hatte es leichten Frost gegeben, so dass die kahlen Sträucher von einer weißen Schicht überzogen waren. Der Anblick entsprach dem, wie ich mich seit gestern fühlte: überzogen von Raureif, erstarrt und unfähig, mich darunter zu bewegen. Ich zuckte zusammen, als Matthew den Raum betrat.

»Guten Morgen, Marian.« Nichts an seiner Haltung ließ auf die gestrigen Vorfälle schließen. Unbeschwert füllte er sich einen Teller mit Eiern, Speck und gebratenen Tomaten, und ich sah ihm stumm zu, bis er sein Frühstück beendet hatte. »Du bist so schweigsam«, sagte er dann zu mir.

Ich zuckte mit den Schultern. »Ich fand dein Auftreten gestern Abend unmöglich«, antwortete ich ehrlich. »Wie kommst du dazu, einen Gast von William als Dieb anzuklagen?«

Er hob eine Augenbraue. »Dass du noch immer gewisse … Sympathien … für diesen Verbrecher hegst, hast du mir deutlich zu verstehen gegeben«, sagte er spitz. »Marian, ich verstehe dich nicht! Dieser Mann hat dich vom ersten Tag an belogen, trotzdem scheinst du ihn immer noch zu lieben.«

Ich zuckte zurück und setzte an, diese Vermutung vehement von mir zu weisen, aber meine Kehle war wie ausgedörrt, und ich brachte kein Wort hervor.

»Mach dir keine Mühe, es zu leugnen.« Matthew hatte meine Reaktion richtig gedeutet. Er stand nun ganz dicht vor mir. »Marian, es ist das Beste, wenn wir so schnell wie möglich heiraten. Ich pfeife auf das Trauerjahr. Du wirst sehen, wenn wir erst auf der Hochzeitsreise sind, wirst du diesen Landstreicher ganz schnell vergessen. Vielleicht können wir sogar noch vor Weihnachten heiraten?« Matthews Ausdruck hatte sich geändert, er war wieder ganz der liebe und verständnisvolle Freund.

»Du willst mich zur Frau nehmen, obwohl du weißt, dass mein Herz einem anderen gehört?« Nun hatte ich ausgesprochen, was ich die letzten Wochen vergeblich zu verdrängen versucht hatte.

»Ach, was ist schon Liebe?«, sagte Matthew abfällig. »Er hat dir dein junges Herz in Aufregung versetzt, indem er den Retter in der Not spielte. Aber inzwischen bist du wohl erwachsen geworden, Marian, und hängst nicht mehr dummen, romantischen Mädchenträumen nach.«

»Warum sollten Erwachsene nicht auch Träume haben?«, fragte ich leise.

»Ich habe keine Lust, mit dir darüber zu diskutieren, Marian. Du wirst schon sehen, wenn dieser Kerl erst aus Cornwall verschwunden ist, wirst du ihn recht schnell vergessen haben. Wir werden also zu Weihnachten heiraten.«

Entschlossen hob ich den Kopf und sah Matthew fest an. »Ich werde dich nicht heiraten. Vor einiger Zeit hast du mich gefragt, und damals gab ich dir eine ausweichende Antwort. Und heute gebe ich dir mein Nein.«

»Das ist nicht dein Ernst!« Matthew hatte wohl nicht mit einer Ablehnung gerechnet, denn er war aufrichtig erstaunt und auch ein wenig verletzt. Aber ich unterdrückte mein Mitleid, denn nichts anderes empfand ich für ihn. Als ich heimkehrte und zwischen Matthew und mir die alte Vertrautheit aufkeimte, dachte ich, es würde alles wieder so werden, wie es einst war. Aber nun hatte ich erkannt, dass ich ihn niemals von ganzem Herzen geliebt hatte. Er war mir vertraut, es war schön in seiner Gegenwart, und ich war gern mit ihm zusammen. Liebe war jedoch etwas anderes. Ich konnte es nicht konkret in Worte fassen, wusste aber, dass ich in Benedicts Gegenwart Gefühle empfand, die ich bei Matthew niemals empfunden hatte und niemals empfinden würde.

Ich schrie vor Schmerz auf, als sich Matthews Finger hart um meinen Oberarm schlossen.

»Das kannst du nicht tun! Ich werde es niemals zulassen, dass dieser Kerl dich bekommt. Du kannst mich nicht so einfach abweisen, wir gehören zusammen!«

»Darf ich dich daran erinnern, dass *du* eine andere geheiratet hast?«, rief ich wütend und versuchte, mich aus seinem Griff zu befreien. »Wer hat hier wen zurückgewiesen? Ja, es gab eine Zeit, da dachte ich, wir würden ein Paar werden. Aber dann kam die schöne, die göttliche Hannah, und sofort ist dein Herz ihr zugeflogen. Meine Gefühle haben sich geändert, ich sehe in dir nicht mehr als einen guten Freund.«

Langsam löste er seine Hand, und ich wich einen Schritt zurück.

Matthews Gesicht war vor Wut verzerrt, als er sagte: »Du wirst es noch bereuen! Ihr alle werdet es noch bereuen.«

Ich wollte und konnte ihn nicht länger ertragen und eilte zur Tür, wo ich mit meiner Mutter zusammenstieß.

Sie sah mein gerötetes und erregtes Gesicht und erfasste die Situation sofort. »Sir Matthew, ich glaube, es ist besser, wenn Sie uns nun verlassen«, rief sie ihm zu, dann eilte sie mir nach. »Marian, bitte komm in mein Arbeitszimmer. Ich habe dir etwas zu sagen.«

Obwohl ich lieber allein gewesen wäre, folgte ich meiner Mutter. Auf ihrem Schreibtisch lag eine aufgeschlagene Briefmappe, offenbar war sie gerade dabei gewesen, ihre Korrespondenz zu erledigen. Achtlos schob sie das Briefpapier zur Seite und wies mich an, mich zu setzen. Dann nahm sie meine Hände in ihre und sah mich lange an. Unbehaglich wand ich mich unter ihrem forschenden Blick, war ich doch sicher, sie würde mich für mein Verhalten gegenüber Benedict und Matthew tadeln. Um so überraschter war ich, als sie sagte: »Ich möchte dir sagen, dass mich dein gestriges Verhalten sehr stolz gemacht hat. Du hast, obwohl alles gegen ihn sprach, Benedict nicht vorschnell verurteilt.«

»Ich kann es nicht glauben, dass er die Kette stehlen wollte«, erwiderte ich. »Es muss eine andere Erklärung dafür geben, dass sich der Schmuck in seiner Tasche befand. Hast du bemerkt, dass Benedict genauso entsetzt war wie wir alle, als er den Schmuck fand?«

Meine Mutter nickte. »Es gibt viele Dinge, die auf den ersten Blick anders erscheinen, als sie in Wirklichkeit sind.«

Aufgeregt setzte ich mich gerade hin. Ich erinnerte mich, dass sie mir das schon mal gesagt hatte, außerdem hatte Tante Kate beinahe die gleichen Worte verwendet. »Es wird dir unverständlich sein, Mama, aber ich vertraue Benedict.«

Sie lächelte und sagte: »Kannst du dir vorstellen, dass es eine Zeit gab, in der ich dachte, Simon … dein Vater … wolle mich umbringen?«

»Das kann nicht sein!«, rief ich und riss erstaunt die Augen auf.

»Es war eine schlimme, eine sehr schlimme Zeit für mich, denn alle Umstände sprachen dafür, dass er mir nach dem Leben trachtete. Ich glaubte sogar, Beweise dafür zu haben.«

»Warum hätte er das tun sollen?«, fragte ich gespannt.

»Wegen Landhydrock Hall. Er hatte Angst, es an mich zu verlieren.«

Verwirrt schüttelte ich den Kopf. Die Geschichte schien sich zu wiederholen, beinahe jedenfalls.

Meine Mutter fuhr fort: »Wie wir dir bereits gestern sagten, bist du in letzter Zeit sehr erwachsen geworden und zeigst eine Reife, die deinem Alter weit voraus ist. Eigentlich hatten Simon und ich abgemacht, dass ihr Kinder nie etwas davon erfahren sollt, aber ich denke, es ist an der Zeit, mein Schweigen zu brechen. Du hast dich gerade gefragt, warum ich Simon Landhydrock wegnehmen sollte? Nun, am besten fange ich von vorne an, denn es ist eine komplizierte Geschichte.« Sie seufzte kurz und lehnte sich bequem in ihrem Sessel zurück. Mein ganzer Körper war vor Erwartung wie ein Bogen gespannt. »Ich war sechzehn Jahre alt, als meine Mutter starb und mich Lady Marian, deine Großmutter, als ihre Gesellschafterin ins Schloss holte«, fuhr meine Mutter fort. »Vom ersten Tag an gab es ... nun, sagen wir mal ... kleine Probleme mit Simon, dem einzigen Sohn von Lady Marian. Aber er war die meiste Zeit in Eton, so sahen wir uns nur wenig. Erst, als wir beide erwachsen waren, merkten wir, dass wir eigentlich viele Gemeinsamkeiten hatten. Dann geschah das schreckliche Unglück, bei dem Lady Marian starb. Ich erzählte dir bereits davon. Die schwere Zeit, die dann folgte, schmiedete ein festes Band zwischen Simon und mir, und wir erkannten, dass wir uns liebten. Doch dann kam die Testamentseröffnung, und ich erfuhr, dass ich Lady Marians leibliche Tochter war und sie mir die Hälfte von Landhydrock Hall hinterlassen hatte.« Meine Mutter machte eine Pause, und ich konnte nur fassungslos den Kopf schütteln.

»Ja, aber dann ... wenn das stimmte, waren du und Vater Geschwister!«

Sie lächelte. »Ich sehe, du hast einen scharfen Verstand, Mädchen. Ja, unsere Liebe war plötzlich verboten, und ein schmutziger Schatten senkte sich darüber. Dazu kam noch Simons Zorn, dass er sein Haus mit mir teilen sollte. Heute weiß ich, dass sein Verhalten nur darauf beruhte, dass er mich von Herzen liebte und die Vorstellung, mich verloren zu haben, nicht ertragen konnte. Es folgten schwere Wochen, in denen ich oft der Verzweiflung nahe war. Obwohl ich Landhydrock Hall vom ersten Tag an geliebt hatte, hätte ich es ohne zu zögern dagegen eingetauscht, mit Simon glücklich zu sein. Aber es schien keinen Ausweg zu geben.«

»Es muss aber dann doch einen Weg gegeben haben«, sagte ich leise. »Ich denke nicht, dass du und Vater geheiratet habt, obwohl ihr Bruder und Schwester seid, oder?«

Ihre Augen strahlten, als sie sagte: »Das ist es, wenn ich sage, dass jede Sache zwei Seiten hat.« Mutter zog eine Schublade aus dem Schreibtisch und tastete mit der Hand hinein, dann hörte ich etwas klicken. Ich hatte keine Ahnung gehabt, dass der Schreibtisch ein Geheimfach barg. Sie holte ein kleines Buch hervor. Beinahe zärtlich strich sie über den etwas abgenutzten roten Ledereinband, und ich meinte, in ihren Augen einen Schimmer von Tränen zu sehen. Dann gab sie mir das Buch. Tatsächlich lief eine Träne über ihre Wange. Da ich meine Mutter selten so ergriffen sah, wusste ich instinktiv, dass ich davor war, ein großes Geheimnis zu entdecken.

Ich nahm das Buch und schlug die erste Seite auf. In einer zierlichen Schrift stand dort mit schwarzer Tinte geschrieben:

Für Marian, zu ihrem Geburtstag – 2. Mai 1847.

»Von meiner Großmutter?«, fragte ich atemlos.

Meine Mutter nickte. »Es ist das Tagebuch von Marian Blathwayt. Das war der Mädchenname deiner Großmutter.«

Ich schlug die nächste Seite auf und begann, die ersten Zeilen zu lesen, als Mutter eine Hand auf die Seite legte.

»Nicht hier, Marian. Geh auf dein Zimmer und lies es in aller Ruhe. Erinnerst du dich daran, als du vor einigen Jahren fragtest, wessen Mutter Lady Marian war?«

Ich nickte. Du meine Güte, damals war es mir unheimlich wichtig erschienen, das Geheimnis zu lüften, warum meine Mutter Lady Marian so sehr glich. Wie klein und unbedeutend waren meine damaligen Gedanken gewesen im Vergleich zu den Sorgen, die mich heute beschäftigten. »Es waren kindische Überlegungen«, antwortete ich, aber Mutter schüttelte den Kopf.

»Nein, Kind, du hast schon früh etwas erkannt, was wir euch lange verschwiegen haben. Du wirst in dem Tagebuch einiges erfahren, worüber du entsetzt sein wirst, aber vergiss nicht, wie glücklich dein Vater und ich sind. Ohne dieses Tagebuch hätten wir niemals zueinander gefunden.«

Ich rannte regelrecht in mein Zimmer hinauf und schloss die Tür hinter mir ab, denn ich wollte auf keinen Fall gestört werden. Dann machte ich es mir auf meinem Bett bequem, schlug das Tagebuch auf und begann zu lesen.

Ich las den ganzen Tag. Gegen Mittag klopfte Peg an meine Tür, um mich zum Essen zu bitten. Ich schickte sie mit knappen Worten fort. Mit jeder Seite, die ich in dem kleinen Buch umblätterte, wurde mein Herz schwerer. Die Eintragungen umfassten nur ein knappes Jahr, aber es war wohl das schicksalsträchtigste, dramatischste Jahr im Leben meiner Großmutter gewesen.

Marian Blathwayth verbrachte eine unbeschwerte Kindheit und Jugend in ihrem Elternhaus Durkham Manor. Als gehorsame Tochter stimmte sie einer Verbindung mit Abraham Elkham, einem Freund ihres Vaters, zu, obwohl Lord Elkham deutlich älter als Marian war. Doch dann traf sie den jungen Offizier William Talbot, der in Indien zum Schutz der ostindischen Kompanie stationiert war und sich auf Urlaub bei seinem Onkel befand, einem Nachbarn der Blathwayths. Die beiden jungen Menschen verliebten sich auf den ersten Blick ineinander. Doch bevor William mit Marians Eltern sprechen konnte, wurde er nach Indien zurückgerufen. Es blieb den Liebenden nur eine letzte Nacht, dann musste William abreisen. Danach schien sich das Schicksal gegen meine Großmutter verschworen zu haben. Zuerst erkrankte ihre Mutter und starb, worauf ihr Vater aus Trauer zum Trinker wurde und seine Tochter und den Besitz sträflich vernachlässigte. Als ich an die Stelle kam, wo Marian schilderte, wie sie erfahren hatte, dass William in Indien gefallen war, liefen mir die Tränen übers Gesicht. Ich wischte sie achtlos mit dem Ärmel fort. Obwohl ich meine Großmutter nicht gekannt hatte, war sie mir durch ihr Tagebuch so nahe, als säße sie mir gegenüber und würde mir ihre traurige Geschichte erzählen.

Verzweifelt stimmte Marian zu, Abraham Elkham zu heiraten. Sie hatte die Liebe ihres Lebens verloren, ihr Vater war dabei, sich durch den Alkohol zu Grunde zu richten – Marian sah keinen anderen Ausweg. Doch dann bemerkte sie, dass sie ein Kind erwartete. Die einzige Nacht, die sie mit William verbracht hatte, war nicht ohne Folgen geblieben. Obwohl es eine Schande war, ein uneheliches Kind zu bekommen, freute sich Marian, blieb ihr auf diese Weise doch etwas von William erhalten. Aber es war wie verhext – wenige Tage später stürzte ihr Vater vom Pferd, und Marian stand nun ganz allein auf der Welt. Zudem musste sie erfahren, dass Durkham Manor bis übers Dach verschuldet war und sie nicht nur ihre Eltern, sondern auch ihr Heim verloren hatte. Der einzige Rettungsanker schien Abraham Elkham zu sein, aber sie konnte ihn nicht heiraten, da sie das Kind eines anderen Mannes unter ihrem Herzen trug. In ihrer Verzweiflung vertraute sich Marian ihrer Zofe an, die sie daraufhin zu ihrer Familie in den Norden brachte, wo Marian einer Tochter das Leben schenkte – meiner Mutter Celeste! Die Zofe Janet und ihr Mann, ein Schmied, wollten das Mädchen wie ihr eigenes aufziehen, und so war Marians Weg, Abraham Elkhams Frau zu werden, frei.

Welche Ironie des Schicksals, als Abraham meiner Großmutter unmittelbar vor der Hochzeit mitteilte, dass er aus der Liaison mit einer Magd ein uneheliches Kind hatte. Der Name des Jungen war Simon, und Abraham wollte, dass dieses Kind in Landhydrock Hall aufwuchs, und er bat Marian, ihm eine Mutter zu sein. Marian war innerlich wie zerbrochen. Sie war nicht mutig genug, Abraham zu gestehen, dass auch sie ein Kind geboren hatte, und schwieg. Sie schwieg ihr ganzes Leben lang.

So wuchs meine Mutter als Tochter des Dorfschmieds im Schatten von Landhydrock Hall auf und wurde, nach dem Tod von Janet, der einstigen Zofe, von Lady Marian als Gesellschafterin ins Schloss geholt. Erst in ihrem Testament bekannte sich Marian zu ihrem Kind …

Es begann zu dämmern, als Mutter an meine Tür klopfte. Ich sperrte auf und ließ sie herein.

Sie trug ein Tablett und sah mich liebevoll an. »Ich dachte, dass du heute nicht zum Essen herunterkommen möchtest, daher bringe ich dir eine Kleinigkeit.« Sie stellte das Tablett auf den Tisch, dann entzündete sie die Lampen.

»Ich habe keinen Hunger, Mama«, sagte ich leise. »Ich habe das Tagebuch gelesen.« Noch immer war ich von Marians Schicksal so aufgewühlt, dass ich erneut zu weinen begann.

Meine Mutter nahm mich in den Arm und wartete, bis ich mich wieder beruhigt hatte. »Ich hoffe, das Wissen, dass deine Eltern beide nicht standesgemäß geboren worden sind, wird deine Zukunft nicht zu sehr belasten.«

Ich sah sie verwundert an. »Daran habe ich keinen Augenblick gedacht. Es betrübt mich, was Großmutter widerfahren ist. Sie war noch so jung und verlor alle Menschen, die sie liebte. Sie muss eine starke Frau gewesen sein, manch andere wäre daran zerbrochen.«

»Ich denke, Lady Marian hat sich mit dem Leben arrangiert. Sicher hat sie William Talbot niemals vergessen. Abraham Elkham war ein guter Ehemann, der seinen Sohn mit strenger Hand erzog, bemüht, jegliche Gewöhnlichkeit, die Simon eventuell von seiner Mutter geerbt haben könnte, im Keim zu ersticken. Aus diesem Grund war dein Vater früher etwas ... schwierig.«

Ich dachte an die vielen kleinen Plänkeleien zwischen meinen Eltern und wie mein Vater stets darauf bedacht war, nicht gegen die Konventionen zu verstoßen. Nach und nach begann ich zu verstehen. »Ihr habt es geschafft, dass die Schatten der Vergangenheit euer Glück nicht belasten«, stellte ich fest.

Mutter nickte. »Es war ein langer und steiniger Weg. Simon hat es sehr getroffen zu erfahren, dass seine Mutter eine einfache Magd gewesen war. Zuerst dachte ich, er würde diesen Makel niemals überwinden können. Aber unsere Liebe überstand alle Widrigkeiten. Sie tut es auch heute noch.«

Ich drückte meinen Kopf an ihre Brust. »Danke für dein Vertrauen, Mama. Nun verstehe ich, warum du und Tante Kate immer sagt, man solle nicht vorschnell urteilen.« Ich richtete mich auf und straffte meine Schultern. »Ich glaube nach wie vor nicht, dass Benedict mich bestehlen wollte. Aber die Tatsache, dass er auf Malta gewusst hat, dass unsere Familie in freundschaftlichem Kontakt zu den Denburys steht, lässt sich nicht leugnen. Ich bin allerdings bereit, noch einmal mit ihm zu sprechen.«

»Mach das, mein Mädchen«, bemerkte Mutter. »Lass in erster Linie immer dein Herz sprechen. Es wird dir den richtigen Weg weisen.«

Wir redeten noch bis Mitternacht, und Mutter erzählte, wie mein Vater nach der Testamentseröffnung das Schloss verlassen und nach London gefahren war. Dann kehrte er mit einer anderen Frau an seiner Seite zurück, und meine Mutter war zutiefst verzweifelt. Als ein paar kleine Unfälle passierten, bei denen Mutter zum Glück nicht ernsthaft verletzt wurde, regte sich in ihr der Verdacht, Simon wolle sie umbringen. Wenn sie tot wäre, würde ihm Landhydrock Hall wieder allein gehören. Erst später stellte sich heraus, dass die andere Frau dafür verantwortlich zu machen war. Simon hatte sie nicht geliebt und sich nur aus Trotz mit ihr verlobt. Da sowohl Abraham Elkham wie auch meine Großmutter gestorben waren, blieben viele Fragen Simons ungeklärt, und er suchte ein Ventil für seine Enttäuschung. Vater verletzte meine Mutter in Worten und Taten, obwohl er sie sehr liebte, aber diese Liebe durfte nicht sein. Erst als Kate Spored, die Schulfreundin meiner Mutter, nach Cornwall zurückkehrte und die beiden Frauen nach Durkham Manor reisten, fand meine Mutter dort Lady Marians Tagebuch, und die Wahrheit kam ans Licht. Zuerst hatte mein Vater mit der Tatsache, ein uneheliches Kind zu sein, sehr zu kämpfen, doch dann siegten seine Gefühle für meine Mutter. Niemand konnte die Vergangenheit ändern, es lag nun an Simon, in der Gegenwart das Glück zu finden.

Am nächsten Tag wusste ich, was ich zu tun hatte. Es war natürlich völlig unmöglich, dass ich Benedict in seinem Hotel aufsuchte, darum schrieb ich ihm ein paar Zeilen, in denen ich ihn bat, nach Landhydrock Hall zu kommen. Ich läutete nach Dobson, damit er einen Boten mit meinem Brief nach Bodmin schickte. Ich klingelte zweimal, da aber weder der Butler noch ein Mädchen erschien, ging ich selbst in den Küchentrakt hinunter. Bereits auf dem Korridor, der das Speisezimmer mit den Wirtschaftsräumen verband, hörte ich aufgeregte Stimmen, die wild durcheinander redeten. Als ich die Küche betrat, bot sich mir ein entsetzlicher Anblick: Auf einem Stuhl kauerte Lizzie, ihr Kleid hing in Fetzen an ihrem Körper, und Mrs. Fiddick legte gerade eine Decke um ihre Schultern, um ihren fast vollständig entblößten Oberkörper zu bedecken. Offenbar war das Mädchen geschlagen worden, denn ihr rechtes Auge war zugeschwollen und ihre Oberlippe blutverkrustet. Sie weinte und zitterte am ganzen Körper.

»Wir müssen die Lordschaften informieren«, sagte Dobson mit versteinertem Gesicht. Dann bemerkte er mich an der Tür. »Miss Marian, Sie sollten nicht hier sein.«

Ich ignorierte ihn und ging zu Lizzie. Obwohl mir ihr unverschämtes Verhalten in der Putzkammer noch deutlich vor Augen stand, empfand ich großes Mitleid mit dem Mädchen. »Wer hat dir das angetan?«

»Das haben wir auch schon gefragt, aber sie ist stumm wie ein Fisch«, rief Mrs. Fiddick. »Sie will nichts sagen.«

»Dobson, geben Sie ihr einen Brandy.« Ich sah seinen erstaunten Blick und wiederholte mit Nachdruck: »Nun machen Sie schon, Sie sehen doch, das Mädchen steht am Rande eines Nervenzusammenbruchs.«

Er tat, wie ihm geheißen. Lizzie griff gierig nach dem Glas und leerte es in einem Zug.

»Ich verständige jetzt Ihre Eltern, Miss Marian«, sagte Dobson.

Ich nickte. »Mein Vater ist unterwegs, aber meine Mutter ist in ihrem Arbeitszimmer.«

Der Brandy schien Lizzie etwas beruhigt zu haben, denn ihre Tränen versiegten und sie zitterte nicht mehr so sehr.

Mrs. Fiddick rang verzweifelt die Hände. »Das so etwas hier bei uns passiert! Was für ein Unglück! Wenn sie doch nur sprechen würde!«

Ich kniete mich vor Lizzie hin und legte eine Hand auf ihr Knie. Als ich merkte, wie sie unter der Berührung ängstlich zusammenzuckte, nahm ich meine Hand wieder fort. »Lizzie, du musst uns sagen, was geschehen ist. Ich verspreche dir, wir werden den Verantwortlichen finden und ihn zur Rechenschaft ziehen.«

Meine sanften Worte schienen sie zu beruhigen, denn sie sah mich aus ihrem unverletzten Auge an. »Er war viel stärker als ich, Miss. Ich konnte mich nicht wehren. Er hat mich einfach von hinten gepackt und in die Gartenlaube gezerrt. Dort hat er mir dann mein Kleid zerrissen, und dann … dann …« Ein erneuter Tränenstrom erstickte ihre Worte.

»Lizzie, hat er dich … hat er dir Gewalt angetan?«, fragte ich stockend.

Sie nickte zögerlich, und ihre Hände begannen wieder zu zittern. »Es war so schrecklich, aber ich konnte nichts tun. Und er hat gedroht, dass er mich töten wird, wenn ich auch nur ein Wort sage.«

»Niemand wird dir etwas tun. Du bist hier in Sicherheit!«

Erleichtert machte ich meiner Mutter Platz, die entsetzt Lizzies Verletzungen betrachtete.

»Ich habe jemanden zum Doktor geschickt, er wird gleich da sein und sich um deine Wunden kümmern. Aber wir müssen wissen, wer es getan hat.«

»Mylady … ich habe solche Angst … er hat doch gesagt …«

Meine Mutter griff nach Lizzies Händen und hielt sie fest. »Möchtest du, dass der Mann hingeht und einem anderen Mädchen das Gleiche antut? So ein Mensch gehört für den Rest seines Lebens hinter Schloss und Riegel. Kennst du den Mann?«

Lizzie nickte zögernd. Ein Schauer rann mir über den Rücken. Wenn das Mädchen ihn kannte, konnte es sein, dass auch ich und meine Schwestern ihm schon begegnet waren. Mich entsetzte die Vorstellung, in unserer Umgebung einen Frauenschänder zu haben.

»Es ist … es ist …«, begann Lizzie stockend.

Beruhigend streichelte meine Mutter ihre Hände. »Wer ist es, Lizzie? Ich versichere dir, er wird dir nichts tun.«

»Es ist dieser Mann, der einige Zeit hier gewohnt hat. Der mit Miss Marian gekommen ist. Ich glaube, sein Name ist Benedict.«

Die nächsten Tage war ich wie versteinert. Die vielen Menschen, die im Schloss ein- und ausgingen, die Polizei und der Arzt, der Lizzie untersuchte. Später erfuhr ich von meiner Mutter, die bei der Untersuchung zugegen war, dass es keinen Zweifel gab, dass Lizzie brutal geschlagen und vergewaltigt worden war.

Benedict hat damit nichts zu tun, hämmerte es in meinem Kopf, aber so sehr ich es mir auch versuchte einzureden, dass Lizzie sich geirrt haben *musste* – die Tatsachen sprachen eine andere Sprache. Da mein Vater in der Umgebung großen Einfluss hatte, war er dabei, als man Benedict verhaftete und ihn verhörte.

»Er saß in seinem Hotelzimmer und war sehr erstaunt, uns zu sehen«, berichtete Vater später. »Als man ihm den Grund der Verhaftung nannte, lachte er laut auf und wies alle Vorwürfe von sich. Benedict leistete keinen Widerstand, selbst als man ihn ins Gefängnis von Bodmin brachte, wirkte er unbekümmert, ja, beinahe heiter. ›Das wird sich schnell aufklären‹, rief er. ›Ich kenne dieses Mädchen überhaupt nicht.‹«

»Und was geschah dann?«, fragte ich atemlos.

»Es kam zu einer Gegenüberstellung mit Lizzie.« Vater zögerte, dann sah er mich traurig an. »Sie hat ihn eindeutig als ihren Peiniger identifiziert.«

Die Stille im Zimmer war beinahe greifbar.

»Es tut mir Leid, Marian, aber es sieht für Benedict nicht gut aus«, fuhr Vater nach einer Weile fort. »Er behauptet, in der Zeit, als das Mädchen überfallen wurde, auf einem Spaziergang im Moor gewesen zu sein. Leider kann das niemand bezeugen, denn er war allein und hat auch keine Menschenseele getroffen.«

»Er hat also kein Alibi«, murmelte ich. Ich dachte, wie zärtlich und liebevoll Benedict mir gegenüber gewesen war. Unter seinen Händen hatte ich die höchsten Wonnen der Liebe erlebt, stets war ihm mein Lustempfinden wichtiger als seines gewesen. Und dieser Mann sollte jetzt einfach ein Hausmädchen mit Gewalt genommen haben? Obwohl alles gegen ihn sprach, weigerte sich mein Herz, an seine Schuld zu glauben. »Oft trügt der Schein, und es ist nicht so, wie es auf den ersten Blick aussehen mag«, wiederholte ich die Worte meiner Mutter.

»Also, wenn ihr mich fragt, ich kann es auch nicht glauben!« Energisch stand William auf und begann, im Zimmer auf und ab zu gehen. »Vater, Mama ... Benedict hat Marian das Leben gerettet, sie auf der Reise durch halb Europa beschützt! Wie könnt ihr das vergessen? So ein Mensch geht nicht einfach hin und vergewaltigt eine Frau!«

»Ich habe nicht gesagt, dass ich an Benedicts Schuld glaube«, widersprach Vater. »Ich sagte lediglich, dass seine Lage alles andere als gut ist.«

»Was hat er im Falle einer Verurteilung zu erwarten?«, fragte ich ängstlich.

Vater faltete betrübt die Hände. »Man wird ihn wohl hängen. Ihr dürft nicht vergessen, dass Lizzie ein Mädchen aus Cornwall, Benedict aber Ausländer ist. Bestenfalls, wenn ich all meine Beziehungen und Einflüsse gelten mache, könnte ich erreichen, dass er zu einer lebenslangen Haftstrafe verurteilt wird.«

»Den Rest seines Lebens im Gefängnis ...«, sagte William tonlos. »Wenn er Glück hat ...«

Die offensichtliche Betroffenheit meines Bruders machte mich glücklich. Er mochte Benedict und glaubte ebenfalls nicht an seine Schuld. Sie hatten in den Wochen, als Benedict auf Landhydrock Hall lebte, viel Zeit miteinander verbracht und waren gute Freunde geworden.

»Wir können doch nicht einfach hier sitzen und abwarten!«, rief ich. »Wir müssen etwas unternehmen!«

»Mein liebes Kind, im Moment können wir gar nichts tun! Der Prozess wird erst nächstes Jahr stattfinden, so lange muss Benedict im Gefängnis bleiben. Ich bin schon damit zufrieden, dass der zuständige Richter ihn nicht nach London überführen lässt.«

So einfach wollte ich mich nicht abspeisen lassen. »Wenn wir nun beweisen könnten, dass diese Lizzie ein liederliches Mädchen ist? Würde das nicht ein anderes Licht auf sie werfen?«

Scharf zog meine Mutter die Luft ein und sah mich streng an. »Was willst du damit sagen?«

Ich schilderte das peinliche Erlebnis im Hauswirtschaftsraum an Williams Geburtstag. Als ich geendet hatte, fügte ich triumphierend hinzu: »Außerdem hat Mrs. Fiddick gesagt, Lizzie habe ihre letzte Stellung verloren, weil sie sich dort ebenfalls schamlos aufführte.«

»Du kannst sicher sein, Marian, dass sie auch hier hätte gehen müssen, wenn ich davon gewusst hätte«, sagte Vater streng. »Doch selbst wenn ein Mädchen seine Gunst recht offenherzig verschenkt, ist das noch lange kein Grund, dass man ihr ungestraft Gewalt antun darf, oder?«

»Nein, Vater.« Ich senkte den Kopf. Mochte Lizzies Vorleben auch nicht sonderlich prüde gewesen sein, die Tatsache, dass sie behauptete, Benedict habe sie überfallen, blieb bestehen. Und es schien niemanden zu geben, der das Gegenteil bezeugen konnte. »Darf ich ihn besuchen?«, fragte ich.

Übereinstimmend schüttelten meine Eltern den Kopf.

»Das ist keine Umgebung für dich, Marian. Zudem würden sie dich nicht zu ihm lassen. Ich bin froh, dass ich ab und zu mit Benedict sprechen kann«, entgegnete Vater. »Im Augenblick können wir nichts anderes tun als abwarten.«

Die Tage krochen im Schneckentempo dahin. Es gab keine Neuigkeiten, außer der, dass Lizzie auch in der dritten Befragung darauf beharrte, von Benedict Trelawny überfallen worden zu sein. Die Tatsachen, dass Benedict zuerst unter einem falschen Namen nach England gekommen war und dass er in ein Verfahren gegen die Denburys, eine kornische Familie des Landadels, verwickelt war, trugen ihm keine Sympathien ein. Ging ich ins Dorf, so wurde überall getuschelt. Wurde man meiner ansichtig, verstummten die Gespräche, aber ich merkte, wie mir verstohlene Blicke die Straße hinunter folgten.

»Der Verbrecher hat in Landhydrock Hall gewohnt«, konnte ich sie beinahe hören.

»Und davor ist er monatelang mit der jungen Miss durch Europa gezogen.«

»Er soll ja aus Amerika kommen und dort Sklaven gehalten haben. Kein Wunder, dass so ein Mensch wehrlose Frauen überfällt.«

Wenn, so wie bei uns auf dem Land, wenig geschieht, sind die Menschen nur zu gerne bereit, den Stab über einen anderen zu brechen. Sie vergaßen, dass Benedict mein Leben gerettet hatte, und verurteilten ihn, bevor das Gericht seinen Spruch fällte. Nun war Benedict in beinahe derselben Situation wie ich auf Malta. Aber ich konnte nicht einfach hingehen, den Wärter niederschlagen und mit Benedict fliehen. Das Gefängnis in Bodmin war massiv, streng bewacht und von einer hohen, eisenbewehrten Mauer umgeben.

Ich ging in Lizzies kleine Kammer unter dem Dach, die sie sich mit Peg teilte. Mrs. Fiddick hatte mir gesagt, dass sie oben wäre, während Peg in der Spülküche arbeitete. Seit dem Überfall war die Köchin viel freundlicher zu dem Mädchen und gewährte ihr öfters Ruhepausen. Ich wollte noch mal mit Lizzie sprechen, vielleicht hatte sie sich doch, was Benedict anging, geirrt.

Ich klopfte kurz an, dann betrat ich das Zimmer. Es erstaunte mich zu sehen, dass Lizzie bäuchlings auf dem Bett lag und in Modezeitschriften blätterte.

Als sie mich sah, stand sie schnell auf und versuchte, eine Decke über die Magazine zu werfen. »Miss Marian?«, fragte sie unsicher.

Ich trat zum Bett und nahm die Decke fort. Tatsächlich lagen dort drei Zeitschriften, die für extravagante und teure Kleidung bekannt waren. Ich sah den Preis eines Kleides, der dem Jahresgehalt von Lizzie entsprach, und fragte mich, woher Lizzie solche Magazine hatte, denn meine Mutter bevorzugte einen anderen Stil und kaufte nicht diese Zeitschriften.

Eindringlich wandte ich mich an das Mädchen: »Lizzie, bist du dir vollkommen sicher, dass du von Mr. Trelawny überfallen worden bist? Könnte es nicht auch ein anderer Mann gewesen sein, der Mr. Trelawny nur sehr ähnlich sieht?«

Sofort verdüsterte sich Lizzies Gesicht, ihre Mundwinkel zuckten, und sie begann zu zittern. »Ach Miss, er war es. Es war doch heller Tag, und ich habe ihn schon oft gesehen.«

»Dann bist du dir ganz sicher?«

»Ganz sicher, Miss Marian.«

Unendlich müde stand ich auf und verließ das Mädchen. Was hatte ich mir von dem Gespräch erhofft? Warum sollte mir Lizzie etwas anderes sagen als der Polizei? Trotzdem weigerte ich mich, an Benedicts Schuld zu glauben.

Wir feierten Weihnachten in der gewohnten Form, schon meiner kleinen Schwester Diana zuliebe, die von den ganzen Vorgängen nichts mitbekommen sollte. Am Weihnachtstag kamen der Arzt und seine Familie, der Pfarrer mit seiner Frau, ein paar Nachbarn und natürlich Matthew Denbury nach Landhydrock Hall.

Matthew entschuldigte das Fernbleiben seiner Mutter. »Das Herz macht ihr immer mehr zu schaffen. Sie braucht viel Ruhe und Schonung.«

Ich hatte Matthew seit dem Eklat nach Williams Geburtstag nicht mehr gesehen und begegnete ihm zurückhaltend. Er schien jedoch unsere kleine Missstimmigkeit vergessen zu haben und streckte beide Arme aus, als er mich die Treppe herunterkommen sah.

»Marian! Du wirst von Tag zu Tag hübscher.«

Früher hätte ich mich über das Kompliment gefreut, doch heute war mir nicht nach oberflächlicher Konversation zumute, daher dankte ich ihm nur mit einem leichten Kopfnicken für seine Worte. Matthew führte mich zu Tisch, und das Gespräch drehte sich lange Zeit um allgemeine Dinge.

Irgendwann war es unvermeidlich, dass der Arzt fragte: »Sir Denbury, wie steht es eigentlich in der leidigen Angelegenheit Ihres Besitzes? Verzeihen Sie, dass ich so direkt frage, aber das Thema beschäftigt wohl jeden in Cornwall.«

Matthew legte lächelnd seine Serviette zur Seite und lehnte sich selbstgefällig zurück. »Ich muss zugeben, dass die Chance, Boventon Castle zu behalten, für mich in letzter Zeit recht schlecht stand. Aber wie Sie vielleicht wissen, Doktor, wurde dieser Trelawny verhaftet, und nun werden die Karten neu gemischt. Von meinem Anwalt erfuhr ich, dass die zuständigen Stellen erst die Verhandlung abwarten möchten.« Matthew blickte siegessicher in die Runde. »Ich hoffe nur, dass sich der Prozess nicht allzu sehr in die Länge ziehen wird. Die Fakten sind schließlich eindeutig.«

Der Arzt und ein Nachbar, der das Gespräch aufmerksam verfolgt hatte, nickten beifällig.

Ich lehnte mich zu Matthew und zischte ihm ins Ohr: »Der Verdacht gegen Benedict kommt dir ja sehr gelegen, nicht wahr?«

»Marian, wie kannst du so etwas sagen?«, flüsterte er zurück. »Selbstverständlich finde ich es schrecklich, was eurem Mädchen geschehen ist, aber ich wusste sofort, dass man diesem Mann nicht trauen darf.«

»Welch ein Zufall, dass er gerade zu dem Zeitpunkt unter Verdacht gerät, da du deine Felle davonschwimmen siehst«, konnte ich mir nicht verkneifen zu sagen.

Ich fing einen scharfen Blick meiner Mutter auf. Sie hatte meine Worte gehört und zog tadelnd eine Augenbraue in die Höhe. Ich schob den Stuhl zurück und erhob mich. »Ich bitte die Herrschaften, mich zu entschuldigen. Mir steht nicht der Sinn nach einer fröhlichen Feier.«

Ich wusste, dass mein Verhalten eine Strafpredigt meiner Eltern nach sich ziehen würde, aber ich hatte das Gefühl, es keinen Augenblick länger im Esszimmer auszuhalten. Obwohl sich jeder freundlich und unbekümmert gab, lag eine Spannung in der Luft, die ein kleiner Funke zur Explosion hätte bringen können. Ich wusste, ich war Matthew gegenüber ungerecht gewesen, denn er konnte nichts für die neusten Entwicklungen. Trotzdem war es besser, die Gesellschaft zu verlassen, denn ich wollte nicht dieser Funke sein.

Die Zeit zog sich schleppend dahin. Das neue Jahr kam, und bald war es Ende Januar. Mein Vater berichtete, dass Benedict sowie Lizzie erneut verhört wurden, aber es gab keine Wendung in der Anklage. Lizzie beharrte auf ihrer Aussage, während Benedict nicht beweisen konnte, zur Zeit des Überfalls nicht auf Landhydrock Hall gewesen zu sein. Die Winter in Cornwall waren mild, manchmal auch sehr regenreich, es gab selten Frost oder gar Schnee. So streckten Mitte Februar bereits die ersten Märzenbecher ihre vorwitzigen Köpfe aus der Erde, als endlich der Tag der Verhandlung kam.

An der Seite meiner Mutter und Williams betrat ich die Shire Hall in Bodmin, in der sich der Hauptsitz des Gerichts der Grafschaft befand. Der Gerichtssaal war dunkel und muffig, durch die kleinen Fenster fiel nur wenig Licht. Vater hatte mir gesagt, dass es unmittelbar neben dem Saal kleine Zellen gab, in die die Gefangenen vor der Verhandlung aus dem Gefängnis am Rande der Stadt gebracht wurden. Vor Aufregung waren meine Hände schweißnass, und mein Herz drohte auszusetzen, als sie Benedict hereinbrachten. Seine Handgelenke waren mit Ketten gefesselt, und ich erschrak über sein Aussehen: Er war abgemagert und blass, dunkle Ringe lagen unter seinen Augen, die jedoch aufleuchteten, als er mich erblickte. Dann wurde er grob herumgerissen und so vor das Anklagepult gestellt, dass ich nur noch seinen Rücken sehen konnte. Ich atmete schwer und schluckte mehrmals.

Mutter berührte meinen Arm. »Vielleicht sollten wir wieder gehen. Ich fand es von Anfang an keine gute Idee, dass du der Verhandlung folgen willst.«

»Ich gehe auf keinen Fall«, presste ich hervor.

Der Richter klopfte auf den Tisch und bat um Ruhe. Aus einer Seitentür traten mein Vater und Mr. Morison. Ich hatte meine Bedenken angemeldet, dass Benedict von dem alten Anwalt verteidigt werden sollte, aber Vater hatte gemeint: »Mr. Morison weiß, was er tut. Außerdem ist er einer von uns, bei den Leuten bekannt und beliebt. Es wird für Benedict besser sein, wenn ein Einheimischer seine Partei ergreift.«

Die Verhandlung brachte keine neuen Fakten zutage. Nach und nach wurden alle Beteiligten des Falles in den Zeugenstand gerufen: Lizzie, der Arzt, und auch Mrs. Fiddick und Dobson, weil sie als Erste nach dem Überfall mit dem Mädchen gesprochen hatten. Ich musste zugeben, dass der Anwalt wortgewandt war, aber er konnte an den Tatsachen auch nichts ändern. Lizzie hatte Benedict eindeutig identifiziert, und Benedict besaß keine Zeugen, die ihn in der fraglichen Zeit im Moor gesehen hatten. Daran änderte auch die Aussage meines Vaters nichts, der für ihn eintrat und ihn als sympathischen und verantwortungsbewussten jungen Mann schilderte.

Nach nur vier Stunden wurde das Urteil gefällt: Benedict Trelawny war schuldig der Vergewaltigung und Körperverletzung an dem Hausmädchen Lizzie. Er wurde zu lebenslanger Haft verurteilt und sollte noch am gleichen Tag in das Gefängnis von Dartmoor überstellt werden.

Bevor man Benedict grob aus dem Saal führte, trafen sich noch einmal unsere Blicke. »Ich war es nicht!«, riefen mir seine Augen entgegen, obwohl sein Mund stumm blieb. Ich stand wie erstarrt, und als die eiserne Tür hinter Benedict zuschlug, war es, als sei auch für mich die Tür des Glücks für immer verschlossen und verriegelt worden.

Zu jener Zeit war das Gefängnis in Dartmoor das größte in ganz England. Es war 1809 erbaut worden, um französische Gefangene aus den napoleonischen Kriegen in Gewahrsam zu nehmen. Seit dem Jahr 1850 beherbergte es Englands Schwerverbrecher. Es wurde laufend umgebaut, die Mauern und Wachposten verstärkt, so dass ein Ausbruch nahezu unmöglich war. Selbst wenn es einem Sträfling gelingen sollte, die dicken Mauern und aufmerksamen Wachen zu überwinden, wäre er im umliegenden Moor schnell verloren, wenn er nicht den sicheren Weg kannte.

Die Vorstellung, dass der stolze, freiheitsliebende Benedict nun eingesperrt in einer kleinen Zelle saß, war mehr, als ich ertragen konnte. Eine Besuchsmöglichkeit gab es nur für Verwandte, und das auch nur zweimal im Jahr. Aber selbst wenn man mich zu ihm gelassen hätte – was hätte ich ihm sagen sollen? Wie hätte ich ihm Trost spenden können? Ich war sicher, Benedict wusste, dass ich an seine Unschuld glaubte.

»Vielleicht ist es besser, wenn ihr euch nie wiederseht«, meinte meine Mutter. »Wenn Benedict dich wirklich liebt, würde jede weitere Begegnung mit dir zu einer unendlichen Qual werden.«

So blieb mir nichts anderes übrig, als mich mit der Tatsache, Benedict Trelawny niemals im Leben wiederzusehen, abzufinden.

Nach außen hin führte ich mein normales Leben weiter: Ich aß, trank und schlief, half meiner Mutter bei den Belangen der Pächter und brachte den Alten und Kranken auf unserem Besitz Essen und Decken. Ein Basar wurde geplant, dessen Einnahmen der Erhaltung der kleinen Kirche im Dorf dienen sollten. So reihte sich ein Tag an den nächsten, und es wurde Frühling. Eine Jahreszeit, die ich in Cornwall immer am meisten geliebt hatte.

Matthew Denbury kam uns ab und zu besuchen, aber unsere Beziehung hatte sich verändert. Matthew machte aus seiner Freude, Benedict ein für alle Mal losgeworden zu sein, keinen Hehl. Obwohl man ihm das nicht verdenken konnte, errichtete es eine unsichtbare Schranke zwischen uns.

Ende März merkte ich, wie meine Eltern geheimnisvolle Blicke tauschten. Dann verreiste mein Vater für eine Woche. Als er wiederkam, bat er mich in sein Arbeitszimmer. »Ich muss mit dir reden, Marian.«

Die listigen Augen des ausgestopften Fuchses schienen mich zu taxieren, als ich mich setzte. Ich versuchte, das Tier zu ignorieren. Es war tot, ebenso tot wie mein Inneres. »Du wolltest mit mir sprechen?«, fragte ich tonlos.

»Marian, ich weiß, es wird dir nur ein kleiner Trost sein zu hören, dass es mir gelungen ist, Benedicts Strafe in eine lebenslange Verbannung umzuwandeln.«

Wie von einer Nadel gestochen fuhr ich aus dem Sessel hoch. »Kommt er frei?«

Bedauernd schüttelte Vater den Kopf. »Leider nicht so, wie du es dir wünschst. Aber er kann nächste Woche das Gefängnis verlassen, wird allerdings unter strenger Bewachung nach Plymouth auf ein Schiff nach Amerika gebracht. Benedict darf England niemals wieder betreten. Sollte er dem zuwiderhandeln, droht ihm die Todesstrafe.«

Ich setzte mich wieder und knetete aufgeregt meine Hände. Atemlos fragte ich: »Kann ich ihn sehen, bevor er das Land verlässt?«

»Das ist nicht möglich. Ich möchte dich bitten, über dieses Gespräch kein Wort zu verlieren. Selbstverständlich habe ich deine Mutter eingeweiht, aber sonst darf es niemand erfahren. Marian, du bist alt genug, um zu wissen, dass man gewisse … Vorgänge … auf eine Art und Weise regeln kann, die manchmal einen Schritt neben dem Gesetz ist.«

»Das heißt mit anderen Worten: Du hast jemanden bestochen«, brachte ich die Sache auf den Punkt. Trotz der traurigen Situation lächelte ich, denn die Vorstellung, dass Vater etwas Illegales tat, amüsierte und rührte mich gleichzeitig. Es zeigte mir, dass Vater trotz seiner Standesdünkel Benedict gewisse Sympathien entgegenbrachte und ebenfalls nicht an seine Schuld glaubte.

Vater bestätigte meine Vermutung. »Das Dartmoor-Gefängnis ist überfüllt. Leider gibt es viel zu viele Straftäter. So waren die zuständigen Stellen relativ schnell davon zu überzeugen, dass man Benedict des Landes verweisen kann. Immerhin ist er Amerikaner. Wenn man die Umstände bedenkt, so finde ich, dass es das Beste ist, was ich für ihn erreichen konnte.«

Ich dachte daran, dass Benedict keine Verwandten in seiner Heimat hatte. Wohin würde er gehen? An wen sich wenden? Aber letztendlich war es egal. Er würde nicht mehr eingesperrt sein! »Ich danke dir, Vater«, sagte ich mit Tränen in den Augen. »Vielleicht können wir später nach Amerika fahren und ihn besuchen?«

Mein Vater hörte die Hoffnung in meinen Worten, und es schien ihm schwer zu fallen, mir diese Bitte abzuschlagen. »Marian, er wird niemals nach England zurückkehren können. Ebenso darf er weder dir noch sonst jemandem schreiben. Ich habe alles getan, was in meiner Macht steht, aber so schwer es jetzt auch für dich ist: Du musst Benedict Trelawny vergessen! Ich weiß, es mag dir im Augenblick ein schwacher Trost sein, wenn ich dir sage, dass einmal deine Enkelkinder zu deinen Füßen sitzen und gespannt deiner Geschichte lauschen werden.«

»Um jemals Enkel zu haben, ist es notwendig zu heiraten«, entgegnete ich bitter. »Ich werde jedoch niemals heiraten.«

Vater war voller Mitgefühl, als er mich umarmte. Ich wusste, er hoffte, dass ich und Matthew sich wieder näherkommen würden, jetzt, da Benedict auf immer und ewig fort war.

An dem Tag, als das Schiff in Plymouth ablegte, stand ich traurig am Fenster. Das Wetter teilte meine Stimmung, denn es nieselte seit dem Morgengrauen. Dachte Benedict in diesem Moment genauso an mich, wie ich ihm meine Gedanken schickte? Hatte unser unsichtbares, aber starkes Band noch Bestand? Ich schloss die Augen und flüsterte: »Irgendwann, mein Liebster, werden wir uns wiedersehen. Das ist nicht das Ende.«

Da unser Landstrich vom Golfstrom verwöhnt wird, erwachte im Frühling die Natur weit vor dem restlichen England zum Leben. Die Rhododendronhecken blühten in den verschiedensten Farben, Heckenrosen sandten einen betäubenden Duft aus. Blumen und Blüten verwandelten die Gärten von Landhydrock Hall in eine Pracht, um die uns alle Nachbarn beneideten.

An einem Nachmittag im April, an dem es bereits so warm war, dass ich im Pantrys Court sitzen konnte, meldete mir Peg den Besuch von Lord Denbury. Seufzend erhob ich mich. Meine Mutter und Tante Kate waren ausgegangen, mein Vater auf dem Gut unterwegs. Einen Moment später trat Matthew durch die niedrige Tür in den Innenhof. Unweigerlich stellte ich fest, wie gut er aussah. Die Sonne zauberte rötliche Reflexe in sein Haar, und seine Augen leuchteten, als er zur Begrüßung meine Hände ergriff.

»Marian, was für ein wundervoller Tag! Ich bin gekommen, um dich zu fragen, ob du mit mir ausreiten möchtest?«

Ich verspürte keine große Lust dazu. Viel lieber hätte ich mich irgendwo in einer Ecke vergraben, um mich dem Selbstmitleid hinzugeben. Aber das Leben musste weitergehen, so nickte ich und sagte: »Ich ziehe mich nur rasch um.«

»In der Zwischenzeit werde ich den Stallburschen anweisen, dein Pferd zu satteln«, schlug Matthew vor, und gemeinsam verließen wir Pantrys Court.

Nach ein paar Meilen, die ich meine Stute hatte galoppieren lassen, merkte ich, wie gut mir die frische Luft und der Wind in den Haaren tat. Wir waren am Fluss Fowey entlang bis zu dem Marktflecken Lostwithiel geritten. Eine mittelalterliche steinerne Bogenbrücke spannte sich über den Fluss, direkt daneben war das Gasthaus *Ship Inn* für seine wohl schmeckenden Speisen bekannt. Einst war Lostwithiel eine blühende Marktstadt gewesen, aber seit der Fluss verschlammt und für größere Schiffe nicht mehr befahrbar war, lag es wie in einem Dornröschenschlaf. Ich nahm Matthews Einladung, uns im Gasthaus zu erfrischen, an und bestellte eine kalte Limonade, Matthew ein Glas helles Bier. Wir plauderten über Belanglosigkeiten, und Matthew erzählte, dass er die letzten drei Wochen wegen dringender Geschäfte in London gewesen war. Dann wurde es Zeit, nach Landhydrock Hall zurückzukehren.

Es war auf dem Weg, der an der alten Burgruine von Restormel Castle vorbeiführt. Plötzlich schoss aus dem Gestrüpp laut bellend ein großer, zottiger Hund hervor und erschreckte mein Pferd dermaßen, dass es sich wiehernd auf die Hinterbeine stellte. Ich war darauf nicht vorbereitet und rutschte rücklings aus dem Sattel. Unsanft prallte ich auf dem Boden auf. Zum Glück hörte ich in diesem Moment die Stimme eines Mannes, der den Hund zurückrief: »Moss, Platz! Was soll denn das?«

Dankbar ergriff ich Matthews Hand, der sich fürsorglich zu mir beugte.

»Ist dir etwas geschehen?«

Ich schüttelte den Kopf und atmete tief durch, aber außer einer Prellung an meinem verlängerten Rücken schien ich mich nicht verletzt zu haben.

»Wie können Sie eine solche Bestie frei herumlaufen lassen?«, fuhr Matthew nun den Bauern an, der in der Zwischenzeit den Hund angeleint hatte.

»Tut mir Leid, Sir, aber sonst ist Moss ganz ruhig. Er war hinter einem Kaninchen her und war wohl über Ihre Pferde erschrocken.«

»Wer hier wen erschreckt hat, sei dahingestellt«, gab Matthew verärgert zurück. »Sie können von Glück sagen, dass der Lady nichts geschehen ist. Sonst hätte ich Ihren Köter auf der Stelle erschossen.«

Erschrocken legte ich meine Hand auf Matthews Arm. »Lass es gut sein, Matthew«, bat ich. »Es ist ja nichts passiert.«

»Nun gut. Nehmen Sie das Untier und sehen Sie zu, dass Sie von hier verschwinden!«, rief er dem Bauern zu, der sich beeilte, Matthew aus den Augen zu kommen.

Ich zitterte immer noch ein wenig, denn der Hund war sehr groß gewesen und hatte gefährlich ausgesehen. Matthew bemerkte es und nahm mich in seine Arme. Er zog mich auf eine Bank am Wegesrand. Gerade, als wir uns setzen wollten, deutete er auf das Holz. »Vorsicht, Marian. Hier sind Tausende von Ameisen.«

Ich sah ihn an, schluckte und sagte leise: »Ameise … B-Meise …«

»C-Meise … nimm mich mit auf die Reise«, vollendete er den alten Kinderreim, den wir früher oft gesungen hatten. Dann hatten wir uns gemeinsam ausgemalt, welche Länder wir bereisen würden, wenn wir erwachsen wären. Er hatte es, ebenso wie ich, nicht vergessen.

»Kleine, liebe Marian, nun ist alles wieder gut.« Ich spürte, dass Matthew nicht nur den Vorfall mit dem Hund meinte. »Ich möchte dich immer beschützen und behüten. Wenn du dich doch endlich dazu entschließen könntest, meine Frau zu werden. Ich möchte mit dir reisen, die Welt entdecken, dir all die schönen Städte wie Paris, Florenz und Venedig zeigen.«

Mir steckte der Schrecken des Sturzes noch in den Gliedern. Wahrscheinlich war das der Grund, warum ich mein Gesicht an seine Brust presste. Er roch gut nach Pferd und einem leichten, herben Duft. Matthew war mir beinahe so vertraut wie mein eigener Bruder. Wir hatten eine gemeinsame Vergangenheit, und mir bot sich die Möglichkeit einer gemeinsamen Zukunft. An Matthews Seite würde mich ein ruhiges Leben ohne große Überraschungen erwarten. Ganz anders als mit Benedict, bei dem ich nie sicher sein konnte, was ihm als nächstes einfiel. Aber Benedict war fort. Ich würde ihn nie wiedersehen …

Es schien nur natürlich, dass Matthew langsam meinen Kopf nach hinten beugte und mich küsste. Als ich seine Lippen auf den meinen fühlte, verspürte ich eine warme Vertrautheit. Es war keine Leidenschaft, wie ich sie mit Benedict geteilt hatte, aber es war ein Gefühl der Geborgenheit. Wir würden, wenn Gott es wollte, viele Kinder haben und ein beschauliches, ruhiges Leben führen. Boventon Castle zu leiten, war keine leichte Aufgabe, aber ich war dazu erzogen worden, einmal einem herrschaftlichen Haus vorzustehen. Regelmäßig würden wir meine Eltern in Landhydrock Hall besuchen oder sie uns in Boventon Castle, und wir würden nach London reisen. Was konnte ich von meinem Leben mehr erwarten, jetzt, nachdem ich die Liebe meines Lebens verloren hatte? Vielleicht war es besser, sich mit etwas zu begnügen, statt unrealistischen Träumen nachzulaufen. Meine Großmutter Marian hatte es auch getan, als sie William Talbot verlor und Abraham Elkhams Frau wurde.

Nach dem Kuss hob ich den Kopf und sah Matthew ernst an. Ich las die stumme Frage in seinen Augen und antwortete leise: »Ja, ich möchte deine Frau werden.«

Sofort zog mich Matthew wieder in seine Arme und drückte mich so fest, dass mir kaum noch Luft zum Atmen blieb. Dem leisen Zweifel, der irgendwo in meinem Hinterkopf anklopfte und um Einlass bat, versperrte ich die Tür. Jetzt und für alle Ewigkeit. Die Vorstellung, auf immer und ewig als alte Jungfer in Landhydrock Hall zu bleiben, hatte wenig Reiz für mich, auch wenn ich längst keine Jungfrau mehr war. Ich wusste, ich musste es Matthew erzählen. Es wäre nicht recht, ihm zu verschweigen, dass Benedict und ich ein Liebespaar gewesen waren. Aber nicht heute.

Langsam ritten wir Seite an Seite zurück. Immer wieder schaute mich Matthew liebevoll an, aber ich wich seinem

Blick aus. So war ich froh, als endlich die lange Auffahrt zum Schloss hinauf auftauchte, und ich hieb meiner Stute in die Flanken.

»Wer zuerst im Stall ist!«, rief ich Matthew über die Schulter zu. Ich gewann, aber ich verspürte keinen Triumph, sondern nur Traurigkeit. Dennoch hatte ich meine Entscheidung getroffen.

Beim Abendessen sagten wir es meinen Eltern. Wenn sie überrascht waren, zeigten sie es nicht. Lediglich meine Mutter sah mich grübelnd an.

Schnell drehte ich den Kopf zur Seite und sagte: »Wir werden erst im September heiraten, denn ich wünsche mir, dass William dabei ist.«

Mein Bruder war zu seiner Europareise aufgebrochen, und wir erwarteten ihn nicht vor dem Herbst zurück.

»Bis dahin wird es viel zu tun geben«, murmelte meine Mutter. »Wir werden nach London fahren müssen, um neue Kleider für dich zu kaufen. Hast du dir schon überlegt, wer das Hochzeitskleid nähen soll?«

Ich antwortete, dass ich mir darüber noch keine Gedanken gemacht hätte, war ich doch erst seit wenigen Stunden mit Matthew verlobt.

Am folgenden Wochenende fuhren meine Eltern und ich nach Boventon Castle. Lady Denbury war schwach und blass, aber ihre Augen strahlten, als sie die Neuigkeit erfuhr. Sie breitete die Arme aus, und ich küsste sie flüchtig auf beide Wangen.

»Ich freue mich sehr, Marian«, sagte sie. »Ich wusste schon immer, dass du die Richtige für Matthew bist.«

Ich wunderte mich, dass Hannah, Matthews erste Frau, mit keiner Silbe erwähnte wurde. Als ich später Matthew auf einem Rundgang durch das Haus begleitete – er wollte wissen, wo ich eventuell Veränderungen wünschte –, fiel mir auf, dass es nirgends ein Portrait oder eine Fotografie von Hannah gab.

Ich äußerte mein Befremden darüber gegenüber meiner Mutter, die am Abend zu einem Plausch in mein Zimmer kam. »Es ist, als hätte Hannah Denbury nie existiert. Selbst der Raum, den sie während ihrer Ehe bewohnte, ist so nüchtern und kahl eingerichtet, als hätte nie jemand darin gewohnt.«

Meine Mutter zuckte mit den Schultern. »Die Menschen haben verschiedene Arten, die Vergangenheit zu vergessen. Wahrscheinlich möchte Matthew nicht, dass du auf Schritt und Tritt daran erinnert wirst, dass er schon mal verheiratet war.«

»Sie scheinen nicht glücklich miteinander gewesen zu sein«, erklärte ich und schilderte meiner Mutter, was Matthew über Hannah gesagt hatte.

Sie strich mir liebevoll übers Haar. »Er war von ihrer Schönheit geblendet, doch jetzt hat er damit abgeschlossen und ist bereit, in ein neues Leben aufzubrechen. Manchmal ist es notwendig, Dinge, die nicht zu ändern sind, aus seinem Gedächtnis zu streichen, Marian.«

Ich wusste, was sie mir mit diesen Worten sagen wollte. Matthew hatte einen Fehler begangen, als er Hannah zur Frau nahm, genauso wie meine Beziehung zu Benedict ein Fehler gewesen war. Ich musste die Monate an seiner Seite vergessen, nur so würde ich frei für meine künftige Ehe sein.

»Du wirst bald Herrin in diesem wundervollen Schloss sein«, wechselte meine Mutter das Thema. »Boventon Castle ist zwar nicht so groß wie Landhydrock Hall, aber viel älter. Ich bin stolz auf dich, mein Kind.«

»Und wir werden uns oft sehen können«, ergänzte ich, denn ich wusste, dass meine Mutter Angst davor hatte, ihre Kinder könnten Cornwall einmal für immer verlassen. Sie hatte zwar nie ein Wort darüber verloren, aber ich merkte, dass sie William vermisste, der auf dem Kontinent unterwegs war. An den Tagen, an denen Briefe meines Bruders eintrafen, strahlten ihre Augen, und sie lief lachend und leise vor sich hin summend durchs Haus. Ich hatte eine vage Vorstellung, was meine Mutter während meines Aufenthaltes auf Malta durchgemacht haben musste, besonders als die Nachrichten von mir ausblieben.

Ja, meine Entscheidung war die richtige. Ich würde in meiner Heimat bleiben und einen Mann heiraten, den ich fast mein ganzes Leben lang kannte. Und in den ich einst sehr verliebt gewesen war. Vor mir lag eine sichere und voraussehbare Zukunft.

XII

Ein paar Tage später fuhren meine Eltern nach Newquay an die Nordküste. Eine frühere Schulfreundin meiner Mutter hatte sie zur Taufe ihres ersten Enkelkindes eingeladen. Wenn sie wiederkamen, wollten wir recht bald nach London fahren, um die notwendigen Einkäufe für die Hochzeit zu tätigen.

Der Frühling hielt nun mit großen Schritten Einzug in Cornwall. Tagsüber war es so warm, dass es eine Freude war auszureiten, oder ich unternahm lange Spaziergänge. Obwohl die Erinnerung an Benedict immer noch schmerzte, hatte ich zu einer Art innerem Frieden gefunden. Natürlich würde ich ihn und unsere gemeinsamen Erlebnisse nie völlig vergessen können, aber ich gewann tatsächlich Abstand dazu. Ich war dabei, ein neues Leben zu beginnen.

An einem Morgen erwachte ich vor Sonnenaufgang. Draußen jubilierten die Vögel und begrüßten den neuen Tag. Ich öffnete ein Fenster, sog tief die frische, klare Luft ein und lauschte dem Zwitschern, das mir schöner als jedes Musikstück erschien. Langsam rötete sich im Osten der Horizont, und das Morgenlicht warf bizarre Schatten in den Garten. Ich wollte mich gerade wieder ins Bett legen, denn es war erst kurz vor sechs Uhr und Frühstück gab es frühestens in einer Stunde, als ich eine Gestalt bemerkte, die aus der Seitenpforte kam. Im schwachen Licht erkannte ich das Hausmädchen Lizzie. Das war nun nichts Besonderes, denn das Personal stand lange vor uns auf, um die Kamine zu reinigen, das Feuer in der Küche und im Morgenzimmer zu entfachen und warmes Wasser zu bereiten. Aber Lizzie schaute sich vorsichtig um, bevor sie die Tür leise und vorsichtig hinter sich zuzog. Dann eilte sie durch den Garten in Richtung der Ställe, wobei sie immer wieder über ihre Schulter zurücksah, ganz so, als hätte sie Angst verfolgt zu werden.

»Vielleicht trifft sie sich wieder mit ihrem Liebhaber«, murmelte ich und schloss den Fensterflügel. Ob es wohl immer noch der Sohn des Gärtners war, oder hatte sie zwischenzeitlich eine neue Eroberung gemacht? Nicht erst seit dem angeblichen Vorfall mit Benedict zweifelte ich an der Moral des Mädchens. Aber weder Dobson noch Mrs. Fiddick hatten sich seither über sie beschwert, so dass ich davon ausging, dass sie ihre Arbeit sauber und ordentlich verrichtete. In dem Moment, als ich mich vom Fenster abwandte, sah ich ein zweite Person die lange Auffahrt hinaufreiten. Da die Sonne jetzt ihre ersten Strahlen auf den Weg schickte, erkannte ich zu meiner Verblüffung, dass es Matthew war. Was wollte er zu so früher Stunde in Landhydrock Hall? Er musste ja mitten in der Nacht losgeritten sein! War etwas mit Lady Denbury, seiner Mutter, geschehen? Hatte sie etwa einen weiteren Herzanfall erlitten? Mein Puls beschleunigte sich. Das wäre eine Erklärung für Matthews frühen Besuch, wobei ich hoffte, dass sich Lady Denburys Zustand nicht verschlechtert hatte.

Ich blieb hinter der Gardine stehen und beobachtete Matthew, als er absaß. Ich erwartete, dass er durchs Torhaus in den Innenhof zum Haupteingang kommen und läuten würde. Umso erstaunter war ich, als ich sah, wie er sein Pferd langsam um den Südtrakt herumführte. Dahinter lagen die Ställe, wohin wenige Minuten zuvor Lizzie verschwunden war. Und Matthew blickte sich, ebenso wie Lizzie, mehrmals besorgt um.

Schnell zog ich Rock, Bluse und Schuhe an, warf einen Umhang über und eilte nach unten. Im Haus war alles ruhig, meine Geschwister schliefen noch alle. Ich nahm den kleinen Ausgang auf der Rückseite des Hauses, der auf direktem Weg zur Kirche führte. Aber ich ging nicht zur Kirche, sondern nahm die Stufen nach links zu den Ställen hinunter. Niemand war zu sehen. Leise drückte ich mich durch die offene Stalltür; dann hörte ich auch schon Lizzies Stimme, in der ein schriller Unterton mitschwang.

»Kannst du nicht leiser sein?«, hörte ich Matthew zischen. »Was fällt dir überhaupt ein, mich wie einen Lakaien um diese Uhrzeit hierher zu bestellen?«

»Nun, du bist aber gekommen, oder?«, trumpfte Lizzie auf.

Vorsichtig schob ich mich in eine leere Box, bemüht, ja kein Geräusch zu machen. Durch die Lücken im Holz konnte ich das Hausmädchen und Matthew sehen. Lizzie stand mit in die Hüften gestemmten Händen herausfordernd vor ihm. Fassungslos hatte ich vernommen, dass sie meinen Verlobten duzte! Es war offensichtlich, dass beide sich kannten. Ein banges Gefühl ballte sich in meinem Magen zusammen, eine Vorahnung, dass ich gleich etwas erfahren sollte, was nicht für meine Ohren bestimmt war.

»Also, was willst du?«, knurrte Matthew und trat dabei ungeduldig von einem Fuß auf den anderen.

»Ich brauche mehr Geld.«

»Ich habe dich gut bezahlt, Mädchen. Es war mehr, als andere in deiner Stellung in ihrem ganzen Leben verdienen«, antwortete Matthew kalt.

»Pah, meine Stellung!« Theatralisch warf Lizzie die Hände in die Luft. »Ich habe keine Lust mehr, ständig für andere Leute Wasser zu schleppen, ihre Betten zu machen und mich von ihnen herumkommandieren zu lassen. Das Leben der Reichen ist wie ein großer Kuchen, und ich möchte auch ein Stück davon abhaben. Ich will, dass man *mich* bedient!«

Matthew lachte spöttisch. »Wie stellst du dir das vor? Willst du etwa die große Dame spielen?«

Plötzlich wurde Lizzie sehr ernst und trat dicht vor Matthew. »Ich verlange eine Wohnung in London, am besten in Mayfair. Und genügend Personal. Dazu ein jährliches Budget, das mir erlaubt, in den ersten Kreisen der Stadt zu verkehren.«

Matthews Augen weiteten sich zuerst erschrocken, dann brach er in prustendes Gelächter aus. »Das schlag dir mal ganz schnell aus dem Kopf, du dummes Ding! Du wirst von mir keinen Penny mehr bekommen, ich habe dich mehr als gut für den kleinen Freundschaftsdienst bezahlt.«

Er wandte sich ab und wollte den Stall verlassen, aber Lizzie griff nach seinem Ärmel und klammerte sich fest. Ihre Stimme war kalt und hart, als sie sagte: »Dann sehe ich mich leider dazu gezwungen, Lord Elkham zu erzählen, dass mich dieser Trelawny nie angerührt hat. Ich habe mich von dir misshandeln und schlagen lassen, das war wirklich kein Vergnügen, und ich finde, dafür könntest du dich etwas erkenntlicher zeigen als bisher.«

Meine Knie zitterten, in meinem Kopf rauschte es. Ich war einer Ohnmacht nahe und klammerte mich krampfhaft an einen Pfosten. Zu ungeheuerlich war das, wovon ich unfreiwilliger Zeuge wurde.

Drohend packte Matthew das Mädchen an den Schultern und schüttelte sie. »Du wirst deinen Mund halten, hörst du?« Er legte beide Hände um ihren schlanken Hals, sein Lächeln war diabolisch, als er sagte: »Kein Mensch weiß, dass ich hier bin. Es wäre für mich ein Leichtes, dir den Hals umzudrehen, und ich denke, niemand wird über deinen plötzlichen Tod besonders traurig sein. Man wird vermuten, einer deiner zahlreichen Liebhaber hatte von deinen Eskapaden genug und hat dir das Lebenslicht ausgeblasen.«

Für einen Moment flackerte Angst in Lizzies Augen, dann aber sagte sie: »Für diesen Fall habe ich vorgesorgt. Hältst du mich wirklich für so dumm, dir zu trauen? Ich habe alles aufgeschrieben, ein volles Geständnis. Das Mädchen, mit dem ich meine Kammer teile, weiß von dem Umschlag und wird ihn, sollte mir etwas zustoßen, sofort Lord Elkham aushändigen.«

Matthew schubste sie so grob zurück, dass Lizzie strauchelte und beinahe gefallen wäre. Sein Gesicht war von Hass verzerrt. »Du elendiges Miststück! Selbst wenn ich es in Erwägung ziehen sollte, deine unverschämte Forderung zu befolgen, wo soll ich so schnell das Geld auftreiben? Du weißt genau, wie es um Boventon steht, Hannahs Erbe war nur ein Tropfen auf den heißen Stein. Und bevor Marian nicht meine Frau ist, komme ich an ihr Geld nicht heran. Du siehst, es ist im Augenblick bei mir nichts zu holen.«

»Ich warte gerne noch ein paar Monate. Bei der dicken Köchin habe ich seit dem Überfall einen Stein im Brett, dabei konnte sie mich vorher gar nicht leiden. Ich brauche nur ein wenig wehleidig zu tun, sofort schickt sie mich zum Ausruhen.« Lizzie grinste überlegen. »Gut, ich gebe dir ein halbes Jahr. Dann wirst du meine Forderungen erfüllen, sonst erfährt alle Welt von deinen Intrigen.«

»Ich verfluche den Tag, an dem ich dich in mein Bett holte!«, schleuderte ihr Matthew wütend entgegen.

Lizzie kicherte höhnisch. »Damals warst du darüber aber ganz froh, denn deine eisgekühlte Gattin hat dich ja nicht mehr rangelassen, nachdem sie schwanger geworden war. Sie hatte ihre Pflicht erfüllt, und für den Spaß kam ich dir gerade recht, oder nicht?«

Matthew bedachte sie mit einem letzten wütenden Blick. »Ich werde sehen, was sich machen lässt. Du wirst von mir hören!«

Dann schlich er hinaus, und einen Augenblick später hörte ich, wie er davonritt. Lizzie wartete noch einen Moment, dann verließ auch sie den Stall. Sie hatten mich nicht bemerkt, und ich klammerte mich immer noch an den Pfosten. Die Wände der Box drehten sich, schienen auf mich zuzukommen und mich zu erdrücken. Ich konnte nicht fassen, was ich gerade gehört hatte. Die Anklage, Benedict habe Lizzie vergewaltigt, war ein einziges schlechtes Schauspiel gewesen, auf das wir alle hereingefallen waren. In Wahrheit hatte sich Lizzie von Matthew freiwillig so zurichten lassen, und jetzt erpresste sie ihn damit. Ich fühlte mich wie in einer Schlangengrube gefangen, um mich herum zischte es, und ich sah keinen Ausweg aus dem brodelnden Drama.

Ich weiß nicht, wie viel Zeit verstrich, doch erst als Jim, der Stallknecht, hereinkam, war ich imstande, wieder etwas klarer zu denken.

Jim sah mich erstaunt an. »Miss Elkham … Soll ich Ihnen Ihre Stute satteln?«

Ich schüttelte den Kopf und stakste mit hölzernen Schritten an ihm vorbei, es war mir gleichgültig, was er von mir dachte. Zu dumm, dass meine Eltern nicht da waren, denn Vater würde wissen, was jetzt zu tun wäre. Benedict musste sofort rehabilitiert werden! Und man musste ihn benachrichtigen! Aber wo war er überhaupt in Amerika? Ob er wohl Mr. Morison eine Adresse hinterlassen hatte? Und – das war die Frage aller Fragen – wäre er überhaupt bereit, nach England zurückzukommen? Meine Gedanken waren ein einziger Wirbel, während ich zum Haus lief.

In der Halle traf ich Dobson. »Ist Tante Kate … ich meine Miss Spored schon aufgestanden?«, fragte ich atemlos.

»Miss Spored ist heute Nacht zu dem Häuschen der Steels gerufen worden, die Frau des Pächters hat Zwillinge bekommen. Ihre Tante ist noch nicht zurück, Miss Marian.«

Verflixt, warum war denn niemand da?, dachte ich verzweifelt. Tante Kate kümmerte sich rührend um die Pächter und Dorfbewohner, aber warum musste die Frau ausgerechnet diese Nacht ihre Kinder bekommen? Ich überlegte, ob ich zu den Steels reiten sollte, verwarf den Gedanken aber gleich wieder. Nachdem der erste Schock über das Gehörte verraucht war, stieg eine unbändige Wut in mir hoch. Am liebsten hätte ich Lizzie eigenhändig den Hals umgedreht, aber ich wusste, dass wir sie noch brauchten. Nur sie allein konnte vor Gericht die Wahrheit sagen. Matthew würde natürlich alles leugnen …

Matthew! Vor Zorn zitterte ich am ganzen Körper. Ich war auf seine Freundlichkeit und sein ganzes Getue von gemeinsamen Erinnerungen hereingefallen! Wenn ich daran dachte, dass ich mit ihm verlobt war und ihn heiraten wollte, wurde es mir schlecht. Ich zweifelte keinen Moment daran, dass er die Idee, Lizzie solle behaupten, von Benedict überfallen worden zu sein, ausgeheckt hatte. Aus welchem Grund hätte das Mädchen das sonst tun sollen? Sie hatte keinen Grund, Benedict loszuwerden. Matthew schlug damit zwei Fliegen mit einer Klappe: Boventon Castle blieb in seinem Besitz, und ich fiel ihm wie eine reife Birne in den Schoß.

Peg, das zweite Hausmädchen, kleidete sich gerade an, als ich in ihre Kammer stürmte. Zu meinem Glück war Lizzie nicht anwesend.

»Bitte, gib mir sofort den Umschlag, den Lizzie dir anvertraut hat«, forderte ich und streckte die Hand aus.

Peg zögerte. »Ich weiß nicht, Miss Marian, aber Lizzie hat gesagt, dass ich ihn nur Mylord geben soll, wenn ihr etwas passiert.« Es war ihr deutlich anzusehen, dass sie zwischen der Loyalität zu mir, ihrer Herrin, und dem Versprechen, das sie Lizzie gegeben hatte, hin- und hergerissen war.

Ich bemühte mich, ruhig und gelassen zu sprechen: »Das weiß ich, Peg, aber du kannst ihn unbesorgt mir aushändigen. Ich werde meinen Vater sofort informieren, wenn er zurückkommt.«

»Ist Lizzie etwas geschehen?«, fragte Peg erschrocken.

»Nein, nein, ihr geht es gut«, beruhigte ich sie. »Gib mir jetzt bitte den Brief.«

Sie zögerte noch einen Moment, dann hob sie die Matratze an und zog einen braunen Umschlag hervor. »Ich weiß nicht, was das alles zu bedeuten hat, aber Lizzie meinte …«

Ich hörte ihre nächsten Worte nicht mehr, denn kaum hatte ich den Brief in den Händen, lief ich schnell in das Arbeitszimmer meines Vaters hinunter. Der Glaskasten mit dem Fuchs war mir eingefallen. Ich öffnete den Umschlag und zog zwei Blätter hervor, die mit einer krakeligen, verschmierten Schrift beschrieben waren. Ich überflog die Zeilen, die von Rechtschreibfehlern nur so wimmelten, aber der Kern der Aussage war vorhanden. Es war genau so, wie Lizzie gesagt hatte. Sie erwähnte sogar, dass sie an Williams Geburtstag beobachtet hatte, wie sich der Verschluss meiner Kette öffnete und der Schmuck von mir unbemerkt zu Boden gefallen war. Matthew hatte ihn aufgehoben und ihn in einem unbeobachteten Moment in Benedicts Jackentasche gleiten lassen.

Ich zog einen Stuhl heran, stieg hinauf und steckte den Brief in den schmalen Spalt zwischen der undurchsichtigen Rückseite des Kastens und der Wand. Dann stieg ich wieder herunter und sah forschend hinauf. Nein, man sah dem listig blinzelnden Tier nicht an, welch brisantes Geheimnis sich hinter ihm verbarg.

Jim, der Stallknecht, hatte allen Grund, sich zu wundern, als ich ihn nur wenige Minuten später anwies, mir ein Pferd zu satteln. Die Sonne schien nun von einem blauen Himmel, aber ich hatte keinen Blick für den schönen Frühlingstag, als ich meine Stute in Richtung des Tamar lenkte. Ich hatte nur einen Gedanken und ein Ziel: Matthew selbst würde mir Rede und Antwort stehen! Jetzt! Noch heute!

Ich trieb meine Stute unbarmherzig an. Vielleicht würde ich Matthew unterwegs noch einholen? Ich lehnte mich über den Hals des treuen Pferdes und flüsterte in seine Ohren: »Es tut mir Leid, meine Kleine, dass ich dich so schinden muss. Du bekommst nachher auch eine extra Portion Hafer.«

Atemlos und erschöpft ritt ich durch das Tor von Boventon Castle. Der Butler öffnete die Tür und musterte abschätzig meine Aufmachung. Ich konnte mir lebhaft vorstellen, welchen Anblick ich bot: Ich trug keine Reitkleidung, da ich am Morgen in den erstbesten Rock geschlüpft war. Dementsprechend verknittert war der Stoff von dem langen Ritt. Das Haar hing mir lose und wirr über die Schultern, und mein Gesicht war rot und fleckig. Breitbeinig stand der Butler in der Tür zur Halle, ganz so, als wolle er mir den Zutritt verweigern.

»Wo ist Lord Denbury?«, fragte ich.

»Mylord ist soeben von einem Ausritt zurückgekommen«, antwortete er distinguiert. Er war wie Dobson – das oberste Gebot eines guten Butlers war, Würde zu bewahren, ganz gleich, welcher Situation man sich ausgesetzt sah.

»Wo ist er?«, wiederholte ich.

»Verzeihen Sie meine Anmaßung, Lady Marian, aber wäre es nicht besser, erst Ihr … äh … äußeres Erscheinungsbild etwas in Ordnung zu bringen, bevor Sie Mylord besuchen? Sie können gerne eines der Gästezimmer benutzen, ich werde Ihnen gleich ein Mädchen hinaufschicken.«

»Dazu habe ich keine Zeit.« Ich schob den Butler einfach zur Seite und trat in die Halle. Er war darüber so verblüfft, dass er mich nicht aufhielt. »Also, wo ist er?«

Der Butler trat einen Schritt zurück und sah mich nicht an, als er kühl antwortete: »Mylord Denbury wollte Mylady aufsuchen.«

Ich hastete durch die Halle, lief die breite Steintreppe bis zum zweiten Absatz hinauf, wandte mich nach links und trat ohne anzuklopfen in Lady Denburys Ankleidezimmer. Aus ihrem Schlafzimmer hörte ich leise Stimmen. Gerade als ich den Raum betreten wollte, öffnete sich die Tür, und ich stand Matthew gegenüber. Er trug noch seine Reitkleidung, und auch sein Gesicht war erhitzt.

»Marian! Welch unerwartete Überraschung.«

»Ich habe mit dir zu reden, Matthew Denbury«, sagte ich kalt. Der anstrengende Ritt hatte mein Gemüt beruhigt und meinen Zorn in eiskalte Wut verwandelt.

Matthew streckte die Arme nach mir aus und sagte: »Ist auf Landhydrock etwas geschehen? Ein Unfall? Geht es deinen Eltern gut?«

Schnell wich ich einen Schritt zurück. Matthew war ein guter Schauspieler, noch gestern hätte ich ihm geglaubt, dass er ernsthaft besorgt war. »Ja, es ist etwas geschehen, aber das weißt du selbst am besten, oder nicht?«

»Ich weiß nicht, wovon du sprichst, Marian.«

Oh, wie echt wirkte sein Erstaunen! Ich merkte, wie mein Puls zu rasen begann. Am liebsten wäre ich mit beiden Fäusten auf ihn losgegangen und hätte die Wahrheit aus ihm herausgeprügelt, aber Gewalt war keine Lösung.

»Du warst heute Morgen in Landhydrock Hall.«

Der Satz hing beinahe greifbar zwischen uns.

Kurz flackerte es unruhig in Matthews Augen, gleich darauf hatte er sich wieder unter Kontrolle. »Du musst dich irren. Ich hatte unten in Pillaton etwas zu erledigen und bin erst vor wenigen Minuten zurückgekehrt.«

Ich fixierte ihn grimmig. »Hör auf, mich zu belügen, Matthew Denbury! Ich habe dich mit meinen eigenen Augen gesehen. Und nicht nur das. Ich war im Stall, in einer leeren Box, und habe jedes Wort gehört, was du und diese Schlampe von Lizzie zu besprechen hattet.«

Nun stand Matthew das Entsetzen deutlich ins Gesicht geschrieben. Er setzte zu einer Erklärung an, aber ich wollte nichts hören. »Ich verlange, dass du sofort vor den zuständigen Stellen aussagst, dass an der Behauptung, Benedict Trelawny habe Lizzie vergewaltigt, kein Körnchen Wahrheit ist. Dass du und dieses Mädchen euch die Geschichte ausgedacht habt, um Benedict ein für allemal loszuwerden. Wie kann man sich nur so etwas ausdenken? Eigentlich geschieht es dir ganz recht, dass Lizzie dich erpresst, aber ich werde dafür sorgen, dass die Sache richtig gestellt und Benedict rehabilitiert wird. Und unsere Hochzeit kannst du unter den gegebenen Umständen selbstverständlich vergessen.« Mit vor der Brust verschränkten Armen stand ich vor Matthew. Ihm mein Wissen ins Gesicht zu schleudern, hatte mich wie von einer großen Last befreit.

Matthews Gesichtsfarbe wechselte von Rot zu Grau, und es zeigten sich runde, hektische Flecken auf seinen Wangen. »Einen Teufel werde ich tun«, zischte er. »Von mir aus kann dieser ach so göttliche Benedict im Gefängnis verrotten! Boventon Castle gehört mir! Ebenso wie du mir gehörst!«

Ich schnappte angesichts dieser Unverschämtheit nach Luft. »Ich gehöre niemandem, dir am allerwenigsten. Du glaubst doch nicht im Ernst, dass ich dich jetzt noch heiraten werde? Wenn du dich nicht freiwillig stellst, gehe ich zur Polizei. Ich habe bereits die Aufzeichnungen, die Lizzie Peg anvertraut hat, an mich genommen.«

Er war mit einem Satz bei mir und packte mich so hart am Arm, dass ich vor Schmerzen aufschrie. »Wo ist der Brief? Ich will ihn haben!«

Ich warf den Kopf in den Nacken und lachte, aber mein Lachen hatte einen hysterischen Klang. »Du glaubst doch nicht, dass ich ihn bei mir habe? O nein, er ist an einem sicheren Ort.«

Matthews Griff glich einer Eisenklammer, sein Gesicht verwandelte sich in eine Fratze, aus der mir Hass entgegenloderte.

»Du wirst mir den Brief geben und keinem Menschen ein Wort davon sagen, sonst …«

»Matthew, das ist doch alles nicht wahr!« Im Eifer des Gefechtes hatten wir beide Matthews Mutter vergessen. Lady Denbury stand mit aschfahlem Gesicht in der offenen Tür, sie hatte alles mit angehört. Sie schwankte, und Matthew ließ mich los, um seine Mutter aufzufangen. »Junge, du hast das nicht getan, was Marian sagt, oder?«

»Mama, du darfst dich nicht aufregen. Das ist nur … ein kleines Spiel zwischen Marian und mir. Komm, ich bring dich ins Bett, du musst dich ausruhen.«

So leicht ließ sich Lady Denbury nicht beruhigen. Sie öffnete den Mund und wollte etwas sagen, aber dann griff sie sich an ihre Brust und sank mit einem Keuchen zusammen.

»Wir müssen einen Arzt holen«, flüsterte ich und wollte das Zimmer verlassen.

»Du bleibst hier!« Mit einem Satz war er wieder an meiner Seite und zog mich am Arm ins Zimmer seiner Mutter. Lady Denbury klammerte sich beinahe besinnungslos an den Türrahmen. Grob stieß Matthew uns beide in das Zimmer. Die Vorhänge waren geschlossen, nur ein paar Kerzen spendeten ein dämmriges Licht. Ich war wie erstarrt. Was sollte ich jetzt tun? Instinktiv wusste ich, dass Matthew unberechenbar geworden war. Aus der Karaffe auf dem Nachtisch goss ich ein Glas Wasser ein und setzte es Lady Denbury an die Lippen. Sie trank, und ein wenig Farbe kehrte in ihre Wangen zurück.

Sie richtete ihren flackernden Blick auf Matthew. »Kein Haus ist es wert, einen anderen Menschen ins Verderben zu stoßen«, flüsterte sie schwach. »Du musst die Wahrheit sagen.«

Matthew ging rückwärts zur Tür und starrte uns an. »Nichts werde ich! Boventon Castle gehört mir! Mir ganz allein!«

»Aber Matthew …« Lady Denbury richtete sich auf und streckte einen Arm nach ihrem Sohn aus. Dabei streifte sie einen Leuchter mit drei brennenden Kerzen und warf ihn von dem Nachtkästchen. Binnen einer Sekunde sprang die Flamme auf die Bettvorhänge über.

»Feuer!«, schrie ich und griff nach der Bettdecke, um die Flammen zu ersticken. Aber der Stoff war alt und brüchig und brannte lichterloh.

Matthew lachte höhnisch, dann schlug die Tür hinter ihm zu. Zu meinem Entsetzen hörte ich, wie sich von außen der Schlüssel im Schloss drehte.

Ich hechtete zur Tür und rüttelte an der Klinke, dann hämmerte ich an das Holz. »Matthew, mach auf! Um Gottes willen, öffne die Tür!«

Wieder nur ein Lachen. Er war irre, schoss es mir durch den Kopf, vollkommen verrückt!

»Matthew ...«, stöhnte Lady Denbury. In ihren Augen flackerte die pure Angst, denn die Flammen züngelten nun schon über das ganze Bett und hatten bereits die gestickten Wandbehänge erreicht. Verzweifelt hatte ich den Inhalt der Wasserkaraffe auf die Flammen geschüttet, aber es hatte nichts bewirkt. In meinem Gehirn arbeitete es fieberhaft. Das Fenster! Aber nein, Lady Denburys Schlafzimmer lag im zweiten Stock, und es gab kein Spalier, an dem wir hätten hinunterklettern können. Wollten wir nicht in den Flammen umkommen, dann blieb uns keine andere Wahl als zu springen. Der Rauch wurde immer dichter. Ich hustete und riss den linken Vorhang zur Seite. Der rechte stand auch schon in Flammen. Ich öffnete das Fenster und sog tief die frische Luft ein. Aber das war ein Fehler gewesen! Durch den plötzlichen Luftstrom wurde das Feuer angefacht, es knisterte, und die Flammen loderten hoch.

Lady Denbury schleppte sich auf die rechte Seite und deutete auf einen Wandbehang, den das Feuer noch nicht erreicht hatte. Sie keuchte: »Dahinter ... eine Tür ... der alte Gang ...«

Blitzschnell schob ich den Vorhang zur Seite und erblickte tatsächlich eine Tür, die sich problemlos öffnen ließ. Dahinter führte eine Wendeltreppe steil in die Tiefe. Ich griff Lady Denbury um die Taille und zog sie in den Gang. Langsam tasteten wir uns die Stufen hinab, hinter uns prasselte das Feuer, wir konnten die Hitze bis hierher spüren. Je tiefer wir kamen, desto feuchter und glitschiger wurden die Stufen, was ich erleichtert zur Kenntnis nahm. Die Wände waren aus massiven, ebenfalls feuchten Steinquadern, die bestimmt nicht brennen würden. Irgendwann, mir erschien es wie eine Ewigkeit, erreichten wir einen niedrigen Gang, der weiterhin schräg nach unten führte. Lady Denbury hing wie ein nasser Sack an meiner Seite, ihr Atem rasselte, und ich befürchtete, sie würde jeden Augenblick zusammenbrechen.

Ich blieb stehen. »Halten Sie durch, Mylady. Hier unten sind wir sicher. Das hier ist der alte Geheimgang, der zur Kapelle führt, nicht wahr?«

Sie nickte schwach, und ich erinnerte mich, dass Matthew mir von dem Gang erzählt hatte. Allerdings hatte er behauptet, er sei vor Jahren zugemauert worden. Wir saßen also in der Falle! Über uns tobte das Inferno, der Weg in die Kapelle war versperrt. Nun zog der Rauch bis zu uns herunter, und ich hustete.

»Wir müssen weiter. Werden Sie es schaffen?«

Ich spürte Lady Denburys Nicken nur, denn es war stockfinster. Einzig hinter uns schimmerte der rote Feuerschein. Mit einem Arm umfasste ich Lady Denbury, mit der anderen Hand tastete ich mich langsam vorwärts. Dann berührten meine Finger kalten, massiven Stein. Wir hatten das Ende des Ganges erreicht. Erschöpft ließ ich mich zu Boden sinken.

Matthews Mutter klammerte sich an meinen Hals. »Marian, das ist nicht die Wirklichkeit, oder? Matthew würde so etwas nicht tun, er ist doch mein Sohn. Mein Ein und Alles!«

O doch, dachte ich grimmig, Matthew Denbury rührte keinen Finger, obwohl sich seine Mutter in Lebensgefahr befand. Es war ja auch die einfachste Lösung für ihn – zwei Menschen, die über seine schändliche Tat Bescheid wussten, starben bei einem bedauerlichen Unfall. Alle würden Matthew bemitleiden, der am selben Tag seine Verlobte und seine Mutter in den Flammen verloren hatte. Ich konnte ihn beinahe sagen hören: »Es war so schrecklich! Meiner Mutter fiel eine Kerze um und Marian eilte ihr zu Hilfe. Dann aber wurden die Flammen übermächtig, und sie konnten sich nicht mehr retten. Ich habe alles versucht, aber es war zwecklos.« Dabei würde er ein, zwei

Tränchen aus den Augen quetschen und ganz den Verzweifelten spielen.

Wäre unsere Lage nicht immer noch lebensbedrohlich gewesen, hätte ich beinahe darüber lachen können. Ich überlegte, wie unsere Chancen hier unten standen. Matthew würde sicher nicht zulassen, dass ganz Boventon Castle ein Opfer der Flammen wurde. Für seine Zwecke war es ausreichend, wenn die Zimmer seiner Mutter völlig zerstört wurden. Ich wusste, er kannte den Gang. Fand man in den Trümmern keine Überreste von uns, würde er sofort wissen, dass wir uns in den Geheimgang geflüchtet hatten. Und wir konnten nicht ewig hier unten bleiben. Wie war es eigentlich mit der Luftzufuhr? Würden wir nicht früher oder später qualvoll ersticken?

»Wie sein Vater«, flüsterte Lady Denbury. »Ich hatte gehofft, er würde nicht so werden …«

»Was war mit Lord Denbury?«, fragte ich. Ich hatte Matthews Vater als stillen älteren Herrn in Erinnerung, der viel zu früh gestorben war.

Lady Denburys Atem rasselte, als sie sagte: »Mein Mann hatte zwei Gesichter. Eines, das er der Öffentlichkeit zeigte, und eines, das er nur mir offenbarte. Jähzornig und unbeherrscht. Und er war ein Spieler. Auch Matthew spielt, dabei geht er genauso diskret wie sein Vater vor, trotzdem ist Boventon Castle hoch verschuldet.«

Ungläubig schüttelte ich den Kopf. Der heutige Tag hatte mir einen Matthew offenbart, den ich nicht kannte. Egal, von welcher Seite ich unsere Lage betrachtete, sie schien aussichtslos. Wir hatten uns zwar vor den Flammen retten können, saßen aber hier unten in der Falle. Plötzlich hörte ich ein Klopfen auf der anderen Seite der Mauer, gleich darauf begann der Stein zu bröckeln.

Hoffnung erhellte mein Herz. »Lady Denbury, es kommt jemand zu unserer Rettung!«

Die Schläge wurden lauter, dann brach ein großes Stück Mauerwerk heraus, dahinter erkannte ich einen Lichtschein – und das höhnisch grinsende Gesicht von Matthew Denbury!

»Ich wusste, dass ihr euch hier versteckt habt!«

Ich sah etwas in seiner rechten Hand aufblitzen und erkannte, dass er eine Pistole auf mich richtete. »Na los, raus hier!«, befahl er und leuchtete mir mit der Lampe, die er in der anderen Hand hielt, direkt ins Gesicht.

Mir blieb keine andere Wahl, als ihm Folge zu leisten. »Deine Mutter ist bewusstlos«, flüsterte ich und war froh, dass Lady Denbury dieses Schauspiel erspart blieb.

Er stellte die Lampe auf den Boden und half mir, den schwachen Körper seiner Mutter durch das Loch zu hieven. Dabei hielt er stets die Waffe auf mich gerichtet. Dann kletterte ich auf die andere Seite des Ganges, und kurz darauf erreichten wir das ehemalige Priesterversteck unter dem Altar.

Mit einer Kopfbewegung befahl mir Matthew, die Stufen hinaufzuklettern. »Versuch nicht zu fliehen, Marian. Es ist sinnlos.«

In der Kapelle hielt ich erschöpft inne. Matthew legte seine Mutter auf eine Bank, dann schubste er mich grob nach draußen. Von hier sah ich, wie die Flammen aus dem Ostflügel schlugen. Laute, aufgeregte, durcheinander schreiende Stimmen drangen zu uns herunter.

»Lässt du das Schloss abbrennen? Jetzt, nachdem du so viel getan hast, damit du es nicht verlierst?« Plötzlich war ich ganz ruhig. Es war ein Gefühl, als wäre ich nicht mehr in meinem Körper, sondern schwebte ein paar Meter über unseren Köpfen und betrachtete das Schauspiel als unbeteiligter Zuschauer.

»Keine Sorge, Marian, das Personal ist schon dabei, das Feuer zu löschen. Aber die Räumlichkeiten meiner Mutter werden nicht mehr zu retten sein. Warum seid ihr nicht im Zimmer geblieben? Ihr habt mir die Angelegenheit erschwert. Nun, dann wird eben jeder glauben, dass die Flammen ganze Arbeit geleistet haben, wenn keine Überreste mehr von euch zu finden sind.«

»Matthew, du sprichst von deiner Mutter!«, unternahm ich einen Versuch, an sein Gewissen zu appellieren. »Ihr Leben kann dir doch nicht so gleichgültig sein!«

Er hob die Pistole und richtete den Lauf direkt auf meine Stirn. Voller Angst starrte ich in die kleine, runde Öffnung, erwartete den Schuss jeden Moment. War das jetzt das Ende? Tausend Gedanken schossen mir durch den Kopf, doch dann senkte er den Lauf ein wenig und sagte: »Du musst verstehen, dass es sich nicht persönlich gegen dich oder meine Mutter richtet. Ich habe dich wirklich gern, Marian, und ich glaube, die Ehe mit dir hätte mir gefallen können. Ja, ich glaube, ich hätte dich sogar heiraten wollen, wenn deine Mitgift nicht so hoch wäre.«

»Meine Mitgift? Du wolltest mich nur wegen meiner Mitgift zur Frau nehmen?«

Er nickte und lächelte, fast konnte man meinen, er wäre wieder der verständnisvolle Matthew, den ich glaubte zu kennen. »Natürlich, weshalb sonst? Der Unterhalt von Boventon Castle kostet viel Geld. Geld, das ich nicht habe. Jetzt kann ich es ja zugeben, das Haus in London hat die Bank längst zwangsversteigert. Ja, meine kleine, unwissende Marian, schau nicht so entsetzt – ich bin pleite! Das Geld aus Hannahs Mitgift war nur ein Tropfen auf den heißen Stein. Leider habe ich nicht so viel geerbt, wie ich hoffte, so dass ich mich schnell nach einer anderen Geldquelle umsehen musste.«

»Du hast nicht so viel geerbt, wie du hofftest …«, wiederholte ich mechanisch. Langsam, aber sicher dämmerte mir die Wahrheit, die unfassbare ganze Wahrheit. »Du bist schuld am Tod deiner Frau?«

Er nickte und strich sich mit der freien Hand selbstgefällig übers Kinn. »Eigentlich hoffte ich ja, sie würde sich das Genick brechen, als ich sie die Treppe hinabstieß. Aber Hannah überlebte, der Sturz löste dann die Fehlgeburt aus. Nun, schlussendlich ist ja alles gut ausgegangen.«

Mir schwindelte und ich taumelte. Matthew war ein Mörder! Ein kaltblütiger, herzloser Mörder, der seine Frau umgebracht hatte und nun auch nicht vor dem Mord an seiner eigenen Mutter zurückschreckte. »Du bist wahnsinnig!«, schleuderte ich ihm entgegen.

Er kicherte. »Vielleicht bin ich das, denn wenn ich bei klarem Verstand gewesen wäre, hätte ich Benedict Trelawny gleich erschossen. Das hätte mir viel Ärger und Scherereien erspart. Sobald ich diesen Brief von der Schlampe Lizzie gefunden habe, wird sie irgendwo draußen im Meer auf Nimmerwiedersehen verschwinden.«

Ich versuchte, ruhig und gleichmäßig zu atmen. Dabei sah ich mich aus den Augenwinkeln verzweifelt um, aber es gab keine Möglichkeit zur Flucht. Hinter mir lag der steile Abhang zum Fluss hin, und wenn ich versuchen würde, den Weg hinunterzulaufen, würde Matthew unweigerlich sofort schießen. »Du kannst mich umbringen, aber du wirst nicht erfahren, wo Lizzies Geständnis ist. Mein Vater wird es lesen, und dann ist dein Spiel vorbei, Matthew Denbury.«

Seine Augen blinzelten listig und erinnerten mich unweigerlich an den ausgestopften Fuchs, hinter dem das brisante Dokument steckte. »Du bist nicht so dumm, den Brief bei dir zu tragen, daher vermute ich, dass du ihn irgendwo in Landhydrock Hall versteckt hast. Deine Eltern sind nicht da, ebenso wenig die alte Jungfer Kate Spored. Ich werde dich jetzt töten, dann nach Landhydrock reiten, und das Haus wird in Flammen aufgehen. Damit werden alle Beweise vernichtet sein. Welch ein unglücklicher Zufall, zwei der herrlichsten Landsitze Cornwalls brennen am gleichen Tag ab, werden die Leute sagen. Und ich werde untröstlich sein.«

»Das kann ich mir lebhaft vorstellen«, rief ich und spuckte vor ihm aus. »Bevor du mich aber umbringst, beantworte mir bitte die Frage, wann und warum du so geworden bist. Wo ist der Matthew, den ich in meiner Jugend gekannt und bewundert habe? Oder hast du all die Jahre dein wahres Ich hinter einer Maske versteckt?«

»Du hast immer nur das gesehen, was du sehen wolltest, Marian«, antwortete er. »Glaubst du, ich habe nicht bemerkt, dass du in mich verliebt warst? Als ich anfing zu spielen und die Schulden immer größer wurden, trug ich mich mit dem Gedanken, dich zu heiraten. Aber dann wurde mir Hannah vorgestellt, und ihre Familie war um ein Vielfaches reicher als die Elkhams. Schade, dass du hinter mein kleines Geheimnis gekommen bist. Wir wären bestimmt eine Zeit lang sehr glücklich miteinander gewesen.«

»Bis du eines Tages auch mich die Treppe hinabgestoßen hättest. Oder wolltest du mich auf eine andere Weise zu Tode kommen lassen?«, fragte ich bitter. »Hättest du gewartet, bis ich schwanger bin oder dich meiner schon früher entledigt?«

Die Vorstellung, dass ich mit diesem Mörder fast das Bett geteilt und früher oder später ein Kind von ihm erwartet hätte, ließ mich erzittern. Unwillkürlich wich ich einen Schritt zurück. Ich spürte, wie ich jetzt ganz am Rand des steilen Abhangs stand und meine Füße beinahe den Halt auf dem unebenen Untergrund verloren. Ich taumelte, doch bevor ich fiel, war Matthew an meiner Seite und hielt mich fest.

»Du willst doch wohl nicht in den Fluss stürzen, was? Es wäre zwar eine Möglichkeit, denn ich glaube kaum, dass du es schaffst, wie dieser Richard Trelawny, sicher das andere Ufer zu erreichen. Aber das kannst du nicht tun, Marian. Ich geriete in einen Erklärungsnotstand, wenn man deine Leiche finden würde. Nein, es muss so aussehen, als wärst du mit meiner Mutter in dem Feuer umgekommen.«

Langsam hob er die Pistole und setzte sie mir direkt an die linke Schläfe. Das kalte Metall brannte wie glühendes Eisen auf meiner Haut. Verzweifelt dachte ich an Benedict. Nun würde ich ihn wirklich niemals wiedersehen. Würde er jemals von meinem Tod erfahren? Ich wollte nicht sterben, aber was konnte ich tun? Ich hörte, wie Matthew den Hahn spannte und schloss in Erwartung des tödlichen Schusses die Augen.

Dann ging alles so schnell, dass es mir heute, Jahre später, immer noch unglaublich erscheint. Irgendetwas prallte hart gegen mich, und Matthew ließ mich los. Ich öffnete die Augen und glaubte zu träumen, denn ich sah, wie Benedict Matthews Hals umklammerte und mit ihm rang. Verzweifelt war er bemüht, Matthew die Pistole zu entwenden. War ich bereits tot? Hatte ich den Schuss und den Schmerz nicht gespürt, oder wie war es zu erklären, dass Benedict hier war? Die beiden Männer waren ineinander verkeilt und näherten sich immer mehr dem Abhang. Immer wieder sah ich das schwarze Metall der Pistole aufblitzen und hielt in Erwartung, dass sich ein Schuss löste, den Atem an. Es gelang Benedict, seinen rechten Arm frei zu bekommen. Er holte aus und versetzte Matthew einen Kinnhaken, der ihn nach hinten warf. Für den Bruchteil einer Sekunde hing Matthew in der Luft, als der Hang unter seinen Füßen abbrach. In seinen Augen stand ungläubiges Erstaunen, dann entglitt die Waffe seiner Hand, und er verschwand aus meinem Blickfeld. Kurz darauf hörte ich, wie sein Körper im Wasser des Flusses aufschlug.

Ich drehte mich zu Benedict um, der aus einem Mundwinkel blutete. Er breitete die Arme aus, und ich warf mich hinein. Das Letzte, was ich stammelte, bevor ich ohnmächtig wurde, war: »Lady Denbury … in der Kapelle … Sie hatte einen Herzanfall. Kümmere dich um sie.«

Lady Denbury starb zwei Wochen später. Die Aufregungen, das Feuer und schließlich der Tod ihres Sohnes hatten ihr jeglichen Lebenswillen genommen. Matthew Denbury hatte nicht so viel Glück gehabt wie der Erbauer von Boventon Castle. Er brach sich bei dem Sturz das Genick und war sofort tot.

Der Brand im Schloss konnte schnell gelöscht werden, so dass nur drei Räume im Ostflügel zerstört worden waren. Das fleißige und umsichtige Personal hatte ein Übergreifen der Flammen auf das restliche Haus verhindern können.

Als ich aus meiner Bewusstlosigkeit erwachte, erwartete ich, daheim in meinem Bett zu liegen und die vergangenen Stunden nur geträumt zu haben. Es war jedoch grausame Realität, und man brachte mich in einer Kutsche nach Landhydrock Hall. Die ganze Zeit saß Benedict neben mir und hielt meine Hand.

»Wie kann es sein …?«, begann ich.

»Pst, du musst dich erholen. Ich erkläre dir alles später.«

Es blieb mir nichts anderes übrig, als zu warten. Immer wieder sah ich Benedict an, studierte jede Falte in seinem Gesicht und klammerte mich an ihm fest. Ich hatte Angst, dass er ein Trugbild sein und einfach wieder verschwinden könnte.

Als am Abend meine Eltern nach Hause kamen und hörten, was geschehen war, reagierten sie besorgt und entsetzt. Immer wieder musste ich versichern, dass mir kein Leid geschehen war und es mir gut ging.

Dann saßen wir alle zusammen, und Benedict erzählte, wie es kam, dass er mich im letzten Moment hatte retten können: »Es war sehr edel von Ihnen, Lord Simon, meine Freilassung aus dem Gefängnis zu veranlassen. Dort hatte ich bereits nach wenigen Tagen das Gefühl, meinen Verstand zu verlieren. Aber als ich die Schiffsplanken betrat, spürte ich instinktiv, dass ich England nicht verlassen konnte und durfte. Es war, als flüstere mir eine unbekannte Stimme ins Ohr: ›Marian wird dich brauchen. Du musst sie beschützen.‹ Zu viel Ungeklärtes stand zwischen Marian und mir, auch konnte ich mich nicht mit dem Gedanken abfinden, für den Rest meines Lebens als brutaler Vergewaltiger zu gelten. Es war nicht schwer, an Deck zu gehen, als das Schiff auslief, denn der Kapitän ließ mich nicht bewachen. So sprang ich über Bord und schwamm ans Ufer. Das Wasser war jedoch eiskalt! Brr!« Er schüttelte sich und lachte verschmitzt.

»Wo bist du gewesen?«, rief ich. »All die Wochen … Und warum bist du nicht zu mir gekommen?«

»Marian, du kennst die Sharptor-Mine im Moor?«

Ich nickte und dachte daran, wie ich mit Matthew ganz in der Nähe gewesen war. »Die Mine gilt als verflucht, keiner wagt sich dort hinein.«

Er grinste. »Ein idealer Ort, um unentdeckt zu bleiben. Zum ersten Mal war ich froh, dass die kornischen Menschen ihre Legenden sehr ernst nehmen. Wie du siehst, Marian, hat mich auch kein *Knacker* geholt und das, obwohl ich ihnen nichts zu essen gegeben habe.«

Ich stimmte in sein Lachen ein. »Aber wovon hast du gelebt?«

»Ach, ich kann mich schon irgendwie durchschlagen. Ich muss allerdings zugeben, dass so manches Huhn nicht von allein zu mir in die Mine gelaufen kam.«

Mein Vater setzte eine ernste Miene auf, aber ich sah das lustige Zwinkern in seinen Augenwinkeln. »Dann müssen wir zu Ihrer Flucht noch den Punkt des Diebstahls hinzufügen.« Er legte eine Hand auf Benedicts Schulter. »Im Ernst, mein Junge, wir haben allen Grund, Ihnen erneut von ganzem Herzen dankbar zu sein. Ich hoffe, Sie akzeptieren meine Entschuldigung, an Ihrer Unschuld gezweifelt zu haben. Aber Sie haben die Frage, warum Sie sich nicht bei Marian gemeldet haben, noch nicht beantwortet. Und wie kam es, dass Sie genau im richtigen Moment in Boventon Castle waren?«

Freundschaftlich drückte Benedict die Hand meines Vaters und sagte: »Ich wusste nicht, wie Sie zu mir standen. Sie, Lord Simon, hatten sich zwar dafür eingesetzt, dass ich aus dem Gefängnis kam, trotzdem wagte ich nicht, Ihnen vollständig zu vertrauen. Marian wollte ich nicht in einen Gewissenskonflikt stürzen, daher hielt ich mich im Verborgenen. Aber ich war immer in deiner Nähe, meine Liebe. Ich habe dich beobachtet, und als ich sah, dass du oft mit Matthew Denbury zusammen warst, war ich sehr traurig. Trotzdem blieb ich, denn ich hoffte, eines Tages die Umstände, die zu meiner Verurteilung geführt hatten, aufklären zu können. Letzte Nacht konnte ich nicht schlafen, irgendetwas trieb mich ruhelos um. So kam es, dass ich am frühen Morgen hier war und Matthew beobachtete, wie er im Stall verschwand. Kurze Zeit später kamst du, Marian. Zuerst dachte ich, es handle sich um ein verschwiegenes Stelldichein, und ich wollte schon wieder gehen, aber dann sah ich, wie aufgeregt du warst, und ich wusste, dass etwas passiert sein musste. Kurze Zeit später bist du wie der Teufel davongeritten.« Er brach ab und sah meinen Vater an. »Lord Simon, jetzt kommt ein weiteres Delikt auf meine Schuldliste: Ich entwendete ein Pferd aus Ihrem Stall.«

Mein Vater zwinkerte. »Zum Glück, Benedict, ich wage mir gar nicht auszumalen, was geschehen wäre, wenn du Marian nicht nachgeritten wärst.«

Als ich hörte, wie Vater Benedict duzte, tat mein Herz einen Sprung.

Benedict berichtete dann noch, wie er gerade in dem Moment zur Kapelle gekommen war, als Matthew seine Mutter und mich aus dem Geheimgang zog. »Ich sah das Feuer oben im Haus und dachte schon, ich wäre zu spät gekommen. Dann habe ich alles mit angehört, und als er die Waffe an deine Stirn setzte, bin ich einfach gesprungen.« Benedict stand auf und trat vor meinen Vater. Die beiden Männer waren gleich groß, und sie sahen sich ernst an. »Lord Simon, ich bin kein Musterknabe. Für meine Flucht von dem Schiff und die diversen Diebstähle muss ich bestraft werden. Ich bin gerne bereit, dafür lebenslänglich auf mich zu nehmen.«

»Lebenslänglich!« Meine Mutter und ich sprangen gleichzeitig auf. War er verrückt geworden? Jetzt würde sich doch alles klären und seine Unschuld beweisen lassen.

Benedict sah mich an, seine Lippen kräuselten sich, als er sagte: »Lebenslänglich an der Seite Ihrer Tochter. Das heißt, wenn sie mich noch will.«

»O Benedict! Und ob ich dich will!« Ich flog in seine Arme.

Mein Vater räusperte sich diskret. »Nun denn, was bleibt uns anderes übrig? Was meinst du, Celeste?«

»Gegen so viel Liebe sind wir machtlos, Simon«, antwortete sie und tupfte sich eine Träne der Rührung aus dem Augenwinkel. »Ich denke jedoch, ihr solltet so schnell wie möglich heiraten, nicht, dass wieder etwas dazwischenkommt.«

Vater trat zu uns, und ich löste mich widerwillig aus Benedicts Armen. Vater gab sich einen Ruck und umarmte Benedict. »Pass auch weiterhin gut auf sie auf, Junge.« Schnell trat er zurück, als wäre ihm der Gefühlsausbruch peinlich, und sagte betont streng: »Vor der Hochzeit gibt es noch einige Dinge, die geklärt werden müssen. Ich werde nach Mr. Morison schicken lassen.«

Meine Mutter gab mir ein Zeichen, und gemeinsam verließen wir das Zimmer. An der Tür ballte meine Mutter die Hände zu Fäusten und sagte: »Und jetzt spreche ich mit Lizzie.«

Das Mädchen unternahm keinen Versuch zu leugnen. Meine Mutter verlangte, dass sie auf der Stelle ihre Sachen packte und Landhydrock Hall für immer verließ. Vorher legte sie aber noch ein schriftliches Geständnis in Gegenwart des Anwaltes und eines Vertreters der Polizeibehörde von Bodmin ab. Zusätzlich übergab ich den Behörden den Brief, der Lizzies Worte bestätigte.

Benedict wurde vollständig rehabilitiert. Die Tatsache, dass er vom Schiff geflohen war, wurde verschwiegen, denn seine Entlassung aus dem Gefängnis war ja schließlich auch nicht ganz korrekt vonstatten gegangen.

Wir stürzten uns in die Hochzeitsvorbereitungen. Ich teilte William in einem ausführlichen Brief mit, dass ich nicht warten könnte, bis er von seiner Reise zurückkehrte.

Ich weiß, du wirst mich verstehen, Bruderherz, aber ich habe einfach Angst, Benedict noch einmal zu verlieren …, schrieb ich und wusste, William würde meine Entscheidung billigen.

Eine Woche vor der Trauung, die in der Kirche von Landhydrock Hall stattfinden sollte, erhielt Benedict die Nachricht, dass Boventon Castle ihm zugesprochen wurde. Aber nicht nur das Haus, sondern auch der Titel ging an ihn, denn nach Matthews Tod war das Geschlecht der Denburys ausgestorben. Somit war er jetzt Lord Benedict Trelawny.

»Ihr seht, ich heirate standesgemäß«, sagte ich zu meinen Eltern.

»Selbst wenn er weiterhin ein armer Maler gewesen wäre – es gibt keinen anderen Mann, dem ich meine Tochter anvertraut hätte«, antwortete meine Mutter. Sie merkte, dass ich noch etwas auf dem Herzen hatte, und fragte zärtlich: »Du bist doch jetzt glücklich, mein Mädchen, nicht wahr?«

Ich nickte und antwortete: »So glücklich wie nie zuvor in meinem Leben, aber es stimmt mich traurig, dass Olivia nicht hier sein kann. Ach Mama, werden wir je erfahren, was mit ihr geschehen ist?«

Liebevoll streichelte sie meine Hand. »Nach allem, was du mir erzählt hast, bin ich der Überzeugung, dass ihr Ehemann sie umgebracht und ihre Leiche im Meer versenkt hat. Ich weiß, du hast sie wie eine Schwester geliebt. Ungewissheit ist schrecklich. Wenn man Gewissheit hat, und ist diese auch noch so tragisch, dann können wir uns mit den Tatsachen abfinden. Du wirst sehen, mit der Zeit wird die Erinnerung an die schreckliche Zeit auf Malta verblassen, Marian.«

Ich wusste, ich würde Olivia niemals vergessen, aber das Leben ging weiter. In wenigen Tagen würde ich Benedicts Frau sein.

In einem Traum aus weißer Seide und Brokat trat ich ins Freie. Benedict und die zahlreichen Gäste warteten bereits in der Kirche, mein Vater würde mein Brautführer sein. Meine Schulfreundinnen Emily, Victoria und Bernadette waren bereits am Vortag angereist. Ich freute mich, Emilys Mann kennen zu lernen. Es war offensichtlich, dass die beiden sich sehr liebten. Victoria war verlobt und würde im Herbst heiraten, während Bernadette sich vollständig der Frauenbewegung angeschlossen hatte.

»Emmeline Pankhurst ist eine starke Frau«, erzählte sie. »Unsere Ziele sind gleiche Löhne für Frauen und Männer und das Wahlrecht für Frauen. Ich bin sicher, wir werden sie erreichen!«

Sie stand wie eine Walküre mitten im Zimmer, und ich zweifelte keinen Moment daran, dass Bernadette in ihrem Leben immer das erreichen würde, was sie wollte.

»Pass nur auf, dass du nicht wieder im Gefängnis landest«, ermahnte ich sie lachend, und gemeinsam erinnerten wir uns an die Demonstration im Hyde Park.

Dann schritt ich am Arm meines Vaters durch den Mittelgang der Kirche. Neben dem Altar stand Benedict. Deutlich konnte ich seine Aufregung erkennen, dann legte Vater meine zitternde Hand in Benedicts, und ich war seine Frau – Lady Marian Trelawny!

In der folgenden Nacht schliefen wir, trotz der Anstrengung der Hochzeitsfeier, keine Minute. Nachdem wir uns zärtlich geliebt hatten, standen wir beide am Fenster und sahen hinaus. Der Vollmond tauchte die Landschaft in ein liebliches Licht.

»Wird es dir nicht schwer fallen, Landhydrock Hall zu verlassen?«

»Mein Heim ist dort, wo du bist«, antwortete ich leise.

Er zögerte. »Wirst du in Boventon Castle auch glücklich sein können? Ich meine, nach all dem, was dort geschehen ist. Vielleicht wäre es besser, ich verkaufe den Besitz, und wir fangen woanders ganz von vorne an.«

»Nein, Ben, es ist das Haus deiner Vorfahren.« Ich schmiegte mich eng an seinen muskulösen Körper. »Du hast für dein rechtmäßiges Erbe viel erleiden müssen. Ich weiß, dass unsere Liebe alle Schatten der Vergangenheit aus den alten Mauern vertreiben wird.«

Er beugte sich vor und küsste mich zärtlich. Die Reaktion seines Körpers verriet mir, dass seine Leidenschaft erneut entflammt war, die der meinen in nichts nachstand.

»Ich liebe dich«, sagte ich schlicht, während ich Benedict zum Bett zog. Und keine anderen Worte hätten die Wahrheit so genau ausgedrückt.

XIII

Noch nie in meinem Leben war ich so glücklich gewesen wie in den Wochen, nachdem ich Lady Marian Trelawny geworden war. Benedict und ich waren übereingekommen, auf eine Hochzeitsreise vorerst zu verzichten. Nach unseren Erlebnissen verspürten wir keine Lust auf weitere Reisen, die ständige Gegenwart des anderen war uns Freude genug. Außerdem wartete Boventon Castle darauf, von Benedict geleitet zu werden – eine Aufgabe, in die sich mein Mann erst würde einarbeiten müssen. Mein Vater hatte sich umgehört und einen tüchtigen und zuverlässigen Verwalter für den großen Besitz gefunden. Trotzdem war es für Benedict unerlässlich, sich selbst mit den vielen Belangen, die die Verwaltung eines Landsitzes mit sich brachten, zu beschäftigen. Er freute sich so auf die neue Aufgabe, dass er nach zehn Tagen ungeduldig darauf drängte, in unser neues Heim zu ziehen.

»Du hast mir versprochen, zwei Wochen in Landhydrock Hall zu bleiben«, erinnerte ich ihn und schmunzelte. Wir konnten jetzt noch nicht nach Boventon Castle, denn die Vorbereitungen für mein Hochzeitsgeschenk an Benedict waren noch nicht abgeschlossen. Auch hier hatte mir Vater geholfen, und Benedict hatte keine Ahnung, was ihn erwartete, als wir endlich an einem wunderschönen sonnigen Tag nach Hause fuhren.

Ich führte Benedict in das Dachgeschoss, und er sah mich verwundert an. Ich lächelte und bat ihn, eine Tür zu einem Raum zu öffnen, der bisher als Kofferkammer gedient hatte. Kaum war Benedict in den Raum getreten, schrie er vor Freude auf und sah sich staunend um.

Das Dach war entfernt und durch Fensterscheiben ersetzt, die Wände hell getüncht worden. Mitten in dem lichtdurchfluteten Raum stand eine Staffelei mit allem Zubehör, das das Herz eines Künstlers höher schlagen lässt. Vater hatte in Anbetracht der kurzen Zeit, die ihm zur Verfügung gestanden hatte, gute Arbeit geleistet.

»Marian! Ich weiß nicht, was ich sagen soll …«

Zärtlich schmiegte ich mich an ihn. »Ich hoffe, das Atelier gefällt dir.«

»Ob es mir gefällt?« Seine Augen strahlten, und er küsste mich liebevoll. »Aber ich weiß nicht, ob ich überhaupt genügend Zeit haben werde, um zu malen. Die viele Arbeit auf dem Gut …«

»Ich werde persönlich dafür sorgen, dass du malen wirst«, unterbrach ich ihn. »Das Leben besteht nicht nur aus Arbeit. Jeder Mensch braucht auch Pausen, kleine Inseln der Ruhe, in denen man einfach das tut, was man möchte.«

Zuerst hatte ich gedacht, dass Benedict die Motive Maltas schmerzlich vermissen würde. Er hatte sich aber sofort in die raue Küste mit den schroffen Klippen und den idyllischen Sandbuchten verliebt und damit begonnen, kleine Skizzen von Minenhäusern, die hoch über dem Meer thronten, anzufertigen.

»Das Licht ist fantastisch!«, schwärmte er. »Schau, Marian, wie hier das Meer grün und blau schimmert, dort drüben ist es aber beinahe weiß.«

Später gingen wir zum Fluss hinab. Vor der Kapelle blieben wir Arm in Arm stehen.

»Ist es nicht zu schmerzlich für dich, an diesem Ort zu sein?«, fragte Benedict besorgt.

»Ich muss die Erinnerungen überwinden. Zudem ist das der Platz, wo wir uns zum ersten Mal begegnet sind. Auch wenn ich damals, bei Matthews Verlobung, nicht wusste, wer du bist.«

»Kannst du mir jemals verzeihen?«

Liebevoll fuhr ich durch sein Haar und verstrubbelte es. »Das habe ich längst, sonst hätte ich dich nicht geheiratet.«

Wir schwiegen einige Minuten und sahen auf den Fluss, in dem Matthew Denbury den Tod gefunden hatte.

»Ben, ich würde hier gerne einen Gedenkstein aufstellen. Obgleich sich Matthew nach unserer Heimkehr sehr verändert hatte, ist er doch ein Teil meines Lebens, ein Teil meiner Erinnerungen an eine glückliche und unbeschwerte Kindheit und Jugend. Egal, was er getan hat, ich wollte nie, dass er stirbt.«

»Das weiß ich, mein Liebes. Wir werden eine Tafel aufstellen lassen. Wäre Matthew nicht gewesen, wären wir uns niemals begegnet.«

Eng umschlungen, gingen wir in der Abenddämmerung zum Haus hinauf, nicht wissend, welche Überraschung das Schicksal noch für uns bereit hielt.

Vier Monate waren wir jetzt verheiratet, und ich wurde von Tag zu Tag glücklicher.

An einem Morgen hatte sich Benedict mit einem zärtlichen Kuss von mir verabschiedet. »Ich werde mit dem Verwalter den ganzen Tag unterwegs sein, um einige Pächter zu besuchen. Zum Abendessen bin ich zurück.«

»Ich werde den Vormittag mit Mrs. Hoskins verbringen, es ist wieder an der Zeit, über das Personal zu sprechen«, seufzte ich.

Mrs. Hoskins war die Wirtschafterin und damit für alle Belange, die das weibliche Personal betrafen, zuständig. Meine Eltern hatten darauf bestanden, dass wir Dobson mit nach Boventon Castle nahmen, damit er hier die Oberaufsicht über die männlichen Angestellten führte.

»Ihr werdet in der ersten Zeit viel Besuch empfangen«, hatte meine Mutter gesagt. »Es ist wichtig, dass ihr einen kompetenten Butler habt, du weißt doch, wie schnell die Leute reden.«

So siedelte Dobson also um, und mein Vater wollte sich nach einem neuen Butler umsehen. So wie ich Mutter kannte, wusste ich, dass sich das durchaus hinauszögern konnte.

Mrs. Hoskins kam pünktlich um zehn Uhr in mein Arbeitszimmer. Zuerst besprachen wir den Speiseplan der kommenden Woche, dann bat sie, neues Bettzeug besorgen zu dürfen. »Die Laken der Betten von zwei Hausmädchen sind zerschlissen und sollten dringend ersetzt werden.«

Ich sagte gerade, sie solle nach ihrem Ermessen handeln, als es klopfte und der Butler mit unbewegtem Gesicht eintrat.

»Was gibt es, Dobson?«, fragte ich verwundert, denn es war bekannt, dass ich nicht gestört werden wollte, wenn ich mit Mrs. Hoskins zusammensaß.

»Verzeihen Sie, Mylady, aber es ist Besuch gekommen. Sie warten in der Halle.« Seine Missbilligung stand ihm deutlich ins Gesicht geschrieben. Es war unüblich, einen Vormittagsbesuch ohne Anmeldung zu machen. »Es sind, wenn ich das mit Verlaub sagen darf, etwas seltsame Leute. Einer ist ein Ausländer. Und sie haben keine Karte«, setzte er abfällig hinzu.

Ich überlegte, wer die Besucher sein konnten, denn ich erwartete niemanden. Mit den Damen des Kirchenkomitees war erst am nächsten Tag ein Treffen vereinbart, und Pächter suchten grundsätzlich den Verwalter oder Benedict im Büro auf.

Seufzend schob ich die Papiere zur Seite und erhob mich. »Nun gut, Dobson, führen Sie sie in den kleinen Salon. Ich komme sofort.«

»Ja, Mylady, aber …«

Leichte Schritte trippelten auf der Treppe, dann wurde der Butler unsanft zur Seite geschoben, und eine Frau betrat das Zimmer. Ich glaubte zu träumen und taumelte. »Olivia!«

Wir starrten uns sekundenlang an, dann fielen wir uns in die Arme.

»Marian, liebe, liebe Marian! Es tut mir ja so Leid!«, schluchzte sie unter Tränen.

»Du lebst, Olivia? Kann es denn wahr sein? Wo warst du, und wo kommst du her?«

Erst als wir uns voneinander lösten, sah ich Mrs. Hoskins betretenes und Dobsons immer noch missbilligendes Gesicht.

Ich musste mir ein Grinsen verkneifen, konnte ich mir doch genau vorstellen, was der Butler über mein wenig damenhaftes Verhalten dachte und wie später unten in der Küche darüber geklatscht werden würde, denn eine Dame hatte in Anwesenheit des Personals immer ihre Gefühle unter Kontrolle zu halten.

»Dobson sagte, es sind mehrere Besucher, Olivia? Du bist nicht allein?«

Sie schüttelte den Kopf, und ich betrachtete sie. Sie war fülliger geworden, was ihr aber gut stand. Ihre Wangen leuchteten in einem gesunden Rot, und ihre Augen strahlten. »Mein Mann, sein Vater und … mein Sohn sind bei mir. Ich weiß, Marian, dass unser plötzlicher Besuch ungebührlich ist, aber ich musste sofort herkommen, als ich erfuhr, was du damals wegen mir hast erleiden müssen.«

»Dein Mann? Und das Kind … ist es das, mit dem du auf Malta …?« Sie nickte, und ich fuhr fort: »Du musst mir alles erzählen und darfst nichts auslassen. Und jetzt möchte ich deine Verwandten begrüßen.« Ich wandte mich an Dobson. »Bitte veranlassen Sie, dass Gästezimmer bereitgemacht werden.«

»Nein, nein, Marian, wir werden in einem Hotel in Saltash wohnen«, unterbrach Olivia.

»Das kommt überhaupt nicht in Frage! Ihr seid unsere Gäste.«

Sie errötete und willigte ein. Untergehakt gingen wir in die Halle hinunter, ich platzte beinahe vor Neugier auf ihre Geschichte. Allein die Tatsache, dass Olivia lebte und es ihr blendend zu gehen schien, machte mich sehr glücklich.

Ich erkannte Toman Ramandi sofort wieder. Er hatte nichts von seiner Attraktivität verloren. In seinen Armen schlummerte ein Kind, auf dessen Haupt sich tiefschwarzes Haar kringelte.

»Radschids Augen sind blau, so wie Tomans«, raunte mir Olivia zu, und ich konnte den Stolz über ihren kleinen Sohn in jeder Silbe hören.

Toman Ramandi lächelte mich an. »Miss Marian, ach nein, ich muss Sie ja jetzt Lady Trelawny nennen, es ist lange her, seit wir uns das letzte Mal sahen. Verzeihen Sie, wenn ich Ihnen nicht die Hand geben kann, aber Radschid …« Er blickte um Verzeihung heischend auf seinen schlafenden Sohn.

»Es freut mich auch, Sie zu sehen, Mr. Ramandi. Ich werde nach einem Mädchen läuten, das sich um Radschid kümmern wird.«

Jetzt erst bemerkte ich einen älteren Herrn, der lächelnd auf mich zutrat. Im gleichen Moment dachte ich, dass er mich an jemanden erinnerte. Wahrscheinlich war es seine gebräunte Haut, der man ansah, dass er lange unter südlicher Sonne gelebt haben musste. Genauso hatte Benedict auf Malta ausgesehen, aber das war auch schon die einzige Ähnlichkeit, die den Mann mit Benedict verband.

Olivia berührte meinen Arm. »Mein Schwiegervater. Er hat uns nach England begleitet.«

Ich gab ihm die Hand, die er fest drückte. Dabei konnte ich meinen Blick kaum von seinen blauen Augen lösen. Ich wusste, es war unmöglich, Tomans Vater vorher schon einmal begegnet zu sein, trotzdem ließ mich das Gefühl, ihn zu kennen, nicht los.

»Ich freue mich, Sie endlich kennen zu lernen, Lady Trelawny. Meine Schwiegertochter hat mir so viel von Ihnen erzählt.«

»Oh, ich hoffe, Sie glauben nur die Hälfte davon!«

Wir lachten alle laut auf, davon erwachte der kleine Radschid. Ein Mädchen kam und nahm ihn auf den Arm. Ich sah Olivias besorgten Blick.

»Du kannst deinen Sohn beruhigt ihrer Obhut überlassen, es wird gut für ihn gesorgt. Aber jetzt möchte ich alles wissen.« Erneut klingelte ich und lächelte innerlich über Dobsons entsetztes Gesicht, als er eintrat und sah, wie vertraut ich mit dem Besuch, der in seinen Augen alles andere als standesgemäß zu sein schien, war. Ich bat um Erfrischungen und ein kleines zweites Frühstück, dann begaben wir uns in den Salon.

Wir hatten uns kaum gesetzt, als Olivia herausplatzte: »Ach Marian, wenn ich gewusst hätte, dass man dich verdächtigt, mich ermordet zu haben, so hätten wir das alles niemals getan. Das musst du mir glauben!«

Ich versicherte ihr, dass diese schwere Zeit hinter mir lag und dass ich erst durch sie mein Glück gefunden hatte. Dann aber drängte ich ungeduldig, die Geschichte von Anfang an zu erfahren.

Einen Tag, bevor Olivia verschwand, war Toman Ramandi auf Malta eingetroffen. Er war mit dem Schiff aus Alexandria gekommen, mit dem wir hätten fliehen sollen. Es war Olivia und ihm gelungen, sich von allen, auch von mir, unbemerkt zu treffen. Olivia, die Toman aus ganzem Herzen liebte, konnte ihre unglückliche Ehe nicht verschweigen. Als sie ihm dann unter Tränen gestand, ein Kind von ihm zu erwarten, entschlossen sie sich zur Flucht. Auch Toman hatte Olivia nicht vergessen können; es war ihm gleichgültig, dass sie auf dem Papier die Frau eines anderen war.

»Der Grund, warum ich dich nicht einweihte, war nicht, dass ich dir nicht vertraute, Marian«, sagte Olivia. »Du hattest mir ja deutlich zu verstehen gegeben, dass du wolltest, dass ich Roger verlasse. Aber Toman meinte, je weniger Leute Bescheid wissen, desto eher wird unser Fluchtplan gelingen.«

»Aber warum das viele Blut? Alle dachten, du wärst ermordet und deine Leiche im Meer versenkt worden«, sagte ich.

»Wir wussten, wenn Olivia einfach nur verschwinden würde, würde jeder denken, dass sie geflohen war«, mischte sich Toman ein. »Darum entschlossen wir uns für eine dramatische Variante, dachten allerdings nie daran, dass Sie, Lady Marian, in Verdacht geraten könnten. Das Blut stammte übrigens von einem Schwein.«

Jetzt konnte ich darüber lachen, doch damals war mir gar nicht danach zumute gewesen.

»Marian, im Nachhinein war es schrecklich naiv von mir zu glauben, dass Roger verdächtigt werden würde, mir etwas angetan zu haben«, fuhr Olivia fort. »Du wusstest, dass er mich schlug, daher dachte ich, dass er unter Verdacht geraten würde. Dass sich dann aber alles in die völlig falsche Richtung wenden würde ...« Sie hob hilflos die Hände und sah mich um Verzeihung bittend an. Dann berichteten sie und Toman abwechselnd von ihrer abenteuerlichen Flucht nach Indien. Zuerst versteckten sie sich für einige Tage auf der Insel Gozo, bis ein Fischkutter sie nach Sizilien brachte. Eine Ironie des Schicksals, dass wir zur selben Zeit auf der italienischen Insel waren! Wie leicht hätten wir uns begegnen können, aber das Schicksal entschied anders. Ihre Weiterreise nach Indien wies zahlreiche Parallelen zu Benedicts und meiner Reise auf, von der ich dann ebenfalls ausführlich berichtete, ebenso wie von Matthew Denbury und den Ereignissen, in die ich in jüngster Vergangenheit verstrickt gewesen war.

Dann berichtete Toman, wie er von Roger Grimstons Tod erfahren hatte. »Olivia wurde von meiner Familie liebevoll aufgenommen, wenngleich wir nicht heiraten konnten. Besonders mein Vater hat sehr moderne Ansichten.« Er zwinkerte Mr. Ramandi zu. »Vor einem knappen halben Jahr musste ich geschäftlich nach Südfrankreich reisen, dabei machte ich Halt auf Malta. Meine Neugierde siegte, so dass ich das Palais Grimston aufsuchte. Eigentlich wollte ich nur einen Blick darauf werfen, aber dann hörte ich die Leute von dem Unglück sprechen, das dem Captain zugestoßen war. Betrunken hatte Roger Grimston beim Kartenspiel betrogen. Als ihn sein Mitspieler des Betruges bezichtigte, zog er seinen Revolver und schoss, verfehlte seinen Gegner jedoch. Daraufhin entstand eine Prügelei, bei der Grimston unglücklich stürzte und sich das Genick brach. Ich hatte nicht den Eindruck, dass irgendjemand auf der Insel ihm auch nur eine Träne nachweinte. Natürlich ging ich sofort zu den zuständigen Behörden. Jetzt konnte ich ja unbesorgt angeben, dass Mrs. Olivia Grimston am Leben und in Indien war. Nun folgten Wochen voller Formalitäten, die aber zum Glück auch von Indien aus erledigt werden konnten. In diesem Zusammenhang erfuhr ich, dass Sie, Lady Marian, unter Verdacht geraten und ebenfalls geflohen waren. Olivia war schrecklich unglücklich, als sie das erfuhr, und wollte Ihnen so bald wie möglich schreiben. Aber erst wollten wir heiraten, was ja jetzt problemlos möglich war.«

»Ja, und dann las ich die Zeitung«, unterbrach Olivia mit geröteten Wangen. »Man bekommt auch in Indien englische Zeitungen, wenn auch mit wochenlanger Verzögerung. Und dann sah ich dein Foto im Gesellschaftsteil einer Londoner Gazette! Deines und das von diesem maltesischen Maler, den du eigentlich gar nicht leiden konntest. Plötzlich war der Mann ein Lord, Besitzer eines Schlosses und du mit ihm verheiratet!«

»Wir fuhren mit dem nächsten Schiff, das in Indien ablegte«, ergänzte Toman trocken.

Über diese abenteuerlichen Geschichten hatten wir völlig die Zeit vergessen. Dobson servierte ein leichtes Mittagessen, das aber völlig unberührt blieb, da keiner von uns Hunger verspürte. Erst als Benedict in den Salon trat und verwundert von einem zum anderen starrte, bemerkte ich, wie spät es geworden war.

»Ja, kann es denn wahr sein? Olivia Grimston?«

»Olivia Ramandi«, verbesserte ich ihn verschmitzt. »Aber das ist eine lange, sehr lange Geschichte!«

Auch in den nächsten Tagen wurden Olivia und ich nicht müde, über die Vergangenheit zu sprechen. Der kleine Radschid bereitete uns viel Freude, und bei gutem Wetter spielten wir oft zu dritt im Garten. Benedict zeigte Toman und dessen Vater den Besitz, für den sie sich sehr interessierten. Mr. Ramandi war für sein Alter – er hatte mir verraten, dass er in zwei Jahren schon siebzig werden würde – sehr agil und wirkte kein bisschen alt.

»Das macht die viele Bewegung an der frischen Luft«, erklärte er mir. »Seit ich in Indien lebe, gab es kaum einen Tag, den ich nicht draußen verbrachte.«

»Entschuldigen Sie meine Neugierde, Mr. Ramandi, aber Ihr Sohn sagte mir, dass Sie Engländer sind. Auch Ihr Aussehen lässt darauf schließen, aber Sie tragen einen indischen Namen …« Ich brach ab. Hoffentlich würde er mein Interesse nicht für aufdringlich halten, aber diese Frage beschäftigte mich, seit ich Mr. Ramandi begegnet war. Olivia hatte mir keine aufschlussreiche Antwort darauf geben können.

»Das ist eine lange Geschichte.« Er lachte und deutete auf eine Bank, denn wir spazierten im oberen Garten. »Mir scheint, in unserer Familie gibt es nur lange und komplizierte Geschichten. Möchten Sie sich zu mir setzen und sie anhören, Lady Trelawny?«

»Sehr gerne, Mr. Ramandi.«

Wir setzten uns, und ich sah ihn erwartungsvoll an.

»Es ist lange her, sehr lange. Ein ganzes Leben, wenn nicht länger.« Er brach ab und starrte in die Ferne. »Entschuldigen Sie die sentimentalen Worte eines alten Mannes.«

Spontan legte ich eine Hand auf seinen Arm. »So sollten Sie nicht sprechen. Wir alle werden älter, und damit steigen unsere Erinnerungen, ein ganz natürlicher Prozess.«

Nun sah er mir direkt ins Gesicht. »Wissen Sie, dass Sie mich an jemanden erinnern? Jemand, der mir einst sehr nahe gestanden hat.«

Ich las in seinen Augen die Worte, die er nicht aussprach: »Jemanden, den ich geliebt habe«, und schwieg, um ihn nicht zu unterbrechen.

»Ich habe sie verloren, und seitdem war in meinem Leben nichts mehr so wie zuvor. Aber Sie wollen sicher keine rührseligen Bekenntnisse eines alten Mannes hören, der noch immer seiner Jugendliebe nachtrauert. Sie wollten vielmehr wissen, wie es kommt, dass ein Mann, der in England geboren und aufgewachsen ist, einen indischen Namen trägt.«

Ich hätte ihm am liebsten gesagt, dass ich gerne mehr über seine einstige Liebe erfahren hätte, aber das erschien mir doch ein wenig zu intim. So setzte ich mich bequem hin und lauschte gespannt seinen Worten.

»Ich kam als junger Soldat nach Indien und war voller Elan und Tatendrang. Wir waren zur Sicherung der Kompanie in Delhi stationiert, wo es immer wieder zu Aufständen der Einheimischen kam. Die Engländer hatten dem Land viel Gutes gebracht, aber auch verschiedene uralte Bräuche verboten, darunter die Anbetung und Verehrung der todbringenden Göttin Kali und die Sitte der Witwenverbrennung. Sie haben von *Sati*, wie es in der Landessprache heißt, gehört?«

Ich schauderte. »Wir lernten in der Schule darüber. Kaum vorstellbar, dass Menschen so grausam sein konnten, die Witwe eines Mannes mit ihm auf dem Scheiterhaufen zu verbrennen. Nicht genug, dass die Frauen ihren Ehepartner verloren, sie erwartete auch noch ein furchtbarer Tod.«

Mr. Ramandi nickte und fuhr fort: »Es war ein großer Schritt nach vorn, als Lord William Bentinck in seinem Amt als Generalgouverneur diese Gesetze erließ. Aber die indische Bevölkerung sah das anders, fühlte sich ihrer tief verwurzelten Traditionen beraubt. Ich hatte schon mehrere kleine Scharmützel miterlebt, aber als ich nach einem Urlaub nach Indien zurückkehrte, war ich leichtfertig und unaufmerksam, in Gedanken noch in England. So wurde ich in einem Kampf schwer verletzt. Ich überlebte, aber bis heute fehlt mir die Erinnerung an die folgenden zwei Jahre. Als unsere Kompanie von allen Seiten von einer Übermacht angegriffen wurde, erlitt ich einen Kopfschuss. Meine Kameraden hielten mich wohl für tot, denn die, die dem Massaker entgehen konnten, liefen davon. Ich erwachte erst Wochen später bei einer indischen Familie. Sie lebte im Hinterland und hielt sich aus allen Kampfhandlungen heraus. Ich lebte zwar, aber ich wusste weder, wie mein Name war, noch warum ich in Indien war. Ansonsten erholte ich mich langsam, aber stetig, was nicht zuletzt der aufopferungsvollen Pflege der ältesten Tochter des Hauses zu danken war. Salara Ramandi war eine zierliche, sehr schöne Frau, die über sehr viel Kraft und Entschlossenheit verfügte. Und sie war entschlossen, mich gesund zu pflegen. Salaras Vater sprach leidlich Englisch, und ich lernte schnell Hindi. Sie nannten mich *Nea*, was in ihrer Sprache so viel wie *Fremder* bedeutet, und ich nahm den Nachnamen der Familie an. Weil sich die Ramandis als neutral ansahen, informierten sie nicht die nächstgelegene britische Garnison. Sie wollten einfach keinen Ärger haben, was ich auch sehr gut verstehen kann.

Es schien völlig natürlich, dass Salara sich in mich verliebte. Auch ich mochte sie sehr und war gerne in ihrer Gesellschaft. Aber ich konnte es ihr nicht zumuten, einen Mann, der nicht einmal seinen Namen wusste, zu heiraten. Ich arbeitete mich in das Handelsgeschäft der Ramandis ein und merkte, dass ich eine gewisse Begabung zum Kaufmann hatte. Zwei Jahre vergingen, bis ich eines Morgens erwachte und wusste, wer ich war und wie ich hieß. Es erscheint mir heute noch wie ein Wunder, wenngleich es medizinisch nicht zu erklären ist. Salara machte sich große Sorgen, als ich nach Delhi aufbrach. Mit meinem Gedächtnis war auch die Erinnerung an Menschen zurückgekehrt, die in England auf mich warteten. Die Formalitäten waren schnell erledigt, und ich reiste nach England. Doch hier musste ich feststellen, dass mein Onkel, mein einzig lebender Verwandter, gestorben, und die Frau, die ich liebte, einen anderen geheiratet und ein Kind bekommen hatte. Ich suchte sie nicht auf, zu schmerzlich wäre ein Wiedersehen gewesen. Ich kehrte nach Indien zurück und heiratete Salara. Ihr Vater war schon alt. Nach unserer Hochzeit übergab er mir die Leitung des Geschäftes. Aus diesem Grund behielt ich den Namen Ramandi, mein eigener war mir über die Jahre ohne Erinnerung fremd geworden und gehörte zu einem Leben, das nicht mehr meines war. Nach vier Töchtern wurde Toman geboren, und den Rest der Geschichte kennen Sie.«

Ich schwieg, wagte nicht, die magische Stille, die seine Geschichte über den Garten gelegt hatte, zu durchbrechen. Es vergingen lange Minuten, bis ich leise sagte: »Und Sie haben die Frau niemals wiedergesehen? Haben nie versucht, später Kontakt aufzunehmen?«

Er wusste sofort, wen ich meinte, und schüttelte den Kopf. »Ich war nicht so mutig, oder soll ich sagen so verwegen wie mein Sohn, der die Frau eines anderen aus dessen Haus entführte. Ich sagte mir: Sie muss dich für tot gehalten haben und hat sich für einen anderen entschieden. Auch wollte ich sie in keinen Gewissenskonflikt stürzen.« Sein Lachen war bitter. »Viele Jahre später reiste ein Freund nach England, und ich bat ihn, sich unauffällig nach der Dame zu erkundigen. Er kehrte mit der Nachricht zurück, dass sie gestorben war.«

»Das tut mir Leid.«

Er stand auf und bot mir seinen Arm an. »Es wird langsam kühl, wir sollten ins Haus gehen. Danke, Lady Trelawny, dass Sie einem alten Mann so lange zugehört haben.«

»Nennen Sie mich Marian«, bat ich und schenkte ihm ein liebevolles Lächeln. Seine Geschichte hatte mir wieder einmal gezeigt, dass Gott den Menschen die unterschiedlichsten Schicksale beschert, und es liegt nicht in unserer Macht, daran etwas zu ändern. Trotz allem hatte ich den Eindruck gewonnen, dass Tomans Vater auf ein glückliches und erfülltes Leben zurückschauen konnte.

»Marian ...« Er zögerte, Wehmut lag in seinen Augen, und er blinzelte mehrmals hintereinander. »Ein schöner, aber auch seltener Name. Sicher war Ihre Mutter eine Leserin der Robin-Hood-Geschichten und hat Sie nach der schönen Maid des Räubers benannt?«

Ich wollte gerade sagen, dass ich nach meiner Großmutter benannt wurde, als Olivia um die Ecke bog.

»Ach, hier seid ihr! Stellt euch vor, Radschid hat gerade sein erstes Wort gesprochen! Natürlich war es Mama, wohingegen Toman meint, er hätte Papa gesagt. Kommt mit, vielleicht sagt er es noch einmal. Dann müsst ihr urteilen, wer denn nun Recht hat.« Olivias Wangen glühten vor Freude.

»Ist er nicht zu klein, um überhaupt zu sprechen?«, wandte Mr. Ramandi ein. »Also, Toman war über zwei Jahre alt, bis er ...«

»Radschid ist auch ein ganz besonders intelligentes Kind!«

Es freute mich, Olivia so glücklich und voller Stolz zu sehen. Wir lachten und gingen untergehakt ins Haus zurück.

Es war wenige Tage später, als wir beim Abendessen saßen. Ich hatte gerade vorgeschlagen, dass wir bald meine Eltern besuchen sollten. »Ich habe ihnen sofort geschrieben, dass du am Leben bist, Olivia. Leider konnten sie nicht kommen, da mein Vater in London ist und auch noch einige Zeit dort wird bleiben müssen. Aber Mutter und Tante Kate würden sich freuen, wenn wir sie übers Wochenende besuchen würden.«

»Ich erinnere mich noch gut an deine Mutter«, rief Olivia. »Sie ist eine freundliche Frau, auch dein Vater war sehr nett. Aber wird es nicht zu viel, wenn wir gleich alle vier in euer Haus einfallen?«

Ich lachte über ihren drolligen Gesichtsausdruck und versicherte, dass Landhydrock Hall für alle Besucher offene Türen hatte.

Mr. Ramandi zog sich früh zurück, Benedict und Toman beschlossen, eine Partie Billard zu spielen. Benedict hatte es Olivias Mann beigebracht, seitdem wäre dieser am liebsten mit dem Queue in der Hand zu Bett gegangen.

»Ich hoffe, ihr denkt nicht daran, bald nach Indien zurückzukehren«, sagte ich, als Olivia und ich allein waren. »Ich würde dich am liebsten niemals wieder gehen lassen!«

»Obwohl du durch mich solche Schwierigkeiten hattest«, lachte Olivia. »Aber Toman kann seine Geschäfte nicht zu lange unbeaufsichtigt lassen, er trägt eine große Verantwortung. Außerdem ist es Radschids Heimat. Aber keine Sorge, wir bleiben noch ein Weilchen. Bei meinem Schwiegervater allerdings habe ich das Gefühl, er würde gerne in England bleiben. Weißt du, dass er einst mit der Armee nach Indien gekommen ist?«

»Er hat es mir erzählt, eine aufregende, wenngleich auch traurige Geschichte«, erwiderte ich.

»Wenn ich es nicht besser wüsste, würde ich sagen, dass er sich in dich verliebt hat. Auf jeden Fall interessiert er sich sehr für dich.«

Erstaunt lehnte ich mich vor. »Das ist völliger Blödsinn! Wir unterhalten uns nur gerne miteinander.«

Beruhigend tätschelte Olivia meine Hand. »Ich meinte das auch nur im Spaß. Wahrscheinlich ist es dein Name, der sentimentale Erinnerungen in ihm wachruft.«

»Mein Name?« Verwundert runzelte ich die Stirn.

»Hat er dir von seiner verlorenen Liebe erzählt? Von der Frau, die einen anderen geheiratet hat, als sie glauben musste, dass mein Schwiegervater in Indien gestorben war? Ja? Gut. Und eben diese Frau hieß Marian.«

Alles Blut wich aus meinem Kopf, und der Boden begann unter meinen Füßen zu schwanken. Ich klammerte mich an die Lehnen des Stuhls und keuchte.

»Marian, um Gottes willen, was ist mit dir?« Bevor ich Olivia aufhalten konnte, zog sie an der Klingelschnur. »Du siehst aus, als hättest du gerade ein Gespenst gesehen.«

»Das … habe ich auch … vielleicht …«

Als Dobson erschien, hatte ich mich wieder so weit beruhigt, dass ich ihn mit fester Stimme fortschickte. Dann ging ich zu der Anrichte, schenkte mir ein Glas Whisky ein und leerte es in einem Zug. Warm rann mir der scharfe Alkohol durch die Kehle und wärmte meinen Magen. Olivia sah mich fassungslos an, trank ich doch, außer leichtem Wein zum Essen, nie Alkohol.

»So, das musste sein«, sagte ich und stellte das Glas zur Seite. Dann sah ich Olivia fest an. Es konnte sein, aber es konnte auch nicht sein. Wenn das, was ich dachte, sich bewahrheitete, dann wäre es mehr als ein Zufall. Es wäre ein Wunder. »Olivia, wie ist der richtige Name von Tomans Vater? Sein vollständiger *englischer* Name?«

»Wir haben nur einmal darüber gesprochen, aber ich meine mich zu erinnern, dass er erwähnte, William Talbot zu heißen.«

Da war er – der letzte Beweis!

Der Name William Talbot war mir vertraut, auch wenn ich ihn selbst nie zuvor gesehen hatte. Ich wusste jetzt, warum mir seine Augen, sein Blick und seine Art, den Kopf schräg zu halten, wenn er nachdachte, so vertraut vorkamen.

Toman Ramandis Vater – William Talbot – war der Vater meiner Mutter und mein Großvater!

Ich konnte es kaum erwarten, mit Benedict allein zu sein. Kaum hatte er die Schlafzimmertür geschlossen, sprudelte es auch schon aus mir heraus: »Mr. Ramandi, Tomans Vater, heißt gar nicht Ramandi. Eigentlich heißt er William Talbot. Und er ist der Vater meiner Mutter, mein Großvater. Er war in Indien verschollen, alle hielten ihn für tot ...«

»Stopp!« Abwehrend hob Benedict die Hände. »Marian, was redest du da? Wenn ich es nicht besser wüsste, würde ich sagen, du hast etwas zu tief ins Glas geschaut.«

»Aber es ist wahr, Ben! Es ist wirklich wahr! Ich habe es dir nie erzählt, aber Lady Marian Elkham ... du erinnerst dich an ihr Portrait in der Halle von Landhydrock? Ja? Gut, also sie ist die Mutter meiner Mutter, also meine Großmutter, wobei sie jedoch die Frau des Vaters meines Vaters war, also von meinem Großvater, aber nicht die Mutter meines Vaters ...«

»Marian, geht es dir gut?« Besorgt legte Benedict eine Hand auf meine Stirn. »Du bist ja ganz heiß! Ich glaube, du hast Fieber.«

Ich schüttelte so heftig den Kopf, dass mir die Haare ins Gesicht flogen. »Ich weiß, dass sich das alles anhört wie aus einem billigen Schundroman oder trivialen Theaterstück. Manchmal schreibt das Schicksal jedoch Geschichten, die sich kein Schriftsteller je hätte ausdenken können.«

Er zog mich neben sich aufs Bett. »Dann erzähl mir alles, Marian. Vielleicht fängst du ganz am Anfang an, denn dem, was ich bisher gehört habe, konnte ich beim besten Willen nicht folgen.«

Wir redeten die ganze Nacht. Keiner von uns war müde. Als ich geendet hatte, stand die Fassungslosigkeit in Benedicts Augen.

»Könnte es nicht ein Zufall sein? Eine Namensgleichheit?«

»Ich bin mir ganz sicher, dass es sich um *den* William Talbot handelt, über den meine Großmutter in ihrem Tagebuch geschrieben hat.«

»Wo ist das Tagebuch?«

»In Landhydrock Hall. Meine Mutter bewahrt es auf. Ach Ben, wir müssen sofort hinfahren. Noch heute. Jetzt. Auf der Stelle!«

Er lachte. »Ich verstehe deine Aufregung, aber wir sollten wie abgemacht bis zum Wochenende warten. Dann wird sich vielleicht alles klären. Wirst du es Mr. Ramandi, ich meine Mr. Talbot, sagen?«

Ich verneinte und lächelte nachdenklich. »Ich möchte sie überraschen. Alle beide. Meine Mutter und … meinen Großvater.«

Die nächsten zwei Tage schienen zu den längsten meines Lebens zu werden. Immer wieder beobachtete ich Tomans Vater und erkannte vieles, was mich an meine Mutter erinnerte. Mein offensichtliches Interesse veranlasste Olivia zu der Frage: »Hoffentlich habe ich dich mit meiner Bemerkung, dass mein Schwiegervater dich mag, nicht in einen Gefühlskonflikt gestürzt?«

»Wie meinst du das?« Ich sah sie erstaunt an.

»Entschuldige, dass ich das sage, aber du scharwenzelst um ihn herum, dass man … nun ja … wenn er nicht so alt wäre …« Errötend brach Olivia ab.

Daraufhin erzählte ich ihr alles. Sie war genauso fassungslos wie Benedict und stellte Dutzende von Fragen. Aber wie wir es auch drehten und wendeten – alles führte zum gleichen Ergebnis: Nea Ramandi war William Talbot und der Mann, den meine Großmutter geliebt hatte.

Nie zuvor war mir die Fahrt von Boventon Castle nach Landhydrock Hall so lang vorgekommen. Unruhig rutschte ich auf dem Sitz des Landauers hin und her. Mit jeder Meile, mit der wir uns meinem Elternhaus näherten, wurde ich unruhiger. Benedict und Olivia, die ja beide über den Grund meiner Erregung Bescheid wussten, versuchten, mich mit Geschichten abzulenken, aber ich hörte ihnen kaum zu. Endlich kam das große Torhaus in Sicht. Die Räder des Wagens waren noch nicht zum Stillstand gekommen, als ich absprang. Ich zwinkerte Benedict verschwörerisch zu. Er war in meinen Plan eingeweiht und würde William Talbot in die innere Halle führen. Zum Glück war Dobson bei uns auf Boventon Castle, denn die Anwesenheit eines Butlers hätte die ganze Sache wesentlich erschwert.

Am Eingang kam mir Tante Kate entgegen. Missbilligend zog sie ihre Nase kraus, als sie mich mit geröteten Wangen auf das Haus zurennen sah. »Marian, du kannst doch nicht ohne deine Gäste …« Sie deutete auf die zwei Landauer, die erst jetzt auf dem Kiesrondell hielten. »Deine Mutter ist im Salon …«

Ich umarmte sie stürmisch. »Tante Kate, es ist etwas Wunderbares geschehen! Darum musst du dafür sorgen, dass Mama im Salon bleibt, bis Benedict sie holt. Kannst du das machen?«

»Also, ich weiß wirklich nicht …«

»Bitte, Tante Kate, es ist wirklich wichtig! Siehst du diesen Mann?« Ich deutete auf William Talbot, der jetzt an der Seite meines Mannes auf das Haus zukam. »Ich gehe mit ihm in die innere Halle. Du musst Mama nur zehn Minuten daran hindern hinabzukommen.«

Tante Kate zögerte noch immer, sie sah mich streng an. »Ich verstehe immer noch nicht … Sie wird doch gleich merken, dass ihr angekommen seid, und euch begrüßen wollen.«

»Lass dir was einfallen, Tante Kate! Bitte, es ist sehr, sehr wichtig!«

In diesem Moment betraten Benedict und William die Halle, dicht gefolgt von Olivia, Toman und dem kleinen Radschid. Tante Kate grüßte freundlich, und ich zog William Talbot am Ärmel zur Seite. »Würden Sie bitte mit mir kommen? Ich möchte Ihnen etwas zeigen.«

Während wir die äußere Halle durchquerten, klopfte mein Herz so laut, dass ich meinte, jeder müsse es hören können. Olivia hatte mir hoch und heilig versichert, dass ihr Schwiegervater unter keinem schwachen Herzen litt, sondern völlig gesund war. Hoffentlich war die Überraschung, die ihm gleich bevorstand, nicht zu viel, immerhin war er nicht mehr der Jüngste.

Wir betraten die innere Halle.

»Ein wunderschöner Mosaikboden«, sagte William Talbot und deutete auf das Blütenmuster, das aus Tausenden von kleinen schwarzen Steinchen in den hellen Granit gelegt worden war.

»Ähem … ja … Sie müssen dieses Bild ansehen. Eine schöne Frau, nicht wahr?«

Ich glaubte, die Spannung keinen Moment länger ertragen zu können, als er vor den Kamin trat und zum Portrait Lady Marians hinaufsah. Wenn es noch einen kleinen Funken des Zweifels gegeben hatte, war er in diesem Augenblick zerstreut. Wie eine Statue stand mein Großvater vor dem Bild, aus Stein gemeißelt sein Gesicht.

Ich berührte ihn leicht am Ärmel. »Marian Blathwayt hat nie aufgehört, dich zu lieben. Sie musste davon ausgehen, dass du tot bist.« Ich flüsterte, hatte Angst, durch laute Worte die Stimmung dieses besonderen Augenblicks zu zerstören. »Aber sie hat etwas hinterlassen. Wohl das Kostbarste, was eine Frau hinterlassen kann, denn sie hat ein Kind geboren. Dein Kind.«

Langsam wandte er sein zerfurchtes Gesicht mir zu. Schweißperlen standen auf seiner Stirn. »Sie hat hier gelebt?«

Ich hörte die leichten Schritte meiner Mutter auf der Treppe. Sie stand wie erstarrt auf der untersten Stufe, hatte sie doch unsere letzten Worte gehört.

William Talbot folgte meinem Blick und erstarrte erneut. »Marian …?«, krächzte er. »Mein Gott, Sie sehen aus wie Marian.«

»Mama … Großvater …« Ich nahm die Hand meiner Mutter und führte sie zu William Talbot. »Ich lass euch jetzt allein. Ihr habt euch sicher viel zu erzählen. Sehr viel.«

Mein Großvater blieb in Landhydrock Hall. Meine Mutter und er reisten gemeinsam nach Durkham Manor und saßen lange unter der alten Eiche, bei der sich Marian und William zum ersten Mal begegnet waren. Mutter erzählte mir später von diesen bewegenden Momenten.

»Ich weiß nicht, wie ich Gott danken soll, dass er dieses Wunder hat geschehen lassen. Durch William ist mir meine Mutter so nahe, als wäre sie noch unter uns. Ich bin sicher, sie schaut von oben herab und freut sich mit uns.« Sie sah mich zärtlich an. »Ich hätte nie geglaubt, in meinem Leben noch einmal so glücklich zu sein. Und das habe ich … das haben William und ich ganz allein dir zu verdanken.«

Olivia, Toman und ihr Sohn reisten ab, bevor der Winter begann. Benedict und ich mussten Olivia fest versprechen, sie so bald wie möglich in Indien zu besuchen.

»Das wird aber noch ein Weilchen dauern«, flüsterte ich und winkte dem Schiff nach, als es von den Schleppern aus dem Hafen von Plymouth gezogen wurde. Ich schmiegte mich eng an Benedict. »Mindestens sechs Monate.«

»Warum ausgerechnet sechs Monate? Weil es dann wieder Frühjahr ist?«

Männer! Manchmal waren sie doch sehr begriffsstutzig! Ich schmunzelte. »Nun, das auch, aber in erster Linie möchte ich, dass unser Kind in Boventon Castle das Licht der Welt erblickt. Eben dies wird in ungefähr sechs Monaten der Fall sein.«

Endlich begann er zu verstehen. Ungeachtet der vielen Menschen um uns herum glitt seine Hand über meinen noch flachen Bauch. »Ein neues Wunder.«

»Wir erleben täglich Wunder, wenn wir nur bereit sind, an sie zu glauben und sie zuzulassen. Das größte Wunder ist das der Liebe.«

Benedict drückte meinen Arm. »Und das Wunder des Lebens. In unseren Kindern werden wir weiterleben, wenn wir einst diese Welt verlassen müssen. Aber bis dahin haben wir noch viel Zeit. Lass sie uns im Kreise unserer Familie genießen.«

»Und gemeinsam mit meinem Großvater«, ergänzte ich. »Ich hätte nie gedacht, dass das Erbe der Lady Marian ein so glückliches Ende findet.«